NARCISO Y GOLDMUNDO

HERMANN HESSE

NARCISO
Y GOLDMUNDO

Traducción de
LUIS TOBÍO

EDITORIAL SUDAMERICANA
BUENOS AIRES

PRIMERA EDICION
Julio de 1948

VIGESIMO OCTAVA EDICION
Julio de 1994

IMPRESO EN LA ARGENTINA

ISBN 950-07-0159-6

Título del original en alemán:
"Narziss und Goldmund"

CAPÍTULO I

Ante la puerta de entrada del convento de Mariabronn —un arco de medio punto sustentado en pequeñas columnas geminadas— alzábase, en el mismo borde del camino, un castaño, solitario hijo del mediodía que un romero había traído en otro tiempo, árbol gallardo de robusto tronco. Su redonda copa pendía blandamente sobre el camino y aspiraba las brisas a pleno pulmón. Por la primavera, cuando todo era ya verde en derredor y hasta los nogales del convento ostentaban su rojizo follaje nuevo, aún demoraba buen trecho la aparición de sus hojas. En la época en que son más cortas las noches, hacía surgir de entre la fronda los pálidos rayos verdeclaros de sus extrañas flores, cuyo áspero olor evocaba recuerdos y oprimía. Y en octubre, recogida la uva y las otras frutas, caían de su copa amarillenta, al soplo del viento del otoño, los espinosos erizos, que no todos los años llegaban a madurez, y que los rapaces del convento se disputaban y el subprior Gregorio, oriundo de Italia, asaba en la chimenea de su celda. Exótico y tierno, el hermoso árbol mecía ante la puerta del convento su

7

copa, huésped delicado y friolento venido de otras regiones, pariente secreto de las esbeltas y mellizas columnas de arenisca de la entrada y de los adornos, labrados en piedra, de ventanas, cornisas y pilares, amado de los italianos y otras gentes latinas, y pasmo, por extranjero, de los naturales del país.

Varias generaciones de alumnos del convento habían ya pasado bajo aquel árbol forastero: las pizarras bajo el brazo, parloteando, riendo, jugando, riñendo, según la estación descalzos o calzados y con una flor en la boca, una nuez entre los dientes o una bola de nieve en la mano. Constantemente llegaban nuevos muchachos; cada dos años las caras eran otras, en su mayoría parecidas, con pelo rubio y ensortijado. Algunos se quedaban allí, se hacían novicios, luego monjes, eran tonsurados, vestían hábito y cordón, leían libros, doctrinaban a los muchachos, envejecían, morían. Otros, terminados los estudios, regresaban a sus hogares, ora castillos nobiliarios ora moradas de comerciantes o artesanos, corrían por el mundo entregados a sus diversiones y quehaceres, quizá, ya hombres cabales, hacían alguna vez una visita al convento, llevaban a los frailes sus hijos pequeños para que recibieran enseñanza, permanecían un instante contemplando, sonrientes y pensativos, el viejo castaño y tornaban a desaparecer. En las celdas y salones del convento, entre los sólidos arcos semicirculares de las ventanas y las recias columnas geminadas de piedra roja, se vivía, se enseñaba, se estudiaba, se administraba, se gobernaba; muchas especies de artes y ciencias, sagradas y profanas, claras y recónditas se cultivaban en aquel lugar, y se transmitían de unas generaciones a otras. Los religiosos escribían y comentaban libros, ideaban sistemas, coleccionaban obras de los antiguos, hacían códices miniados, velaban por la fe del pueblo y se sonreían de ella. Erudición y piedad, candor y disimulo, sabiduría del Evangelio y sabiduría de los griegos, magia blanca y magia negra, todo florecía allí en mayor o menor grado, para todo había lugar. Había lugar tanto para la vida anacorética y la penitencia como para la sociabilidad y las comodidades; del carácter del abad que estuviese al frente y de las tendencias dominantes de la época dependía el que prevaleciera y predominara lo uno o lo otro. Unas veces el convento gozaba de renombre y era muy visitado por causa de sus exorcistas, otras por su música excelente, otras por algún santo varón que realizaba curaciones y prodigios, otras por sus sopas de lucio y sus pasteles de hígado de venado, cada cosa en su tiempo. Y entre la grey de monjes y discípulos, de los devotos y los tibios, los que ayunaban y los que se regalaban, entre los muchos que allá iban, vivían y morían, siempre había alguno singular a quien todos querían o a quien todos temían, que parecía elegido y del que seguía hablándose largo tiempo, cuando sus contemporáneos habían caído ya en el olvido.

También ahora moraban en el convento de Mariabronn dos individuos singulares, el uno viejo y el otro joven. Todos los hermanos, cuya muchedumbre llenaba celdas, capillas y aulas, los conocían y tenían fija en ellos su atención. El viejo era el abad Daniel, y el joven, el educando Narciso, quien, aunque había comenzado el noviciado hacía poco, se le empleaba ya, debido a sus excepcionales dotes y pasando por alto la costumbre, como maestro, especialmente en griego. Los dos, el abad y el novicio, gozaban de gran prestigio en la casa y eran objeto de curiosa observación; se les admiraba y se les envidiaba, y, en secreto, se les censuraba también. Los más profesaban afecto al abad. No tenía enemigos; era un hombre lleno de bondad, de sencillez, de humildad. Únicamente los eruditos del convento mezclaban en su amor cierto desdén, pues el abad Daniel, aunque fuese un santo, un letrado ciertamente no lo era. Poseía esa simplicidad que es sabiduría, pero su latín era modesto y el griego lo desconocía por completo.

Esos pocos que, en algunas ocasiones, se sonreían de la candidez del abad, eran los que más entusiasmo sentían por Narciso, el niño prodigio, el apuesto jovenzuelo, con su elegante griego, sus aristocráticos modales, su serena y penetrante mirada de pensador y sus labios finos, hermosos y enérgicos. Los espíritus cultos lo apreciaban por su maravilloso conocimiento de la lengua griega, la gran mayoría de sus compañeros lo amaba por su distinción y su nobleza, y muchos se habían prendado de él. Y el que fuera tan reposado y contenido y tuviera tan cortesanas maneras desagradaba a algunos.

El abad y el novicio soportaban, cada cual a su modo, el destino de los elegidos, y también dominaban y sufrían cada cual a su modo. Sentían ambos mayor afinidad y atracción entre sí que respecto a todos los demás moradores del convento; y sin embargo ni solían reunirse a solas ni podían acostumbrarse a su mutua compañía. El abad trataba al joven con la mayor solicitud, con la mayor consideración; cuidábalo como a un hermano excepcional, frágil, quizá maduro antes de tiempo, quizás en peligro. El joven recibía todos los mandatos, consejos y alabanzas del abad con irreprochable actitud; jamás contradecía, jamás se malhumoraba; y si era exacto el juicio del abad de que no tenía más defecto que el orgullo, ese defecto sabía ocultarlo a maravilla. Nada podía decirse de él: era perfecto y superior a todos. Empero, fuera de los eruditos, tenía pocos amigos verdaderos; su distinción lo envolvía como en un aire helado.

—Narciso —díjole cierta vez el abad, luego de oírlo en confesión—: Yo me acuso de haber formado sobre ti un juicio severo. Te he tenido a menudo por orgulloso, lo que acaso sea injusto. Estás muy solo, joven hermano mío, vives aislado y, aunque no te faltan admiradores, careces de amigos. Quisiera tener motivo para censurarte en alguna ocasión mas no lo encuentro. Quisiera que fueses, de cuando en cuando, indócil, como suelen ser los muchachos de tu edad. Nunca lo eres. A veces me preocupas un poco, Narciso.

El joven abrió sus ojos oscuros y miró al anciano.

—Deseo con toda mi alma, reverendo padre, no causaros la menor preocupación. Quizá sea yo, en efecto, orgulloso, reverendo padre. Y os pido que me impongáis la consiguiente pena. Yo mismo siento a veces el deseo de castigarme. Enviadme a una ermita, padre, o bien mandadme realizar menesteres inferiores.

—Eres demasiado joven para lo uno y lo otro, her-

11

mano querido —dijo el abad—. Sin contar que, dada tu aptitud para las lenguas y tu talento, supondría despreciar esos dones que Dios te ha dado el que yo te encomendara menesteres inferiores. Es más que probable que llegues a ser maestro y erudito. ¿Por ventura no lo anhelas tú mismo?

—Perdonad, padre; no sé, en forma cabal, lo que deseo. Sin duda que siempre me proporcionarán gozo las ciencias; no podría ser de otro modo. Pero no creo que sean las ciencias, en el futuro, mi único campo de actividad. No son siempre los deseos los que determinan el destino y la misión de un hombre, sino otra cosa, algo predeterminado.

El abad escuchaba y se iba poniendo serio. Sin embargo, su viejo rostro se iluminó con una sonrisa cuando dijo:

—El conocimiento que he alcanzado a tener de los hombres, me lleva a pensar que todos nosotros, especialmente en la mocedad, propendemos un tanto a confundir la providencia con nuestros deseos. Y ya que crees conocer de antemano tu sino, quisiera que me dijeses para qué te consideras llamado.

Narciso entornó sus ojos oscuros que desaparecieron bajo las largas pestañas negras. Permanecía callado.

—Habla, hijo mío —profirió admonitoriamente, tras prolongada espera, el abad. Y Narciso, la voz apagada, los ojos caídos, comenzó a· hablar:

—Creo saber, reverendo padre, que estoy, ante todo, determinado para la vida del claustro. Estoy convencido de que seré monje, sacerdote, subprior y acaso

12

abad. Y esto no lo creo porque lo desee. No son cargos lo que mi deseo busca. Pero los cargos me serán impuestos.

Los dos estuvieron callados un buen rato.

—¿Y por qué crees tal cosa? —preguntó con voz pausada el anciano—. ¿Qué cualidad tuya, aparte el saber, es la que se manifiesta en tal creencia?

—Es una cualidad —dijo Narciso lentamente— que consiste en sentir y darme cuenta de la índole y sino de las personas, no sólo de los míos sino también de los de los otros. Esa cualidad me obliga a servir a los demás, dominándolos. Si no hubiese nacido para la vida del claustro, tendría que ser juez u hombre de estado.

—Pudiera ser —asintió el abad con la cabeza—. ¿Por ventura has experimentado en casos concretos ese don tuyo de conocer a los hombres y sus destinos?

—Ciertamente.

—¿Estarías dispuesto a señalarme algún ejemplo?

—Lo estoy.

—Perfectamente. Como yo no quisiera penetrar en los secretos de nuestros hermanos ni en lo que puedan saber, ¿querrías decirme lo que piensas saber sobre mí, sobre tu abad Daniel?

Narciso alzó los párpados y miró al abad en los ojos.

—¿Es una orden, reverendo padre?

—Sí, es una orden.

—Muy duro se me hace hablar, padre.

—También a mí se me hace duro, hermano, ordenarte que hables. Y lo hago. ¡Habla!

13

Narciso bajó la cabeza y dijo musitando:

—Poco es lo que de vos sé, reverendo padre. Sé que sois un servidor de Dios a quien más placería apacentar cabras o tañer la esquila de una ermita y confesar a los labriegos que regir un gran convento. Sé que profesáis especial amor a Nuestra Señora la Madre de Dios y que es a ella a quien principalmente dirigís vuestros rezos. Unas veces rezáis porque las ciencias griegas y de otras especies que en este convento se cultivan jamás lleguen a acarrear confusión ni daño a las almas de vuestros subordinados. Otras veces rezáis porque no lleguéis a perder la paciencia con el subprior Gregorio. Y otras pedís un dulce final. Y yo estoy seguro que seréis oído y que tendréis una muerte tranquila.

Hízose el silencio en el pequeño gabinete del abad. Finalmente habló el anciano.

—Eres un iluso y tienes visiones —declaró en tono amistoso—. Y las visiones pías y amables pueden ser también engañosas; no te fíes de ellas como yo tampoco me fío... Dime, hermano iluso, ¿eres capaz de ver lo que en el fondo del corazón pienso sobre este asunto?

—Veo, padre, que vuestros pensamientos son sumamente benévolos. Pensáis lo siguiente: "Este joven corre cierto peligro, tiene visiones, tal vez ha meditado demasiado. Quizá deba ponerle una penitencia, no le hará mal. Pero la penitencia que le imponga la tomaré también sobre mí"... Esto es lo que hace poco pensabais.

14

El abad se levantó. Y sonriendo, hizo al novicio una inclinación con la cabeza para despedirse.

—Está bien —dijo—. No tomes tus visiones demasiado en serio, hermano; Dios nos exige algo más que tener visiones. Admitamos que has halagado a un viejo anunciándole una muerte tranquila. Y admitamos también que el viejo ha escuchado complacido un instante tal anuncio. Ya es bastante. Mañana, después de la misa del alba, rezarás un rosario; lo rezarás con humildad y recogimiento y no a la ligera, y yo haré lo mismo. Y ahora véte, Narciso; harto hemos hablado.

En otra ocasión, tuvo el abad Daniel que mediar entre el más joven de los padres maestros y Narciso que no se habían podido poner de acuerdo sobre cierto punto del plan de estudios. Narciso insistía con gran empeño en que se introdujeran ciertos cambios en la enseñanza y los justificaba con convincentes razones; mas el padre Lorenzo, llevado de una especie de celos, se negaba a aceptarlos. A cada conversación que sobre el tema sostenían, seguían días de desazonado silencio y de enfurruño, hasta que Narciso, seguro de estar en lo cierto, tornaba a tocar el tema.

El padre Lorenzo terminó por decirle, un tanto ofendido:

—Vamos a poner término a esta disputa, Narciso. Bien sabes que es a mí a quien corresponde decidir y no a ti, porque tú no eres mi colega sino mi ayudantes y tienes que someterte a mi criterio. Pero ya que la cuestión te parece de tanto momento y mi superiori-

15

dad se debe a la jerarquía, y en modo alguno al saber y al talento, no quiero tomar yo la decisión sino que llevaremos el asunto al padre abad y que él resuelva.

Así lo hicieron. Y el abad Daniel escuchó con paciencia y amabilidad la disputa de los dos letrados sobre la manera como debía enseñarse la gramática. Luego que cada cual hubo expuesto y fundamentado con todo detalle sus puntos de vista, el anciano los miró con expresión bienhumorada, meneó un poco la encanecida cabeza y dijo:

—Sobrado sabéis, mis amados hermanos, que de esas cosas entiendo menos que vosotros. Narciso merece elogio por tomarse tanto interés por la escuela y querer mejorar el plan de estudios. Pero si su superior es de otro parecer, Narciso no tiene más remedio que callarse y obedecer, pues el mantenimiento del orden y la disciplina en esta casa vale más que todas las reformas escolares. Tengo que censurar a Narciso por no haber sabido ceder. Y, por lo demás, jóvenes eruditos, hago votos por que nunca os falten superiores menos inteligentes que vosotros; nada hay mejor contra el orgullo.

Y con esta bondadosa agudeza los despidió. Pero en los días siguientes no dejó de observarlos para ver si entre ellos volvía a haber paz y armonía.

Una nueva cara hizo por entonces su aparición en el convento, que tantas veía ir y venir, y aquella nueva cara no era de las que pasaban inadvertidas y se olvidaban pronto. Tratábase de un mozo a quien su padre había hecho inscribir hacía tiempo y que llegó un día de pri-

16

mavera para seguir estudios en el colegio conventual. Apenas el muchacho y su padre ataron los caballos al tronco del castaño, salió por la puerta del convento, a su encuentro, el hermano portero.

El joven alzó la mirada hacia el árbol, que mostraba aún la desnudez del invierno.

—Nunca vi un árbol como éste —dijo—. Es hermoso, admirable. Me gustaría saber qué nombre tiene.

El padre, hombre entrado en años, de rostro cuidado y un tanto amargado, no hizo el menor caso de las palabras del jovenzuelo. Pero el portero, a quien el garzón cayó en gracia desde el primer momento, satisfizo su curiosidad. Él se lo agradeció gentilmente, le tendió la mano y le dijo:

—Me llamo Goldmundo y vengo a estudiar en la escuela.

El hermano, luego de dirigirle una sonrisa, condujo a los recién llegados a través de la puerta principal, y subió con ellos la ancha escalera de piedra. Goldmundo entraba en el convento sin el menor temor, seguro de haber encontrado ya en aquel lugar dos seres de quienes podía hacerse amigo: el árbol y el portero.

Los forasteros fueron recibidos primeramente por el padre regente, y al anochecer los recibió también el abad. En ambas entrevistas, el padre de Goldmundo, funcionario imperial, presentó a su hijo y fué invitado a quedarse unos días como huésped de la casa. Sin embargo, sólo hizo uso por una noche de la hospitalidad que se le ofrecía, alegando tener que regresar al día siguiente. Ofreció al convento uno de sus dos caballos y el regalo fué aceptado. La conversación con los religiosos discurrió cortés y fría; pero tanto el abad como el padre regente miraban con gran complacencia a Goldmundo, que permanecía respetuosamente callado; desde el primer momento sintieron simpatía por aquel joven hermoso y tierno. Al día siguiente, vieron partir al padre sin el menor pesar, y muy contentos se quedaron con el hijo. Goldmundo fué presentado a los maestros, y se le dió una cama en el dormitorio de los escolares. Reverente y entristecido, se despidió de su padre y permaneció sin moverse del sitio, siguiéndolo con la mirada, hasta que hubo desaparecido por la angosta puerta arqueada del patio exterior, entre el granero y el molino. Una lágrima pendía de sus largas pestañas rubias cuando se volvió; y entonces se le acercó el portero y le dió un amable golpecillo en el hombro.

—No te pongas triste, señorín —díjole en tono de consuelo—. Los más de los que aquí llegan sienten al comienzo una miaja de morriña, del padre, de la madre, de los hermanos. Pero pronto verás que aquí no se pasa mal, en modo alguno.

—Gracias, hermano portero —profirió el mozo—. No tengo ni hermanos ni madre; sólo padre.

En tal caso, encontrarás aquí camaradas y sabiduría y música y juegos nuevos que no conoces, y otras mil cosas, ya verás. Cuando necesites estar con alguien que te quiera bien, ven junto a mí.

Goldmundo le dirigió una sonrisa.

—¡Oh gracias, muchas gracias! Si deseáis proporcionarme ya una alegría, llevadme sin demora junto al caballo que dejó mi padre. Quisiera saludarlo y ver cómo se encuentra.

El portero lo condujo incontinenti a la cuadra que estaba junto al granero. Percibíase allí, en medio de la tibia penumbra, un penetrante olor a caballo, a estiércol y a cebada. Junto a uno de los pesebres, Goldmundo descubrió al caballo zaino que le había traído. El animal le reconoció en seguida y alargó hacia él la cabeza. El muchacho le echó los brazos al cuello, apretó la mejilla contra aquella ancha frente moteada de blanco y, acariciándolo tiernamente, le susurró al oído:

—¡Hola, mi Careto valiente, mi caballito lindo! ¿Cómo te va? ¿Me sigues queriendo? ¿Te dan bien de comer? ¿Te acuerdas mucho de casa? ¡Qué bien, mi trotoncillo, mi Caretilo, que te hayas quedado aquí conmigo! He de venir muchas veces a tu lado, para estar contigo, para verte.

Y extrayendo de la bocamanga un trozo del pan del desayuno, que había apartado, se lo dió a comer en pedacitos. Luego se despidió de él y siguió al portero hasta el patio, que era tan grande como la plaza del mercado de una gran ciudad y estaba poblado parcialmente de tilos. En la entrada interior dió gracias al portero y le tendió la mano; y en seguida advirtió que ya se había olvidado del camino para ir a su aula que el día anterior le habían enseñado. Soltó una breve risa, se sonrojó y suplicó al portero que lo llevara allá, lo que él hizo de buen grado. Instantes después entraba en la clase. En los bancos hallábanse sentados hasta una docena de muchachos, y el ayudante Narciso se volvió.

—Soy Goldmundo —dijo—, el nuevo alumno.

Narciso lo saludó con pocas palabras, sin sonreírse, le indicó un lugar en el último banco y prosiguió su tarea.

Goldmundo se sentó. Sorprendióle encontrarse con un maestro tan joven, apenas unos años mayor que él, y también le sorprendió y le alegró sobremanera el que fuese tan apuesto, tan distinguido, tan serio y, a la vez, tan atrayente y encantador. El portero se le había mostrado muy atento, el abad lo había recibido afectuosamente, allá en la cuadra estaba Careto, que era un pedacito de la patria; ¡y héte ahora aquí este maestro asombrosamente joven, grave como un erudito y delicado como un príncipe, y con esta voz serena, reposada, mesurada, cautivadora! Escuchaba complacido lo que allí se decía, aunque no lo comprendiera desde el primer momento. Sentíase feliz. Había venido a dar en medio de unos hombres excelentes, amables, y estaba decidido a amarlos y a buscar su amistad. Por la mañana, cuando se encontraba en el lecho, luego de despertarse, había notado una opresión, y que aún no había desaparecido el cansancio del largo viaje; y al despedirse de su padre, había tenido que llorar un poco. Pero ahora habían desaparecido esas murrias, estaba contento. Contemplaba una y otra vez, y largamente, al joven profesor, recreándose en su porte erguido y esbelto, sus ojos de brillar frío, sus labios enérgicos que formaban las sílabas con claridad y firmeza, su voz alada, infatigable.

Mas cuando hubo terminado la clase y los discípulos se levantaron ruidosamente de sus asientos, Goldmundo dió un respingo y advirtió, un tanto avergonzado, que había estado durmiendo un buen rato. Y no fué él sólo quien lo advirtió, sino también sus compañeros de banco, que lo comunicaron por lo bajo a los demás. Y apenas el joven profesor abandonó el aula, los discípulos se lanzaron sobre Goldmundo, dándole tirones y empelladas de todos lados.

—¿Qué tal has dormido? —le preguntó uno riéndose burlonamente.

—¡Magnífico alumno! —soltó otro con mofa—. No hay duda que llegará a ser una lumbrera. Marmotea ya en la primera lección.

—Metamos en la cama al pequeñuelo —propuso otro. Y le agarraron por los brazos y las piernas para llevárselo entre risas.

El sobresalto que ello produjo a Goldmundo se convirtió en iracundia. Repartió cachetes a su alrededor, intentó desembarazarse, recibió varios golpes y, al cabo, lo dejaron; sólo uno le seguía sujetando un pie. De un fuerte tirón logró soltarse de éste y se abalanzó sobre el más vigoroso, que le hizo frente y se enzarzó con él en furiosa pelea. Su adversario era un sujeto fornido; todos los presentes contemplaban la lucha con gran emoción. Como Goldmundo no era vencido y conseguía asestar algunos buenos puñetazos al forzudo, empezó a ganarse amigos entre los camaradas, antes que conociera el nombre de ninguno. Pero, de pronto, todos se largaron de allí atropelladamente; y apenas desapareció el último entró el padre Martín, el regente, quien se detuvo delante del muchacho, que se había quedado solo. Sorprendido,

21

contemplaba al joven, cuyos ojos azules tenían un mirar desconcertado en aquel rostro congestionado y un tanto maltrecho.

—¿Qué te ha sucedido? —le preguntó— ¿Tú eres Goldmundo, verdad? ¿Te han hecho algo esos pícaros?

—No, no —dijo el mozo—. Ya le ajusté las cuentas.

—¿A quién?

—No sé. No conozco aún a ninguno. Uno de ellos se peleó conmigo.

—¿Ah sí? ¿Fué él quien empezó?

—No lo sé. No, creo que fuí yo mismo el que empezó. Quisieron burlarse de mí y me enojé.

—¡Bien empiezas, hijo mío! Te advierto, pues, que si te vuelves a pelear aquí en el aula serás castigado. Y ahora a tomar la merienda. ¡Andando!

El padre, sonriendo, lo siguió con la mirada. Iba avergonzado y, mientras caminaba, trataba de peinarse con los dedos el rubio y revuelto cabello.

El propio Goldmundo reconocía que el primer acto de su vida en el convento había sido en extremo grosero y desatinado; y, harto arrepentido, buscó y encontró en la merienda a sus condiscípulos. Fué acogido con toda consideración y cordialidad, se reconcilió caballerosamente con sus enemigos y, desde aquel instante, se sintió plenamente aceptado en el grupo.

CAPÍTULO II

Aunque era buen amigo de todos, no encontró en seguida un verdadero amigo; entre sus condiscípulos no había ninguno respecto al cual sintiera singular afinidad o inclinación. Ellos, en cambio, estaban maravillados de haber encontrado en el arrojado púgil —en el que creyeran ver un simpático camorrista— a un compañero extremadamente pacífico que más bien parecía aspirar a la gloria de un alumno ejemplar.

Había en el convento dos hombres que cautivaban su corazón, que le placían, que ocupaban su pensamiento y por los que sentía admiración, amor y respeto: el abad Daniel y el ayudante de clase Narciso. Al abad inclinábase a tenerlo por un santo; su sencillez y bondad, su mirada clara, atenta, su modo humilde de mandar y regir como si estuviera cumpliendo un servicio, sus ademanes corteses y reposados, todo en él le atraía poderosamente. Nada le agradaría más que llegar a ser el servidor personal de este hombre piadoso, obedeciéndole y atendiéndole constantemente, haciéndole permanente ofrenda de su juvenil impulso de devoción y entrega, y

23

aprendiendo de él una vida pura, noble, santa. Pues Goldmundo se proponía no tan sólo concluir los estudios de la escuela sino, además, de ser posible, quedarse en el convento del todo y para siempre y consagrar su vida a Dios. Tal era su voluntad, tal el deseo y mandato de su padre, y eso mismo había Dios determinado y exigido. Aunque nadie parecía advertirlo, aquel muchacho gallardo, radiante, llevaba una carga sobre sí, una carga original, una secreta determinación para la penitencia y el sacrificio. Ni el abad lo descubrió, pese a que el padre de Goldmundo le había hecho ciertas indicaciones y le había expresado francamente su deseo de que el hijo se quedara para siempre allí, en el convento. Cabía pensar que hubiese alguna mancha en el nacimiento de Goldmundo, algo que se callaba y que reclamaba expiación. Pero el abad, a quien el padre no resultó agradable, había acogido sus palabras y su persona toda, un tanto presuntuosa, con cortés frialdad y no dió a sus indicaciones mayor importancia.

El otro que había despertado el amor de Goldmundo veía con más penetración y adivinaba más, pero se mantenía retraído. Narciso se había dado cuenta cabal de qué encantador pájaro de oro había volado hacia él. Aislado en su excelencia y superioridad, venteó en seguida en Goldmundo al espíritu afín, aunque semejaba en todo su contrario. Mientras Narciso era sombrío y magro, Goldmundo aparecía radiante y lleno de vida. Y así como el primero parecía ser un espíritu reflexivo y analítico, el segundo daba la impresión de ser un soñador y tener alma infantil. Pero, por encima de las contraposiciones, había algo común que los unía: ambos eran hombres distinguidos, ambos se diferenciaban de los otros por ciertas señales y dotes manifiestas y ambos habían recibido una especial advertencia del destino.

Con apasionado fervor inició Narciso el contacto con esta alma joven cuya índole y destino había ya descubierto. Y Goldmundo, por su parte, profesaba encendida admiración a su hermoso e inteligentísimo maestro. Pero Goldmundo era tímido; no se le ocurría otro procedimiento para ganarse a Narciso que el de esforzarse hasta el agotamiento en ser un discípulo atento y estudioso. Y no era sólo la timidez lo que le detenía. Deteníale también cierto sentimiento de que Narciso era para él un peligro. No podía tener a un tiempo por ideal y por modelo al bueno y humilde abad y al agudo, erudito y precoz Narciso. Y, sin embargo, perseguía con todas las espirituales energías de su mocedad los dos ideales incompatibles. Esto le hacía sufrir a menudo. A las veces, en los primeros meses de su permanencia en la escuela, sentía en el corazón tal confusión y desgarramiento que le venía con fuerza la tentación de huir de allí o de desahogar en el trato con sus camaradas su angustia y su interna cólera. Con frecuencia, cualquier pequeña broma o impertinencia de estudiantes encendía súbitamente en él, de ordinario bondadoso, tan violenta furia y enojo, que sólo haciendo apelación a todas sus fuerzas podía dominarse y alejarse de allí con los ojos cerrados, pálido como un cadáver y en silencio. Iba entonces a la cuadra, junto al caballo Careto, apoyaba la cabeza en su cuello, lo besaba y se ponía a llorar. Y su dolencia fué agravándose y llegó a hacerse manifiesta. Se le enflaquecieron las mejillas, tenía a menudo la mirada apagada e hízose rara aquella risa suya que todos amaban.

Ni él mismo sabía lo que le pasaba. Era su más sincero deseo y voluntad ser un buen alumno, iniciar prontamente el noviciado y convertirse luego en un piadoso y tranquilo hermano de los padres; creía que todas sus energías y facultades se orientaban hacia ese pío y dulce propósito y nada sabía de otros afanes. Por eso le resultaba extraño y triste advertir cuán difícil era de alcanzar tan simple y hermoso objetivo. Desalentábale y sorprendíale descubrir a veces en sí inclinaciones y estados de ánimo censurables: distracción y repelencia en el estudio, sueños y fantasías, o bien somnolencia en las lecciones, rebeldía y antipatía hacia el profesor de latín, irritabilidad y colérica impaciencia para con sus condiscípulos. Y lo más desconcertante era que su amor hacia Narciso no se compadecía bien con el que profesaba al abad Daniel. Al mismo tiempo, creía, en ocasiones, descubrir por íntima convicción que también Narciso le amaba, que se interesaba por él y que le esperaba.

Los pensamientos de Narciso se ocupaban de él mucho más de lo que el mozuelo presumía. Anhelaba trabar amistad con aquel joven hermoso, despejado, placiente; adivinaba en él su polo opuesto y su complemento, quisiera atraérselo, dirigirlo, instruirlo, elevarlo y conducirlo a plena floración. Pero se retraía. Y ello por varios motivos, casi todos conscientes. Impedíaselo, singularmente, la repugnancia que le inspiraban los maestros y monjes, no escasos en número, que se enamoraban de

26

discípulos y novicios. Con harta frecuencia había él mismo
sentido sobre sí la mirada codiciosa de hombres de edad
y con harta frecuencia también había respondido a sus
amabilidades y zalamerías con un mudo rechazamiento.
Ahora los comprendía mejor. Veía cuán seductor sería
amar al hermoso Goldmundo, provocar su risa encantadora, acariciar con tierna mano su cabello rubio. Pero
jamás lo haría, nunca jamás. De otra parte, como ayudante de clase que tenía la condición de maestro, aunque
sin su dignidad ni autoridad, habíase acostumbrado a
guardar una especial cautela y circunspección. Habíase
habituado a tratar a quienes eran casi de su misma edad
como si les llevara veinte años, y también a evitar severamente toda preferencia hacia alguno de ellos y a mostrar la máxima justicia y solicitud con los escolares que
le resultaban antipáticos. Su servicio era un servicio que
prestaba al espíritu; a él había consagrado su austera vida,
y únicamente en secreto, en momentos de flaqueza, se
permitía recrearse en el orgullo y en su superior saber e
inteligencia. No; por seductora que fuese la amistad con
Goldmundo, constituía un peligro y no debía permitir
que rozara la médula de su vida. La médula y el sentido
de su vida era el servicio al espíritu, el servicio a la palabra; era la tranquila, excelsa, altruista tarea de dirigir
a sus discípulos —y no sólo a ellos— hacia altos objetivos espirituales.

Más de un año llevaba ya Goldmundo en Mariabronn;
muchas veces había jugado ya con sus camaradas, bajo
los tilos del patio y bajo el bello castaño, los juegos
escolares, a las carreras, a la pelota, a los bandidos y a las

batallas con bolas de nieve. Era llegada la primavera, pero Goldmundo sentíase cansado y débil, dolíale a menudo la cabeza y, en la escuela, le costaba trabajo mantenerse despierto y atento.

Un anochecer le habló Adolfo, aquel alumno cuyo primer encuentro con él había sido una pelea y con quien, en el último invierno, había empezado a estudiar a Euclides. Era después de la cena, en aquella hora de libertad en que estaba permitido jugar en las celdas, charlar en las habitaciones de los escolares y también pasear por el patio exterior del convento.

—Goldmundo —le dijo cuando bajaba con él la escalera—: quiero revelarte algo, algo muy divertido. Pero como eres un joven ejemplar y acaso aspiras a ser obispo, dame primero tu palabra de que no faltarás al compañerismo y no me delatarás a los maestros.

Goldmundo se lo prometió sin reparo alguno. Él bien sabía que existía un honor conventual y un honor escolar que, a veces, eran antagónicos; pero, como en todas partes, las leyes consuetudinarias tenían más fuerza que las escritas, y, mientras fuese estudiante, jamás infringiría las leyes y conceptos de honor del estudiantado.

Adolfo lo condujo cuchicheando, a través de la puerta del convento, bajo los árboles. Refirióle que había unos cuantos camaradas resueltos, entre los cuales se contaba, que continuaban el viejo uso de acordarse, de cuando en cuando, que no eran monjes y abandonar por una noche el convento para ir al pueblo. Era una diversión y una aventura que no rehuía ningún hombre de pro. Se regresaba en la misma noche.

—Pero a esas horas está cerrada la puerta —objetó Goldmundo.

Naturalmente que estaba cerrada; en eso consistía, precisamente, la gracia de la cosa. Conocíanse empero caminos secretos para entrar sin ser notado; no era la primera vez.

Goldmundo recordaba. Ya había oído otra vez la frase "Ir al pueblo". Con ella se designaban las excursiones nocturnas de los pupilos en busca de toda suerte de secretos placeres y aventuras. La ley del convento lo castigaba severamente. Se espantó. Ir "al pueblo" era pecado, estaba prohibido. Pero comprendía perfectamente que eso mismo podía engendrar en los "hombres de pro" la convicción de que el correr aquel riesgo era algo que el honor escolar imponía; y comprendía también que suponía una cierta distinción el ser invitado a tal aventura.

De buena gana hubiese respondido negativamente y retornado al convento a la carrera para meterse en la cama. Estaba muy fatigado, sentíase enfermo, le había dolido la cabeza toda la tarde. Pero se avergonzaba un poco delante de Adolfo. ¡Y quién sabe! Quizás encontrase allá afuera, en la aventura, algo hermoso y nuevo, algo que hiciera olvidar el dolor de cabeza, la postración y todas las demás molestias. Era una excursión al mundo, escondida y prohibida, es verdad, no muy honrosa, mas, al cabo, tal vez una liberación, una experiencia. Permanecía vacilante mientras Adolfo le hablaba; y, de repente, se echó a reír y dijo que sí.

Adolfo y él se perdieron inadvertidos bajo los tilos en

el ancho patio a oscuras cuya puerta exterior estaba ya cerrada a aquella hora. El camarada lo condujo al molino del convento, por donde, a causa del anochecer y el ruido de las ruedas, era fácil escabullirse sin ser vistos ni oídos. Por una ventana vinieron a dar, enteramente envueltos en tiniebla, sobre un húmedo y resbaladizo andamio de tablas de madera, una de las cuales hubieron de arrancar y colocar sobre el arroyo para pasar al otro lado. Estaban ya afuera, en el camino real, que despedía un resplandor apagado y desaparecía en el negro bosque. Todo aquello era emocionante y misterioso y agradaba sobremanera al muchacho.

En el linde del bosque encontrábase ya un camarada, Conrado, y, luego de esperar un largo rato, llegó, a paso tirado, otro, el espigado Eberardo. Los cuatro mozos echaron a andar a través del bosque. Alzábase sobre sus cabezas rumor de aves nocturnas y algunas estrellas se mostraban con clara humedad entre tranquilas nubes. Conrado charlaba y contaba chistes y los otros se los reían a veces. Sin embargo, encima de ellos se cernía, temerosa y solemne, la emoción de la noche, y sus corazones latían con más fuerza.

Traspuesto el bosque, al cabo de una breve hora, llegaron al pueblo. Allí parecía dormir todo; las bajas fachadas fulguraban pálidamente, cruzadas por las oscuras viguetas del entramado, no había luz en parte alguna. Adolfo iba delante. Pasaron junto a varias viviendas despaciosamente y en silencio, saltaron una cerca, se encontraron en un jardín, avanzaron por la blanda tierra de los arriates, tropezaron en unas escaleras y se detuvieron ante la pared de una casa. Adolfo pulsó en una puertaventana, aguardó, volvió a pulsar. Percibíase ruido en el interior y no tardó en verse luz; se abrió el postigo; y, uno tras otro, entraron por la ventana en una cocina de negra chimenea y suelo terrino. En el hogar había un pequeño candil en cuya tenue torcida temblaba una llama débil. Hallábase allí, de pie, una joven, una flaca moza campesina, que tendió la mano a los recién llegados; y, detrás de ella, apareció, surgiendo de la oscuridad, otra, una niña de largas trenzas negras. Adolfo llevaba consigo algunos obsequios, media hogaza del blanco pan conventual y algo más en una bolsa de papel: Goldmundo supuso que sería un poco de incienso o de cera o cosa parecida. La muchacha de las trenzas salió, tanteando, sin luz, la puerta, permaneció afuera un largo rato y volvió luego con una jarra grisácea ornada de flores azules que alargó a Conrado. Después de echar un trago, Conrado pasó la jarra a los otros y todos bebieron: era mosto de manzana.

Al fulgor de la mezquina llama del candil, sentáronse las dos muchachas en unos pequeños y duros escabeles, y a su alrededor, en el suelo, los escolares. Pusiéronse a conversar en voz baja y, entretanto, corría el mosto; Adolfo y Conrado llevaban la palabra. A veces se levantaba uno de ellos y acariciaba el pelo y la nuca a la flaca; a la pequeña nadie la tocaba. Goldmundo pensaba que la mayor debía ser la criada, y la linda pequeña, la hija de la casa. Por lo demás, le era indiferente; nada se le daba porque jamás volvería a este lugar. La evasión a hurtadillas y la marcha nocturna por el bosque, eso sí era hermoso; era algo nuevo, emocionante, misterioso y, ello no obstante, sin peligro. Cierto que estaba prohibido; pero la violación de esa prohibición no agobiaba demasiado la conciencia. En cambio esto de ahora, esta visita nocturna a las muchachas, sentía que era algo más que una cosa simplemente prohibida, que era un pecado. Quizá para los otros tratábase asimismo de un pequeño desliz, mas no para él; a él, destinado a la vida del claustro y al ascetismo, no le estaba permitido jugar con muchachas. No; no volvería. Pero su corazón latía fuertemente y con temor en la penumbra candileña de la mísera cocina.

Sus compañeros echábanselas de héroes ante las jóvenes y se daban importancia intercalando frases latinas en la conversación. Los tres parecían gozar de favor con la criada, a la que se allegaban de tanto en tanto con sus pequeñas y desmañadas caricias, de las que la más tierna era un tímido beso. Demostraban conocer por modo cabal lo que aquí les estaba permitido. Y como toda la conversación discurría en tono de susurro, la escena resultaba un poco cómica, aunque Goldmundo no lo veía así. Encogido en el suelo, quieto, permanecía con los ojos fijos en la llamita del candil sin decir palabra. A las veces, cogía al vuelo, con una mirada de soslayo un tanto anhelosa, alguna de las ternezas que los otros se cambiaban. Por lo demás, tenía la vista clavada hacia delante. Mucho le hubiese agradado contemplar a su sabor a la pequeña de las trenzas; pero esto justamente se lo prohibía a sí mismo. Sin embargo, si alguna vez su voluntad se aflojaba y su mirada se extraviaba en el sereno y dulce rostro de la mozuela, siempre encontraba sus ojos oscuros fijos en él, contemplándolo como hechizada.

Transcurrida tal vez una hora —que a Goldmundo le pareció larguísima, la más larga de su vida— cesaron las charlas y ternuras de los escolares y se hizo la calma. Estaban un poco confusos y Eberardo empezó a bostezar. La criada les indicó que era ya hora de partir. Todos se levantaron y le dieron la mano, Goldmundo el último. Luego se despidieron de igual modo de la muchacha, Goldmundo también el último. Y, finalmente, Conrado saltó por la ventana, siguiéndole Eberardo y Adolfo. Cuando Goldmundo iba a saltar, sintió que una mano lo sujetaba por el hombro. No podía detenerse; sólo cuando hubo posado los pies afuera, en el suelo, se volvió lentamente. A la ventana estaba asomada la jovencilla de las trenzas.

—¡Goldmundo! —musitó. Él permaneció inmóvil—. ¿Vendrá otra vez? —le preguntó seguidamente. Su tímida voz era tan sólo un hálito.

Goldmundo movió la cabeza negativamente. Ella tendió hacia él las manos y le tomó entre ellas la cabeza; Goldmundo sentía en las sienes el calor de aquellas manos pequeñas. Después, la muchachada se inclinó profundamente hasta allegar sus ojos oscuros a los del garzón.

—¡Ven otra vez! —le susurró; y sus labios rozaron los de él en un beso infantil.

Echó a correr tras los otros por el pequeño jardín, tropezó y cayó sobre los arriates, percibió olor de tierra húmeda y de estiércol, se hirió la mano en un rosal, trepó por el vallado y siguió, trotando, a sus compañeros, alejándose del pueblo, a través del bosque. "¡Nunca más!", decía imperativamente su voluntad. "¡Vuelve mañana!", imploraba sollozando el corazón.

Nadie encontró a aquellos pájaros nocturnos y retornaron sin obstáculos a Mariabronn. Salvaron el arroyo, pasaron por el molino, cruzaron la plaza de los tilos, siguieron clandestinos caminos sobre los aleros y, al cabo, entraron, por una ventana ajimezada, en el convento y se encaminaron al dormitorio.

A la mañana siguiente, fué menester despertar a almohadazos al espigado Eberardo, tan profundo era su sueño. Todos se presentaron a su hora en la misa del alba, en el desayuno, en el aula, pero Goldmundo tenía mala cara, tan mala que el padre Martín le preguntó si se encontraba enfermo. Adolfo le lanzó una mirada admonitoria y él dijo que no sentía nada. Pero en la clase de griego, a eso del mediodía, Narciso no le quitaba ojo de encima. También él había notado que Goldmundo estaba enfermo, pero se mantuvo callado y se redujo a observarlo atentamente. Al terminar la lección, lo llamó a su lado. Para no despertar sospechas en los alumnos, le encargó hacer algo en la biblioteca. Y allá lo siguió:

—Goldmundo —le dijo—, ¿puedo ayudarte en algo? Veo que no andas bien. Tal vez estés enfermo. Mejor será que te metas en cama; te haremos tomar un caldo y un vaso de vino. Hoy no tienes la cabeza para el griego.

Largo trecho estuvo esperando una respuesta. El pálido muchacho lo miraba con ojos turbados, bajó la cabeza, tornó a erguirla, frunció los labios, quiso hablar y no pudo. De súbito, se desplomó hacia un costado, apoyó la cabeza en un atril, entre los dos ángeles de roble que lo adornaban, y rompió a llorar. Narciso se quedó desconcertado y, durante un rato, permaneció con la vista apartada. Finalmente tomó por los brazos al sollozante y lo levantó.

—Bueno, bueno —dijo con amabilidad mucho mayor de la que Goldmundo había hasta entonces advertido en sus palabras—. Bueno, *amice*, llora, que eso te aliviará en seguida. Siéntate y no hables. Bien se ve que no puedes más; tal vez has estado haciendo esfuerzos toda la mañana para mantenerte de pie y para que no se te notase nada, lo que merece encomio. Ahora llora libremente, es lo mejor que puedes hacer. ¿No? ¿Ya has terminado? ¿Ya puedes tenerte de pie? Bien, ahora iremos a la enfermería y te acostarás y esta noche te encontrarás mejor. ¡Vamos!

Eludiendo los aposentos de los escolares, lo condujo a la enfermería, le indicó uno de los dos lechos vacíos que allí había y, cuando Goldmundo, obediente, empezó a desvestirse, salió a dar cuenta al padre regente de la enfermedad del muchacho. Encargó también para él en la cocina, como lo prometiera, una sopa y un vaso de vino de enfermo; ambos *beneficia*, muy usados en los conventos, placían sobremanera a la mayoría de los enfermos leves.

Mientras yacía en su lecho de enfermo, trataba Goldmundo de librarse de la confusión que lo poseía. Una hora antes quizás hubiese podido descubrir la causa de aquella inmensa fatiga, la índole de aquel mortal cansancio del alma que le dejaba vacía la cabeza y le hacía arder los ojos. Era el esfuerzo poderoso, renovado en cada minuto y en cada minuto frustrado, de olvidarse de la noche anterior... o, por mejor decir, no de la noche, no de la insensata y deliciosa huída del convento cerrado, ni de la caminata por el bosque, ni del improvisado y resbaladizo puentecillo sobre el negro arroyo molinero, ni tampoco del escalar cercas, entrar y salir por ventanas, deslizarse por corredores, sino únicamente de aquel instante junto a la oscura ventana de la cocina, del aliento y las palabras de la muchacha, de la presión de sus manos, del beso de sus labios.

Pero ahora había advenido otra cosa, un nuevo espanto, una nueva experiencia. Narciso se había interesado por él, Narciso lo amaba, Narciso se había molestado por él... el delicado Narciso, el distinguido, el inteligente, con su boca de labios finos y levemente burlones. ¡Y él, por su parte, no había sabido contenerse en su presencia, se sintió abochornado y se puso a balbucear y terminó con gemidos! En vez de ganarse a aquel ser superior con las más nobles armas, con el griego, con la filosofía, con heroísmo espiritual y un digno estoicismo, había perdido ante él la serenidad en manera flaca y lastimosa. Jamás se lo perdonaría a sí mismo, nunca jamás podría mirarle a los ojos sin avergonzarse.

Con el llanto se había descargado la gran tensión que experimentaba; la calma soledad de la estancia, el lecho amable le trajeron alivio; y su desesperación se mitigó. Pasada una hora, entró un hermano lego con una sopa de harina, un pedacito de pan y una pequeña copa llena de vino, del vino que los escolares solamente bebían los días de fiesta. Goldmundo comió y bebió, dejó el plato medio vacío, lo puso a un lado y quiso tornar a sus pensamientos, pero no pudo. Volvió a coger el plato y tomó unas cucharadas más. Y cuando, poco después, abrióse la puerta lentamente y entró Narciso para ver al doliente, encontrólo durmiendo y notó que le había vuelto el color a las mejillas. Estuvo un largo rato contemplándolo con amor, con inquiridora curiosidad y también con algo de envidia. Advertía que Goldmundo no estaba enfermo, que no necesitaría enviarle vino al día siguiente. Pero sabía también que se había roto el hielo, que serían amigos. Hoy era Goldmundo el que precisaba de él y el que recibía sus servicios. Mañana quizá fuese él el débil y el necesitado de ayuda y de amor. Y si ese caso llegara, podría recibirlos de este muchacho.

CAPÍTULO III

Extraña amistad fué la que se inició entre Narciso y Goldmundo; pocos la veían con buenos ojos y, en ocasiones, podía parecer que a ellos mismos desplaciera.

Al principio, a quien se le hacía más difícil era a Narciso, el pensador. Para él todo era espíritu, incluso el amor; le resultaba imposible ceder irreflexivamente a cualquier seducción. Fué en aquella amistad el espíritu dirigente, y por mucho tiempo únicamente él tuvo plena conciencia de su destino, alcance y sentido. Mucho tiempo permaneció solitario en medio del amor, sabiendo que el amigo sólo llegaría a pertenecerle realmente cuando lo hubiese encaminado al conocimiento. Goldmundo se dió a aquella nueva vida con ternura y apasionamiento, alegremente, sin meditar; Narciso, en cambio, aceptó el alto destino de modo consciente y responsable.

Para Goldmundo fué, al comienzo, liberación y curación. Su juvenil necesidad de amor acababa de ser despertada con grande brío, y, a la vez, espantada sin esperanza, por la mirada y el beso de una linda mocita. Pues en su interior sentía que todo lo que había sido

39

hasta allí el sueño de su vida, todas las cosas en que creía, lo que estimaba su vocación y su misión, veíanse amenazados en su misma raíz por la mirada de aquellos ojos negros. Destinado por su padre a la vida del claustro, acatando sin reservas tal decisión, consagrado a un ideal piadoso y de heroísmo ascético con el fuego de los primeros entusiasmos juveniles, en el primer encuentro huidizo, en la primera llamada de la vida a sus sentidos, en el primer contacto con lo femenino había descubierto en forma indubitable que allí estaba su enemigo y su demonio, que el peligro que le acechaba era la mujer. Y ahora, el destino le traía la salvación, ahora venía hacia él, en el más apurado trance, esta amistad que ofrecía a sus anhelos un florido jardín y a su veneración un nuevo altar. Aquí podía amar, podía entregarse sin pecado, dar su corazón a un amigo admirado, de más edad y más inteligente, transformar, espiritualizar las peligrosas llamas de los sentidos en el noble fuego del sacrificio. Pero ya en la primera primavera de esta amistad tropezó con extraños obstáculos, con frialdades enigmáticas e inesperadas, con alarmantes exigencias. Pues estaba muy lejos de considerar a su amigo como su contrario y su polo opuesto. Se le ocurría que bastaba el amor, la afección sincera, para hacer de dos personas una sola, para borrar diferencias y superar oposiciones. ¡Mas cuán áspero y seguro de sí mismo, cuán categórico e implacable este Narciso! Parecía que ni conociera ni deseara la inocente entrega de sí mismo, el grato errar en compañía por el país de la amistad. Cabía pensar que ignoraba y no sufría los caminos sin objetivo,

40

el divagar soñador. Cierto que, cuando Goldmundo estuvo como enfermo, se había preocupado por él, cierto que lo ayudaba y aconsejaba en todos los asuntos de la escuela y del estudio, que le explicaba los pasajes difíciles de los libros, que ampliaba sus perspectivas en los reinos de la gramática, la lógica, la teología; pero nunca parecía hallarse contento y plenamente acorde con el ·amigo y, a menudo, hasta se diría que se reía de él y que no lo tomaba en serio. Goldmundo sentía, en verdad, que no era aquello simple pedantería, mera presunción del más viejo e inteligente, que allí se escondía algo más, algo más hondo, más importante. Mas no podía sondear la hondura de aquel espíritu, por lo que su amistad con frecuencia le causaba tristeza y perplejidad.

En realidad, Narciso se daba cabal cuenta de las prendas que a su amigo adornaban, no era ciego para su fresca hermosura ni para su sana vitalidad y su plenitud florida. En modo alguno era un maestro que quisiera alimentar con griego a una joven alma apasionada, o responder con lógica a un amor inocente. Por el contrario, amaba extremadamente al blondo mancebo y esto le suponía un peligro, pues el amar no era para él un estado natural sino un prodigio. No debía enamorarse, recrearse en la deleitosa contemplación de aquellos lindos ojos, en la proximidad de aquella floreciente, luminosa belleza rubia; no debía permitir que aquel amor se demorara en lo sensual ni siquiera un instante pasajero. Pues si Goldmundo se sentía destinado al claustro y al ascetismo y a un permanente esfuerzo hacia la santidad, Narciso estaba, de hecho, destinado a una vida de tal jaez. El amor sólo

41

le estaba permitido en una única forma, la superior. Pero Narciso no creía que la vocación de Goldmundo fuera el ser asceta. Sabía leer en los hombres más distintamente que cualquier otro, y en este caso, como amaba, leía con acrecida claridad. Veía la naturaleza de Goldmundo que, a pesar de su oposición, comprendía íntimamente porque era la otra mitad perdida de sí mismo. Veíala acorazada con un caparazón de fantasías, errores de educación y palabras paternas, y adivinaba desde hacía tiempo el nada complicado secreto de aquella vida joven. Clara se le aparecía su misión: descubrir ese secreto al que lo llevaba, libertarle de su caparazón, devolverle su verdadera naturaleza. Era una seria tarea, y lo más serio de aquello era que quizá perdería el amigo.

Avanzaba hacia su objetivo con extraordinaria lentitud. Pasaron meses antes de que fuera posible tan sólo un primer ataque serio, una conversión de tono profundo entre ambos. Tan alejados estaban, pese a toda amistad, tan tenso estaba el arco entre ellos. Marchaban a la par, el uno vidente, el otro ciego; el que el ciego ignorase su ceguera sólo suponía un alivio para él mismo.

Narciso abrió la primera brecha cuando trató de indagar el suceso que había encaminado hacia él al desconcertado muchacho en un momento de debilidad. Esa indagación fué menos dificultosa de lo que había pensado. Hacía tiempo que Goldmundo sentía la necesidad de confesar lo acaecido en aquella noche; mas, fuera del abad, nadie había que le inspirara suficiente confianza, y el abad no era su confesor. Al recordarle ahora Narciso, en un instante que estimó favorable, aquel comienzo de su amistad y rozar con tiento el secreto, declaró sin rodeos:

—Lástima que aún no hayas recibido las órdenes y que no puedas confesar; bien me agradaría librarme de esa cosa por la confesión, y de buena gana cumpliría la condigna penitencia. Pero a mi confesor no puedo decírsela.

Cautelosa, astutamente, Narciso siguió zahondando; habíase encontrado la pista.

—Sin duda te acuerdas —profirió tentando— de aquella mañana en que parecías enfermo; no la has olvidado, porque en aquella ocasión nos hicimos amigos. Muchas veces he tenido que pensar en eso. Tal vez no te diste cuenta, pero por entonces me sentía tremendamente desamparado.

—¿Desamparado tú? —exclamó incrédulo el amigo—. ¡Si el desamparado y el desvalido era yo! ¿Acaso no era yo el que estaba allí hipando, sin decir palabra, y el que al cabo se echó a llorar como un niño? Aun hoy me avergüenzo de aquel episodio; estaba convencido de que nunca más podría presentarme ante tus ojos. ¡Haberme visto en un estado de tan lastimosa flaqueza!

Narciso avanzó tanteando el terreno.

—Comprendo —dijo— que aquello te resultase desagradable. Eso de llorar delante de un extraño, de un profesor, es cosa en verdad impropia de un hombre firme y valiente como tú. Por eso creí que estabas enfermo. Cuando la fiebre asciende, hasta un Aristóteles puede comportarse de inexplicable modo. ¡Pero en aquel momento tú no estabas doliente, no tenías la menor calentura! Y por esa razón sentías vergüenza. Nadie se avergüenza de tener fiebre, ¿verdad? Estabas avergonzado porque otra cosa te poseía, porque algo te había subyugado. ¿Acaso había acaecido algo de particular?

Goldmundo demoró un poco la respuesta y, finalmente, dijo con voz pausada:

—En efecto, había acaecido algo de particular. Permíteme que te tome por mi confesor; alguna vez habría de decirlo.

Y con la cabeza baja refirió al amigo la historia de aquella noche.

Narciso, sonriendo, expresó luego:

—Bien. Lo de "ir al pueblo" está, en efecto, prohibido. Pero hay muchas cosas prohibidas que uno puede hacer y reírse luego de haberlas hecho; o bien se apela a la confesión y la cosa queda borrada y ya no hay más que preocuparse. ¿Por qué no habías de cometer tú también alguna vez, como casi todos los escolares, esas pequeñas locuras? No tiene tanta gravedad.

Sin rebozo, airado, prorrumpió Goldmundo:

—¡Hablas, en verdad, como un maestro! Tú sabes bien de lo que se trata. Naturalmente, yo no veo pecado grave en burlarse alguna vez de las reglas de la casa y tomar parte en alguna picardía de escolares, aunque ello no pueda, ciertamente, considerarse como adecuado ejercicio preparatorio para la vida del claustro.

—¡Alto ahí! —exclamó Narciso con energía—. ¿Por ventura ignoras que precisamente esos ejercicios preparatorios fueron necesarios para muchos piadosos padres? ¿Es que no sabes que uno de los más cortos caminos

44

para una vida de santidad puede ser una vida de libertinaje?

—¡Ah, cállate! —profirió Goldmundo con expresión de disgusto—. Quise decir que no era esa pequeña desobediencia lo que me causaba remordimiento. Era otra cosa. Era la muchacha. ¡Era una sensación que no acierto a describirte! La sensación de que, si cedía a aquella seducción, si solamente tendía la mano para tocar a la joven, nunca más podría retroceder; y de que entonces el pecado, como un abismo infernal, me tragaría y no me soltaría ya. Y de que concluirían todos los sueños hermosos, toda virtud, todo amor a Dios y al bien.

Narciso asintió con la cabeza, caviloso.

—El amor a Dios —dijo pausadamente, escogiendo las palabras— no siempre se identifica con el amor del bien. ¡Ah, si eso fuera tan sencillo! Lo bueno, según sabemos, se contiene en los mandamientos. Mas debes saber que Dios no está tan sólo en los mandamientos, que ellos no son sino una mínima parte de Él. Puedes observar los mandamientos y estar, sin embargo, muy lejos de Dios.

—¿Acaso no me comprendes? —se dolió Goldmundo.

—Sí, te comprendo. Tú ves en la mujer, en el sexo, la esencia de lo que llamas "mundo" y "pecado". En cuanto a los otros pecados, te parece, o bien que no eres capaz de cometerlos, o que, si los cometieras, no te abrumarían porque los confesarías y te verías libre de ellos. ¡Sólo ese otro pecado no!

—Es verdad. Eso es exactamente lo que siento.

—Ya ves que te comprendo. Y, a decir verdad, no te

45

equivocas mucho; la historia de Eva y la serpiente no es una simple fábula ociosa. Con todo, no tienes razón, amigo mío. La tendrías si fueses el abad Daniel o tu patrón bautismal, San Crisóstomo, si fueses obispo o sacerdote, o incluso un humilde y sencillo fraile. Pero nada de eso eres. Tú eres un escolar, y aunque deseas quedarte para siempre en el claustro, o aunque tu padre tenga tal deseo para ti, todavía no has hecho voto alguno ni recibido ninguna orden. Si hoy o mañana te vieses seducido por una linda joven y sucumbieras a la tentación, no habrías faltado a ningún juramento ni quebrantado ningún voto.

—¡Ningún voto escrito! —exclamó Goldmundo muy excitado—. Pero sí un voto no escrito, el más sacrosanto, que llevo dentro de mí. ¿No te das cuenta que lo que puede valer para otros no es válido para mí? Tampoco tú has sido ordenado, ni has hecho votos, y sin embargo jamás te permitirías tocar a una mujer. ¿O es que me engaño? ¿No eres tú así? ¿No eres tal como yo te creo? ¿No has prestado ya en tu corazón el juramento que aún no prestaste con palabras y ante los superiores, y no te sientes obligado por él para siempre? ¿Acaso no eres como yo?

—No, Goldmundo, no soy como tú, no soy como crees. Es verdad que también yo guardo un voto no pronunciado, en eso tienes razón. Pero en modo alguno soy igual a ti. Voy a decirte hoy algo de lo que un día te acordarás. Nuestra amistad no tiene otro objetivo ni sentido qué mostrarte cuán totalmente distinto eres de mí.

Goldmundo se quedó paralizado, atónito; Narciso había hablado con una mirada y un tono que no admitían réplica. Calló. Pero ¿por qué dijo Narciso tales palabras? ¿Por que había de ser el voto no pronunciado de Narciso más santo que el suyo propio? ¿Es que no lo tomaba en serio, que en él no veía más que a un niño? De nuevo comenzaron las confusiones y las tristezas de aquella singular amistad.

Narciso no tenía ya dudas sobre la índole del secreto de Goldmundo. Era Eva, nuestra primera madre, la que estaba detrás. Mas ¿cómo era posible que en un joven tan bello, tan sano, tan espléndido, el sexo, al despertarse, tropezara con tan acerba hostilidad? Por fuerza debía intervenir allí algún demonio, algún oculto enemigo que había logrado hender interiormente a aquel hombre magnífico y desavenirlo con sus primarios impulsos. En fin: había que descubrir ese demonio, había que conjurarlo y hacerlo aparecer y entonces podría vencérsele.

Entretanto, los compañeros rehuían cada vez más la compañía de Goldmundo y lo abandonaban, o, por mejor decir, se sentían abandonados por él y, en cierto sentido, traicionados. Ninguno veía con agrado su amistad con Narciso. Los maliciosos la desacreditaban calificándola de contranatural, sobre todo aquellos que habían estado enamorados de alguno de los dos mancebos. Pero también los otros, los que rechazaban toda sospecha de depravación, meneaban desaprobatoriamente la cabeza. No había quien los defendiera; al unirse tan estrechamente, parecía que quisieran aislarse altaneramente, como aristócratas, de los demás por estimarlos de más bajo metal;

y esto iba contra el compañerismo y contra la hermandad conventual y contra lo cristiano.

Muchos rumores, quejas y calumnias sobre ambos llegaron a oídos del abad Daniel. En más de cuarenta años de vida monacal había sido testigo de muchas amistades juveniles; integraban el cuadro general del convento, eran un bello complemento, a veces un entretenimiento, a veces un peligro. Él se mantenía retraído, con los ojos abiertos, sin intervenir. Una amistad de carácter tan apasionado y exclusivo era fenómeno poco común, y, evidentemente, no estaba desprovista de peligros, pero, como no dudaba de su pureza, dejó que las cosas siguieran su curso. Si Narciso no ocupara un singular lugar intermedio entre alumnos y profesores, el abad no hubiese vacilado en dictar algunas ordenanzas que separaran a unos de otros. No era bueno para Goldmundo apartarse de sus condiscípulos y mantener únicamente estrecho trato con uno mayor que él, con un maestro. Pero ¿acaso estaba bien poner estorbos en su carrera excepcional a Narciso, al extraordinario e inteligentísimo Narciso a quien todos los profesores consideraban como igual y aun superior en lo intelectual, alejándolo de las tareas docentes? Si Narciso no hubiese demostrado que era un excelente profesor, si su amistad lo hubiese arrastrado a la negligencia y la parcialidad, lo habría retirado inmediatamente. Pero contra él no había nada concreto, sino sólo las murmuraciones y las envidiosas sospechas de los otros. Por otra parte, el abad estaba enterado de las dotes singulares de Narciso, de su penetrante aunque quizás un poco presuntuoso conoci-

48

miento de los hombres. Si bien no sobrestimaba tales dotes, y otras le hubiesen agradado más, no dudaba que Narciso había descubierto algo en el estudiante Goldmundo, algo singular, y que le conocía mejor que él o que cualquier otro. Al abad sólo le había llamado la atención en Goldmundo, aparte la gracia cautivadora de su persona, cierto celo precoz e incluso un poco insolente con el que parecía sentirse ya ahora en el convento, pese a que no era más que un alumno y un huésped, como de la casa y casi como miembro de la comunidad. Juzgaba que no debía temer que Narciso favoreciera, y mucho menos estimulara, ese celo conmovedor pero inmaturo. Más bien había que temer respecto a Goldmundo que su amigo le contagiara una cierta adustez y orgullo intelectual. Con todo, no creía que en este caso fuese grande el peligro, y podía correrse el albur. Al pensar en cuánto más fácil, tranquilo y cómodo es para un superior regir hombres comunes y corrientes que naturalezas excepcionales y fuertes, no podía menos de suspirar y sonreír a un tiempo. No, no quería dejarse contagiar por la desconfianza, no quería mostrarse desagradecido habiéndosele encomendado dos individuos de excepción.

Narciso cavilaba mucho sobre su amigo. Su raro don de descubrir y captar intuitivamente la índole y la vocación de los hombres se había pronunciado ya, hacía tiempo, respecto a Goldmundo. La vitalidad de aquel joven, el brillo que irradiaba, hablaban con meridiana claridad: llevaba en sí todas las señales de una personalidad vigorosa, de un hombre ricamente dotado, así

49

en los sentidos como en el alma, quizá de un artista, en todo caso, de un sujeto de gran fuerza de amor cuya vocación y cuya dicha consistían en ser inflamable y en su capacidad de entrega y dedicación. ¿Por qué motivo este ser inclinado al amor, este individuo de sentidos delicados y ricos que con tanta hondura podía gozar y amar del aroma de una flor, de un amanecer, de un caballo, del vuelo de un pájaro, se había empeñado en ser hombre espiritual y asceta? Mucho le daba esto que pensar. Sabía que el padre de Goldmundo había favorecido esa afición. Pero ¿podía él haberla originado? ¿Con qué hechizo había embrujado a su hijo para hacerle creer en esa vocación y ese deber? ¿Qué clase de hombre sería el padre? Aunque muy a menudo había llevado la conversación a tratar de él, y Goldmundo había hablado bastante, Narciso no podía representárselo, no podía verlo. ¿No era esto ya extraño y sospechoso? Cuando Goldmundo le hablaba de una trucha que había apresado en su infancia, cuando describía una mariposa, imitaba el grito de un pájaro o hablaba de un camarada, de un perro o de un mendigo, surgían imágenes y podía verse algo. Cuando hablaba de su padre, no se veía nada. No; si el padre fuera realmente en la vida de Goldmundo una figura tan importante, tan poderosa, tan dominadora, lo hubiera descrito de otro modo, hubiese podido presentar otras imágenes de él. Narciso no tenía un alto concepto del padre, no le agradaba; a las veces, hasta dudaba de que fuese en verdad su padre. Era un ídolo vano. Mas ¿de dónde le venía esa fuerza? ¿Cómo había podido llenar el alma de Goldmundo de sueños tan extraños a la esencia de esa alma?

También Goldmundo cavilaba no poco. Por seguro que se sintiese del entrañable amor de su amigo experimentaba constantemente la penosa sensación de que no lo tomaba muy en serio y de que le trataba un poco como a un niño. ¿Y qué significaba eso, que siempre le repetía, de que no era como él?

Esas cavilaciones no le absorbían, sin embargo, días enteros. No era Goldmundo capaz de prolongadas meditaciones. Otras cosas había que hacer a lo largo del día. Iba con frecuencia junto al hermano portero; se sentía muy bien a su lado. Una y otra vez pedía, y con maña lograba, que le dejaran montar durante una o dos horas el caballo Careto; además era muy querido entre los que moraban alrededor del monasterio, especialmente en casa del molinero con cuyo criado iba, a menudo, a acechar las nutrias, o bien hacía tortas de fina harina flor que Goldmundo distinguía de las otras especies de harina con los ojos cerrados, sólo por el olor. Aunque pasaba mucho tiempo con Narciso, le quedaban todavía algunas horas para entregarse a sus viejos hábitos y placeres. Los oficios divinos le resultaban también, en su mayor parte, un placer: gustábale cantar en el coro de los escolares, gustábale rezar un rosario ante algún altar favorito y escuchar el hermoso y solemne latín de la misa, y, entre nubes de humo, ver resplandecer el oro de los objetos del culto y de los ornamentos y contemplar en las columnas las tranquilas y graves imágenes de los santos, los Evangelistas con sus animales simbólicos y Santiago con sombrero y zurrón de peregrino.

Sentíase atraído por estas imágenes y se complacía en pensar que aquellas figuras de piedra y de madera mantenían una misteriosa relación con su persona, tal vez como inmortales y omniscientes padrinos, protectores y guías de su vida. Asimismo advertía en sí un amor y un secreto y dulce vínculo con las columnas y capiteles de puertas y ventanas y con los adornos de los altares, con aquellos astrágalos y molduras tan bellamente labrados, con aquellas flores y aquellas hojas lozanas que prorrumpían de la piedra de las columnas y formaban ondulaciones y pliegues expresivos y enternecedores. Aparecíasele como un misterio maravilloso y profundo el que al lado de la naturaleza, con sus plantas y animales, existiese esta otra naturaleza muda, hecha por el hombre, estos hombres, animales y plantas de piedra y de madera. No era raro que se pasara alguno de sus momentos libres copiando aquellas figuras, cabezas de animales y manojos de hojas, y, a veces, intentaba también dibujar flores, caballos y rostros de la realidad.

Y le agradaban sobremanera los cánticos eclesiásticos, especialmente las canciones marianas. Placíanle el ritmo severo y firme de estos cantos, sus imploraciones y alabanzas, repetidas una y otra vez. Podía seguir con recogimiento su devoto sentido, o bien, olvidándose del sentido, gozar de la majestuosa cadencia de aquellos versos y dejar henchirse el alma de ellos, de aquellas notas prolongadas y graves, de aquellas vocales llenas, de las piadosas repeticiones. En el fondo de su corazón no le atraía la ciencia, no le atraían la gramática ni la lógica, aunque también ellas tenían su belleza; le agradaba más el mundo de imágenes y sonidos de la liturgia.

De cuando en cuando, interrumpía también por un instante el distanciamiento que entre él y sus condiscípulos se había producido. Con el tiempo, vino a resultarle molesto y aburrido verse rodeado de desvío y frialdad; a veces, se esforzaba durante un largo rato por hacer reír a un malhumorado vecino de banco o por hacer hablar a un callado vecino de lecho, y tenía éxito, y se mostraba amable y recobraba el afecto de algunos ojos, algunos rostros y algunos corazones. En dos casos, y por obra de tales reconciliaciones, logró, bien contra su voluntad, que volvieran a invitarle a "ir al pueblo". Entonces se asustaba y rechazaba rápidamente la invitación. No; no fué más al pueblo; y, además, había conseguido olvidar a la muchacha de las trenzas y no pensar nunca en ella o, por mejor decir, casi nunca.

CAPÍTULO IV

Durante largo tiempo los intentos de asedio de Narciso fueron impotentes para penetrar el secreto de Goldmundo. Durante largo tiempo se esforzó, al parecer en vano, por despertarlo, por enseñarle el lenguaje en que podía comunicarse ese secreto.

Lo que el amigo le había referido sobre su origen y su patria no suscitó imagen alguna. Aparecía en sus relatos un padre envuelto en sombras, impreciso pero venerado, y, luego, el recuerdo de una madre desaparecida o muerta que no era sino un pálido nombre. Poco a poco, Narciso, diestro en leer en las almas, llegó a descubrir que su amigo pertenecía a ese tipo de hombres en que se ha borrado una parte de su vida, que, bajo el peso de alguna desgracia o hechizo, debieron resignarse a olvidar una porción de su pasado. Comprendía que, en este caso, el mero preguntar y aconsejar no valía de nada; y comprendía también que había confiado con exceso en el poder de la razón y que había hablado mucho en vano.

No era, en cambio, vano el amor que le unía al

amigo y la costumbre de estar a menudo con él. A pesar de la profunda diferencia de sus caracteres, habían aprendido mucho el uno del otro; gradualmente, había ido naciendo entre ellos, junto al lenguaje de la razón, un lenguaje espiritual y de signos, al modo como entre dos moradas puede haber una calle por la que pasan los carruajes y los jinetes pero aparte de la cual surgen muchos pequeños caminos de recreo, caminos laterales, caminos ocultos: caminitos de niños, sendas para enamorados, caminos apenas perceptibles de perros y gatos. Paso a paso, la viva fantasía de Goldmundo había ido penetrando, a través de varios caminos mágicos, en los pensamientos del amigo y en su lenguaje, y Narciso, por su parte, había llegado a entender y sentir sin palabras el genio y modo de ser de Goldmundo. A la lumbre del amor maduraban lentamente nuevos vínculos entre las dos almas y sólo después vinieron las palabras. Y así cierta vez, un día de asueto, en la biblioteca, inesperadamente, hubo entre los amigos una conversación que los situó de repente en el centro del problema de la esencia y sentido de su amistad y que proyectó luces nuevas a gran distancia.

En aquella sazón hablaron de astrología, que en el convento no se cultivaba y estaba prohibida, y Narciso dijo que la astrología era una tentativa para introducir orden y sistema en la considerable diversidad de tipos de hombres, destinos y vocaciones. En este punto intervino Goldmundo:

—Tú siempre estás hablando de diferencias, en tal manera que, poco a poco, he llegado a la conclusión de que esa es tu más peculiar característica. Cuando hablas de la gran diferencia que, por ejemplo, hay entre tú y yo, tengo la impresión de que la diferencia existe únicamente en tu extraña manía de buscar diferencias.

Narciso:

—Acabas de dar en el clavo. La verdad es que para ti las diferencias no tienen mayor importancia, en tanto que a mí me parecen lo único importante. Soy, por mi misma esencia, un erudito, mi vocación es la ciencia. Y la ciencia, para citar tus propias palabras, no es otra cosa sino la manía de buscar diferencias. No pudiera definirse mejor su esencia. Para nosotros, los hombres de ciencia, nada hay más importante que establecer distinciones; la ciencia es el arte de la diferenciación. Así, por ejemplo, conocer a un individuo es descubrir en él aquellas notas que lo distinguen de los demás.

Goldmundo:

—Perfectamente. El uno calza zuecos y es labriego, y el otro lleva en la cabeza una corona y es rey. Esas son, evidentemente, diferencias. Pero hasta los niños las advierten sin necesidad de ciencia.

Narciso:

—Mas si el labriego y el rey llevan iguales vestidos, el niño ya no acierta a distinguirlos.

Goldmundo:

—Y la ciencia tampoco.

Narciso:

—Quizá sí. No es más sagaz que el niño, conforme,

57

pero tiene más paciencia; no se atiene exclusivamente a las señales más externas y groseras.

Goldmundo:

—Eso lo hace también todo niño inteligente. Descubrirá al rey por la mirada o el porte. En fin, para decirlo con pocas palabras: Vosotros los eruditos sois unos orgullosos y siempre nos tenéis por tontos a los demás. Se puede ser muy inteligente sin necesidad de ciencia alguna.

Narciso:

—Me alegra que empieces a verlo. Y pronto verás también que no me refiero a la inteligencia cuando hablo de la diferencia que existe entre tú y yo. Yo no digo: tú eres más inteligente o más tonto, mejor o peor. Digo tan sólo que eres distinto.

Goldmundo:

—Eso es fácil de entender. Pero tú no hablas solamente de diferencias de los rasgos externos sino a menudo también de diferencias del destino, de la vocación. ¿Por qué, por ejemplo, habría de ser tu vocación distinta de la mía? Como yo, eres cristiano, estás decidido a seguir la vida del claustro y eres hijo del buen Padre que está en los cielos. Tenemos el mismo fin: la dicha eterna. Nuestra vocación es la misma: retornar a Dios.

Narciso:

—Muy bien. En el tratado de dogmática un hombre es, evidentemente, igual a otro, pero en la vida no. Pienso en el discípulo amado del Salvador, en cuyo pecho reclinaba la cabeza, y en aquel otro discípulo que lo traicionó. ¿No tenían ambos la misma vocación?

58

Goldmundo:

—¡Eres un sofista, Narciso! Por ese camino no podremos acercarnos.

Narciso:

—No podremos acercarnos por ningún camino.

Goldmundo:

—¡No digas eso!

Narciso:

—Te lo digo absolutamente en serio. Nuestra tarea no consiste en aproximarnos, como no se juntan el sol y la luna, ni el mar y la tierra. Nosotros, caro amigo, somos el sol y la luna, el mar y la tierra. Nuestro objetivo no es el cambiarnos uno en otro sino el conocernos mutuamente y acostumbrarnos a ver y venerar cada cual en el otro lo que él es, la pareja y el complemento.

Conturbado, Goldmundo permanecía con la cabeza baja y su rostro se había vuelto triste.

Finalmente dijo:

—¿Es por esa causa por lo que sueles no tomar en serio mis pensamientos?

Narciso demoró un poco la respuesta. Luego profirió con voz clara y firme:

—Sí, es por eso. Debes acostumbrarte, querido Goldmundo, a que sólo te tome en serio a ti mismo. Créeme: tomo en serio cada sonido de tu voz, cada uno de tus gestos, cada sonrisa tuya. Pero, en cambio, tus pensamientos ya no los tomo tan en serio. En ti tomo en serio lo que estimo esencial y necesario. ¿Por qué pretendes que se dedique especial consideración precisamen-

te a tus pensamientos, teniendo tantas otras prendas?
Goldmundo se sonrió con amargura.

—Bien lo decía yo; para ti he sido siempre un niño,
nada más.

Narciso se mantuvo firme.

—Una parte de tus pensamientos son, a mi parecer,
pensamientos infantiles. Recuerda lo que antes hablamos de que un niño inteligente no tiene por qué ser
más tonto que un erudito. Pero si el niño quiere opinar
en cosas de ciencia, el erudito no lo tomará en serio.

Goldmundo exclamó con vehemencia:

—También te sonríes de mí cuando no hablo de
ciencia. Por ejemplo, procedes en toda ocasión como
si mi piedad, mis esfuerzos para progresar en los estudios, mi aspiración a la vida monástica fueran pura
niñería.

Narciso lo miró con grave semblante:

—Te tomo en serio cuando eres Goldmundo. Pero
no siempre eres Goldmundo. Y lo único que anhelo es
que seas total y enteramente Goldmundo. Tú no eres
un erudito ni un monje; un erudito o un monje pueden
hacerse de una madera inferior. Crees que te tengo por
poco ilustrado, poco versado en lógica o por poco piadoso. En modo alguno; pero, a mi ver, no eres lo bastante tú mismo.

Si de aquella conversación se retiró Goldmundo confuso y hasta herido, pocos días después mostraba deseos
de proseguirla. Esta vez acertó Narciso a darle una imagen de las diferencias entre sus respectivas índoles, que
podía aceptar más fácilmente.

Narciso se expresó con calor, sintiendo que Goldmundo dejaba ahora entrar las palabras del amigo con más libertad y más grato acogimiento èn su alma, que ya lo dominaba. Animado por el éxito, dijo más de lo que se había propuesto, entusiasmándose con sus propias frases.

—Escucha —le dijo—. Nada más que en una cosa te aventajo: yo estoy despierto mientras que tú lo estás tan sólo a medias y, a veces, duermes por completo. Llamo despierto a aquel que, con la razón y la conciencia, se conoce a sí mismo y conoce sus más íntimas fuerzas, impulsos y flaquezas irracionales, y sabe contar con ellas. El aprender esto es el sentido que para ti puede tener nuestro encuentro. En ti, Goldmundo, el espíritu y la naturaleza, la conciencia y el mundo de los ensueños se hallan muy distanciados. Has olvidado tu infancia, y ella desde el hondón de tu alma te solicita. Y te hará sufrir hasta que le prestes oídos... Bueno; de esto basta. Como te decía, pues, en lo de estar en vela soy más fuerte que tú; aquí te aventajo y, por eso, puedo serte de provecho. En todo lo demás, querido, eres superior a mí... digo, lo serás en cuanto te hayas encontrado a ti mismo.

Goldmundo escuchaba asombrado; pero al oír aquello de: "Has olvidado tu infancia", dió un respingo como alcanzado por una flecha, sin que Narciso lo advirtiera, porque, según su costumbre, permanecía casi constantemente, mientras hablaba, con los ojos cerrados o mirando hacia abajo como si de esa suerte le fuera más fácil encontrar las palabras. No reparó que Goldmundo contrajo, de pronto, el rostro, y empezó a demudarse.

—Superior... yo a ti —balbuceó Goldmundo, sólo por decir algo. Parecía que se hubiese quedado entumecido.

—Así es —prosiguió Narciso—. Las naturalezas de tu tipo, los que tienen sentidos fuertes y finos, los iluminados, los soñadores, poetas, amantes, son, casi siempre, superiores a nosotros, los hombres de cabeza. Vuestra raíz es maternal. Vivís de modo pleno, poseéis la fuerza del amor y de la intuición. Nosotros, los hombres de intelecto, aunque a menudo parecemos conduciros y regiros, no vivimos plenamente sino de modo seco y descarnado. Es vuestra la plenitud de la vida, el jugo de los frutos, el jardín del amor, la maravillosa región del arte. Vuestra patria es la tierra y la nuestra la idea. El peligro que os acecha es el de ahogaros en el mundo sensual; a nosotros nos amenaza el de asfixiarnos en un recinto sin aire. Tú eres artista y yo pensador. Tú duermes en el regazo de la madre y yo velo en el desierto. Para mí brilla el sol y para ti la luna y las estrellas; tú sueñas con muchachas y yo con mancebos...

Con los ojos muy abiertos Goldmundo había estado escuchando lo que Narciso decía con cierto transporte oratorio. Algunas de sus palabras se le habían clavado como espadas; al oír las últimas se puso pálido y cerró los ojos; y como Narciso lo advirtiera y, alarmado, inquiriera la causa, respondió, blanco como un muerto, con la voz apagada:

—Ya me aconteció una vez que delante de ti per-

diera el dominio de mí mismo y me echara a llorar...
tú lo recuerdas. Eso no puede repetirse, nunca me lo
perdonaría... ¡y a ti tampoco! Márchate en seguida
y déjame solo; me has dicho palabras terribles.

Narciso se hallaba sumamente perplejo. Estaba entusiasmado de sus propias palabras, tenía la sensación de
haberse expresado mejor que en ninguna otra ocasión.
Y veía consternado que algunas de esas palabras habían
impresionado hondamente al amigo, que había herido
alguna cuerda sensible. Resultábale penoso dejarlo solo
en aquel instante y se demoró unos segundos; mas el
ceño de Goldmundo lo disuadió y se alejó de allí desconcertado para que el amigo pudiera tener la soledad
que necesitaba.

Esta vez la tensión que embargaba el alma de Goldmundo no se resolvió en lágrimas. Permanecía inmóvil,
con una sensación de haber sufrido profunda e irremediable herida, como si su amigo le hubiese hincado
un puñal en medio del pecho, respirando dificultosamente, con el corazón mortalmente apretado, el rostro
pálido como la cera, las manos paralizadas. Era la misma congoja de aquel día aunque más fuerte; era el
mismo ahogo interior, la misma sensación de tener que
afrontar algo terrible, algo enteramente insoportable.
Pero en esta ocasión ningún sollozo salvador le ayudó
a vencer su congoja. Santa Madre de Dios, ¿qué era
esto? ¿Qué había acontecido? ¿Acaso lo habían asesinado? ¿O había él dado muerte a alguien? ¿Qué cosa
terrible se había dicho?

Expelía el aliento jadeando; y, como un envenenado,

experimentaba la angustiosa sensación de que tenía que
liberarse de algo mortal que se escondía en sus entrañas.
Con movimientos de un nadador salió precipitadamente
del cuarto, enderezó inconscientemente hacia los lugares
más silenciosos y desiertos del convento, atravesó corredores y escaleras y, al cabo, se encontró al aire libre.
Había venido a dar al más recogido refugio del convento, al claustro en el que el cielo, inundado de sol,
resplandecía sobre los verdes arriates y el aroma de las
rosas se difundía en delicados hilos temblorosos a través
de aquel aire fresco confinado en piedra trasudada.

Sin sospecharlo, Narciso había hecho en aquella ocasión lo que desde hacía tiempo constituía su anhelado
objetivo: había invocado por su nombre al demonio que
poseía a su amigo, se había enfrentado con él. Alguna
de sus palabras había rozado el secreto que yacía en el
corazón de Goldmundo y ese secreto se había encabri-
tado en furioso dolor. Narciso vagó largo rato por el
convento en busca del amigo, pero no lo encontró en
parte alguna.

Estaba Goldmundo debajo de uno de los sólidos arcos
de piedra que comunicaban los corredores con el jardin-
cillo claustral. De lo alto de cada una de las columnas
que sostenían el arco le miraban con ojos espantados
tres cabezas de animales, tres pétreas cabezas de perros
o lobos. La herida le dolía horriblemente y no distinguía camino hacia la luz, hacia la razón. Una angustia
mortal le apretaba el cuello y el estómago. Y como
maquinalmente volviera hacia arriba la vista, paró su
atención en unó de los capiteles, y, de pronto, tuvo

la sensación de que aquellas tres feroces cabezas estaban dentro de sus entrañas, con los ojos desorbitados y ladrando.

"Voy a morirme en seguida", pensó horrorizado. Y luego, temblando de pavor, se dijo: "Perderé la razón, me devorarán estas fauces horrendas."

Y con una brusca contracción se desplomó al pie de la columna. El dolor era excesivo, había llegado al límite. Un desvanecimiento lo envolvió con su velo; y con el rostro hundido, desapareció en una ansiada anulación del ser.

El abad Daniel no había tenido un día muy placentero. Dos monjes viejos se le habían presentado todo excitados, regañando y acusándose, reñidos otra vez por causa de antiguas y mezquinas envidias. Los escuchó con paciencia, los amonestó aunque en vano, finalmente los despidió con dureza, imponiéndoles a los dos una pena bastante severa, y se quedó con la impresión de que su determinación resultaría inútil. Deprimido, buscó refugio en la cripta, estuvo un rato rezando y cuando se levantó no se sentía más animado. Luego, atraído por el insinuante perfume de las rosas, decidió ir al claustro para aspirar aquel aroma. Allí se encontró al escolar Goldmundo desmayado sobre las baldosas. Mirólo tristemente, asustado de la palidez y apagamiento de aquella faz moza, de ordinario tan bella. El día había sido poco grato; ¡y ahora esto! Intentó levantar al muchacho pero le faltaban fuerzas. Suspirando hondamente, el anciano fué a llamar a dos hermanos jóvenes para que lo llevaran arriba, y envió también al padre Anselmo, que era médico. Además, hizo buscar a Narciso, que apareció en seguida y se presentó ante él.

—¿Lo sabes ya?—le preguntó.

—¿Lo de Goldmundo? Sí, reverendo padre, acaban de decirme que está enfermo o que ha sufrido un accidente y que fué menester llevarlo en brazos.

—Así es. Lo encontré tendido en el claustro donde, dicho sea de paso, nada tenía que ir a hacer. No ha sufrido un accidente sino que se ha desmayado. Esto me desagrada. Pienso que quizá tengas tú algo que ver con la cosa o, al menos, sepas algo, pues eres su amigo íntimo. Por eso te llamé. Habla.

Narciso, con su acostumbrada contención en la actitud y el habla, refirió a grandes rasgos la conversación que había sostenido en aquel día con Goldmundo y la gran impresión que, por modo sorprendente, sus palabras le habían causado. El abad, con aire un tanto contrariado, meneó la cabeza.

—Singulares conversaciones son ésas —dijo, esforzándose por mantener la calma—. La conversación que me acabas de relatar podría calificarse de intromisión en una alma ajena; es, en cierto modo, una conversación de las que sólo se tienen con el director espiritual. Pero tú no eres el director espiritual de Goldmundo. Tú no puedes ser director espiritual de nadie porque aún no has recibido las órdenes. ¿Cómo es posible que hayas adoptado con un alumno el tono de consejero en cosas que son de la exclusiva competencia del director espiritual? Ello, como ves, ha acarreado funestas consecuencias.

—Las consecuencias —declaró Narciso en tono suave

pero resuelto— no las conocemos todavía, reverendo padre. Me alarmó un poco lo violento del efecto, pero no abrigo la menor duda de que las consecuencias de nuestra conversación serán beneficiosas para Goldmundo.

—Las consecuencias ya las veremos. No hablo ahora de ellas sino de tu proceder. ¿Qué fué lo que te impulsó a sostener tales pláticas con Goldmundo?

—Como sabéis, es mi amigo. Siento hacía él una especial inclinación y creo haberle comprendido bien. Habéis dicho que mi conducta con él es la que corresponde a un director espiritual. Yo no me he arrogado ninguna clase de autoridad espiritual pero creí conocerlo algo mejor de lo que a sí propio se conoce.

El abad se encogió de hombros.

—Sé que esa es tu especialidad. Esperemos que con ello no hayas ocasionado mal alguno... ¿Acaso está enfermo Goldmundo? Quiero decir si nota algo, si se siente desfallecido o si duerme mal o si está inapetente o si tiene algún dolor.

—No, hasta hoy estaba sano. Sano de cuerpo.

—¿Y de lo demás?

—Del alma sí está enfermo. Bien sabéis que se encuentra en la edad en que comienzan las luchas con el instinto sexual.

—Lo sé. ¿Anda por los diecisiete años?

—Tiene dieciocho.

—Dieciocho. En efecto. Ya es tiempo. Pero esás luchas son cosa natural, por la que tienen que pasar todos. No por eso se puede decir que esté enfermo del alma.

—No, reverendo padre, por eso sólo no. Pero Goldmundo venía ya estando enfermo del alma, desde hace tiempo, y por esa razón son esas luchas más peligrosas para él que para otros. Sufre, a mi parecer, porque ha olvidado una parte de su pasado.

—¿Ah sí? ¿Y qué parte?

—Su madre y todo lo que con ella se relaciona. Tampoco yo sé nada concreto sobre esto; lo único que sé es que ahí debe estar la raíz de su enfermedad. Aparentemente Goldmundo no conoce nada de su madre por haberla perdido temprano. Pero da la impresión de que se avergonzara de ella. Y, sin embargo, de ella ha debido heredar las más de sus prendas, pues, por lo que de su padre cuenta, sorprende que haya podido éste tener un hijo tan gallardo, tan inteligente y de tanta personalidad. Estas cosas no las sé por haberlas oído sino que las deduzco de ciertos indicios.

El abad, que al principio se había burlado un poco en su interior de aquellas manifestaciones por estimarlas impertinentes y presuntuosas, y a quien todo el asunto resultaba enojoso y molesto, empezó a reflexionar. Recordó al padre de Goldmundo, aquel sujeto un tanto amanerado y reservado, y también recordó, de pronto, ciertas palabras que le oyera sobre la madre de Goldmundo. Según él, había sido su oprobio y su vergüenza, y lo había abandonado, por lo que puso el mayor empeño en borrar en el hijo el recuerdo de la madre y reprimir todas las malas inclinaciones que pudiera haber heredado de ella. Aseguraba haber alcanzado felizmente su propósito y que el muchacho, para expiar las faltas de la madre, estaba dispuesto a consagrar su vida a Dios.

Nunca le había resultado Narciso al abad menos grato que ahora. Y sin embargo... ¡qué bien había acertado el caviloso, qué bien parecía conocer a Goldmundo!

Interrogado de nuevo, para terminar, sobre lo acontecido en aquel día, dijo Narciso:

—Yo no me propuse provocar la violenta conmoción que hoy experimentó Goldmundo. Le recordé que no se conoce a sí mismo, que se ha olvidado de su infancia y de su madre. Alguna de mis palabras ha debido herirle y penetrar en la oscuridad contra la que lucha desde hace ya tiempo. Estaba como privado de espíritu, me miraba como si ya no me conociera ni se conociera a sí mismo. Muchas veces le había dicho que estaba dormido, que no se hallaba verdaderamente despierto. Ahora se ha despertado, no tengo la menor duda.

El abad lo despidió sin reprimenda aunque prohibiéndole que, por el momento, fuese a ver al doliente.

Mientras tanto, el padre Anselmo había hecho acostar en una cama al desmayado y se sentó a su vera. No juzgó indicado hacerlo volver en sí por procedimientos enérgicos. El joven tenía muy mal aspecto. Aquel anciano de rostro bueno y arrugado contemplaba al muchacho con expresión afectuosa. Empezó tomándole el pulso y auscultándole el corazón. No hay duda —pensaba—; el mozo ha comido algo que no debía, se ha dado un atracón de acederillas o cosa por el estilo; bien se echa de ver. No pudo examinarle la lengua. A Goldmundo le tenía simpatía, pero, en cambio, a su amigo, a aquel precoz profesor tan excesivamente joven, no lo podía aguantar. Y con razón. De seguro que Narciso era uno de los culpables del estúpido episodio. ¿Qué necesidad tenía este muchacho tan sano y tan fresco, con sus ojos zarcos, qué necesidad tenía esta alma dulce y sencilla de trabar amistad precisamente con ese arrogante erudito, con ese vacuo gramático que estima más importante su griego que todo lo que hay de vivo en el mundo?

Cuando, después de un largo rato, se abrió la puerta y entró el abad, el padre seguía sentado y con la mirada fija en la cara del desmayado. ¡Qué rostro amable, joven, cándido! Estaba a su lado, debía curarlo y pensaba que probablemente no le sería posible. El desvanecimiento podía, ciertamente, provenir de un cólico; le prescribiría vino caliente, quizá ruibarbo. Pero cuanto más miraba aquella faz desencajada y de verdosa palidez, más se inclinaban sus sospechas hacia otro lado, más peligroso. El padre Anselmo tenía experiencia. Muchas veces, en el curso de su larga vida, había visto posesos. Titubeaba en formular la sospecha incluso ante sí mismo. Esperaría y observaría. Pero si este pobre muchacho —pensaba furioso— ha sido realmente embrujado, no sería menester ir a buscar muy lejos al culpable; y el culpable debería recibir su merecido.

El abad se acercó, miró al enfermo y, suavemente, le entreabrió uno de los párpados.

—¿Es posible hacerlo volverlo en sí? —preguntó.

—Quisiera esperar un poco. El corazón está bien. No debemos permitir que lo visite nadie.

—¿Hay peligro?

—No lo creo. No aparece lesión en parte alguna, no hay huellas de golpe ni caída. Se ha desmayado, quizás a causa de un cólico. Los dolores muy intensos hacen perder el sentido. Si fuera envenenamiento, tendría fiebre. No; se despertará y vivirá.

—¿No podría ser cosa del ánimo?

—No diría yo que no. ¿Hay algún indicio? ¿Acaso ha recibido un fuerte susto? ¿Una noticia de muerte? ¿Tuvo alguna disputa violenta, sufrió algún agravio? Entonces todo quedaría explicado.

—No lo sabemos. Cuidad de que nadie venga junto a él. Os ruego que permanezcáis a su lado hasta que recobre el sentido. Si las cosas se pusieran peor, llamadme aunque sea de noche.

Antes de retirarse, el anciano se inclinó de nuevo sobre el enfermo; pensaba en su padre y en el día que le trajeron aquel mancebo de linda y serena cabeza rubia y del cariño que todos concibieron por él desde el primer momento. También él lo había recibido con complacencia. Pero Narciso tenía razón en lo que decía de que el muchacho en nada recordaba a su padre. ¡Ah, cuantas preocupaciones por doquiera, cuán insuficiente nuestra acción! ¿Habría quizá descuidado algo en lo tocante a este pobre muchacho? ¿Se le habría dado el confesor que le convenía? ¿Estaba bien que nadie de toda la casa supiera tanto sobre ese alumno como Narciso? ¿Podía darle ayuda quien se encontraba

71

todavía en el noviciado, que ni era hermano ni había recibido las órdenes, y cuyos pensamientos y concepciones tenían aquel aire de desagradable superioridad y casi de hostilidad? ¿No se vendría tratando también a Narciso equivocadamente, desde hacía tiempo? ¿No se ocultaría detrás de aquella máscara de obediencia algo malo, tal vez un pagano? Y no cabía olvidar que él era, en parte, responsable de lo que aquellos jóvenes llegaran a ser más adelante.

Cuando Goldmundo volvió en sí, era ya de noche. Sentía la cabeza vacía y atontada. Se sentía tendido en un lecho; no sabía dónde estaba y tampoco pensaba en eso, le era indiferente. Pero ¿en dónde había estado? ¿De dónde venía, de qué lugar de extraños acaecimientos? En alguna parte había estado, muy lejana, había visto algo, algo extraordinario, espléndido, terrible también e inolvidable... a pesar de lo cual lo había olvidado. ¿Dónde fué? ¿Qué era lo que había aparecido delante de él, tan grande, tan doloroso, tan dichoso, y que luego se había desvanecido?

Escuchaba hondamente dentro de sí, allí donde poco antes algo se había abierto con violencia, había sucedido algo... ¿qué? Ascendían girando confusos entreveros de figuras, veía cabezas de perro, tres cabezas de perro, y percibía aroma de rosas. ¡Qué angustia había sufrido! Cerró los ojos. ¡Qué terrible angustia había sufrido! Se adormeció de nuevo.

Y de nuevo se despertó, e incluso al desaparecer el mundo ilusorio que desfilaba a la carrera, seguía viendo aquello, volvía a encontrar la imagen y se estremecía como en doloroso deleite. Veía, ahora veía con claridad. La veía. Veía aquella mujer magnífica, radiante, de boca de flor, de luminosos cabellos. Veía a su madre. Y al mismo tiempo, creía oír una voz que le decía: "Has olvidado tu infancia." ¿De quién era aquella voz? Escuchó atentamente, reflexionó y cayó en la cuenta. Era Narciso. ¿Narciso? Y en un instante, de golpe, todo tornaba a estar allí: se acordaba, su mente se había iluminado. ¡Oh madre, madre! Montañas de escombros, océanos de olvido se habían alejado, se habían desvanecido; la desaparecida volvía a mirarle con ojos zarcos, divinos, la inmensamente amada.

El padre Anselmo, que se había dormido en el sillón al lado de la cama, se despertó. Oía al enfermo moverse, lo oía respirar. Se levantó cautelosamente.

—¿Quién anda ahí? —inquirió Goldmundo.

—No te inquietes, soy yo. Voy a hacer luz.

Encendió la lámpara y el resplandor cayó sobre su rostro arrugado y bondadoso.

—¿Acaso estoy enfermo? —preguntó el joven.

—Sufriste un desmayo, hijo mío. Dame la mano que voy a examinarte el pulso. ¿Cómo te sientes?

—Bien. Gracias, padre Anselmo. Sois muy bueno. Me encuentro bien. Sólo un poco cansado.

—Naturalmente que has de estarlo. Pronto volverás a dormirte. Antes, tomarás un sorbo de vino caliente, ya está preparado. Beberemos juntos una copa, como buenos camaradas.

Habíase cuidado de tener a punto una jarrita de vino de enfermo metida en un recipiente con agua caliente.

—Los dos hemos dormido un buen rato —dijo, riéndose, el médico—. Bravo enfermero, dirás tú, que no es capaz de permanecer en vela. ¿Qué quieres?, somos hombres. Y ahora, mozuelo, echémonos al coleto un traguillo de este mágico filtro, que no hay nada mejor que estas pequeñas y reservadas libaciones nocturnas. Así, pues, ¡a tu salud!

Goldmundo soltó la risa, chocó la copa y probó. El vino caliente estaba aromatizado con canela y clavo, y endulzado con azúcar; jamás había bebido vino como aquél. Recordó haber estado enfermo otra vez y que, en aquella ocasión, lo había atendido Narciso. Ahora era el padre Anselmo, y en verdad que lo trataba con sumo cariño. Mucho le placía, le resultaba altamente grato y singular estar allí tendido, al fulgor de la pequeña lámpara, y, en medio de la noche, beber una copa de dulce vino caliente con el viejo padre.

—¿Te duele el vientre? —le preguntó el anciano.

—No.

—Creí que pudieras haber tenido un cólico, Goldmundo. No se trata, pues, de eso. Enseña la lengua. Vuestro padre Anselmo, una vez más, se ha quedado a oscuras. Mañana seguirás tranquilamente en cama; yo vendré luego y te examinaré. ¿Has terminado ya con el vino? Muy bien; que te aproveche. Vamos a ver si queda algo. Aún llega para que nos tomemos media copa más cada uno, si lo repartimos honradamente... ¡Vaya, vaya! ¡Menudo susto nos has dado, Goldmundo! Estabas tirado en el claustro que parecías una criatura muerta. ¿De verdad no te duele el vientre?

74

Se echaron a reír y compartieron honradamente el resto del vino de enfermo; el padre hacía bromas y Goldmundo le miraba, agradecido y regocijado, con ojos que habían recobrado su transparencia. Luego, el viejo se fué a acostar.

Goldmundo permaneció todavía despierto un rato; las imágenes tornaron a surgir lentamente de su interior, volvieron a llamear las palabras del amigo y de nuevo apareció en su alma aquella mujer rubia y resplandeciente, la madre; su imagen cruzaba a través de él como un cálido vientecillo, como una nube de vida, de calor, de ternura y de íntima admonición. ¡Oh madre! ¡Cómo había podido olvidarla!

CAPÍTULO V

Goldmundo, ciertamente, había conocido hasta allí algunas cosas referentes a su madre, pero sólo por relatos de otros; su imagen ya se le había borrado, y, de lo poco que sobre ella creía saber, lo más se lo había callado a Narciso. La madre era algo de lo que no se debía hablar, de lo que había que avergonzarse. Había sido una bailarina, una mujer hermosa e indómita de casta distinguida aunque malvada y pagana. El padre de Goldmundo, según él mismo contaba, la había recogido de la miseria y la ignominia; como barruntaba que fuese pagana, la hizo bautizar e instruir en la religión; y luego la tomó por esposa y la convirtió en una mujer respetada. Pero ella, tras algunos años de vida tranquila y ordenada, recordó sus viejas mañas, dió escándalos y sedujo a varios hombres, permanecía ausente de casa durante días y semanas, adquirió fama de bruja y, finalmente, después de haber ido en su busca el marido repetidas veces, admitiéndola de nuevo a su lado, desapareció para siempre. Su fama, su mala fama, perduró algún tiempo, llameando como la cola de un cometa, y luego se apagó. El esposo se repuso lentamente de los años de inquietud, temor, vergüenza y constantes sorpresas que ella le había deparado. En lugar de la esposa perdida, educaba ahora a su hijito, muy parecido a la madre en rostro y figura. El hombre se había vuelto amargado y santurrón, y trató de infundir en Goldmundo la convicción de que debía ofrendar su vida a Dios para expiar los pecados de la madre.

Esto era, sobre poco más o menos, lo que el padre de Goldmundo solía referir de la esposa perdida, si bien no le agradaba tocar el tema; y también al abad le había hecho algunas indicaciones al respecto el día que trajo al convento a Goldmundo. El hijo sabía todo eso, como una leyenda terrible; aunque había llegado a relegarlo a un plano secundario y casi a olvidarlo. En cambio había olvidado y perdido por entero la imagen real de la madre, aquella otra imagen, totalmente diferente, que no se había compuesto con los relatos del padre y los criados y con oscuros y fantásticos rumores. Su propio recuerdo de la madre, el real, el vívido, se le había borrado. Y ahora esa imagen, la estrella de sus primeros años, tornaba a aparecer. Dijo a su amigo:

—Es inconcebible que haya podido olvidar eso. A nadie he amado tanto en mi vida como a mi madre, tan sin reservas y apasionadamente; a nadie he venerado, admirado tanto; era para mí el sol y la luna. No me explico cómo pudo ser que se oscureciera en mi alma esa imagen radiante y que, poco a poco, se fuera transformando en esa bruja maligna, macilenta, informe, que fué para mi padre y para mí durante muchos años.

Hacía poco que Narciso terminara su noviciado y tomara el hábito. Por modo extraño, sus relaciones con Goldmundo habían experimentado un cambio. Pues Goldmundo, que antes desdeñara a menudo las indicaciones y advertencias del amigo por ver en ellas impertinente presunción de superior inteligencia y voluntad, estaba, desde el gran suceso, lleno de asombrada admiración hacia su sabiduría. ¡Cuántas de sus palabras se cumplieron como profecías, cuán hondo lo había calado este hombre singular, cuán certeramente había descubierto el secreto de su vida, su oculta herida, con qué sagacidad lo había curado!

Pues el joven parecía curado. No sólo no le había traído aquel desmayo funestas consecuencias, sino que se había como derretido lo que en su ser había de caprichoso, de precoz, de falso, aquella prematura inclinación al claustro, aquella creencia de que estaba obligado a servir a Dios de una especial manera. El muchacho parecía haberse vuelto, a la vez, más viejo y más joven desde que se había encontrado a sí mismo. Y todo eso se lo debía a Narciso.

Narciso, por su parte, trataba últimamente a su amigo con suma circunspección; mientras éste le tributaba tan extremada admiración, mostrábasele él modesto y sin aquellos aires de superioridad y magisterio. Veía a Goldmundo nutrido de energías de ignota procedencia que a él le faltaban; había podido promover su surgimiento pero en modo alguno participaba de ellas. Con gozo observaba cómo se liberaba de su dirección, y, sin embargo, a veces estaba triste. Se sentía como un escalón ya traspasado, como una cáscara desechada; veía cercano el final de aquella amistad que tanto había significado para él. Sin embargo, seguía sabiendo sobre Goldmundo más de lo que éste mismo sabía; pues aunque había vuelto a encontrar su alma y estaba pronto a seguir su llamada, no adivinaba aún adónde lo conduciría. Narciso sí lo adivinaba y no podía hacer nada; el camino de su predilecto llevaba a regiones en las que él mismo jamás pondría el pie.

El interés de Goldmundo por las ciencias menguó considerablemente. También desapareció su inclinación a disputar cuando conversaba con el amigo, y ahora se avergonzaba al recordar algunas charlas de otro tiempo. A todo esto habíase despertado últimamente en Narciso, por causa de la conclusión de su noviciado o bien por lo que le sucediera con su camarada, un ansia de apartamiento, ascetismo y ejercicios espirituales, una tendencia al ayuno y a los rezos prolongados, a confesarse con frecuencia y a las penitencias voluntarias; y Goldmundo podía comprender y casi compartir esa tendencia. Desde su curación, su instinto se había aguzado grandemente; y si todavía no tenía la menor noticia sobre sus objetivos futuros percibía con fuerte y a menudo angustiosa claridad que su destino se aprestaba, que acababa de pasar una cierta vacación de inocencia y sosiego y que todo en él estaba tenso y dispuesto. Con frecuencia esa intuición lo hacía feliz y le mantenía en vela buena parte de la noche como un dulce enamoramiento; pero otras muchas veces le causaba oscura y honda congoja. La madre, largo tiempo perdida, había retornado junto a él; eso constituía una dicha inmensa. Mas, ¿adónde conducía su seductora llamada? A lo incierto, al cautiverio, al peligro, quizás a la muerte. No conducía a lo tranquilo, apacible, seguro, a la celda monacal y a la perduradera comunidad del claustro; su llamada nada tenía que ver con aquellos mandatos paternos que durante tanto tiempo había él confundido con sus propios deseos. De este sentimiento, con frecuencia poderoso, angustioso y ardiente como una violenta sensación física, se alimentaba la piedad de Goldmundo. Al repetir sus largos rezos ante la santa Madre de Dios, dejaba desbordar el torrente del sentimiento que hacia su madre lo impulsaba. Pero sus rezos solían terminar en aquellos sueños maravillosos, deliciosos, que ahora tan a menudo tenía: sueños durante el día, con los sentidos medio despiertos, sueños de ella en los que todos los sentidos participaban. Entonces el mundo maternal lo envolvía en su aroma, miraba enigmático con oscuros ojos de amor, susurraba profundamente como el mar y el paraíso, balbucía acariciadores sonidos sin sentido, o, por mejor decir, repletos de sentido, sabía a dulce y a salado, rozaba levemente con cabellos de seda labios sedientos y ojos. En la madre no se encontraba solamente todo lo amable y benigno, no había sólo dulce y garza mirada de amor, sonrisa encantadora, augurio de ventura, tierno consuelo; en ella había también, bajo hermosa envoltura, todo lo terrible y lo oscuro, todo apetito, todo temor, todo pecado, todo infortunio, todo nacer, todo tener que morir.

El joven se sumía profundamente en esos sueños, en esa tupida malla de sentidos vivificados. No surgía en ellos únicamente un ayer amado, de nuevo encantador: infancia y amor materno, radiante, glorioso amanecer de la vida; también bullía allí un futuro prometedor, seductor y peligroso. A veces aquellos sueños, en los que se identificaban la madre, la Virgen y la amante, se le aparecían luego como crímenes y blasfemias espantosas, como pecados mortales que nunca podrían expiarse; otras veces encontraba en ellos el máximo consuelo, la máxima armonía. Llena de misterios, la vida le miraba de hito, mundo tenebroso e insondable, selva áspera, espinosa, llena de peligros legendarios... pero eran secretos de la madre, venían de ella, llevaban a ella, eran aquel pequeño círculo oscuro, aquel pequeño abismo amenazante de sus claros ojos.

Mucho de la olvidada infancia resurgía en aquellos sueños maternos; en profundidades inmensas, en apartadísimos lugares florecían muchas pequeñas flores de recuerdo, espléndidas a la vista, con un perfume lleno de presentimientos, recuerdos de sentimientos de la infancia, quizá de experiencias, quizá de sueños. En ocasiones soñaba con peces negros y plateados, que venían nadando hacia él, que luego entraban, fríos y escurridizos, en su interior, y lo cruzaban, como mensajeros de felices nuevas de una realidad más hermosa, y se alejaban meneando la cola, borrosos, y desaparecían, y en lugar de mensaje habían traído nuevos secretos. Soñaba a menudo con peces que nadaban y aves que volaban, y cada pez y cada ave eran criaturas suyas, dependían de él, y él las gobernaba como su propio aliento, irradiaban de él como una mirada, como un pensamiento, y a él retornaban. Con frecuencia soñaba con un jardín, un jardín encantado de árboles fantásticos, flores gigantescas, profundas grutas azul oscuro; entre la hierba centelleaban ojos de animales desconocidos, por las ramas se deslizaban lisas y nervudas serpientes, en vides y arbustos pendían en abundancia y con un brillo húmedo enormes bayas que, al cogerlas, se le hinchaban en la mano y derramaban un zumo caliente como sangre, o bien tenían ojos y los movían con languidez y astucia; y Goldmundo se apoyaba a tientas en un árbol, se agarraba a una rama y veía y sentía que entre ella y el tronco anidaba una maraña de cabellos espesos y crespos como el pelo del sobaco. Alguna vez soñó consigo mismo o con el santo de su nombre, soñó con Goldmundo, Crisóstomo [1], que tenía una boca de oro y que con la boca de oro pronunciaba palabras, y las palabras eran pajarillos voladores que se alejaban en rumorosas bandadas.

Otra vez soñó que era ya hombre hecho y derecho, pero que estaba sentado en el suelo como un niño, y tenía delante barro, y con el barro hacía figuras, como un niño: un caballito, un toro, un hombrecillo, una mujercilla. El modelar aquellas figuras le divertía mucho; a los animales y a los hombres les ponía unas partes sexuales grotescamente desproporcionadas, y esto le hacía en sueños mucha gracia. Luego se cansó del juego y lo abandonó, y entonces sintió que algo cobraba vida a sus

[1] Aunque Crisóstomo ("boca de oro": *gold mund*) es la traducción al castellano del nombre del protagonista, se ha preferido conservar sus raíces germanas para mantener la similitud con el original en lengua alemana. (*N. de la E.*)

espaldas, que algo silencioso y grande se acercaba, y miró hacia atrás, y vió con profundo asombro y gran espanto, en el que se mezclaba cierto contento, que sus figuras de barro habían aumentado de tamaño y vivían. Enormes, gigantes mudos, desfilaban delante de él las figuras, creciendo constantemente, y pasaban y pasaban, descomunales y silenciosas, y entraban en el mundo, altas como torres.

En este mundo de ensoñación vivía más que en el real. El mundo real —aula, claustro, biblioteca, dormitorio y capilla— no era más que superficie, no era más que una piel delgada y trémula que recubría el mundo imaginario, lleno de ensueños, suprarreal. La cosa más insignificante bastaba para abrir un agujero en esa piel delgada: algún vago presentimiento contenido en el sonar de una frase griega que aparecía en medio de la monótona lección, un efluvio oloroso que venía del zurrón de las plantas del padre Anselmo, amigo de herborizar, la vista de una enredadera de piedra que descendía de la columna de una ventana... cualquier pequeño estímulo de ese jaez era ya suficiente para perforar la piel de lo real y dejar sueltos, tras la seca y tranquila realidad, los bramadores abismos, ríos y galaxias de aquel mundo de imágenes anímicas. Una inicial latina se convertía en el aromado rostro de la madre, una nota prolongada del Ave en la puerta del paraíso, una letra griega en un caballo corriendo, en una erecta serpiente que se deslizaba lentamente entre flores; y, al cabo, volvía a estar allí, en su lugar, la impasible página de la gramática.

Raramente hablaba de estas cosas y sólo en contados

casos hacía a Narciso alguna indicación sobre este mundo de ensueños.

—Tengo para mí —dijo en cierta ocasión— que un pétalo de flor o un gusanito del camino dicen y encierran en sí mucho más que todos los libros de la biblioteca. Con letras y palabras nada se puede decir. Acontéceme a veces escribir alguna letra griega, una theta o una omega, y apenas vuelvo un poco la pluma, la letra empieza a colear y es ya un pez y en un segundo hace recordar todos los arroyos y ríos del mundo, todo lo fresco y húmedo, el mar homérico y las aguas sobre las que caminó San Pedro; o bien la letra se transforma en ave que endereza la cola, eriza las plumas, se infla, ríe, sale volando... ¿Tú, Narciso, no das gran importancia a esas letras? Pues bien: yo te digo que con ellas escribió Dios el mundo.

—Les doy mucha importancia —declaró Narciso tristemente—. Son letras mágicas con las que pueden conjurarse todos los demonios. Mas, sin duda, resultan inadecuadas para el ejercicio de las ciencias. El espíritu gusta de lo consistente y estructurado, y no se confía en sus símbolos; gusta de lo que es y no de lo que deviene, de lo real y no de lo posible. No tolera que una omega se convierta en una serpiente o en un ave. El espíritu no puede vivir en la naturaleza, sino sólo contra ella, como su contrario. ¿Te convences ahora de que tengo razón cuando digo que jamás serás un erudito?

¡Ah! Sin duda. Tiempo hacía que Goldmundo estaba convencido, que concordaba con él.

—Ya no me obstino en alcanzar vuestro espíritu

—dijo entrerriéndose—. Me ha pasado con el espíritu y la erudición lo que con mi padre: creía amarle mucho y ser semejante a él, creía a ciegas todo lo que él decía. Pero apenas reapareció mi madre, volví a saber lo que es amor, y, ante su imagen, la de mi padre se tornó de pronto pequeña, sombría y casi odiosa. Y ahora propendo a considerar todo lo espiritual, lo intelectual, como paterno, como algo distinto y opuesto a lo maternal, y a desdeñarlo un poco.

Aunque hablaba en tono de broma no logró alegrar el triste semblante de su amigo. Narciso lo miraba en silencio, su mirada era como una caricia. En esto dijo:

—Te comprendo perfectamente. No precisamos discutir más; te has despertado y también has llegado a darte cuenta de la diferencia que existe entre nosotros dos, de la diferencia entre la raíz materna y la paterna, entre el alma y el espíritu. Y pronto verás también que tu vida en el convento y tu esfuerzo hacia una vida monacal eran un error, una invención de tu padre para expiar la memoria de tu madre e incluso para vengarse de ella. ¿O acaso sigues creyendo que tu vocación es permanecer toda la vida en el convento?

Goldmundo miraba pensativo las manos de su amigo, aquellas manos distinguidas, fuertes y delicadas a un tiempo, enjutas y blancas. Nadie podía dudar que fueran manos de asceta y de erudito.

—Yo no sé —dijo con la voz cantarina, un tanto vacilante, pausada, que tenía desde hacía algún tiempo—. Yo no lo sé realmente. Juzgas a mi padre con cierta dureza. Ha sido poco afortunado. Pero tal vez tengas razón. Llevo más de tres años aquí, en la escuela conventual, y nunca me ha visitado. Espera que me quede aquí para siempre. Tal vez fuese lo mejor, yo mismo lo he deseado. Pero hoy ya no sé lo que en verdad quiero y deseo. Antes todo era sencillo, tan sencillo como las letras del libro de lectura. Ahora nada es ya sencillo, ni siquiera las letras. Todo tiene ya muchas significaciones y caras. No sé lo que será de mí, ahora no puedo pensar en esas cosas.

—Ni debes —profirió Narciso—. Ya se verá adónde lleva tu camino. Ha comenzado encaminándote de nuevo hacia tu madre y ha de acercarte aun más a ella. En lo que atañe a tu padre, no lo juzgo con excesiva dureza. ¿Quisieras acaso retornar junto a él?

—No, Narciso, ciertamente que no. En otro caso, lo haría en cuanto concluyese mis estudios, o incluso ya ahora. Pues como no voy a ser un erudito, he aprendido ya bastante latín, griego y matemáticas. No, no quiero retornar junto a él...

Permanecía pensativo, con la mirada abstraída, y de pronto exclamó:

—¿Cómo consigues, una y otra vez, decirme palabras y hacerme preguntas que me alumbran por dentro y que me esclarecen mi propio ser? También ahora fué tu pregunta sobre si yo querría regresar al lado de mi padre la que me reveló, de repente, que no lo quiero. ¿Cómo lo consigues? Parece que todo lo supieras. Me has dicho sobre ti y sobre mí muchas cosas que en el momento de oírlas no comprendí de modo cabal, y que luego me fueron de gran importancia. Tú fuiste quien calificó de materna a la raíz de mi naturaleza, y has descubierto que me encontraba bajo el efecto de un hechizo y que había olvidado mi infancia. ¿De dónde te viene ese don de conocer tan bien a los hombres? ¿No podría yo adquirirlo?

Narciso meneó sonriéndose la cabeza.

—No, querido, no puedes. Hombres hay que pueden aprender muchas cosas, pero tú no eres de ésos. Jamás serás de los que todo lo aprenden. ¿Y para qué? No lo necesitas. Posees otras dotes. Posees más dotes que yo, eres más rico que yo, y también más débil, tu camino será más hermoso y más difícil que el mío. A veces querías no comprenderme, con frecuencia te has resistido como un potro cerril, no siempre fué fácil, y a menudo también he debido causarte dolor. Tenía que despertarte porque dormías. También el que te hubiese recordado a tu madre fué doloroso al principio, muy doloroso; apareciste tendido como un muerto en el suelo del claustro. Tenía que ser... ¡No, no me acaricies el cabello! ¡No, déjalo! No lo puedo soportar.

—¿Así, pues, no me es posible aprender nada? ¿Seré siempre un ignorante y un niño?

—Habrá otros de los que aprenderás. De mí, niño, ya no puedes aprender más.

—No, no —exclamó Goldmundo—, no nos hemos hecho amigos para eso. ¿Qué clase de amistad sería la que, tras un breve período, hubiese alcanzado su objetivo y pudiese, sencillamente, concluir? ¿Te has cansado ya de mí? ¿Te resulto ya insoportable?

Narciso se puso a caminar agitado de un lado para

88

otro, con la vista en el suelo; luego se detuvo frente al camarada.

—No digas eso —declaró dulcemente—; de sobra sabes que no me resultas insoportable.

Contemplaba con aire dubitativo al amigo; después reanudó su paseo, yendo y viniendo; volvió a detenerse. Su rostro duro y descarnado se quedó mirando fijamente a Goldmundo. Con voz baja, pero firme y dura, dijo:

—Escucha, Goldmundo. Nuestra amistad ha sido muy ventajosa; tenía un objetivo y lo ha alcanzado: te despertó. Espero que no haya concluído; espero que se renovará una y otra vez y que conducirá a nuevos objetivos. Por el momento, no hay ninguno a la vista. El tuyo es incierto y no te puedo encaminar a él ni acompañarte. Pregunta a tu madre, pregunta a su imagen, y atiende lo que te diga. Pero mi objetivo no radica en lo impreciso, sino aquí en el convento, y me reclama constantemente. Puedo ser tu amigo, mas no enamorarme. Soy monje, he hecho los votos. Antes de recibir las órdenes, pediré que me dispensen por un tiempo de la función de enseñar y durante varias semanas me retiraré para dedicarme al ayuno y a los ejercicios espirituales. En ese tiempo no hablaré de nada mundanal, ni siquiera contigo.

Goldmundo comprendió. Y dijo con tristeza:

—Eso quiere decir que harás lo que yo también habría hecho si hubiese entrado para siempre en la orden. Y una vez que hayas terminado tus ejercicios, una vez que hayas ayunado y rezado y velado lo bastante... ¿a qué aspirarás?

—Tú lo sabes —expresó Narciso.

—Ciertamente. Al cabo de algunos años serás primer maestro, y quizá regente de los estudios. Mejorarás la enseñanza, enriquecerás la biblioteca. Tal vez tú mismo escribas libros. ¿No? Bueno, no los escribirás. Pero ¿dónde estará el objetivo?

Narciso se sonreía suavemente.

—¿El objetivo? Acaso muera siendo padre regente, o abad, u obispo. Tanto da. El objetivo consiste en situarme allí donde pueda servir mejor, donde mi modo de ser, mis cualidades y dotes puedan encontrar terreno más propicio, el mejor campo de acción. No hay ningún otro objetivo.

Goldmundo:

—¿Ningún otro objetivo para un monje?

Narciso:

—¡Ah sí! La vida de un monje puede tener muchos objetivos: aprender hebreo, comentar a Aristóteles o embellecer la iglesia del convento o recluirse y meditar o hacer muchas otras cosas. Esos no son objetivos para mí. Yo no quiero acrecentar la riqueza del convento ni reformar la orden o la Iglesia. Lo único que quiero es servir, dentro de mis posibilidades, al espíritu tal como yo lo entiendo. ¿No es eso un objetivo?

Goldmundo meditó largamente la respuesta.

—Tienes razón —dijo—. ¿Te he estorbado mucho en el camino hacia tu objetivo?

—¿Estorbado? ¡Ah, Goldmundo, nadie me ha estimulado tanto como tú! Me has causado dificultades, pero yo no soy enemigo de las dificultades. De ellas he aprendido y, en parte, las he vencido.

Goldmundo lo interrumpió y, medio en broma, le dijo:

—¡Las has vencido de manera admirable! Pero díme: al ayudarme y dirigirme y liberarme y sanar mi alma... ¿has servido realmente al espíritu? Con eso privaste seguramente al convento de un celoso y sumiso novicio, 'quizás has formado un enemigo del espíritu que hará, creerá y procurará justamente lo contrario de lo que estimas bueno.

—¿Por qué no? —declaró Narciso con profunda seriedad—. Sigues, amigo, conociéndome muy poco. Probablemente he aniquilado en ti a un futuro monje y, a cambio, te he abierto un camino hacia un destino nada común. Aunque el día de mañana incendiaras nuestro hermoso convento o predicaras por el mundo una insensata herejía, ni un instante me arrepentiría de haberte ayudado en tu camino.

Y, con cordial ademán, puso las manos sobre los hombros del amigo.

—Escucha, pequeño Goldmundo. De mi objetivo forma también parte lo siguiente: Aunque fuese yo maestro o abad, confesor o cualquier otra cosa, nunca quisiera verme en situación de no poder acercarme a un individuo de recia, valiosa y singular personalidad, y comprenderlo, y explorarlo, y alentarlo. Y yo te digo que ora lleguemos a ser esto o lo otro y debamos pasar por tales o cuales cosas, en el momento que me llames en serio y creas necesitar de mí, jamás me encontrarás inaccesible. Jamás.

Aquello sonaba como una despedida y, de hecho, era el presentimiento de la despedida. Mientras Goldmundo estaba delante de su amigo contemplándolo, contemplando aquel semblante enérgico, aquellos ojos fijos, sintió con absoluta certeza que ya no eran hermanos y camaradas e iguales, que sus caminos se habían separado. El hombre que ante sí tenía no era un soñador y tampoco esperaba llamada alguna del destino; era un monje, se había ya prometido, estaba ya atado a una orden y a una obligación severas, era un servidor y un soldado de la orden, de la Iglesia, del espíritu. En cambio él mismo, según acababa de descubrir, era allí un extraño, no tenía patria, y un mundo desconocido le aguardaba. Lo propio le había sucedido antaño a su madre. Había abandonado casa y tierra, marido e hijo, comunidad y orden, deber y honor, para lanzarse a lo incierto, en donde se había abismado hacía tiempo. Carecía de objetivos, como él. El tener objetivos a otros era dado, a él no. ¡Qué bien había visto Narciso todo esto desde muy atrás, cómo había acertado!

A partir de aquel día Narciso andaba como desaparecido, parecía que se hubiese hecho, de pronto, invisible. Otro maestro daba sus lecciones, y su atril en la biblioteca estaba vacío. Aún seguía allí, no se había vuelto invisible del todo, podía vérsele, en ocasiones, atravesar el claustro, u oírsele musitar rezos en alguna de las capillas, arrodillado en el suelo; sabíase que había iniciado los grandes ejercicios, que ayunaba y que se levantaba tres veces en la noche para realizar sus prácticas espirituales. Seguía allí y, sin embargo, se había trasladado a otro mundo; podía vérsele raramente, mas no era posible llegarse a él, tener nada de común con él, hablarle.

Goldmundo sabía que Narciso volvería a aparecer, volvería a ocupar su pupitre de trabajo, su silla en el refectorio, volvería a hablar... pero de lo que había sido nada retornaría. Narciso no volvería a pertenecerle. Y mientras consideraba esto, vió también con claridad que únicamente por Narciso le habían parecido importantes y gratos el convento y la vida monacal, la gramática y la lógica, el estudio y el espíritu. Le había cautivado su ejemplo, y el ser como él había sido su ideal. En fin, también continuaba allí el abad, a quien, asimismo, había venerado y amado y en quien había visto un alto ejemplo. Pero lo demás, los maestros, los condiscípulos, el dormitorio, el comedor, la escuela, los ejercicios, las ceremonias religiosas, el convento entero... sin Narciso, carecía para él de todo interés. ¿Qué seguía haciendo allí? Esperaba; era, bajo el techo del convento, como un irresoluto viandante que se abriga de la lluvia bajo cualquier techo o árbol, tan sólo para aguardar, tan sólo como huésped de paso, tan sólo por miedo a la inhospitalidad del país extranjero.

La vida de Goldmundo en aquella época no era más que un demorarse y despedirse. Buscaba los lugares que le eran gratos o que encerraban importancia para él. Con gran extrañeza vino a descubrir cuán pocos eran los hombres y los rostros de los que le resultaría penoso despedirse. Eran ellos Narciso y el abad Daniel, y también el bueno y dulce padre Anselmo, y aun quizás el amable portero y el jovial vecino molinero... pero también éstos se habían tornado ya casi irreales. Más duro se le haría despedirse de la gran imagen de piedra de la Virgen que·estaba en la capilla, y de los apóstoles de la fachada. Largo tiempo permaneció delante de ellos, así como ante las hermosas tallas de la sillería del coro, ante el pozo del claustro, ante las columnas de las tres cabezas de animales; y también estuvo un buen rato apoyado en los tilos del patio, en el castaño. Todo esto sería para él un recuerdo más adelante, un pequeño libro de figuras en su corazón. Ya ahora, estando todavía en medio de aquellas cosas, empezaban a escapársele, perdían realidad y se cambiaban espectralmente en algo que había sido. Con el padre Anselmo, que se placía con su compañía, iba a buscar plantas; en la casa del molinero del convento encontraba al criado y, de vez en cuando, se dejaba convidar a vino y pescado asado; pero todo era ya extraño y casi un recuerdo. Así como allá, en la penumbra de la iglesia y en la celda de penitencia, su amigo Narciso se movía y vivía mientras que para él se había convertido en una sombra, así a su alrededor todo había perdido realidad y respiraba otoño y caducidad.

En su interior nada había de real y de animado sino la vida, el inquieto latir del corazón, la dolorosa espina del anhelo, las alegrías y congojas de sus sueños. A ellos pertenecía y se entregaba. En medio de la lectura o de los estudios, entre los camaradas de la escuela, podía ensimismarse y olvidarse de todo, abandonado a los impulsos y las voces de sus adentros que lo arrastraban hacia pozos llenos de oscura melodía, hacia resplandecientes abismos llenos de fantásticas experiencias, cuyos sonidos tenían el mismo sonar que la voz de la madre y cuyos ojos innumerables eran, todos ellos, los ojos de la madre.

CAPÍTULO VI

Un día el padre Anselmo llamó a Goldmundo a su botica, a aquel simpático cuarto de las hierbas que tenía un olor maravilloso. Aquí se sentía Goldmundo en su medio. El padre le mostró una planta seca, pulcramente conservada entre hojas de papel, y le preguntó si la conocía y si podía describir con exactitud el aspecto que presentaba en los campos. Claro que podía; la planta se llamaba corazoncillo. Señaló con toda precisión sus características. El anciano monje quedó satisfecho y encomendó a su joven amigo que fuera a recoger por la tarde un manojo de aquellas plantas; para ello le indicó los parajes en que abundaban.

—De ese modo, hijo mío, pasarás una tarde de asueto. Creo que no tendrás inconveniente y que nada perderás. No es ciencia únicamente vuestra estúpida gramática, sino que también lo es el conocimiento de la naturaleza.

Goldmundo agradeció aquel grato encargo de coger flores durante un par de horas en vez de estar sentado en la escuela. Para que el gozo fuese completo, pidió al hermano caballerizo el caballo Careto, y, en cuanto terminó el almuerzo, sacó de la cuadra al animal, que le acogió con gran efusión, montó en él y partió al trote. El día era cálido y luminoso. Estuvo paseando durante una hora o más, gozando del aire y del aroma de los campos y, sobre todo, del placer de cabalgar, y luego se acordó de la misión que llevaba y se encaminó a uno de los lugares que el padre le había señalado. Cuando hubo llegado, arrendó el caballo a un umbroso arce, y luego de dirigir al animal algunas palabras amables y darle a comer un poco de pan, se puso a buscar las plantas. Había allí algunas hazas en barbecho cubiertas de maleza y, entre secas enredaderas de algarrobas y achicoria de flor azul celeste y descolorida espérgula, aparecían menguadas, raquíticas amapolas con sus últimas, pálidas flores y muchas cápsulas ya maduras; algunos montones de pedruscos entre dos campos estaban poblados de lagartos, aquí se encontraban también las primeras matas de corazoncillos con sus flores amarillas, y Goldmundo comenzó su tarea. Después de haber juntado un buen manojo, se sentó en las piedras para descansar. Como hacía mucho calor, miraba con codicia la sombra que se advertía en un lejano linde del bosque; pero no quería alejarse tanto de las plantas y de su caballo, al que aún podía ver desde el lugar en que se hallaba. Permaneció sentado en los calientes guijarros, estuvo un rato quieto para ver salir de nuevo a los lagartos que se habían escondido, aspiró el perfume de los corazoncillos y miró al trasluz algunas de las hojas para observar sus agujeros, numerosos, diminutos, como hechos con alfiler.

Es admirable, se decía, que en cada una de estas innumerables hojillas aparezca un minúsculo cielo estrellado, delicado como una blonda. Pero todo era admirable e incomprensible, los lagartos, las plantas y también las piedras, absolutamente todo. El padre Anselmo, que tanto le quería, no podía ya apañar sus corazoncillos; encontrábase mal de las piernas, al punto que había días en que le era imposible moverse, sin que su arte médica fuera capaz de curarlo. Quizá muriera en breve; las hierbas continuarían embalsamando la estancia, pero el anciano padre ya no estaría allí. Sin embargo, podía aún vivir largo tiempo, quizá diez o veinte años más, y entonces seguiría teniendo aquellos finos cabellos blancos y aquellos curiosos hacecillos de arrugas alrededor de los ojos. En cambio él, Goldmundo, ¿qué sería de él dentro de veinte años? Ah, todo era incomprensible y, en verdad, triste, aunque, a la vez, era también hermoso. Nada se sabía. Uno vivía y corría por la tierra o cabalgaba por los bosques, y muchas cosas le miraban solicitándolo, haciéndole promesas y despertándole anhelos: una estrella en el atardecer, una campánula azul, un lago verde caña, los ojos de un hombre o de una vaca, y, a las veces, era como si fuese a acontecer inmediatamente algo jamás visto y, sin embargo, largamente ansiado, como si de todo fuera a caer un velo, pero luego aquello pasaba, y no sucedía nada, y el enigma no se descubría y el secreto encantamiento no se deshacía y, al final, uno era viejo y tenía un aire tan agudo como el padre Anselmo o tan prudente como el abad Daniel, y quizá seguía sin saber nada, siempre esperando y al acecho.

Alzó del suelo una concha vacía de caracol, entre las piedras se percibía un débil ruido y el sol calentaba con fuerza. Absorto, examinaba las vueltas de la concha, la grabada espira, el gracioso achicamiento de la coronita, el vacío conducto en que brillaba el nácar. Cerró los ojos para sentir las formas tan sólo por el tacto de los dedos, vieja costumbre y juego en él. Haciendo girar el caracol entre los dedos flojos, palpaba suavemente, sin hacer presión, acariciando sus formas, embelesado con la maravilla del modelado, con el encanto de lo corpóreo. Uno de los inconvenientes de la escuela y de la erudición, pensaba abstraído, consistía en que parecía ser una de las tendencias del espíritu el verlo y representarlo todo como si fuese plano y sólo tuviera dos dimensiones. Con eso creía, quizás, haber señalado un defecto y mengua de toda la actividad intelectual, aunque no pudo retener la idea, el caracol se le deslizó de los dedos, se sintió cansado y soñoliento. Con la cabeza inclinada sobre sus hierbas, que, al marchitarse, empezaron a despedir aroma, cada vez más fuerte, se quedó dormido al sol. Los lagartos corrían confiados por sus zapatos, en sus rodillas se mustiaban las plantas y, junto al arce, Careto esperaba, ya impaciente.

Del bosque lejano llegó una persona, una joven en saya azul desteñida, un pañueluco rojo anudado alrededor del negro cabello, con el rostro tostado del verano. La mujer se acercó con un atado en la mano y un pequeño clavel rojo ardiente en la boca. Al descubrir a aquel joven sentado, lo observó largo rato desde lejos, advirtió, entre curiosa y desconfiada, que dormía, se aproximó cautelosamente con pies morenos y desnudos, se detuvo muy cerca de él y se quedó mirándolo. Desapareció su recelo, el bello garzón durmiente no tenía aspecto peligroso y le agradaba... ¿Cómo había venido a dar aquí, a estos barbechos? Había recogido flores, ella las contemplaba sonriéndose, estaban ya medio marchitas.

Goldmundo abrió los ojos, retornando de bosques de ensueño. Su cabeza descansaba blandamente, descansaba en el regazo de una mujer, y unos ojos extraños y cercanos miraban cálidos y pardos a los suyos medio dormidos y asombrados. No se asustó, nada había que temer, aquellas estrellas cálidas y pardas tenían un dulce fulgor. La mujer se sonrió bajo su sorprendida mirada, se sonrió con gran dulzura, y, lentamente, también él empezó a sonreír. Sobre sus labios sonrientes descendió la boca de la joven, y se saludaron con un beso suavísimo que hizo recordar a Goldmundo en seguida aquella noche en el pueblo y la muchachuela de las trenzas. Pero el beso no había terminado. La boca femenina se demoraba en la suya, seguía jugueteando, insistía, cautivaba, se adueñó de sus labios con fuerza y avidez, se adueñó de su sangre y la despertó hasta lo más hondo, y, en el largo y mudo juego, aquella mujer morena, adiestrándolo poco a poco, se entregó al muchacho, le dejó buscar y encontrar, lo enardeció y apaciguó su ardor. La deliciosa y breve dicha del amor se extendió sobre él, resplandeció dorada y abrasadora, declinó y se apagó. Goldmundo estaba tendido con los ojos cerrados y la cara en el pecho de la mujer. No se había pronunciado ni una sola pa-

labra. Ella permanecía tranquila, le acariciaba el cabello,
le dejó despertarse lentamente. Finalmente, el mozo
abrió los ojos.

—¡Tú! —dijo—. ¡Tú! ¿Quién eres tú?

—Soy Elisa —respondió ella.

—Elisa —repitió el joven paladeando el nombre—.
Elisa, eres encantadora.

Ella le acercó la boca al oído y susurró:

—Oye, ¿ha sido la primera vez? ¿No has amado antes
a ninguna otra?

Goldmundo movió negativamente la cabeza. Luego
se levantó de pronto y paseó a su alrededor la mirada
por el campo y el cielo.

—¡Ah! —exclamó—, el sol está ya muy bajo. Tengo
que volver.

—¿Adónde?

—Al convento, junto al padre Anselmo.

—¿A Mariabronn? ¿Vives allí? ¿No quieres quedarte
un poco más conmigo?

—Bien me gustaría.

—¡Quédate pues!

—No, no estaría bien. Debo recoger todavía más
hierbas.

—¿Estás en el convento?

—Sí, soy alumno. Pero me marcharé de allí. ¿Puedo
ir a tu lado, Elisa? ¿Dónde vives, dónde tienes tu casa?

—No vivo en ninguna parte, tesoro mío. ¿Querrías
decirme tu nombre?... Ah, ¿conque te llamas Goldmundo? Dame otro beso, pequeño Goldmundo; después
puedes marcharte.

—¿Has dicho que no vives en ninguna parte? ¿Entonces en dónde duermes?

—Si tú quieres, contigo en el bosque o sobre el heno. ¿Vendrás esta noche?

—Sí, sí. ¿Adónde debo ir? ¿Dónde te encontraré?

—¿Sabes imitar el graznido de la lechuza?

—Nunca lo intenté.

—Prueba a ver.

Lo intentó. Ella se rió y se quedó satisfecha.

—Esta noche, pues, saldrás del convento y graznarás como una lechuza; yo estaré cerca. ¿Te gusto de veras, pequeño Goldmundo, niño mío?

—Ah, mucho, mucho es lo que me gustas, Elisa. Vendré. Adiós. Debo partir.

Anochecía cuando Goldmundo llegó al convento en su caballo, que jadeaba, y se alegró de encontrar muy atareado al padre Anselmo. Un hermano se había metido descalzo en el arroyo y se había clavado un tiesto en un pie.

Tenía que ver a Narciso. Preguntó a uno de los hermanos legos que servían en el refectorio. No, le dijeron, Narciso no vendría a la cena porque aquel día ayunaba; seguramente estaba durmiendo a aquellas horas, pues la noche anterior había hecho vigilia. Partió a toda prisa. Durante los largos ejercicios, su amigo dormía en una de las celdas de penitencia, en la parte interior del convento. Allá enderezó sin vacilar. Pegó el oído a la puerta; no se percibía nada. Entró sigilosamente. Ahora no le preocupaba que estuviera prohibido.

Yacía Narciso en la estrecha tarima, tendido boca

arriba, rígido, el rostro pálido y afilado, las manos cruzadas sobre el pecho: a la luz del crepúsculo semejaba un muerto. Pero tenía los ojos abiertos y no dormía. Miró en silencio a Goldmundo, sin reproche, aunque sin rebullir y, evidentemente, tan ensimismado, tan trasladado a otro tiempo y a otro mundo, que le costó trabajo reconocer al amigo y entender sus palabras.

—¡Narciso! Perdóname, perdóname, mi buen Narciso, que te moleste; no lo hago por capricho. Sé que ahora no te está permitido hablar conmigo, pero a pesar de eso he venido a verte y te suplico con toda el alma que me atiendas.

Narciso volvió en sí, parpadeando con viveza un instante, como si se esforzara por despertarse.

—¿Es absolutamente necesario? —preguntó con voz apagada.

—Sí, es necesario. Vengo para despedirme de ti.

—En tal caso, ciertamente que es necesario. No has debido venir en vano. Ven, siéntate aquí a mi lado. Disponemos de un cuarto de hora; después comienza la primera vigilia.

Se había levantado y se sentó, macilento, en la desnuda yacija de tablas; Goldmundo tomó asiento a su vera.

—¡Perdóname! —dijo consciente de su culpabilidad. La celda, la escueta tarima, el rostro desvelado y extenuado de Narciso, su mirada medio ausente, todo le revelaba con plena claridad cuánto estorbaba allí.

—Nada hay que perdonar. No te andes con miramientos, no tengo nada. ¿Dices que quieres despedirte? Entonces, ¿te vas?

—Hoy mismo me voy. ¡Ah, no puedo contártelo! Todo se ha resuelto súbitamente.

—¿Acaso ha llegado tu padre, o bien has tenido carta de él?

—No. La misma vida vino a visitarme. Me marcho, sin padre, sin permiso. Seré tu deshonra, pues voy a huir de aquí.

Narciso se miraba los largos y blancos dedos que surgían descarnados y espectrales de las anchas mangas del hábito. Había una sonrisa, no en su semblante grave y cansadísimo, sino en su voz, cuando dijo:

—Disponemos de poco tiempo, querido. Díme solamente lo necesario, y dílo con claridad y precisión... ¿O es que soy yo el que debe decir lo que te ha pasado?

—Dílo —le rogó Goldmundo.

—Tú estás enamorado, jovenzuelo, has conocido a una mujer.

—¿Cómo has podido saberlo ahora otra vez?

—Nada tiene de difícil. El aire que traes, *o amice*, presenta todas las señales de esa especie de embriaguez que se llama enamoramiento. Pero habla, habla.

Goldmundo puso tímidamente la mano en el hombro del amigo.

—Pues bien, tú lo has dicho. Pero en esta ocasión no has acertado del todo, Narciso, porque no es eso exactamente. Es otra cosa. Verás. Hallábame yo en medio del campo, allá afuera, y con el calor me quedé dormido; y cuando desperté, tenía la cabeza en las rodillas de una hermosa mujer y sentí en seguida que había llegado mi madre para llevarme consigo. No es que yo tomase a

103

aquella mujer por mi madre, pues tenía ojos pardos, oscuros, y pelo negro, y mi madre era rubia como yo, tenía un aspecto muy distinto. Y, sin embargo, era ella, era su llamada, era un mensaje suyo. Como surgida de los sueños de mi propio corazón, había aparecido allí de repente una bella y extraña mujer que tenía mi cabeza en su regazo, y me sonreía como una flor y se mostraba dulce conmigo, y apenas me dió el primer beso sentí en las entrañas un derretimiento y un extraño dolor. Todas las soledades que siempre había sentido, todos los sueños, las dulces angustias, los misterios que en mí dormían, se despertaron, y todo apareció transformado, como hechizado, todo vino a cobrar un sentido. Me enseñó lo que era una mujer y el misterio que encerraba. En media hora me hizo varios años más viejo. Ahora sé muchas cosas. Y supe también inmediatamente que no debía permanecer en esta casa ni un día más. En cuanto sea de noche, me iré.

Narciso escuchaba y asentía con la cabeza.

—Eso ha llegado de repente —dijo—, pero es, tal vez, lo que yo esperaba. Mucho he de pensar en ti. Vas a abandonarme, *amice*. ¿Puedo hacer algo por ti?

—Si te es posible, háblale a nuestro abad para que no me condene del todo. Fuera de ti, es la única persona de la casa cuyas opiniones sobre mí no me son indiferente. Él y tú.

—Lo sé... ¿Deseas algo más?

—Sí, quiero hacerte un ruego. Si, más adelante, piensas en mí alguna vez, reza por mí. Y... gracias.

—¿Por qué, Goldmundo?

—Por tu amistad, por tu paciencia, por todo. Y también por haberme escuchado en este día, en que tan duro debe hacérsete. Y porque no has intentado retenerme.

—¿Por qué había de intentarlo? Tú sabes bien lo que sobre eso pienso... Pero ¿adónde irás, Goldmundo? ¿Tienes algún objetivo? ¿Vas junto a ·esa mujer?

—Sí, me voy con ella. Objetivo, no lo tengo. Ella es una extranjera, una mujer sin patria, según parece, quizás una gitana.

—Ya. Pero díme, querido, ¿sabes que tal vez el camino que con ella sigas será corto? No debías confiar con exceso en ella, creo yo. Quizá tenga parientes, quizá marido. Quién sabe cómo serás recibido.

Goldmundo se apoyó en el amigo.

—Lo sé —profirió—, aunque hasta ahora no había pensado en ello. Ya te dije que no tenía objetivo alguno. Ni siquiera esa mujer que ha sido tan tierna conmigo es mi objetivo. Voy junto a ella, pero no voy por ella. Voy porque tengo que ir, porque oigo una llamada.

Calló y suspiró. Los dos permanecían sentados, apoyados uno en otro, tristes y, no obstante, felices con el sentimiento de su amistad inalterable. Prosiguió Goldmundo:

—No debes imaginar que estoy enteramente a ciegas y que no me doy cuenta de nada. No. Me voy de muy buen grado porque siento que tiene que ser y por haber vivido hoy algo tan maravilloso. Pero no me figuro, en modo alguno, que corro en pos de placeres y ventura manifiestos. Calculo que el camino será arduo. Mas espero que también sea hermoso. ¡Es tan hermoso pertenecer a una mujer, darse a ella! No te rías de mí aunque parezca disparate lo que digo. Pero el amar a una mujer, entregarse a ella, meterla dentro de uno mismo y sentirse, a la vez, metido dentro de ella, ¿no es acaso lo mismo que eso que tú llamas "estar enamorado" y de lo que te burlas un poco? Créeme, no es cosa para burlarse. Para mí es el camino que conduce a la vida y al sentido de la vida... ¡Ah, Narciso, tengo que dejarte! Te quiero, Narciso, y te doy gracias por haberme hoy sacrificado un poco de tu sueño. Duro se me hace abandonarte. ¿Te acordarás de mí?

—¡No te apenes ni me apenes! Nunca te olvidaré. Volverás, te ruego que vuelvas, lo espero. Si alguna vez te va mal, ven a mi lado o llámame... ¡Adiós, Goldmundo, y que Él te ayude!

Se había puesto de pie. Goldmundo lo abrazó. Como sabía que su amigo tenía prevención a las caricias, no le besó y se contentó con tocarle suavemente las manos.

Cayó la noche. Narciso cerró tras de sí la puerta de la celda y se encaminó a la iglesia; sonaban sus sandalias en las baldosas del pavimento. Goldmundo siguió con ojos amorosos la enjuta figura hasta que desapareció en el extremo del corredor tragada por la oscuridad, succionada, reclamada por ejercicios, deberes y virtudes. ¡Qué raro, qué inmensamente extraño e incomprensible era todo aquello! ¡Y también qué extraño y terrible había sido lo de ir junto al amigo con el corazón desbordante, con aquella enardecida embriaguez de amor en un momento que, absorbido por las meditaciones, consumido por ayunos y vigilias, crucificaba y ofrecía en holocausto su juventud, su corazón, sus sentidos, y se sometía a la rígida escuela de la obediencia, sólo para servir al espíritu y para convertirse por entero en *minister verbi divini*! Encontráralo tendido, extenuado, apagado, con la faz pálida, las manos enflaquecidas, que parecía un muerto, y, sin embargo, había acogido en seguida al amigo con interés y cariño, y al enamorado, que aún trascendía el olor de una mujer, prestó oídos y sacrificó el exiguo tiempo de reposo entre dos ejercicios. Era pasmoso, era maravillosamente hermoso que hubiera también tal suerte de amor, desinteresado, enteramente espiritualizado. ¡Qué distinto del amor que había conocido el mismo día en medio del campo soleado, de aquel ebrio, irreflexivo juego de los sentidos! Y las dos cosas eran amor. Ah, y ahora Narciso había desaparecido, tras haberle mostrado de nuevo con tanta claridad, en aquel instante último, cuán distintos y desemejantes eran. Narciso estaba ahora postrado ante el altar, con las rodillas fatigadas, preparado y purificado para una noche de oración y meditación en la que no dispondría más que de dos horas de descanso y sueño, mientras él, Goldmundo, huía para encontrarse con su Elisa en algún lugar entre los árboles y repetir con ella aquellos dulces juegos animales. Narciso hubiese podido decir sobre eso algo interesante. Pero Goldmundo no era Narciso. No le incumbía a él sondear aquellos enigmas y embrollos hermosos y tremendos y decir al respecto cosa de importancia. No le incumbía sino seguir sus propios, inciertos, desatinados caminos. No le incumbía sino entregarse y amar, tanto al amigo que rezaba en la nocturna iglesia como a la mujer joven, hermosa y ardiente que le aguardaba.

Cuando, agitado el corazón por mil encontrados sentimientos, se escabulló cautelosamente entre los tilos del patio y buscó la salida por el molino, hubo de sonreírse al recordar, de pronto, aquella noche en que abandonara el convento en compañía de Conrado por aquel mismo camino clandestino para "ir al pueblo". Entonces había iniciado la pequeña escapada prohibida con gran agitación y encubierto temor, y, en cambio, ahora que se iba para siempre, que se lanzaba por caminos mucho más prohibidos y peligrosos, no sentía temor alguno, no pensaba en el portero ni en el abad ni en el maestro.

Esta vez no había andamio alguno junto al arroyo y tenía que cruzar sin puente. Se despojó de la vestimenta y la arrojó a la otra orilla, y luego pasó desnudo el arroyo, que era hondo y de fuerte corriente, sumergido hasta el pecho en el agua helada.

Mientras se vestía, ya en el otro lado, pensaba de nuevo en Narciso. Veía ahora con grande y humillante claridad que, en aquel momento, no hacía sino aquello que su amigo había previsto y a lo que le había conducido. Tornaba a ver con suma nitidez a aquel Narciso inteligente y un tanto burlón que le había oído decir tantas insensateces y que, en un momento trascendental, le había abierto los ojos entre dolores. Volvía ahora a oír, muy distintamente, algunas de las palabras que le había dicho en aquella ocasión: "Tú duermes en el regazo de la madre y yo velo en el desierto. Tú sueñas con muchachas y yo con mancebos."

Un instante se le encogió, aterido, el corazón; hallábase terriblemente solo en medio de la noche. A sus espaldas estaba el convento, hogar tan sólo de apariencia, pero al que, con todo, amaba y se había ya acostumbrado.

Mas, a la vez, sentía lo otro, que Narciso había dejado de ser su guía y despertador monitorio y sabihondo. Sentía que acababa de entrar en una región en la que él solo encontraba el camino, en la que ningún Narciso podía ya conducirle. Alegrábase de haberse dado cuenta de esto; le abrumaba y avergonzaba evocar los tiempos de su dependencia. Ahora veía con plena claridad y ya no era un niño ni un escolar. Era grato saberlo. Y sin embargo... ¡qué duro el despedirse! ¡Saber que él estaba arrodillado allá en la iglesia, no darle nada, no ayudarlo, no poder ser nada para él! ¡Y separarse de él por largo tiempo, quizá para siempre, y no saber nada de él, y no oír más su voz, y no ver más sus ojos bellos, nobles!

Echó a andar por la estrecha calzada. Y cuando estuvo a un centenar de pasos de los muros del convento, se detuvo, tomó aliento y lanzó, lo mejor que pudo, un graznido de lechuza. Otro graznido similar le respondió, arroyo abajo, en la lejanía.

"Nos llamamos a gritos, como los animales", pensó, recordando el amoroso momento de la tarde; y sólo entonces advirtió que él y Elisa únicamente al final de todo, cuando ya concluían las caricias, habían cambiado algunas palabras, y, para eso, pocas y sin importancia. ¡Qué largas conversaciones había sostenido con Narciso! Ahora, en cambio, a lo que parecía, acababa de entrar en un mundo en que no se hablaba, en el que solamente se empleaban graznidos de lechuza, en el que las palabras carecían de significación. Y estaba plenamente conforme, no tenía la menor necesidad de palabras ni de pensamientos, sino, exclusivamente, de Elisa, de aquel silencioso, ciego, mudo sentir y hurgar, de aquel manso y suspirante derretirse.

Allí estaba ya Elisa. Venía hacia él, saliendo del bosque. Goldmundo alargó los brazos, para sentirla, abrazó con manos que tentaban tiernamente su cabeza, su cabello, su cuello y nuca, su cuerpo esbelto y aquellas firmes caderas. Ciñéndole el talle con el brazo, se fué con ella, sin hablar, sin preguntar adónde. Enderezaba, sin duda, hacia el bosque nocturno, y a él costábale trabajo caminar a su vera; parecía que los ojos de la joven vieran en la noche, como los de los zorros y las martas, pues jamás daba tropezón ni traspié. Goldmundo se dejaba llevar a través de la noche, del bosque, de la ciega y misteriosa región, sin palabras ni pensamientos. Ya no pensaba en nada, ni siquiera en el convento que acababa de dejar, ni siquiera en Narciso.

En silencio recorrieron una oscura parte del bosque, marchando unas veces sobre blando, mullido musgo y otras sobre duros costillares de raíces; a veces había sobre sus cabezas jirones del cielo luminoso entre altas y ralas copas de árboles, y a veces todo estaba en tinieblas; de cuando en cuando alguna rama les golpeaba en el rostro o alguna zarza se les prendía al vestido. Ella conocía perfectamente aquellos parajes y se orientaba con gran seguridad, jamás se detenía, jamás vacilaba. Al cabo de un buen rato vinieron a encontrarse entre unos pinos solitarios, muy separados; vasto y lejano aparecía el pálido cielo de la noche, había terminado el bosque, la joven se dirigió a un valle lleno de prados, olía dulcemente a heno. Vadearon un arroyuelo que fluía calladamente; aquí, en campo abierto, el silencio era mayor que en medio del bosque: no había ramaje rumoroso, ni animales nocturnos que saltaban de pronto, ni crujir de madera seca.

Elisa se detuvo junto a un gran montón de heno.

—Aquí nos quedamos —dijo.

Sentáronse en el heno, respirando, al fin, a sus anchas y gozando del reposo, los dos un poco cansados. Se tendieron, escuchaban el silencio, sentían cómo se les iban secando las frentes y las caras se enfriaban gradualmente. Goldmundo, en placentera fatiga, doblaba, jugando, una rodilla y la volvía a extender, aspiraba la noche y el aroma del heno en largas inspiraciones y no pensaba ni en atrás ni en el futuro. Sólo lentamente se dejó atraer y embelesar por el perfume y el calor de su amada, respondía de tanto en tanto al acariciar de sus manos y percibía, radiante de dicha, cómo la joven empezaba, poco a poco, a encenderse a su lado y se le acercaba cada vez más. No, aquí no se necesitaban palabras ni pensamientos. Sentía con claridad todo lo que era importante y hermoso, el vigor juvenil y la sana, sencilla belleza del cuerpo femenino, su enardecimiento y su apetencia; y también sentía con claridad que en esta ocasión quería ella ser amada de modo distinto del de la primera vez, que ahora

111

no quería seducirlo y enseñarlo sino esperar su ataque y su deseo. Dejaba quedamente que las magnéticas corrientes le recorrieran el cuerpo y percibía lleno de dicha aquel mudo fuego mansamente creciente que en ellos se agitaba y que convertía su pequeña yacija en centro resollante y ardoroso de la noche callada.

Cuando, luego de inclinarse sobre el rostro de Elisa, empezó a besarle los labios, advirtió, de pronto, que los ojos y la frente estaban envueltos en una suave luz, y se quedó mirando asombrado y vió que el resplandor subía y se incrementaba rápidamente. Entonces cayó en la cuenta y se volvió: sobre la línea de los bosques negros y dilatados se elevaba la luna. Veía derramarse mágicamente la blanca y suave luz por la frente y las mejillas de la muchacha, por su cuello torneado y delicioso, y, arrobado, dijo con voz apagada:

—¡Qué hermosa eres!

Sonrió complacido, se incorporó a medias, le abrió delicadamente el vestido por el pecho y la sostuvo y la libró de su corteza, como una fruta, hasta que, finalmente, los hombros y el busto brillaron desnudos a la fría luz de la luna. Con los ojos y los labios seguía extático las delicadas sombras, mirando y besando; y ella permanecía inmóvil, como hechizada, con la mirada baja y una grave expresión, como si en aquel instante se hubiese descubierto y revelado por vez primera, también a ella, su hermosura.

CAPITULO VII

Mientras en los campos iba ya haciendo frío y la luna avanzaba por el cielo, cada vez más alta, los amantes reposaban en su nido, perdidos en sus juegos, dormitando o durmiendo, acercándose y encendiéndose de nuevo al despertarse, otra vez enlazados y volviendo de nuevo a adormecerse. Tras el último abrazo quedaron exhaustos; Elisa se había hundido apretadamente en el heno y respiraba con trabajo; Goldmundo estaba tendido sobre la espalda, sin rebullir, y clavaba los ojos en el pálido cielo lunar; en ambos surgió una inmensa tristeza de la que se libraron con el sueño. Durmieron profunda y desesperadamente, durmieron con avidez, como si hubiera de ser la última vez, como si estuviesen condenados a perpetua vigilia y en aquel instante tuvieran que beber por adelantado todo el sueño del mundo.

Al despertarse, Goldmundo vió a Elisa ocupada en sus negros cabellos. La contempló un momento distraído y sólo a medias despabilado.

—¿Ya estás despierta? —dijo finalmente.

Ella se volvió de golpe, como asustada.

—Tengo que irme —profirió un tanto cohibida y confusa—. No quería despertarte.

—Ya lo estoy. ¿Hay que proseguir camino? Porque nosotros no tenemos hogar.

—Yo, ciertamente —dijo Elisa—. Pero tú perteneces al convento.

—Yo ya no pertenezco al convento, soy como tú, estoy enteramente solo y no tengo objetivo alguno. Me iré contigo, naturalmente.

La joven apartó la vista.

—No puedes venir conmigo, Goldmundo. Tengo que ir junto a mi marido; me pegará porque no aparecí en toda la noche. Le diré que me perdí. Pero, naturalmente, no me creerá.

En aquel punto recordó Goldmundo vívidamente que Narciso se lo había pronosticado con exactitud. Aquí estaba ya.

Se levantó y le alargó la mano.

—Me he equivocado —expresó—. Había creído que seguiríamos juntos... Pero ¿de veras querías dejarme durmiendo, y marcharte sin despedirte?

—Temí que te enojaras y hasta que me pegases. Que mi marido me pegue, en fin, nada tiene de particular, es comprensible. Pero no quería que tú también lo hicieses.

Goldmundo le apretó firmemente la mano.

—Elisa —le dijo—, yo no te pegaré ni hoy ni nunca. ¿No preferirías quedarte conmigo en vez de ir junto a tu marido pues que te vapulea?

Ella dió un recio tirón, para desembarazar la mano.

—No, no, no —profirió con voz llorosa. Y como Goldmundo sentía que el corazón de la mujer ansiaba huir de su lado, y que ella más quería recibir golpes del otro que buenas palabras de él, soltó la mano, y entonces Elisa rompió a llorar. Pero, al mismo tiempo, echó a correr. Huía con las manos en los ojos llorosos. El joven no dijo nada más y la siguió con la mirada. Sentía piedad de ella viéndola huir por las praderas segadas, llamada y atraída por cierta fuerza, por una fuerza desconocida que a él debía preocuparle. Sentía piedad de ella y también un poco de sí mismo; no había tenido suerte, a lo que parecía; allí quedaba solo y como estúpido, abandonado, desdeñado. Pero, a la vez, continuaba cansado y soñoliento, jamás había estado tan agotado. Tiempo habría más tarde para ser desgraciado. Tornó a dormirse y sólo volvió en sí cuando el sol, ya muy alto, calentaba intensamente.

Ahora estaba descansado; se levantó rápidamente, corrió al arroyo, se lavó y bebió. Muchos recuerdos le asaltaron, muchas imágenes, muchas deleitosas y tiernas sensaciones surgían exhalando aroma, como flores exóticas, de las horas de amor de aquella noche. En ello pensaba cuando inició la marcha con buen paso; volvía a sentirlo todo, gustaba, olía y palpaba todo de nuevo, una y otra vez. ¡Cuántos sueños vino a cumplirle aquella extraña mujer morena, cuántos botones trajo a floración, cuántas curiosidades y ansias satisfizo y cuántas nuevas despertó!

Y ante él se extendían campos y praderas, y secos

barbechos, y el bosque oscuro, y más allá tal vez alquerías y molinos, un pueblo, una ciudad. Por vez primera, el mundo se abría a sus ojos, esperándole, pronto a acogerlo, a depararle alegrías y tristezas. No era ya un escolar que viera el mundo desde una ventana; su caminar no era ya un paseo cuyo ineludible término fuese el regreso. Ese inmenso mundo se había tornado ahora real, de él formaba parte, en él descansaba su destino, su cielo y su atmósfera eran los propios. Era un pequeño ser en medio de ese inmenso mundo; pequeño como una liebre, como un escarabajo, corría por su infinitud azul y verde. En él no sonaba campana alguna llamando a levantarse del lecho, al oficio en la iglesia, a clase, al almuerzo.

¡Oh, qué hambre tenía! Media hogaza de pan de cebada, una escudilla de leche, una sopa de harina... ¡Qué maravillosos recuerdos! Su estómago se había despertado como un lobo. Pasaba junto a un sembrado, las espigas estaban ya medio maduras, cogió unas cuantas, las mondó con dedos y dientes, comía con avidez los menudos granos lechosos, no se cansaba de comer, y se llenó los bolsillos de espigas. Y luego encontró avellanas, todavía muy verdes, e hincó con fruición los dientes en las quebradizas cáscaras; y también de ellas hizo provisión.

De nuevo empezaba el bosque, un bosque de pinos con algunos robles y encinas entreverados; en este lugar había gran abundancia de arándanos y aquí tomó descanso y comió y se refrescó. Entre la rala y áspera hierba del bosque veíanse azules campánulas y volaban

116

mariposas morenas y luminosas que aparecían y desaparecían caprichosas y zigzagueantes. En un bosque como éste había vivido Santa Genoveva, cuya historia tanto amara siempre. ¡Cómo le gustaría encontrársela ahora! Tal vez hubiera en medio del bosque una ermita con un fraile viejo y barbudo que morara en una cueva o en una cabaña de corteza de árbol. También podían habitar aquí carboneros y, en ese caso, mucho le gustaría saludarlos. Y hasta quizás hubiese bandidos que, de seguro, no le harían daño. Muy grato sería topar con gente en este lugar, cualquiera que fuese su condición. Pero sabía que muy bien pudiera acontecer que estuviese caminando por el bosque hoy y mañana y otro día más sin hallar a nadie. Y también esto debía aceptarlo si le estaba determinado. No había que darse demasiado a la reflexión sino dejar que las cosas vinieran como quisiesen.

Oyó entonces el golpeteo de un pico carpintero y quiso sorprenderlo; largo rato se esforzó en vano por descubrirlo; al cabo lo logró, y estuvo contemplando cómo picaba y martillaba el tronco y movía, incansable, la cabeza. ¡Lástima que no fuese posible hablar con los animales! ¡Qué hermoso sería llamar al pico carpintero y decirle unas palabras amables y quizás enterarse de algo de su vida en los árboles, de su trabajo y de su gozo. ¡Ah si estuviera en las manos de uno el poder cambiar de ser!

Acordóse entonces de las veces que, en horas de ocio, había dibujado con el pizarrín en la pizarra diversas suertes de figuras, flores, hojas, árboles, animales, ca-

117

bezas humanas. Muy a menudo se había entretenido en ese juego, formando, en ocasiones, como un pequeño dios, criaturas a voluntad, dibujando en el cáliz de una flor unos ojos y una boca, transformando en dedos las hojas de una rama, poniendo sobre un árbol una cabeza. Con este juego, a menudo se había sentido dichoso y encantado durante una hora, practicando una especie de magia, viendo, sorprendido de sí mismo, cómo de las líneas que trazaba iban saliendo la hoja de un árbol, el hocico de un pez, el rabo de una zorra, las cejas de un hombre. De igual modo, pensaba ahora, uno debiera ser capaz de transmutarse como en aquel tiempo las líneas caprichosas que dibujaba en su pizarra. Le hubiese placido sobremanera convertirse en un pico carpintero, por un día o por un mes, y vivir en las copas de los árboles, y correr por lo alto de los lisos troncos, y punzar con fuerte pico la corteza y, apoyado en las plumas de la cola, hablar la lengua de los picamaderos y extraer ricas cosas de la corteza. El martilleo del pájaro sonaba dulce y recio en la sonora madera.

Muchos animales encontró Goldmundo mientras cruzaba el bosque. Encontró muchas liebres que saltaban inopinadamente de entre la espesura cuando él se acercaba y le clavaban la vista y luego daban la vuelta y se alejaban a la carrera, las orejas gachas y una mancha clara bajo la cola. En un pequeño calvero halló en el suelo una larga culebra, que no se dió a la fuga; no era una culebra viva sino su piel vacía, y el joven la tomó en sus manos y se puso a contemplarla: corríale por el dorso un bello dibujo de tonos grises y castaños y el sol la traspasaba, era tenue como tela de araña. Vió negros mirlos de pico amarillo que miraban fijos y encogidos con negras, temerosas pupilas, y después huían en vuelo rastrero. Los pechirrojos y pinzones abundaban. En cierto lugar del bosque había un hoyo, un charco lleno de agua verde y espesa por cuya superficie corrían en revuelta confusión arañas zancudas, todas agitadas y como posesas, entregadas a un juego incomprensible, y sobre ellas volaban unas pocas libélulas de alas azul oscuro. Y cierta vez, cuando ya atardecía, vió algo... mejor dicho, no vió nada más que un revolver del follaje, y oyó crujir ramas quebradas y chapotear en el fango, y el correr y atropellar a través de la maleza de un animal lleno de ímpetu, apenas visible, tal vez un ciervo, tal vez un jabalí. Buen rato estuvo inmóvil, jadeando de temor; hondamente agitado, escuchaba alejarse al animal, y seguía escuchando con el corazón palpitante mucho después de haber vuelto el silencio.

No acertó a salir de la selva; tenía que pasar allí la noche. Mientras elegía un lugar para acostarse y hacía un lecho de musgos, dióse a imaginar qué sucedería en el caso de que no pudiese salir nunca más de los bosques y tuviera que quedarse en ellos para siempre. Y concluyó que sería una gran desgracia. Vivir de frutas silvestres, eso aún podía ser, y también dormir sobre musgos, sin contar con que, seguramente, conseguiría construirse una choza y quizás hasta hacer fuego. Mas el estar constantemente a solas, y morar entre los troncos callados y dormidos, y vivir entre los animales que huyen de uno y con quienes no es posible conversar, todo eso sería insoportablemente triste. No ver a hombre viviente, no decir a nadie buenos días y buenas noches, no poder posar la mirada en ninguna cara, en ningunos ojos, no contemplar ya muchachas ni mujeres, no percibir más el dulce roce de un beso, no jugar más el furtivo y delicioso juego de los labios y los miembros, ¡oh, eso sería inconcebible! Si le fuese dado, pensaba, se convertiría en un animal, en un oso o un ciervo, aunque para ello debiese renunciar a la felicidad eterna. No estaría mal ser un oso y amar a una osa; siempre sería mucho mejor que conservar su razón y su lenguaje y todo lo demás y vivir solitario, triste y sin amor.

En su lecho de musgos, antes de adormirse, oyó curioso y temeroso los mil ruidos incomprensibles, enigmáticos de la selva. Ahora eran sus camaradas, con ellos tenía que convivir, a ellos debía acostumbrarse, tenía que alternar con ellos y que soportarlos; su compañía eran ahora los raposos y los corzos, los pinos y los abetos, con ellos tenía que convivir, y compartir el aire y el sol, y esperar el día, y pasar hambre; de ellos era ahora huésped.

Y luego se durmió, y soñó con animales y hombres, y que era un oso y devoraba a Elisa entre caricias. En medio de la noche se despertó con un hondo espanto, sin saber por qué; sentía el corazón inmensamente inquieto y estuvo cavilando largo rato, sumido en confusión. Recordó que ayer y hoy se había dormido sin hacer el rezo nocturno. Se levantó, se arrodilló junto a su yacija y rezó dos veces la oración de la noche, por ayer y por hoy. Y volvió a dormirse.

A la mañana siguiente miraba el bosque en torno suyo, asombrado; había olvidado dónde se hallaba. El temor que el bosque le infundía empezó a ceder, y, con nueva alegría, se confió a la vida nemorosa, aunque seguía caminando, dirigiendo sus pasos hacia el sol. Pasado un rato, se encontró en una parte enteramente llana, con poca maleza, en la que no había más árboles que unos abetos blancos muy gruesos, viejos y rectos; y luego de avanzar un trecho entre aquellas columnas, empezaron a recordarle las columnas de la espaciosa iglesia del convento, de aquella iglesia justamente por cuya negra fachada había visto desaparecer hacía poco a su amigo Narciso... ¿cuándo? ¿Había sido, en verdad, dos días antes?

Sólo al cabo de dos días y dos noches logró salir del bosque. Con gozo descubrió las señales de la proximidad de los hombres: tierra labrada, sembrados de avena y centeno, prados entre los cuales discurría algún sendero visible aquí y allá en pequeños trozos. Cogió algunas espigas de centeno y las mascó; la tierra cultivada le miraba con gesto amistoso; todo le causaba una impresión de humanidad, de sociabilidad, tras la vasta incultura de la selva: el caminillo, la avena, los marchitos, ya emblanquecidos ancianos. Ahora volvía entre los hombres. Apenas una hora después pasaba junto a una haza en cuyo lindero se alzaba una cruz, y ante ella se arrodilló y rezó. Luego de faldear la promi-

121

nente nariz de un collado, se encontró, de repente, ante un umbroso tilo, oyó embelesado la canción de una fuente cuya agua caía de un caño de madera en una pila de madera también, bebió de aquella agua fresca y exquisita, y distinguió con gran contento unos tejados de paja elevándose sobre los saúcos cuyas bayas negreaban ya. Más hondamente que todas estas gratas señales le conmovió el mugir de una vaca que sonó en sus oídos delicioso, cálido y amable como un saludo y una bienvenida. Se acercó, atisbando, a la cabaña de la que había partido el mugido. Ante la puerta, sentado en la tierra, hallábase un muchacho pelirrojo y ojizarco que tenía al lado una olla de barro llena de agua y hacía, con la tierra y el agua, una masa que embadurnaba ya sus piernas desnudas. Serio y feliz, estrujaba entre las manos el húmedo lodo, lo veía salir por entre los dedos, hacía bolas con él, y, para amasarlo y moldearlo, se ayudaba convenientemente de la barbilla.

—¡Hola rapaz! —díjole Goldmundo muy cordial. Pero el pequeño, apenas alzó la mirada y vió a un extraño, abrió bruscamente la boquita, contrajo el rostro gordezuelo y, a toda prisa, se metió en la casa a gatas berreando. Goldmundo lo siguió y fué a dar a la cocina, que era muy sombría, y, como él venía del claro fulgor del mediodía, nada pudo distinguir al principio. Profirió, por si acaso, un saludo devoto, y no le respondieron; mas sobre los chillidos del asustado chicuelo empezó a percibirse, cada vez más clara, una voz débil y cascada que trataba de sosegarlo. Finalmente, en medio de la oscuridad, se levantó una anciana de cuerpo menudo, que se acercó, con una mano ante los ojos a guisa de pantalla, y se quedó mirando al huésped.

—¡Alabado sea Dios, abuela! — exclamó Goldmundo—; y que Él y todos los santos de la corte celestial te colmen de bendiciones. Hace tres días que no veo rostro humano.

La viejecita le miraba estúpidamente, con ojos de presbicia.

—¿Qué quieres? —preguntó vacilante.

Goldmundo le dió la mano y acarició un poco la de ella.

—Quería saludarte, abuelita, y reposar un breve instante y ayudarte a encender el fuego. Si me ofrecieras un pedazo de pan no te lo rechazaría; pero no tengo prisa.

Vió un banco que estaba unido a la pared y en él se sentó mientras la anciana cortaba un trozo de pan al rapacín que ahora fijaba la mirada en el forastero, atento y curioso, aunque siempre pronto a soltar el trapo y escapar. La mujer cortó un segundo trozo de la hogaza y se lo llevó a Goldmundo.

—Gracias —dijo él—. Dios te lo pague.

—¿Tienes la panza vacía? —preguntóle la mujer.

—No, eso no. La tengo llena de arándanos.

—¡Vaya! Come, pues. ¿De dónde vienes?

—De Mariabronn, del convento.

—¿Eres fraile?

—No, fraile no. Soy estudiante. Voy de viaje.

Ella se quedó contemplándolo entre burlona y es-

123

túpida, y meneó un ínstante la cabeza que descansaba en un cuello avellanado. Le dejó masticar unos bocados y volvió a llevar el niño al sol. Luego entró de nuevo, curiosa, y preguntó:

—¿Sabes alguna novedad?

—No mucho. ¿Conoces al padre Anselmo?

—No. ¿Qué le pasa?

—Está enfermo.

—¿Enfermo? ¿Se morirá?

—No lo sé. Cosa de las piernas. Camina dificultosamente.

—¿Se morirá?

—No sé. Quizá.

—Bueno, que se muera. Tengo que hacer la ·sopa. Ayúdame a partir unas astillas.

Dióle un grueso leño de abeto, bien secado al calor del fogón, y un cuchillo. El joven hizo cuantas astillas le pidió y observaba cómo la vieja las iba colocando en el rescoldo y se inclinaba sobre él y lo atizaba y soplaba hasta que se encendieron. Luego fué apilando, según una exacta y esotérica ordenación, leña de abeto y haya; el fuego cobró incremento y resplandeció en la piedra del fogón, y ella, entonces, puso sobre las llamas la grande y negra caldera colgada de las tiznadas llares que pendían en la chimenea.

Por mandato de la mujer, Goldmundo fué a buscar agua a la fuente, desnató la escudilla de la leche, se sentó en medio de aquella humosa penumbra; veía el danzar de las llamas y, sobre ellas, aparecer y desaparecer el rostro huesudo y arrugado de la anciana en-

vuelto en rojo resplandor; oía al lado, tras una pared
de tablas, a la vaca hurgar y dar topetazos en el pese-
bre. Mucho le gustaba todo esto. El tilo, la fuente, el
fuego llameante bajo la caldera, el mascar y resoplar
de la vaca comiendo y sus golpes sordos contra el tabique, la pieza medio a oscuras con su mesa y su banco,
el trajinar de la viejecilla, todo era hermoso y bueno,
olía a mantenimientos y a paz, a hombres y calor, a
hogar. También estaban allí dos cabras, y por la vieja
supo que en la parte de atrás había asimismo una
cochiquera, y que la vieja era la abuela del labrador
y la bisabuela del chiquitín. Éste, que se llamaba Kuno,
entraba de cuando en cuando en la cocina y, aunque
no decía palabra y miraba con un poco de miedo, no
lloraba ya.

Llegaron en esto el labriego y su mujer, quienes se
sorprendieron mucho de hallar a un extraño en la casa.
El labriego iba ya a desatarse en improperios, y, lleno
de recelo, cogió al mozo por un brazo y lo llevó a la
puerta para verle la cara a la luz del día; entonces
se echó a reír, le dió una amistosa palmadilla en el
hombro y lo invitó a comer con ellos. Sentáronse todos;
cada cual mojaba su pan en la común escudilla de
leche hasta que la leche llegó casi a agotarse; el resto
se lo bebió el labrador.

Goldmundo preguntó si le permitían quedarse hasta
el día siguiente y dormir bajo el techo de la cabaña.
El hombre le dijo que no, que no había sitio, pero que
afuera abundaba el heno y podía encontrar un buen
lugar donde acostarse.

125

La labradora tenía al pequeño a su lado y no intervenía en la conversación, pero durante la comida sus ojos curiosos no se apartaron del joven forastero. Su cabello y su mirada le habían hecho impresión desde el primer momento; luego había ido observando también con complacencia su hermoso cuello blanco, sus manos tersas y distinguidas, de graciosos y sueltos movimientos. Gallardo y distinguido era aquel extraño; y, además, ¡tan joven! Pero lo que más le atraía y enamoraba era su voz, aquella moza voz de varón levemente cantarina, cálida, suavemente cautivadora, que sonaba como una caricia. Hubiérale gustado seguir oyendo aquella voz por largo rato.

Después de la comida, el labrador se fué a trajinar al establo; Goldmundo salió al exterior, se lavó las manos en la fuente, y luego se sentó a su vera gozando de su frescor y su murmullo. Estaba perplejo; nada se le perdía allí y, sin embargo, le desplacía tener ya que partir. En aquel momento se acercó la labradora con un cubo en la mano, el que colocó bajo el chorro dejando que el agua rebosara. Y dijo a media voz:

—Oye: si esta noche estás aún cerca, te llevaré de comer. Allá, tras de aquel gran cebadal, hay heno que no se recogerá hasta mañana. ¿Estarás?

El joven fijó la vista en aquel rostro pecoso, aquellos brazos robustos que retiraban el cubo; los ojos claros y grandes de la mujer tenían un mirar ardiente. Él le sonrió y asintió con la cabeza, y ella entonces se marchó con el cubo lleno, desapareciendo en la oscu-

126

ridad de la puerta. Goldmundo permaneció sentado, reconocido y muy contento, y escuchaba el rumor del agua. Poco después entró en la casa, buscó al labrador, estrechó su mano y la de la abuela y dióles gracias por su hospitalidad. Olía a fuego, hollín y leche en la cabaña. Un momento antes era abrigo y hogar, y ahora tornaba a serle extraña. Y haciendo un saludo, salió.

Más allá de las chozas encontró una capilla y junto a ella un ameno soto de robles viejos y recios con el suelo tapizado de hierba baja. Aquí permaneció a la sombra, paseando entre los gruesos troncos. Es curioso, se decía, lo que acontece con las mujeres y el amor: no necesitan, en realidad, de palabras. Aquella mujer solamente había empleado una palabra para indicarle el lugar de la cita; lo demás no se lo había dicho con palabras. ¿Con qué, pues? Había sido con los ojos y con un cierto tono de la voz algo empañada; y aun con algo más, quizás un aroma, una delicada, suave irradiación de la piel por la que los hombres y las mujeres podían en seguida descubrir si se deseaban mutuamente. Era algo maravilloso, como un fino lenguaje secreto; ¡y qué pronto había aprendido ese lenguaje! Experimentaba una gran alegría al pensar en la próxima noche, estaba lleno de curiosidad por saber cómo sería aquella corpulenta mujer rubia, cómo serían sus miradas y los matices de su voz, sus formas, movimientos y besos... sin duda muy distintos de los de Elisa. ¿Dónde estaría ahora Elisa, con su cabello negro y tirante y sus leves suspiros? ¿Le habría pegado

127

su marido? ¿Pensaría aún en él? ¿Habría encontrado un nuevo amante, como él había hoy encontrado otra mujer? ¡Con qué rapidez pasó todo aquello, de qué singular modo surgía la dicha por doquiera, cuán hermoso y ardiente había sido y cuán pasmosamente fugaz! Era pecado, era adulterio; muy poco antes hubiese preferido dejarse matar a cometer aquel pecado. Y ahora era ya la segunda mujer que esperaba y tenía la conciencia serena y tranquila. Es decir, tranquila quizá no; pero si su conciencia sentíase a veces intranquila y agobiada, no se debía al adulterio y al deleite carnal. Era por otra cosa, que no acertaba a señalar por su nombre. Era el sentimiento de una culpa que no había cometido sino que había ya traído consigo a este mundo. ¿Trataríase, acaso, de lo que en teología se llamaba pecado original? Bien pudiera ser. La vida, evidentemente, llevaba en sí una especie de culpa... ¿por qué, si no, un hombre tan puro y tan sabio como Narciso había de someterse a ejercicios de penitencia como un condenado? ¿O por qué tenía él mismo, Goldmundo, que notar en el fondo de su alma esa sensación de culpabilidad? ¿Por ventura no era feliz? ¿No era joven y sano, no era libre como los pájaros que vuelan por el aire? ¿No le amaban las mujeres? ¿No era hermoso sentir que, como amante, podía dar a la mujer el mismo hondo placer que él experimentaba? ¿Por qué, pues, no era feliz del todo? ¿Por qué en su dicha moza, como en la virtud y sapiencia de Narciso, penetraba a las veces ese extraño dolor, esa mansa angustia, esa lamentación por lo pasado? ¿Por qué tan a menudo se veía sumido en meditaciones, en cavilaciones, a pesar de saber que no era un pensador?

De todos modos, era hermoso vivir. Cogió de entre la hierba una florecilla violeta, acercó a ella los ojos, miró dentro del pequeño y angosto cáliz por el que corrían unas venillas y en el que vivían unos órganos minúsculos, finos como cabellos; allí, como en el seno de una mujer o en el cerebro de un pensador, bullía la vida, vibraba el afán. ¿Por qué no sabíamos absolutamente nada? ¿Por qué no era posible hablar con esta flor? ¡Pero si ni siquiera podían dos hombres hablar realmente entre sí, pues para ello se precisaba de un azar feliz, de una singular amistad y disposición! No, era una suerte que el amor no precisase de palabras; de otro modo, estaría lleno de equivocaciones y disparates. Ah, recordaba los ojos de Elisa, entreabiertos, como vidriosos en la plenitud del goce, mostrando tan sólo una rajilla blanca entre los párpados trémulos... ¡ni con millares de palabras eruditas o poéticas fuera dable expresarlo! Nada, ah, nada cabía expresar, ni imaginar... ¡y sin embargo uno sentía en los adentros, reiteradamente, la apremiante necesidad de hablar, el eterno impulso de pensar!

Observaba las hojillas de la pequeña planta y reparaba en la manera bella y notablemente inteligente como estaban dispuestas en torno al tallo. Hermosos eran los versos de Virgilio y a él le placían en extremo; pero Virgilio tenía muchos versos que, en punto a pureza y sabiduría, hermosura y sentido, no valían ni la mitad de lo que aquella ordenación en espiral de las menudas hojillas subiendo por el tallo. ¡Qué placer, qué dicha, qué tarea encantadora, noble, trascendental sería para un hombre el crear una de estas flores. Pero nadie era capaz de tal empeño, ni héroe ni emperador, ni papa ni santo.

Cuando el sol estaba ya bajo, emprendió la marcha en busca del paraje que la campesina le había indicado. Y allí esperó. Era hermoso esperar así sabiendo que una mujer venía de camino trayendo consigo amor acendrado.

Llegó ella con un pañuelo de lino anudado por las puntas en el que venía envuelto un gran pedazo de pan y una tajada de tocino. Luego de desatar el envoltorio, colocó su contenido delante del joven.

—Para ti —dijo—. ¡Come!

—Después —profirió él—; no tengo hambre de pan sino de ti. ¡Muéstrame las cosas bellas que me has traído!

Muchas cosas bellas le había traído en efecto: fuertes labios sedientos, fuertes dientes fulgurantes, fuertes brazos bermejos del sol; pero bajo el cuello, y más adentro, era blanca y tierna. Dijo pocas palabras, pero en lo hondo de la garganta cantaba un son dulce y cautivador; y al percibir el contacto de las manos del joven, manos delicadas, cariñosas, sensitivas, como jamás había gustado, su piel se estremeció y de su garganta empezó a salir un manso murmullo como el ronronear de una gata. Conocía pocos juegos amorosos, menos que Elisa, pero tenía una fuerza prodigiosa y apretaba como si quisiese quebrarle el cogote a su amante. Su amor era infantil e impetuoso, sencillo y, pese a su brío, pudoroso; Goldmundo fué muy feliz con ella.

Luego la mujer se marchó, suspirando; lo abandonaba con pena, no podía demorarse más.

Goldmundo se quedó solo, dichoso y también triste. Hasta más tarde no se acordó del pan y del tocino, y comió sin compañía; era ya noche cerrada.

CAPÍTULO VIII

Llevaba ya Goldmundo una temporada de errabundeo, raramente pasando dos noches en el mismo lugar, solicitado y deleitado por las mujeres, tostado del sol, enflaquecido por las caminatas y el exiguo yantar. Muchas mujeres se habían despedido de él en las madrugadas y se habían ido, a menudo con lágrimas, y muchas veces había pensado: "¿Por qué ninguna se queda conmigo? ¿Por qué, si me aman y, por una noche de amor, han quebrantado la lealtad conyugal... por qué retornan todas en seguida junto a sus maridos de quienes, los más de los casos, deben temer verse vapuleadas?" Ninguna le había pedido en serio permanecer a su lado, ni una sola le había jamás pedido que la llevara con él ni estaba dispuesta a compartir con él, por amor, las alegrías y trabajos de la vida errante. Es verdad que a ninguna había invitado ni le había insinuado tal idea; si interrogaba a su corazón, advertía que la libertad le era muy cara y no recordaba que la añoranza que había sentido por alguna de sus amantes no se desvaneciera y olvidara en los brazos de la siguien-

133

te. Mas, con todo eso, resultábale inexplicable y un poco triste que el amor, el de las mujeres como las suyas, pareciera siempre tan perecedero, que apenas se inflamaba quedara ya ahito. ¿Era cierto? ¿Era así siempre y en todas partes? ¿O se trataba de algo peculiar de él; era, acaso, tal su condición que las mujeres lo deseaban y encontraban hermoso pero no querían con él otro género de compañía que aquella breve y muda sobre el heno o el musgo? ¿Debíase eso a su errabundo vivir y a que las personas sedentarias sentían aversión hacia la vida de los vagabundos? ¿O dependía exclusivamente de él, de su persona, el que las mujeres lo anhelaran como a un lindo muñeco y lo estrecharan en sus brazos para luego volver a la carrera junto a sus esposos aunque les esperase una paliza? No lo sabía.

No se cansaba de aprender de las mujeres. Las que más le atraían eran las muchachas, las más jóvenes, las que aún no tenían marido y no sabían nada; de éstas podía enamorarse apasionadamente; pero, por lo general, las muchachas, adorables, tímidas y bien guardadas, eran inasequibles. Sin embargo, también le agradaba aprender de las mujeres de más edad. Cada una le dejó algo, un ademán, una cierta clase de beso, un juego singular, una especial manera de darse y resistirse. Goldmundo a todo accedía, era insaciable, dúctil como un niño, manteníase abierto a toda seducción: únicamente por esto era él mismo tan seductor. Su hermosura sola no hubiese bastado para llevarle con tanta facilidad las mujeres; era aquella infantilidad, aquel mantenerse abierto, aquella curiosa inocencia del

134

deseo, aquel estar dispuesto sin reserva a conceder todo lo que una mujer quisiera pedirle. Sin advertirlo, era con cada amante suya cabalmente lo que ella deseaba y soñaba, con unas tierno y expectante, con otras rápido y audaz, a veces ingenuo como un doncel que se inicia, a veces refinado y avezado. Estaba pronto lo mismo a jugar que a pelear, a suspirar como a reír, a mostrarse pudoroso o desvergonzado; no hacía a una mujer nada que ella no apeteciera, nada que ella no sacara de él. Esto era lo que toda mujer de sutiles, sagaces sentidos rastreaba inmediatamente en él, lo que lo convertía en su favorito.

Pero él aprendía. No sólo aprendió en corto tiempo muchas suertes y artes de amor y asimiló las experiencias de muchas amantes, sino que también aprendió a ver, sentir, palpar y oler a las mujeres en toda su variedad; afinósele el oído para toda clase de voces y aprendió a adivinar en muchas, de modo infalible, por el acento, su tipo y el volumen de su capacidad de amor; observaba con embeleso siempre nuevo las variadísimas maneras de asentarse una cabeza en un cuello o de arrancar una frente del nacimiento del pelo, o de moverse una rodilla. Aprendió a diferenciar en la oscuridad unas de otras, con los ojos cerrados, con dedos suavemente inquiridores, las diversas clases de cabello femenino, las distintas clases de piel y vello. Desde temprano empezó a pensar que quizá radicaba en esto el sentido de su peregrinación, que tal vez se veía llevado de una mujer a otra a fin de adquirir y ejercitar en forma cada vez más aguda, más varia y más honda

aquella facultad de conocer y distinguir. Tal vez fuera
su vocación llegar a conocer las mujeres y el amor en
numerosas especies y variedades hasta la perfección,
al modo de esos músicos que no saben sólo tocar un
instrumento sino tres, cuatro, muchos. A decir verdad,
ignoraba para qué podía servir eso, adónde conducía;
advertía únicamente que se encontraba en el camino.
Aunque no era negado para el latín y la lógica, no
poseía, ciertamente, en ese terreno dotes singulares, sorprendentes, raras; en cambio sí las poseía para el amor,
para el juego con las mujeres: aquí aprendía sin trabajo, aquí no olvidaba nada, aquí se acumulaban y
ordenaban las experiencias por sí mismas.

Cierta vez, cuando ya llevaba uno o dos años de
andar de camino, llegó Goldmundo a la mansión de un
caballero acomodado que tenía dos hijas bellas y jóvenes. Era por los comienzos del otoño, las noches pronto
serían frías, bien las había probado el otoño y el invierno anteriores; no sin inquietud pensaba en los meses
que iban a venir porque en invierno era duro el peregrinar. Pidió de comer y albergue para la noche. Fué
acogido con amabilidad; y como el caballero oyese
decir que el forastero había hecho estudios y sabía griego, mandólo llamar de la mesa de los criados a la
propia y lo trató casi como a un igual. Las dos hijas
permanecían con los ojos bajos, la mayor tenía dieciocho
años, la pequeña apenas dieciséis: Lidia y Julia.

Al día siguiente, Goldmundo quiso seguir adelante.
No existía la menor esperanza de poder ganarse a alguna de aquellas lindas y rubias doncellitas, y no había

allí otras mujeres por las que hubiera querido quedarse. Mas, al terminar el desayuno, el caballero se apartó con él y lo condujo a una estancia que para especiales propósitos se había hecho aparejar. El hombre maduro habló con modestia al mancebo de su afición por el saber y los libros, le mostró un arca llena de manuscritos que había conseguido reunir y· un pupitre que había ordenado hacer y una buena cantidad del mejor papel y pergamino. Aquel piadoso caballero, según Goldmundo iría enterándose poco a poco más adelante, había ido a la escuela en su mocedad, pero luego se había dado a la vida mundana y a la guerra hasta que, encontrándose gravemente enfermo, recibió una advertencia divina que le impulsó a vestir el sayal del peregrino y expiar los pecados de su juventud. Visitó a Roma y llegó hasta Constantinopla, y a su regreso se encontró con que su padre había muerto y la casa estaba vacía; hizo en ella morada, se casó, perdió la mujer, crió a las hijas, y ahora, en los umbrales de la vejez, había emprendido la tarea de escribir una detallada relación de sus peregrinaciones de antaño. Tenía ya compuestos varios capítulos, pero —según confesaba al joven— su latín era muy deficiente y tropezaba con no pocos obstáculos para expresarse en él. Ofrecía, por eso, a Goldmundo un vestido nuevo y hospedaje completo y gratuito si accedía a corregirle lo ya escrito y ponérselo en limpio y, además, a ayudarle a redactar lo que faltaba.

Era otoño y Goldmundo sabía muy bien lo que eso significaba para un vagabundo. Por otra parte, el traje nuevo era un regalo muy estimable. Pero lo que al mozo más le placía era la perspectiva de permanecer largo tiempo en la misma casa con las dos bellas hermanas. Contestó, sin vacilar, que sí. Pocos días después el ama de llaves hubo de abrir el armario de los paños y allí apareció uno muy hermoso de color castaño con el que se mandó hacer un traje y una gorra para Goldmundo. El caballero había pensado que el traje fuera de color negro y tuviera cierta traza académica; pero el huésped, a quien desagradaba tal proyecto, suyo disuadirlo, y, de este modo, vino a ser dueño de un lindo vestido, medio de paje, medio de cazador, que le sentaba muy bien.

Tampoco le fué mal con el latín. Leyeron juntos lo hasta allí escrito y Goldmundo no sólo enmendó los muchos vocablos inadecuados e incorrectos sino que, además, rehizo aquí y allá los breves y torpes párrafos del caballero, convirtiéndolos en hermosos períodos latinos perfectamente construídos y con una impecable *consecutio temporum.* El caballero estaba que no cabía en sí de gozo y no regateaba las alabanzas. Cada día dedicaban por lo menos dos horas a este menester.

En el castillo —que era más bien una amplia casa de labranza fortificada— halló Goldmundo varios entretenimientos. Participaba en la caza, el cazador Enrique le enseñó a tirar con la ballesta, se hizo amigo de los perros y podía cabalgar cuanto le viniera en gana. Raras veces se le veía solo; ora conversaba con un can o un caballo, ora con Enrique o con el ama de llaves, Lea, anciana corpulenta de voz masculina y muy dada a la chanza y a la riza, o con el criado que cuidaba de los perros o con algún pastor. Hubiese sido fácil tener amoríos con la mujer del molinero, que vivía cerca, mas él se contenía y se hacía el inexperto.

Las dos hijas del caballero le gustaban sobremanera. La menor era la más hermosa, pero tan esquiva que apenas hablaba palabra con él. Acercábase a ellas con extremada consideración y cortesía pero ambas sentían su presencia como una constante solicitación. La joven se cerraba enteramente, altiva por timidez. La mayor, Lidia, adoptó hacia él una singular actitud; lo trataba entre respetuosa y burlona como a un bicho raro, prodigio de erudición, le planteaba muchas curiosas preguntas, le pedía que le hablase de la vida en el convento, pero siempre con cierto tonillo de guasa y aire de femenina superioridad. Él todo lo toleraba, trataba a Lidia como una dama y a Julia como una monjilla, y cuando conseguía retener con su labia a las muchachas, en la sobremesa de la cena, más de lo acostumbrado, o si alguna vez en el patio o el jardín Lidia le dirigía la palabra y se permitía alguna broma, sentíase contento, convencido de haber hecho un progreso.

En aquel otoño perduró largamente el follaje de los altos fresnos del patio y en el jardín siguió habiendo amelos y rosas por mucho tiempo. Un día hubo visita, la del dueño de una heredad colindante con su mujer y un criado que llegaron a caballo; lo apacible del día los había animado a hacer una larga excursión y ahora pedían pasar allí la noche. Se les recibió con gran gentileza; la cama de Goldmundo fué trasladada en seguida de la habitación de los huéspedes al despacho,

139

aparejándose la pieza para los visitantes; matáronse unas gallinas y se mandó a buscar pescado al molino. Goldmundo tomó parte en el alegre trajín y advirtió de contado que la dama forastera se había fijado en él. Y no bien hubo descubierto, por su voz y por algo especial de su mirada, la complacencia y el anhelo de la dama, descubrió también, con acrecido interés, que Lidia experimentaba un cambio, se volvía callada y reservada y empezaba a observarlos a los dos. Cuando, durante la rumbosa cena, el pie de la forastera se puso a juguetear con el de Goldmundo bajo la mesa, no era únicamente este juego lo que le tenía embelesado, sino, más aun, la sombría y muda atención con que Lidia observaba el juego con ojos curiosos y llameantes. Finalmente, dejó caer de intento un cuchillo, se agachó, para recogerlo, bajo la mesa y rozó con mano acariciadora el pie y la pantorrilla de la dama; y entonces vió que Lidia se ponía pálida y que se mordía los labios; y siguió contando anécdotas del convento, sintiendo al mismo tiempo que la recién llegada estaba menos pendiente de sus historias que de su voz cautivadora. Los otros, asimismo, le escuchaban, su patrón con afecto y el huésped con semblante inalterable, aunque también a él le había tocado el fuego que ardía en el garzón. Jamás le había oído Lidia hablar de aquel modo; estaba radiante, el aire vibraba de sensualidad, centelleaban sus ojos, su voz cantaba dicha, imploraba amor. Las tres mujeres lo sentían, cada una a su modo: la pequeña Julia, con violenta oposición y repudio; la mujer del caballero, con una gozosa sensación de desquite, y Lidia, con un doloroso palpitar

140

del corazón hecho de ansia íntima, leve resistencia y violentos celos que le demacraba el rostro y le encendía los ojos. Goldmundo sentía todas estas ondas que refluían sobre él como respuestas secretas a sus solicitaciones; a su alrededor volaban como pájaros los pensamientos de amor, entregándose, resistiéndose, luchando entre sí.

Terminada la comida, Julia se retiró; era ya muy entrada la noche; abandonó la solana con su vela en el candelero de barro, fría como una pequeña monja. Los otros permanecieron sentados una hora más, y mientras los dos hombres maduros hablaban de la cosecha, del emperador y del obispo, Lidia escuchaba toda encandecida cómo Goldmundo y la dama tejían un insustancial y descuidado palique, entre cuyos flojos hilos, sin embargo, iba formándose una tupida y dulce malla de vaivenes, de miradas, matices de la voz, pequeños gestos, todos cargados de significación, todos llenos de fuego. La joven aspiraba aquella atmósfera con voluptuosidad y también con repelencia, y cuando veía o sentía que la rodilla de Goldmundo rozaba la de la forastera bajo la mesa, percibía el contacto en el propio cuerpo y se estremecía. Aquella noche no pudo dormir, y oyó dar las doce con el corazón agitado, convencida de que los otros dos se reunirían. Y lo que a éstos fué negado realizólo ella en su fantasía, pues los vió abrazarse y oyó sus besos y, a la vez, se puso a temblar de excitación, temiendo y deseando que el engañado caballero sorprendiese a los amantes y partiera el corazón de una puñalada al abominable Goldmundo.

A la mañana siguiente el cielo estaba nublado y soplaba un viento húmedo; y el huésped, declinando todas las invitaciones que se le hicieron para que prolongara su estancia, insistió en partir en seguida. Lidia se encontraba junto a los forasteros cuando éstos subieron a sus caballos, les estrechó las manos y les dijo palabras de despedida, pero todo lo hizo maquinalmente, porque sus sentidos se habían concentrado para mirar cómo la mujer del caballero, al montar, apoyaba el pie en las manos de Goldmundo, y cómo la derecha de éste se ceñía de plano y firmemente al zapato y apretaba un instante el pie de la dama.

Partidos ya los forasteros, Goldmundo se fué a trabajar al despacho. Al cabo de media hora oyó abajo hablar a Lidia con voz imperativa, y oyó también que sacaban un caballo; su patrón se asomó a la ventana, sonriendo y meneando la cabeza, y luego los dos vieron a Lidia que trasponía cabalgando la puerta del patio. Aquel día no adelantaron gran cosa en su latina labor literaria. Goldmundo estaba distraído; el caballero lo despidió con semblante cordial antes de lo acostumbrado.

Instantes después, Goldmundo, sin ser notado, salió con su caballo del patio y se lanzó al trote por el descolorido paisaje. El fresco y húmedo viento otoñal le daba en la cara y, al acelerar la marcha, sentía que la cabalgadura entraba en calor y que su propia sangre se encendía. Alentando afanoso en aquel día gris, atravesó rastrojeras y barbechos, praderas y marjales cubiertos de colas de caballo y de carrizos, traspasó vallecillos de alisos, umbríos montes de pinos, y de nuevo volvió a atravesar praderas pardas, desoladas.

Sobre una alta cresta que se recortaba contra el cielo nublado, de un gris traslúcido, descubrió la silueta de Lidia descollando sobre el caballo, que marchaba al trote lento. Enderezó hacia ella a toda prisa, y la joven, apenas se vió perseguida, aguijó a su animal y partió velozmente. Tan pronto se ocultaba como reaparecía con los cabellos flotantes. Goldmundo corría tras ella como tras un botín, el corazón riente, estimulando con pequeños y cariñosos gritos a su cabalgadura, captando con ojos alegres en su carrera todos los detalles del paisaje, los campos agachados, los sotos de alisos, los grupos de arces, las fangosas orillas de los charcos, y una y otra vez volvía a fijar la mirada en su objetivo, la hermosa fugitiva. No tardaría en darle alcance.

Cuando Lidia advirtió que estaba cerca renunció a la huída y dejó que el caballo continuara al paso. No se volvió hacia su perseguidor. Altiva, tranquila en apariencia, marchaba absorta como si nada hubiera pasado, como si estuviera sola. Goldmundo allegó al de ella su caballo y los dos trotones siguieron pacíficamente, caminando muy juntos; pero tanto las cabalgaduras como los jinetes estaban sumamente acalorados por la desalada carrera.

—¡Lidia! —profirió él en voz baja.

Ella no le contestó.

—¡Lidia!

Ella permaneció muda.

—¡Qué bello era, Lidia, verte cabalgar desde lejos, con la cabellera suelta que parecía un rayo de oro! ¡Qué bello era! ¡Ah, qué maravilloso que hayas huído de mí! Yo no lo sabía y anoche mismo estaba en dudas. Sólo ahora que has intentado huir de mí lo he comprendido de pronto. ¡Amada mía, hermosa, desmontemos!

Saltó con celeridad del caballo y cogió sin demora las riendas del de ella para que no volviera a escapar. Lidia le miraba con el semblante blanco como la nieve, y cuando él la hubo bajado del caballo rompió a llorar. Delicadamente, el joven la condujo algunos pasos y luego la hizo sentar en la marchita hierba y se arrodilló a su lado. Allí sentada, luchaba con los sollozos, luchaba valerosamente, y, al fin, los dominó.

—¡Ah, qué malo eres! —empezó, en cuanto pudo hablar. Apenas podía articular las palabras.

—¿Tan malo?

—Eres un seductor de mujeres, Goldmundo. Quiero olvidar lo que antes me has dicho; fueron unas palabras desvergonzadas, no debes hablarme así. ¿Cómo puedes creer que yo te ame? ¡Olvidemos eso! Mas ¿cómo olvidar lo que hube de ver anoche?

—¿Anoche? ¿Y qué has visto?

—¡Vamos, no seas hipócrita, no mientas con tal descaro! Fué algo asqueroso, desvergonzado, la manera como galanteaste a esa mujer ante mis ojos. ¿Acaso no tienes vergüenza? ¡Hasta le acariciaste la pierna debajo de la mesa, debajo de nuestra mesa! Y ahora que ella se ha ido, vienes y me acosas. No, realmente no tienes noción de la vergüenza.

Hacía ya rato que Goldmundo estaba arrepentido de las palabras que le había dicho antes de que la bajara del caballo. Aquello había sido estúpido. En el amor sobran las palabras; hubiera debido callarse.

No dijo nada más. Estaba de rodillas a su lado, y como ella lo miraba de aquella manera tan hermosa y desventurada, le contagió su pena; él mismo sintió que allí había algo que lamentar. Mas a pesar de lo que la joven acababa de decirle, descubrió amor en sus ojos, y el dolor de sus labios apretados era también amor. Creía más en sus ojos que en sus palabras.

Pero Lidia había esperado una respuesta. Y como no llegó, la expresión de sus labios se tornó más amarga, y mirándole con ojos medio llorosos, repitió:

—¿Es que no tienes realmente vergüenza?

—Perdona —le dijo él con humildad—; estamos hablando de cosas de las que no deberíamos hablar. Yo soy el culpable; ¡perdóname! Me preguntas si no tengo vergüenza. Sí, la tengo. Pero te quiero, y el amor desconoce la vergüenza. ¡No te enojes!

Ella parecía no escuchar. Permanecía sentada, con aquel gesto de amargura en la boca, mirando a lo lejos como si se hallase sola. Jamás se había visto Goldmundo en una situación semejante. Eso le sucedía por hablar.

Apoyó suavemente la cara en la rodilla de Lidia y en seguida notó que aquel contacto le hacía bien. Encontrábase, sin embargo, un poco desconcertado y triste, y también ella parecía seguir triste, pues permanecía inmóvil, silenciosa y con la vista fija en lontananza. ¡Cuánta turbación, cuánta tristeza! Pero la rodilla aceptaba con agrado la presión de sus mejillas, no lo rechazaba. Su rostro descansaba, con los ojos cerrados, en aquella rodilla cuya forma noble, alargada, fué captando poco a poco. Goldmundo pensaba con gozo y emoción en el estrecho parentesco que existía entre la distinguida y juvenil rodilla de Lidia y sus uñas largas, hermosas, firmemente combadas. Agradecido, apretóse contra la rodilla y dejó que las mejillas y la boca conversaran con ella.

Ahora notaba que la mano de Lidia, tímida y leve como un pájaro, se posaba en sus cabellos. Sentía aquella mano querida acariciarle suavemente, infantilmente, el pelo. Muchas veces la había ya observado y admirado, la conocía casi tan bien como la propia, aquellos dedos largos y delgados con las largas colinillas rosadas, bellamente combadas, de las uñas. Los largos dedos delicados pusiéronse a platicar recatadamente con sus bucles. Aquel lenguaje era infantil y temeroso, pero trascendía amor. Agradecido, apretó la cabeza contra la mano de la joven y sintió el delicioso contacto de su palma en la nuca y las mejillas.

Entonces dijo ella:

—Ya es hora, debemos irnos.

Él alzó la cabeza y la miró con ternura; y suavemente le besó los finos dedos.

—Vamos, levántate —profirió la joven—. Hay que retornar a casa.

Obedeció en seguida. Se levantaron, montaron en sus caballos y partieron.

El corazón de Goldmundo desbordaba ventura. ¡Qué hermosa era Lidia, qué infantilmente pura y tierna! Ni siquiera la había besado, y, sin embargo, se sentía satisfecho y lleno de ella. Cabalgaron a paso tirado, y sólo en el instante de llegar, justo ante la puerta del patio, la muchacha se alarmó y dijo:

—No hubiéramos debido regresar juntos. ¡Qué imprudencia!

Y en el último momento, cuando ya desmontaban y venía corriendo hacia ellos un mozo de cuadra, le susurró al oído con rapidez y vehemencia:

—¡Dime si has estado la noche pasada con esa mujer!

Él movió negativamente la cabeza repetidas veces y se puso a desembridar el caballo.

Por la tarde, cuando el padre ya había salido, Lidia se presentó en el gabinete de estudio.

—¿Es verdad? —preguntó de súbito, con pasión. Él comprendió en seguida de qué se trataba.

—¿Por qué, pues —añadió—, has tenido con ella tan abominables juegos y la has enamorado?

—Por ti —repuso él—. Créeme; me hubiera agradado mil veces más acariciar tu pie que el de ella. Pero tu pie jamás se acercó a mí bajo la mesa ni me preguntó si te quiero.

—¿De veras me quieres, Goldmundo?

—Oh sí, te quiero.

—¿Pero adónde nos llevará todo esto?

—No lo sé ni me preocupa. El amarte me hace feliz... no pienso en lo que vendrá. Soy feliz cuando te veo cabalgar y cuando oigo tu voz y cuando tus dedos me acarician el pelo. Y seré feliz cuando te pueda besar.

—Sólo se puede besar a la novia, Goldmundo. ¿No has pensado nunca en eso?

—No, nunca he pensado en eso. ¿Para qué? Sabes tan bien como yo que no puedes ser mi novia.

—Así es. Y puesto que no puedes ser mi marido ni

147

quedarte a mi lado para siempre, has hecho muy mal en hablarme de amor. ¿Acaso creíste que podrías seducirme?

—Yo no he creído ni pensado nada, Lidia. En general, pienso mucho menos de lo que imaginas. Yo no deseo nada más sino que me beses una vez. Hablamos demasiado. Los que se aman no hablan tanto. Yo creo que tú no me amas.

—Esta mañana has dicho lo contrario.

—¡Y tú hiciste lo contrario!

—¿Yo? ¿Qué quieres decir?

—Primero huiste de mí cuando me viste aparecer. Entonces creí que me amabas. Luego te echaste a llorar y yo me figuré que era porque sentías amor por mí. Luego apoyé la cabeza en tus rodillas y tú la acariciaste y creía que aquello era amor. Mas ahora no procedes como si me amaras.

—Yo no soy como la mujer cuyo pie acariciaste ayer. Parece que estuvieras acostumbrado a ese tipo de mujeres.

—No; gracias a Dios, eres más hermosa y más delicada que ella.

—No pienso yo lo mismo.

—Pero es la verdad. ¿Acaso sabes lo hermosa que eres?

—Tengo un espejo.

—¿Has visto en él alguna vez tu rostro, Lidia? ¿Y luego los hombros, y las uñas de las manos, y las rodillas? ¿Y has visto cómo todo empareja y concuerda entre sí, cómo todo tiene la misma forma, una forma larga, estirada, firme, sumamente elegante? ¿Lo has visto?

—¡Qué manera de hablar! En realidad no lo he visto jamás, pero al oírte tales cosas he descubierto tu intención. Eres, en efecto, un seductor y tratas de hacerme vanidosa.

—Lástima que no te pueda contentar. Pero ¿por qué había de tener interés en hacerte vanidosa? Eres bella y quisiera que supieses que ello me complace sobremanera. Tú me obligas a decírtelo con palabras; pudiera decírtelo mucho mejor que con palabras. ¡Con palabras nada puedo darte! Con palabras tampoco puedo aprender nada de ti, ni tú de mí.

—¿Qué aprendería yo de ti?

—Yo de ti, Lidia, y tú de mí. Pero no quieres. Sólo quieres amar a aquel de quien vayas a ser novia. Y él se echará a reír cuando vea que no has aprendido nada, ni siquiera a besar.

—Ya, ya. ¿De modo que tú quisieras darme enseñanza en materia de besos, señor profesor?

Él le sonrió. Aunque no le agradaran sus palabras, acertaba a rastrear tras su sensato lenguaje, un tanto vehemente y falso, cómo su juventud era presa de la concupiscencia y se defendía de ella angustiadamente.

Goldmundo no respondió ya. Le sonrió, aprisionó firmemente con sus ojos la inquieta mirada de la muchacha, y mientras ella se rendía, no sin resistencia, al hechizo, acercó lentamente el rostro al suyo hasta que los labios se tocaron. El joven le rozó suavemente la boca, que respondió con un pequeño beso infantil y se abrió como en un doloroso asombro al ver que él no la soltaba. Con ademán dulcemente suplicante, siguió él su boca que retrocedía; mas, poco a poco, fué deteniéndose, tornó a entregarse; y él, entonces, enseñó a la fascinada muchacha, sin hacerle violencia, el dar y tomar del beso, hasta que finalmente, agotada, apretó la cara contra el hombro del varón. Goldmundo la dejó reposar, aspiraba con deleite el aroma de su cabello rubio y abundoso, musitaba tiernas y aquietadoras voces en su oído; y en aquel instante recordaba que, siendo un escolar sin experiencia, la gitana Elisa lo había iniciado una vez en el misterio. ¡Qué negro era su pelo, qué morena su piel, cómo quemaba el sol y cómo olían los mustios corazoncillos! ¡Y qué lejos quedaba todo aquello, desde qué lontananzas centelleaba ya! ¡Con tanta premura se había marchitado lo que aun ayer florecía!

Lidia se levantó lentamente, con el semblante transfigurado; sus ojos amantes miraban serios y grandes.

—Déjame ir, Goldmundo —dijo ella—. Es tarde. ¡Amado mío, mi amor!

Supieron arreglárselas para estar juntos, a escondidas, un rato cada día, y Goldmundo se dejaba conducir enteramente por la amada; aquel amor juvenil lo hacía muy feliz, lo llenaba de ternura. A veces reducíase ella a permanecer una hora entera con las manos del amado entre las suyas, mirándole a los ojos, y luego se despedía con un beso infantil. Otras, le besaba rendida e insaciable, pero no permitía que le tocara. En cierta ocasión, sonrojándose intensamente y haciendo un esfuerzo, en el deseo de proporcionarle un gran contento, le dejó ver uno de sus senos; tímida y pudorosa, sacó fuera del vestido el pequeño fruto blanco; y en cuando él lo hubo besado de rodillas, volvió a esconderlo con cuidado, ruborizada hasta el cuello. También hablaban, pero de un modo nuevo, ya no como el primer día; se dieron mutuamente otros nombres, y ella se complacía en referirle cosas de su infancia, de sus sueños y juegos. Decíale también a menudo que sus amores merecían censura porque él nunca podría hacerla su mujer; hablaba de esto triste y resignada, y embellecía su amor con el misterio de esa tristeza como con un velo negro.

Por primera vez sentíase Goldmundo, no solamente deseado, sino también amado por una mujer.

Lidia le dijo un día:

—Tú eres muy gallardo y tienes un aire alegre. Pero en el fondo de tus ojos no hay alegría, sino pura tristeza; como si tus ojos supieran que no existe la dicha y que todo lo bello y amado es efímero. Tienes los más hermosos ojos que puede haber, y también los más tristes. Creo que ello se debe a que eres un hombre sin hogar. Viniste a mí de los bosques y un día volverás a partir, y dormirás de nuevo en el musgo y reanudarás tu vida errante... Pero ¿dónde está mi hogar? Cuando te vayas, seguiré teniendo un padre y una hermana, un aposento y una ventana donde pueda sentarme a pensar en ti; pero hogar ya no lo tendré.

Él la dejaba hablar, a veces se sonreía, a veces estaba contristado. En ningún momento la consoló con palabras, sino sólo con suaves caricias, sólo allegando a su pecho la cabeza de ella y susurrándole dulces voces sin sentido como hacen las amas para calmar a los niños que lloran.

Cierta vez le dijo Lidia:

—Quisiera saber, Goldmundo, qué será de ti más adelante; en esto pienso con frecuencia. No tendrás una vida vulgar, y tampoco fácil. ¡Ah, ojalá te ayude la suerte! En ocasiones pienso que debías hacerte poeta, uno de esos que tienen visiones y sueños y que saben expresarlos bellamente. Ah, tú recorrerás todo el mundo y todas las mujeres te amarán, y, sin embargo, te verás solo. ¡Mejor sería que retornases al convento junto a ese amigo tuyo de quien tantas cosas me has contado! Rezaré por ti, para que no mueras un día solo, desamparado, en medio del bosque.

Tales cosas acertó a decirle con honda gravedad, los ojos perdidos. Mas luego volvía a cabalgar con él, riendo, por el campo otoñal, o le proponía adivinanzas divertidas y le arrojaba ramas marchitas y lisas bellotas.

Una noche yacía Goldmundo en el lecho, en su alcoba, esperando el sueño. Notaba el corazón pesado, de un modo dulce y doloroso; latíale, pesado y lleno, en el pecho, sobrelleno de amor, sobrelleno de tristeza y perplejidad. Oía el viento de noviembre dar sacudidas en el tejado; habíase hecho ya costumbre en él estar así tendido en la cama un largo rato antes de dormirse y que el sueño no viniera. Calladamente, recitaba en sus adentros, según tenía por costumbre en la noche, un cántico mariano:

> *Tota pulchra est Maria,*
> *et macula originalis non est in te.*
> *Tu laetitia Israel,*
> *Tu advocata peccatorum!*

El cántico se le hundía en el alma con su suave melodía, mas, a la vez, cantaba afuera el viento, cantaba de pugnas y errabundeo, del bosque, del otoño, de la vida de los que carecen de hogar. Goldmundo pensaba en Lidia, pensaba en Narciso y en su madre, sentía el intranquilo corazón lleno y pesado.

De pronto se sobresaltó y se quedó estupefacto, no creyendo lo que veía: la puerta se había abierto y, en medio de la oscuridad, entró una persona vestida de larga y blanca camisa. Era Lidia. Entró sigilosa, marchando con pies desnudos sobre las baldosas, cerró despacio la puerta y se sentó en la cama del joven.

—Lidia —susurró él—, ¡mi corcilla, mi blanca flor! Lidia, ¿qué haces?

—Vengo a tu lado —dijo ella— sólo por un momento. Quería ver a mi Goldmundo acostado en su camita, a mi corazón.

Se echó junto a él, ambos yacían callados, con el corazón pesado y palpitante. Ella dejó que la besara, dejó que las manos maravilladas del amado jugaran en su cuerpo; más no estaba permitido. Luego de un breve rato, le retiró suavemente las manos, le besó en los ojos, se levantó sin decir palabra y desapareció. Crujió la puerta, en la armadura del tejado zumbaba y golpeteaba el viento. Todo parecía cosa de encantamiento, todo estaba lleno de misterio, lleno de temor, lleno de promesas, lleno de amenazas. Goldmundo no sabía qué pensar ni qué hacer. Cuando, tras un breve e intranquilo sueño, volvió a despertarse, tenía la almohada húmeda de llanto.

Lidia volvió unos días después, el delicado espectro

blanco, y permaneció acostada con él un cuarto de hora, como la última vez. Ceñida por los brazos del amado, hablábale con voz susurrante al oído; mucho tenía que decir y de qué lamentarse. Goldmundo la escuchaba con cariño, su brazo izquierdo estaba bajo el cuerpo de ella, con el derecho le acariciaba la rodilla.

—Mi pequeño Goldmundo —díjole la muchacha con voz muy apagada, pegando la boca a su mejilla—, ¡qué triste pensar que jamás podré ser tuya! No durará mucho tiempo más nuestra pequeña dicha, nuestro pequeño secreto. Julia ya sospecha algo y pronto ha de obligarme a que se lo diga. O, si no, mi padre lo descubrirá. Si él me encontrara contigo en la cama, mi Goldmundo querido, mal lo habría de pasar tu pobre Lidia; con los ojos llorosos, mirando hacia los árboles vería pender en lo alto a su amor adorado, mecido por el viento. ¡Ah, mejor es que huyas, mejor que te marches ahora mismo, antes que mi padre te haga atar y ahorcar! Ya vi otra vez ahorcar a uno, a un ladrón. No quiero verte colgar, es preferible que te escapes y me olvides; ¡para que no mueras, dulce Goldmundo, para que los pájaros no picoteen esos ojos azules! Pero no, tesoro mío, no te vayas... ah, ¿qué sería de mí si me dejases sola?

—¿No querrías venir conmigo, Lidia? Huyamos juntos, ¡el mundo es tan grande!

—¡Qué hermoso sería! —se dolió ella—; ¡ah qué hermoso correr contigo por todo el ancho mundo! Pero no puedo. Yo no puedo dormir en el bosque, ni carecer de hogar, ni llevar briznas de paja en los cabellos; nada de eso puedo sufrir. Y tampoco puedo causarle tal ver-

154

güenza a mi padre... No, cállate, no son meras imaginaciones. ¡No puedo! Me resulta tan imposible como comer en un plato sucio o dormir en la cama de un leproso. Ah, a nosotros nos está prohibido todo lo bueno y hermoso, hemos nacido ambos para el dolor. Goldmundo, pobre rapazuelo mío, temo que, al cabo, he de verte ahorcar. Y a mí me encerrarán y luego me enviarán a un convento. Amor mío, debes abandonarme, y holgarte de nuevo con las gitanas y las campesinas. Ah, véte, véte. antes de que te prendan y te aten. ¡Jamás seremos felices, jamás!

Goldmundo le acariciaba con ternura la rodilla, y tocándole delicadamente el sexo, le pidió:

—¡Pudiéramos ser tan felices, florecilla mía! ¿No me dejas?

Lidia, sin enojo, pero con energía, le apartó la mano y se separó un poco.

—No —dijo—, no, no te dejo. Me está prohibido. Tú, pequeño gitano, quizá no lo comprendas. Estoy procediendo mal, no soy una muchacha como se debe, a toda la casa acarreo vergüenza. Pero en cierto rincón del fondo del alma sigo siendo altiva, allí nadie puede entrar. Y tú debes permitírmelo, pues, de lo contrario, nunca más vendría a tu habitación

Jamás había Goldmundo desatendido una prohibición. un deseo, una indicación suya. Él mismo se asombraba del gran poder que la joven tenía sobre él. Pero sufría. Sus sentidos hallábanse insatisfechos y su corazón se resistía, a menudo impetuosamente, a aquella dependencia. A veces se esforzaba por librarse de ella. A veces corte-

155

jaba con exquisita cortesía a la pequeña Julia; convenía sobremanera estar en buenas relaciones con aquella importante persona y, en lo posible, engañarla. Era curioso lo que le sucedía con aquella Julia, que en ocasiones procedía como una niña y en ocasiones parecía saberlo todo. Sin duda era más bella que Lidia, era una belleza nada común, y esto, unido a su ingenuidad infantil un tanto precoz, constituía para Goldmundo un gran atractivo; a menudo sentíase intensamente enamorado de ella. Cabalmente en ese intenso atractivo que la hermana ejercía sobre sus sentidos solía él descubrir, con asombro, la diferencia entre el deseo carnal y el amor. Al principio había mirado a las dos hermanas con iguales ojos, había encontrado a ambas codiciables, aunque a Julia más hermosa y más digna de ser seducida; había galanteado a las dos y de las dos había estado siempre pendiente. ¡Y ahora Lidia venía a ganar sobre él aquel poder! Tanto la amaba que incluso renunciaba por amor a su plena posesión. Había llegado a conocer y amar su alma, que, en su infantilidad, su ternura y su propensión a la tristeza, le parecía hermana de la propia; con frecuencia le causaba profundo pasmo y delicia la estrecha correspondencia que existía entre aquella alma y su cuerpo; ya hiciera alguna cosa, ya dijera algo, ya exteriorizara algún deseo o juicio, su palabra y la actitud de su alma llevaban exactamente el mismo sello que la línea de sus ojos y la configuración de sus dedos.

Aquellos momentos en que creía ver las formas fundamentales y las leyes según las cuales estaba construído el ser de Lidia, así su cuerpo como su alma, habían despertado reiteradamente en Goldmundo el afán de retener y reproducir algo de aquella figura, al punto que intentó dibujar de memoria, con unos rasgos de pluma, en ciertas hojas que tenía muy guardadas, el contorno de su cabeza, la línea de sus cejas, su mano, su rodilla.

Con Julia eso resultaba un tanto difícil. Barruntaba, evidentemente, la ola de amor en que su hermana mayor flotaba, y sus sentidos se volvían llenos de curiosidad y avidez hacia el paraíso, sin que su obstinada razón quisiera reconocerlo. Mostraba hacia Goldmundo una exagerada frialdad y antipatía, no obstante lo cual podía, en momentos de distracción, observarlo con admiración y lasciva curiosidad. Con Lidia era a menudo muy cariñosa, a veces iba a verla a la cama y, entonces, respiraba con callada codicia en la región del amor y del sexo y rozaba audazmente el prohibido y ansiado secreto. Luego tornaba a dar a entender, en forma casi ofensiva, que conocía el oculto pecado de Lidia y que lo despreciaba. Aquella niña linda y caprichosa llameaba, atrayente y perturbadora, entre los dos amantes, golosineaba en sueños sedientos, en su intimidad, y ora se hacía la ignorante, ora dejaba entrever un peligroso conocimiento del asunto; de niña que era, había llegado a convertirse rápidamente en una, potencia. Todo esto le causaba más sufrimiento a Lidia que a Goldmundo, quien, fuera de las comidas, raramente se veía con la pequeña. Tampoco podía ocultársele a Lidia que Goldmundo no era insensible al atractivo de Julia, y alguna vez notó que su mirada se posaba en ella, aprobatoria y gozadora. No

157

podía decir nada, todo era muy difícil, todo estaba lleno de peligros; había que cuidar especialmente de no disgustar y molestar a Julia; ah, en cada día, en cada hora podía descubrirse el secreto de su amor, y su penosa, angustiosa felicidad tener un término, quizá terrible.

En ocasiones se maravillaba Goldmundo de no haberse marchado de aquella casa hacía tiempo. Era ingrato vivir como él vivía: amado pero sin esperanza ni de una dicha lícita y duradera ni de las sencillas expansiones a que sus amorosos deseos estaban acostumbrados hasta entonces; con los instintos siempre excitados y hambrientos, nunca saciados, y, además, en permanente peligro. ¿Por qué continuaba allí soportándolo todo, todos aquellos enredos y enmarañados sentimientos? ¿Acaso no se trataba de experiencias, sentimientos y estados de conciencia propios de sedentarios, de los que viven legalmente, de gentes habitadoras de aposentos calientes? ¿No le correspondía a él el derecho, inherente a los que no tienen hogar ni exigencias, de desentenderse de todas esas sutilezas y complicaciones y reírse de ellas? Sí, tenía ese derecho y era un loco al buscar aquí una especie de hogar y pagarlo con tantos dolores y preocupaciones. Y, sin embargo, lo hacía y lo sufría, lo sufría de buen grado y, en el fondo, se sentía feliz. Era necio y arduo, complicado y trabajoso, amar de esa manera, pero era maravilloso. Era maravillosa la tristeza oscuramente bella de aquel amor, su locura y su desesperanza; eran hermosas aquellas noches sin sueño llenas de cavilaciones y de temores del corazón; era hermoso y exquisito todo aquello, como el rasgo de dolor de los labios de Lidia, como el tono apagado y resignado de su voz cuando hablaba de su amor y de sus inquietudes. En pocas semanas, aquel gesto de amargura había nacido y se había asentado en el joven rostro de Lidia, cuyas líneas le parecía tan hermoso e importante dibujar; y sentía que, en aquellas pocas semanas, él mismo se había convertido en otro individuo, mucho más viejo, no más inteligente, pero sí más experimentado; no más feliz, pero sí de alma más madura y más rica. Había dejado de ser un muchacho.

Con su voz suave y apagada, díjole Lidia:

—No estés triste, no lo estés por causa mía; quisiera darte alegría y verte dichoso. Perdona que te haya vuelto triste y que te haya contagiado mi temor y mi congoja. Por las noches, tengo unos sueños muy extraños: me imagino que voy por un desierto inmenso y tenebroso a más no poder, y que marcho y marcho por él buscándote, y no te encuentro, y sé que te he perdido y que tendré que seguir marchando constantemente, sola. Y luego, al despertar, pienso: ¡Qué bueno, qué magnífico que aún esté aquí y que haya de verle unas semanas más o unos días, tanto da, pero que aún esté aquí!

Una mañana se despertó Goldmundo en su lecho al romper el alba y permaneció un rato tendido y cavilando. Seguían rondándole imágenes de un sueño, aunque inconexas. Había soñado con su madre y con Narciso; aún veía con claridad las dos figuras. Cuando se hubo liberado de los hilos del sueño, cayó sobre él una luz singular, una especial claridad que ahora entraba por el pequeño hueco de la ventana. Saltó de la cama y corrió a la ventana y vió sus molduras, el tejado de la cuadra, la entrada del patio y, más allá, el paisaje todo, los campos que resplandecían con un tono blanco azulenco, cubiertos de las primeras nieves del invierno. El contraste que presentaban, la inquietud de su corazón y el tranquilo, sumiso, mundo invernal lo dejó estupefacto: ¡con qué calma, con qué dulzura y mansedumbre se ofrecían sembrados y bosques, collados y praderas al sol, al viento, a la lluvia, a la sequía, a la nieve; qué hermosos y pacientes soportaban arces y fresnos la carga del invierno! ¿Sería posible ser como ellos, aprender algo de ellos? Salió al patio, caminó por la nieve y la tocó con las manos; entró en el jardín y contempló sobre el alto valladar nevado los rosales, que se doblaban bajo el peso de la nieve.

Tomó, para desayunar, una sopa de harina; todos hablaban de aquella nieve primera, todos —también las muchachas— habían estado ya afuera. La nieve había llegado tarde aquel año, era ya próxima la Navidad. El caballero habló de los países del sur, donde nunca nieva. Pero lo que hizo inolvidable para Goldmundo aquel primer día del invierno sólo se presentó ya muy entrada la noche.

Las dos hermanas habían tenido el mismo día un altercado del que Goldmundo nada sabía. Por la noche, cuando todo estaba tranquilo y oscuro en la casa, llegó Lidia junto a él, como solía, se echó en silencio a su lado y apoyó la cabeza en su pecho para escuchar el latir de su corazón y consolarse con su compañía. Estaba turbada y amedrentada, temía que Julia le hiciera traición, pero no se decidía a contárselo al amado por no causarle inquietud. Por eso permanecía quieta y callada, pegada a su corazón, oyéndole a veces susurrar alguna palabra de cariño y sintiendo la mano de él en sus cabellos.

Mas, de pronto —aún no llevaba mucho tiempo allí tendida—, se espantó terriblemente y se incorporó de golpe con los ojos dilatados. Y también Goldmundo se espantó no poco al ver que la puerta de la alcoba se abría y entraba una persona a la que, por el temor que le poseía, no reconoció inmediatamente. Sólo cuando la aparición se allegó a la cama y se inclinó sobre ella, descubrió, con el corazón angustiado, que era Julia. La joven emergió de un manto que se había echado encima de la camisa, y dejó caer el manto al suelo. Lidia, lanzando un ay, como herida de una puñalada, se desplomó en el lecho y se aferró a Goldmundo.

Con un tonillo de ironía y malicia, aunque con voz insegura, dijo Julia:

—No quiero quedarme sola en el cuarto. O me permitís estar en vuestra compañía, o, de lo contrario, iré a despertar a mi padre.

—Bien, ven acá —profirió Goldmundo apartando los cobertores—. Seguramente tienes los pies fríos.

Ella entró sin dilación; al joven le costó trabajo hacerle algo de lugar en el angosto lecho, pues Lidia había enterrado la cara en la almohada y permanecía inmóvil. Finalmente, los tres quedaron tendidos, una muchacha a cada lado de Goldmundo; y éste no pudo dejar de considerar un instante cuánto hubiese correspondido, hasta poco antes, a sus deseos la situación en que ahora se ha-

161

llaba. Con extraño temor, aunque íntimamente encantado, sentía en su costado la cadera de Julia.

—Alguna vez había de probar —dijo ella luego— cómo se descansa en tu lecho, que a mi hermana tanto le agrada.

Goldmundo, para calmarla, frotóle levemente el cabello con la mejilla y le acarició con mano suave las caderas y la rodilla, como se hace con una gata; y ella se apaciguó, callada y curiosa, al contacto de su mano; sentía el hechizo devota y embriagada, no ofrecía resistencia. Pero al tiempo que realizaba este conjuro, Goldmundo atendía también a Lidia; murmurábale al oído dulces e íntimas palabras de amor y, poco a poco, consiguió que, por lo menos, levantara el rostro de la almohada y lo volviera hacia él. En silencio, besábale, la boca y los ojos, mientras al otro lado su mano mantenía en encantamiento a la hermana; y al mismo tiempo se hacía cargo de lo embarazoso y embrollado de la situación, hasta juzgarla insoportable. Fué su mano izquierda la que le hizo ver claro; a medida que ella se familiarizaba con las formas bellas, quietamente expectantes de Julia, percatábase por vez primera, no sólo de la hermosura y la honda desesperanza de su amor por Lidia, sino también de su ridiculez. Parecíale ahora, mientras tenía los labios en Lidia y la mano en Julia, que debía obligar a Lidia a la entrega o apartarla de su camino. El amarla y, sin embargo, abstenerse de ella, había sido desatinado e injusto.

—Corazón mío —le susurró a Lidia en el oído—, nos atormentamos inútilmente. ¡Qué felices podríamos ser ahora los tres! ¡Hagamos lo que nuestra sangre nos pide!

Como ella se negara horripilada, su deseo buscó refugio en la otra, y su mano fué tan diestra que Julia respondió con un largo y trémulo suspiro de voluptuosidad.

Al oír Lidia este suspiro, se le apretó el corazón de celos, como si hubiesen vertido en él veneno. Se incorporó de súbito, apartó las mantas, saltó de la cama, y gritó:

—¡Julia, vámonos!

Julia se sobresaltó; la imprudente violencia de aquel grito, que podía denunciarlos a todos, le indicaba ya el peligro, y se levantó calladamente.

Pero Goldmundo, ofendido y engañado en todos sus instintos, abrazó rápidamente a Julia en el momento que se levantaba, la besó en ambos senos y le musitó, apasionadamente, al oído:

—¡Mañana, Julia, mañana!

Lidia estaba en camisa y descalza; en el pavimento de piedra los dedos de los pies se le encorvaban de frío. Alzó del suelo el manto de Julia y se lo echó a la hermana sobre los hombros con un gesto doliente y humilde, que ésta no dejó de advertir, a pesar de la oscuridad, y que la llenó de emoción y la desenojó. Las dos salieron sigilosamente de la estancia y se alejaron. Lleno de sentimientos en pugna, Goldmundo las siguió con el oído y respiró con alivio cuando en la casa volvió a reinar un silencio sepulcral.

De aquella singular y antinatural entrevista pasaron

los tres jóvenes a una meditativa soledad, pues tampoco
las hermanas, después de llegar a su dormitorio, se pusieron a conversar, sino que cada una permanecía despierta en su cama, solitaria, callada y altiva. Un espíritu
de infortunio y antagonismo, un demonio de insensatez,
aislamiento y confusión del ánimo parecía haberse adueñado de la casa. Goldmundo no se durmió hasta la medianoche, y Julia hasta la madrugada. Lidia seguía despierta y afligida cuando sobre la nieve apuntó el día
pálido. Levantóse en seguida, se vistió, permaneció un
buen rato rezando de rodillas ante su pequeño Cristo de
madera, y tan pronto como percibió en la escalera los
pasos de su padre, fué junto a él y le dijo que quería
hablarle. Sin tratar de distinguir entre su preocupación
por la doncellez de Julia y sus celos, había decidido
poner término a aquel asunto. Todavía continuaban durmiendo Goldmundo y Julia, cuando el caballero sabía
ya todo lo que Lidia había estimado oportuno comunicarle. La participación de Julia en la aventura se la había
callado.

Al presentarse Goldmundo en el gabinete de estudio,
a la hora acostumbrada, vió que el caballero, a quien
de ordinario encontraba en pantuflas y sayo afelpado,
entregado a sus papelotes, calzaba botas, vestía jubón y
llevaba la espada ceñida, y comprendió incontinenti lo
que aquello significaba.

—Ponte la gorra —dijo el caballero—. Tenemos que
ir a alguna parte.

Goldmundo cogió la gorra del clavo en que estaba
colgada y, en pos de su patrón, bajó la escalera, cruzó el

patio y franqueó el portón. Las suelas de sus zapatos crujían sonoras en la nieve ligeramente helada; en el cielo quedaban aún algunos arreboles del alba. El caballero marchaba delante, en silencio; el joven le seguía, volviendo repetidamente la mirada hacia el patio, hacia la ventana de su cuarto, hacia el pino tejado cubierto de nieve, hasta que todo se hundió y no fué posible ver nada más. Nunca volvería a ver aquel tejado y aquella ventana, nunca más el gabinete de estudio y la alcoba, nunca más a las dos hermanas. Aunque desde bastante atrás le rondaba el pensamiento de una repentina separación, se le encogió dolorosamente el corazón. Esta despedida le causaba amarga congoja.

Así estuvieron caminando durante una hora, el patrón siempre delante, sin hablarse. Goldmundo empezó a pensar en su destino. El caballero estaba armado, tal vez fuera a matarlo. Sin embargo, no lo creía. No era grande el peligro; si echaba a correr, el anciano nada podría hacer con su espada. No, su vida no estaba en peligro. Pero aquel marchar en silencio tras el ofendido y grave caballero, aquel verse conducido, le resultaba cada vez más insoportable. Finalmente el hombre se detuvo.

—Y ahora —dijo con voz quebrada— proseguirás solo, siempre en esta dirección, y tornarás a la vida errante a que estabas acostumbrado. Si vuelves a aparecer por las cercanías de mi casa, te matarán de un tiro. No quiero tomarme venganza de ti; hubiese debido ser más prudente y no permitir que un sujeto tan mozo se acercara a mis hijas. Pero si osas regresar, perderás la vida. Véte, pues, y que Dios te perdone.

Permanecía quieto y erguido, y a la pálida luz de la mañana de nieve su rostro de barba gris parecía apagado. Como un espectro, permanecía quieto y erguido, y no se movió del lugar hasta que Goldmundo desapareció tras el primer cerro. Habíanse desvanecido los fulgores rojizos en el cielo nublado, no lució el sol, empezó lentamente a nevar con copos tenues, vacilantes.

CAPÍTULO IX

Goldmundo conocía la comarca por haberla recorrido en sus paseos a caballo; sabía que pasando el helado juncal se encontraba uno de los graneros del caballero, y más allá una alquería donde le conocían; en cualquiera de estos lugares podía descansar y pasar la noche. Lo demás ya se vería mañana. Poco a poco le volvió el ansia de libertad y de tierras extrañas que por un tiempo había perdido. Las tierras extrañas no tenían un sabor muy grato en aquel día de invierno gélidamente hosco, olían demasiado a penalidades, a hambre y estrechez, mas, sin embargo, su lejanía, su grandeza y su áspero rigor sonaban en el delicado y confuso corazón del joven con un tono sedante y casi consolador.

Estaba fatigado de tanto correr. Se acabó el cabalgar, pensaba. ¡Oh ancho mundo! Caía poca nieve; en lontananza las crestas de los bosques y las nubes se confundían en una masa gris, la quietud se extendía indefinidamente, hasta los confines del mundo. ¿Qué sería ahora de Lidia, de aquel pobre corazón angustiado? Sintió compasión de ella; en ella pensaba con ternura

167

mientras descansaba sentado en medio del desierto juncal bajo un fresno solitario y pelado. El frío le obligó, finalmente, a abandonar el lugar, se irguió con las piernas entumecidas, fué apretando gradualmente el paso, la escasa luz de aquel día nebuloso parecía ya declinar. Mientras avanzaba a buen tranco por los campos desiertos, se le disipaban los pensamientos. Lo que ahora importaba no era pensar o alimentar sentimientos, por tiernos y hermosos que fuesen, sino mantenerse caliente, encontrar a tiempo un lugar para pasar la noche, arreglárselas, como las martas y los zorros, para vivir en aquel mundo helado e inhóspito y evitar sucumbir en medio del campo; lo demás carecía de valor.

Como creyera oír un lejano batir de cascos, miró sorprendido a su alrededor. ¿Sería posible que alguien lo siguiera? Echó mano al cuchillo de monte que llevaba en el bolsillo y lo aflojó de su vaina de madera. Ahora veía ya al jinete; a distancia descubrió que montaba un caballo de la cuadra del caballero y que venía en derechura hacia él. Hubiese sido inútil huir; se detuvo y esperó, sin sentir realmente miedo, aunque estaba tenso y curioso y le palpitaba el corazón. Una idea le cruzó fugaz e impetuosamente por la cabeza: "No me vendría mal liquidar a este jinete; tendría un jaco y el mundo sería mío." Mas cuando reconoció al jinete, que no era otro que Juan, el mozo de cuadra, con sus ojos zarcos, como de agua, y su semblante bondadoso y tímido, no pudo menos de echarse a reír; para matar a este hombre bueno y dulce sería menester tener el corazón de piedra. Saludó cordialmente a Juan y también saludó con cariño al caballo Aníbal, que lo reconoció en seguida, y le acarició el cuello caliente y húmedo.

—¿Adónde vas, Juan? —le preguntó.

—En tu busca —respondió el mozo con una risa que le hacía enseñar los dientes blanquísimos—. ¡No has corrido poco, en verdad! En fin, no puedo detenerme; vengo, únicamente, a traerte un saludo y entregarte esto.

—¿Un saludo de parte de quién?

—De parte de la señorita Lidia. ¡Vaya día que hemos pasado por causa tuya, maestro Goldmundo! Siéntome feliz de haber podido alejarme de allí por un instante. Aunque el señor no debe enterarse de que me largué para llevar encargos; podía costarme el pellejo. Toma, pues.

Le alargó un pequeño paquete, que Goldmundo recogió.

—Oye, Juan, ¿llevarías por casualidad en el bolsillo un pedazo de pan? Dámelo, si lo tienes.

—¿Pan? Creo que aún vamos a encontrar algún mendruguillo. —Hurgó en los bolsillos y extrajo un trozo de pan negro. Después de entregárselo, quiso partir.

—¿Cómo está la señorita? —le preguntó Goldmundo—. ¿No te ha encargado nada más? ¿No traes alguna cartita?

—Nada. Sólo la vi un momento. En casa hay borrasca, ¿sabes?; el señor anda de un lado para otro todo agitado como el rey Saúl. Bueno: yo debía entregarte eso, y listo. Tengo que regresar.

—Aguarda un momento. ¿No podrías dejarme tu cuchillo de monte? El mío es muy pequeño. Caso de que

169

encontrara lobos y... siempre me iría mejor si tuviese en la mano algo más eficaz.

Pero Juan le dijo que de eso ni hablar. Mucho lamentaría que le sucediera algo al maestro Goldmundo. Pero lo que es el cuchillo no se lo cedería a nadie, eso no, ni siquiera por dinero o a cambio de algo, ah no, aunque se lo pidiera la mismísima Santa Genoveva. Y agregó que tenía ya que largarse y que lo pasara bien y que lo lamentaba mucho.

Se estrecharon las manos, el mozo se alejó en su caballo y Goldmundo lo siguió con la mirada, sintiendo en el corazón una extraña congoja. Y luego abrió el paquete sintiendo ya contento de las excelentes tiras de cuero de ternera con que venía atado. En su interior encontró un corpiño de punto, de gruesa lana gris, que, sin duda, Lidia había hecho para él, y dentro de aquella prenda venía, bien envuelta, una cosa dura, un pedazo de jamón, y en el jamón había un pequeño corte en el que se albergaba un reluciente ducado de oro. No apareció ningún billete. Con los regalos de Lidia en las manos, permaneció unos instantes de pie en medio de la nieve, indeciso; luego se quitó el jubón y se puso el corpiño de lana y notó que le daba un grato calorcillo. Con toda rapidez terminó de vestirse, escondió la moneda de oro en el más seguro de sus bolsillos, se ciñó las correas a la cintura y siguió camino a campo traviesa; era ya hora de procurarse un lugar de reposo, notaba gran cansancio. Mas no quería ir junto al labrador, a pesar de que allí estaría más caliente y, además, podría encontrar leche; no quería hablar ni que le hicie-

170

ran preguntas. Pernoctó en el granero, reanudó la marcha muy temprano con helada y un viento cortante; el frío lo aguijó a hacer largas jornadas. Soñó muchas noches con el caballero y su espada y las dos hermanas; durante muchos días la soledad y la melancolía le oprimieron el corazón.

Una de las noches siguientes la pasó en una aldea cuyos pobres campesinos no pudieron ofrecerle pan aunque sí una sopa de mijo. Nuevas experiencias le esperaban aquí. Durante aquella noche la campesina de quien era huésped dió a luz un niño, y Goldmundo asistió al parto, pues le fueron a levantar de la paja para que ayudara, aunque, a la postre, toda su intervención se redujo a sostener la luz mientras la comadrona cumplía su tarea. Por vez primera veía un alumbramiento y no apartaba los ojos pasmados y afiebrados del rostro de la parturienta; acababa de enriquecerse, de pronto, con una nueva experiencia. Al menos, lo que descubría en aquel rostro le parecía muy interesante. Pues mientras, a la luz de la tea de pino, clavaba la mirada con ávida curiosidad en la cara de aquella mujer que se contorcía con sus dolores, observó, en manera inesperada, que los rasgos del desencajado semblante de la que gritaba no eran muy distintos de los que había visto en otros rostros femeninos en el momento de la embriaguez amorosa. La expresión de intenso dolor en un rostro era, en verdad, más violenta y más afeadora que la expresión de intenso placer... mas, en el fondo, no difería de ella; era el mismo contraerse, un tanto sardónico, el mismo encenderse y apagarse. Sin que supie-

171

se por qué, le resultaba en extremo sorprendente que el dolor y el placer pudieran ser tan semejantes como hermanos.

Y aun le aconteció algo más en aquella aldea. Por causa de la mujer del vecino, quien, al verle, en la mañana que siguió a la noche del parto, respondió inmediatamente a la pregunta de sus ojos enamorados, permaneció en el lugar una noche más; y, por cierto, la dejó muy satisfecha, pues era la primera vez desde hacía largo tiempo, y después de todos los amores, al principio excitantes y luego decepcionantes de las últimas semanas, que su instinto tornaba a verse satisfecho y apaciguado. Y esta demora le condujo a una nueva aventura; porque a ella se debió que en el segundo día encontrara en aquella misma aldea un camarada, un sujeto alto y arriscado, llamado Víctor, con traza de entre clerizonte y bandolero, que lo saludó con unos latinajos y se presentó como escolar vagante aunque ya había pasado, con mucho, los años de la escuela.

Aquel individuo, que llevaba barba en punta, saludó a Goldmundo con cierta cordialidad y un gracejo de tunante, con lo que se ganó en seguida al joven camarada. Y como éste le preguntara dónde había estudiado y adónde se encaminaba, el original cofrade profirió en tono declamatorio:

—Muy ilustres y famosas escuelas, en Dios y en mi ánima, he frecuentado a lo largo de mi vida. Estuve en Colonia y en París, y pocas veces se han dicho cosas más sustanciosas sobre la metafísica de la morcilla de hígado de las que yo dije en mi disertación de Leiden.

Desde entonces, *amice*, recorro, pobre zascandil, el Imperio germánico, con el alma atormentada por hambre y sed inmensurables; llámanme el terror de los campesinos y tengo por profesión enseñar latín a las doncellas y atraer con artes mágicas a mi barriga los chorizos que cuelgan en las chimeneas. Es mi principal objetivo la cama de la mujer del burgomaestre, y si antes no me comen los cuervos, difícilmente podré librarme de la grave y penosa carga de un arzobispado. No hay nada mejor, joven colega, que vivir al día; y quiero que sepas que nunca un asado de liebre se sintió, en parte alguna, más a gusto que en mi pobre estómago. El rey de Bohemia es hermano mío y nuestro padre común nos alimenta tanto a él como a mí; pero los trabajos más pesados los deja a mi cargo; y así anteayer, tan severos y duros de corazón son los padres, quiso sacrificarme sin piedad para salvar la vida a un lobo que se moría de hambre. Y si yo no hubiese dado muerte a la espantable bestia, señor colega, a fe que nunca hubieses podido gozar del alto honor de mi grata amistad. *In saecula saeculorum, Amen.*

Goldmundo, poco familiarizado todavía con aquel humor patibulario y aquel latín goliardesco, recelábase un poco del larguirucho y desgreñado galopín y de las desagradables risotadas con que acompañaba sus propios chistes; mas, con todo, aquel tunante le resultaba simpático y se dejó persuadir fácilmente de que prosiguieran viaje juntos, pues, fuese o no embuste lo del lobo muerto, siempre se iba más seguro en compañía y había menos que temer. Pero antes de continuar adelante, quiso el hermano Víctor hablar latín con los paisanos, como él lo llamaba, y se aposentó en la casa de un labrantín. No procedía como Goldmundo había procedido hasta allí cuando era huésped de un cortijo o un lugar, sino que iba de cabaña en cabaña, iniciaba un palique con cada mujer, metía la nariz en establos y cocinas, dando muestras de no estar dispuesto a salir del lugar hasta que todas las casas le hubiesen pagado su tributo y alcabala. Refería a los labriegos historias de la guerra de Italia y cantaba al amor de la lumbre la canción de la batalla de Pavía, recomendaba a las abuelas remedios contra el reuma y la caída de los dientes, parecía saberlo todo y haber estado en todas partes, y se llenaba el seno, hasta reventar, de pan, nueces y orejones de pera. Goldmundo observaba asombrado cómo desarrollaba infatigablemente su campaña, cómo asustaba a la gente o se la ganaba con sus zalamerías, cómo se daba importancia y provocaba admiración, cómo unas veces chapurreaba latín y se las echaba de letrado y otras impresionaba con un hablar de pícaro pintoresco y desvergonzado; cómo, en medio de la narración o de la erudita perorata, registraba con ojos escudriñadores, alertas, todas las caras, todo cajón de mesa que se abriera, todos los platos y todas las hogazas. Bien advertía que se trataba de un sujeto avispado y ladino, de un pillabán que había rodado mundo, que había visto y vivido mucho y pasado mucha hambre y mucho frío y, en la áspera lucha por una vida de miseria y riesgo, se había vuelto sagaz y descarado. Esto, pues, llegaban a ser los que vivían largo tiempo errabundos.

¿Vendría también él a convertirse, al cabo, en un individuo de tal jaez?

Al día siguiente reanudaron la marcha; Goldmundo probaba por primera vez el caminar en compañía. Tres días estuvieron andando juntos, y durante ellos Goldmundo aprendió algunas cosas de su compañero. La costumbre, trocada ya instinto, de referir todo a las tres necesidades fundamentales del hombre sin hogar, la de defender la vida, la de tener un albergue para la noche y la de procurarse alimento, había enseñado mucho al inveterado vagabundo. El descubrir por casi imperceptibles indicios la proximidad de moradas humanas, incluso en invierno, incluso de noche, o los rincones de bosques y selvas más cómodos para descansar o dormir; el rastrear, en seguida de entrar en un aposento, el grado de bienestar o pobreza de su habitador, así como el de su bondad, de su curiosidad o de su miedo... todas estas eran artes en que Víctor había alcanzado la maestría. Algunas cosas instructivas comunicó a su joven camarada. Y como Goldmundo le repusiera cierta vez que no había menester de acercarse a la gente con esa actitud de premeditado cálculo, y que a él, pese a ignorar tales artes, sólo en muy raros casos le habían denegado sus amistosas demandas de hospitalidad, el larguirucho Víctor se echó a reír y dijo con aire bonachón:

—Ya, ya, Goldmundillo; a ti puede irte bien porque eres joven y lindo y tienes pinta de inocente y esto es la mejor boleta de alojamiento. Agradas a las mujeres, y los hombres se dicen: ¡Por el amor de Dios, si es un infeliz y un alma cándida, incapaz de hacer mal a nadie!

175

Pero el hombre envejece, hermano, y a aquella cara de niño le saldrán barba y arrugas, y los calzones se te llenarán de sietes, y cuando menos lo pienses, cátate convertido en un huésped feo e indeseable a cuyos ojos no se asoma ya la juventud y la inocencia sino el hambre; y para cuando llegue ese instante uno tiene que estar endurecido y haber aprendido algo del mundo, pues, de lo contrario, no tardará en dormir en el estiércol y los perros se mearán en él. Barrunto, de todos modos, que tú no has de andar trotando por el mundo largo tiempo, pues tienes manos delicadas y hermosa guedeja, y el día menos pensado volverás a amadrigarte en algún lugar donde se viva mejor, en un hermoso y caliente lecho nupcial o en un hermoso y bien abastado convento o en un confortable gabinete de estudio. Por lo demás, llevas tan elegantes vestidos que se te pudiera tomar por un hidalgo.

Sin dejar de reír, empezó a pasarle la mano por el cuerpo, y Goldmundo sentía cómo aquella mano rebuscaba y palpaba en todos los bolsillos y costuras; y se esquivó, pensando en su ducado. Hablóle de la temporada que había pasado en la casa del caballero y de cómo se había ganado el lindo vestido escribiendo en latín. Pero Víctor quería saber por qué motivo había abandonado en pleno invierno aquel tibio nido, y Goldmundo, que no estaba acostumbrado a mentir, le contó algo de las dos hijas del caballero. Prodújose entonces la primera disputa entre los dos camaradas. Estimaba Víctor que Goldmundo era un perfecto asno al irse del castillo y renunciar a la grata compañía de las jóvenes.

176

Había que corregir aquel yerro y de eso se encargaba él. Se encaminarían al castillo; Goldmundo, naturalmente, no aparecería por allá sino que lo dejaría todo en sus manos. Escribiría un billetito a Lidia, en el que le diría esto y lo otro, y Víctor se iría con el billete al castillo, y por las llagas de Cristo que no retornaría sin traer tanto y cuanto en dinero y especie. Y prosiguió por este tenor. Goldmundo rechazó la propuesta y terminó encolerizándose; no quería ni que le hablase del asunto y se negó a revelarle el nombre del caballero y el camino que a su residencia conducía.

Al verlo tan airado, Víctor volvió a reír y adoptó un aire bondadoso.

—Bueno —dijo—, bueno; no te vayas a quebrar los dientes. Lo único que te digo es que con tu absurda conducta dejarás que se nos escape una magnífica presa y ello no está bien ni es propio de un camarada. ¡Pero tú no quieres, eres un noble altivo, retornarás a caballo a tu castillo y te casarás con la dama! ¡Ah, mozo, y de qué caballerescas majaderías tienes llena la cabeza! En fin, lo que es por mí, ya podemos echar a andar y que se nos hielen los dedos de los pies.

Goldmundo estuvo de mal humor y silencioso hasta que oscureció, mas como en aquel día no hallaron casa alguna ni rastro de gente, aceptó complacido que Víctor eligiera un lugar para pasar la noche; que construyera, en el lindero del bosque, un reparo entre dos troncos y que extendiera sobre el suelo una espesa capa de ramas de abeto. Comieron pan y queso que Víctor extrajo de sus repletos bolsillos; Goldmundo estaba avergonzado de su arrebato y se mostraba amable y servicial, y ofreció al compañero su corpiño de lana para la noche. Convinieron en montar guardia por turno a fin de protegerse de los animales, y Goldmundo inició la primera guardia mientras el otro se tendía en las ramas de abeto. Largo rato permaneció Goldmundo de pie apoyado en el tronco de un pino, sin moverse, para que su camarada pudiera conciliar el sueño. Luego se puso a pasear de un lado para otro pues tenía frío. Iba y venía con vivo paso, extendiendo cada vez más el trecho de su recorrido; veía las copas de los abetos clavarse agudas en el cielo pálido, percibía la honda quietud de la noche invernal, solemne y un tanto angustiosa, sentía latir solitario su cálido corazón lleno de vida en medio de la gélida, muda quietud; y, volviéndose levemente, oyó el respirar de su compañero dormido. Hincósele entonces en el alma, con más fuerza que nunca, la emoción de los vagabundos, de los que entre sí y la gran angustia no han levantado pared ninguna de casa, castillo ni convento, de los que corren desnudos y solos por el mundo incomprensible y enemigo, solos entre las frías y burlonas estrellas, entre los animales acechantes, entre los árboles pacientes, imperturbables.

No, pensaba, jamás sería como Víctor, aunque estuviera errando toda su vida. Ese modo de defenderse del espanto no lo podría él aprender, no podría aprender ese taimado y ladronil moverse con sigilo, ni tampoco esa ruidosa y desvergonzada especie de bufonería, ese verboso humor patibulario del fanfarrón. Quizá tenía razón aquel sujeto agudo y descocado, quizá nun-

ca sería del todo igual a él, nunca del todo un vagabundo, y un buen día treparía por alguna pared para
ponerse al abrigo. Empero continuaría siendo un hombre sin hogar ni objetivo, jamás se sentiría protegido
ni seguro, siempre se le aparecería el mundo en torno
enigmáticamente hermoso y enigmáticamente inquietante, siempre tendría que oír esta quietud en cuyo centro
latía, frágil y temeroso, su corazón. Veíanse pocas estrellas, no corría viento, pero, en la altura, las nubes parecían agitadas.

Al cabo de un largo rato, Víctor se despertó —no
había querido arrancarlo al sueño— y lo llamó.

—Ven acá —le dijo—; tienes que dormir, porque,
si no, mañana no podrás moverte.

Goldmundo obedeció, se echó en la yacija y cerró
los ojos. Aunque estaba asaz cansado, no se dormía
pues los pensamientos le mantenían en vela y, amén
de los pensamientos, una sensación que se negaba a
reconocer ante sí mismo, una sensación de miedo y desconfianza hacia su camarada. Resultábale ahora inconcebible que hubiese podido hablar de Lidia a aquel
individuo grosero, de risa estrepitosa, a aquel choca-
rrero, a aquel desvergonzado mendigante. Estaba furioso
contra él y contra sí propio, y, preocupado, reflexionaba
sobre la mejor manera y ocasión de separarse de él.

Debió, no obstante, caer en un duermevela pues se
estremeció y se quedó estupefacto al sentir las manos
de Víctor que le tentaban cautelosamente los vestidos.
En uno de los bolsillos tenía el cuchillo y en el otro
el ducado; ambas cosas le robaría Víctor si daba con

ellas. Fingió dormir, púsose a dar vueltas a uno y otro lado y a menear los brazos como si fuera a despertarse, y Víctor se retiró. Goldmundo sentía gran irritación y decidió separarse al día siguiente.

Mas cuando, cosa de una hora después, Víctor volvió a acercársele y reanudó la rebusca, Goldmundo se quedó helado de ira. Sin moverse, abrió los ojos y dijo despreciativo:

—Pierdes el tiempo; aquí no hay nada que robar.

Asustado, el ladrón le echó las manos al cuello. Y como Goldmundo se defendía y forcejeaba, el otro apretaba cada vez más al tiempo que le tenía puesta la rodilla sobre el pecho. Notando que se ahogaba, Goldmundo hacía fuerza y daba sacudidas con todo el cuerpo; y al no conseguir desembarazarse, lo penetró de golpe la angustia de la muerte, y le aguzó el ingenio y le clareó la mente. Metió la mano en el bolsillo y, mientras el otro seguía agarrotándolo, sacó el pequeño cuchillo de monte y empezó, de pronto, a apuñalar a ciegas a su adversario. Pocos instantes después las manos de Víctor se aflojaban, volvía el aire y Goldmundo paladeaba con fruición, respirando honda y afanosamente, su vida recién salvada. Intentó ponerse de pie, y entonces el camarada se desplomó, blando y flojo, sobre él, dando gemidos, y su sangre corrió por el rostro de Goldmundo. Sólo ahora pudo levantarse. Al grisáceo fulgor de la noche vió al grandullón que yacía inmóvil; y al tocarle, su mano se llenó de sangre. Le alzó la cabeza, que cayó pesada y floja como un talego. De su pecho y su cuello seguía manando la sangre y de su boca fluía la vida en suspiros desvariados, cada vez más débiles.

—He dado muerte a un hombre —pensaba y repensaba sin cesar, al tiempo que, arrodillado sobre el moribundo, veía cómo la palidez se iba extendiendo por la cara—. He matado, santa Madre de Dios —se oyó decir a sí mismo.

Súbitamente, se le hizo insoportable seguir en aquel lugar. Recogió el cuchillo, lo enjugó en el chaleco de lana que el otro tenía puesto y que las manos de Lidia habían tejido para su amado; y luego de meter el arma en su vaina de madera y restituirla al bolsillo, se enderezó de golpe y huyó de allí en desalada carrera.

Pesábale en el alma la muerte del jovial goliardo; cuando fué de día, se lavó con nieve, entre estremecimientos, la sangre que le manchaba y que él había derramado, y vagó sin rumbo y acongojado un día y una noche más. Fueron las penurias del cuerpo lo que, finalmente, le hizo volver de su ensimismamiento y puso un término a su angustioso arrepentimiento.

Extraviado en aquella comarca desierta y nevada, sin techo, sin camino, sin comer y casi sin dormir, vino a verse en apurado trance; el hambre aullaba como una fiera dentro de su cuerpo, varias veces se tendió exhausto en medio de los campos, cerró los ojos y se consideró irremisiblemente perdido, no deseando otra cosa sino dormirse y morir en la nieve. Pero siempre se veía impulsado a levantarse, corría, desesperado y ansioso para salvar la vida, y, en medio de aquella dura situación, le confortaban y estimulaban la fuerza y el ímpetu furiosos del no querer morir, el brío prodigioso del puro impulso vital. En el nevado enebral cogió con manos amoratadas por el frío las pequeñas bayas secas y mascó aquella sustancia quebradiza y amarga mezclada con pinocha: tenía un sabor áspero, excitante; y para calmar la sed, devoró a puñados la nieve. Sofocado, echando el aliento a las manos ateridas, sentóse en una loma y se tomó un breve descanso; oteaba con avidez en todas direcciones, no se veía más que prados y selva, en parte alguna rastro de hombres. Volaban sobre su cabeza algunos cuervos y él seguía su vuelo con mirada sombría. No, no le comerían mientras le quedase un resto de vigor en las piernas, una chispa de calor en la sangre. Se levantó y reanudó su implacable carrera en porfía con la muerte. Corría y corría, y, en la fiebre del agotamiento y del esfuerzo supremo, adueñáronse de él extraños pensamientos y sostuvo disparatados soliloquios, ora imperceptibles ora en voz alta. Hablaba con Víctor, el apuñalado, hablaba con él en tono áspero y sarcástico:

—Y bien, buena pieza, ¿cómo te va? ¿Te baña ya las tripas la luz de la luna, los zorros te tiran de las orejas? Pretendes haber matado a un lobo. ¿Y cómo fué?, ¿mordiéndole el gañote o arrancándole la cola? ¡Querías robarme el ducado, viejo garduño! Pero el pequeño Goldmundillo te ha dado una sorpresa, ¿verdad, viejo?, te hizo cosquillas en el costado. ¡Y aún tenías las faltriqueras llenas de pan y chorizos y quesos, cerdo, tragaldabas!

Tales burlas escupía y ladraba a solas, insultaba al

muerto, triunfaba de él, se reía de él por haberse dejado liquidar, ¡el muy majadero, el necio fanfarrón!

Luego sus pensamientos y palabras cambiaron de objeto. Ahora veía ante sí a Julia, la linda y pequeña Julia, tal como aparecía la noche que la había dejado; dirigíale incontables palabras de cariño, procuraba seducirla con desvariadas, indecentes ternezas para que viniera a su lado, para que dejase caer su camisilla, para que fuera con él al cielo, poco antes de morir, un instantillo antes del miserable reventar. Hablaba, implorante y provocante con sus altos y pequeños pechos, con sus piernas, con el blondo y crespo pelo de sus axilas.

Y de nuevo, mientras trotaba a través de los brezos con piernas torpes, tropezadoras, loco de dolor, encendido en ansia de vivir, comenzó a hablar por lo bajo; ahora era con Narciso con quien hablaba, a quien comunicaba sus nuevas ideas, sabidurías y bromas.

—¿Tienes miedo, Narciso —le dijo—, te horripilas, has advertido algo? Sí, mi estimadísimo amigo, el mundo está lleno de muerte, lleno de muerte; sobre cada vallado aparece sentada la pálida dama, escondida detrás de cada árbol, y de nada vale que edifiquéis muros y dormitorios y capillas e iglesias, porque atisba por la ventana, y se ríe, y os conoce a todos, y en medio de la noche la oís reírse ante vuestras ventanas y pronunciar vuestros nombres. ¡Seguid cantando vuestros salmos y encendiendo hermosos cirios en los altares y rezando vuestras vísperas y maitines y coleccionando plantas en el laboratorio y libros en la biblioteca! ¿Ayunas, amigo? ¿Te privas del sueño? Ella ha de ayudarte, la amiga segadora, te despojará de todo, te dejará los huesos mondos. Corre, querido, corre veloz, que por el campo va la atolondrada, corre y cuida de mantener juntos los huesos porque quieren irse cada cual por su lado, no conseguiremos retenerlos. ¡Ah nuestros pobres huesos, ah nuestro pobre gaznate, nuestro pobre estómago, ah nuestra pobre miaja de cerebro metido dentro del cráneo! Todo se irá, todo se irá al diablo, y en el árbol aguardan los cuervos, los negros frailucos.

Tiempo hacía que el errabundo no sabía ya hacia dónde corría, dónde estaba, qué decía, si estaba tendido o de pie. Derribábase sobre la maleza, tropezaba en los árboles, agarraba, cayendo, nieve y espinas. Pero el impulso que le animaba era muy fuerte, jamás dejaba de empujarle, jamás cesaba de acicatear al enceguecido fugitivo. La última vez que se desplomó y quedó tumbado en tierra fué en la misma aldehuela en que, días atrás, había encontrado al escolar tunante y en donde, por la noche, había asistido a un parto sosteniendo una tea. Permaneció tendido y los vecinos acudieron y lo rodearon y se pusieron a charlar, y luego ya no oyó nada más. La mujer de cuyo amor había entonces gozado lo reconoció y se asustó del aspecto que traía; y llena de compasión, y sin hacer caso de las represiones de su marido, llevó a rastras al medio muerto joven al establo.

Al cabo de no muy largo rato, Goldmundo volvía a estar de pie y en condiciones de caminar. El calor del establo, el sueño y la leche de cabra que la mujer le dió a beber le hicieron volver en sí y recobrar las fuerzas; mas todo lo que últimamente viviera había retrocedido, como si desde entonces hubiese transcurrido mucho tiempo. La caminata con Víctor, la fría y medrosa noche en el bosque bajo aquellos abetos, la terrible lucha en la yacija, el terrible morir del camarada, los días y las noches de frío, hambre y vagar desorientado, todo ello era ya cosa pretérita, casi lo había olvidado; sin embargo, no estaba olvidado, únicamente había pasado, se había alejado. Algo imposible de expresar quedaba atrás, algo terrible y, a la vez, precioso, algo abismado y, con todo, inolvidable, una experiencia, un sabor en la lengua, un como anillo de árbol en torno al corazón. En un período apenas de dos años había conocido hasta el fondo el placer y los dolores de la vida errante: la soledad, la libertad, el espiar los rumores del bosque y los animales, el amor pasajero, infiel, la áspera, mortal miseria. Había sido huésped de los campos estivales durante días, durante días y semanas de los bosques, durante días de la nieve, y de la angustia y cercanía de la muerte, y lo más fuerte, lo más extraordinario de todo había sido el defenderse de la muerte, el saberse pequeño y mísero y amenazado y, sin embargo, sentir en sí, en la última, desesperada lucha contra la muerte, aquel hermoso y terrible brío y obstinación de vivir. Y eso resonaba aún, permanecía grabado en el corazón, al igual que los gestos y expresiones de la carnalidad, tan semejantes a los de las parturientas y moribundos. ¡Cuán recientes estaban los

185

gritos y contracciones del rostro de la parturienta, cuán reciente el desplomarse del camarada Víctor y el callado y rápido brotar de su sangre! ¡Y cómo había él mismo sentido, cuando andaba hambriento, rondarle la muerte, y qué tormentos le había causado el hambre, y cómo le había calado el frío hasta los huesos! ¡Y qué lucha había sostenido, y cómo le había dado de puñadas en la nariz a la muerte, con qué mortal angustia y furioso placer se había defendido! Parecíale que no debía quedarle mucho más que experimentar en el mundo. De todo aquello hubiese quizá podido hablar con Narciso, pero con nadie más.

Al recobrar por entero el sentido en su cama de paja en el establo, notó que faltaba el ducado de su bolsillo. ¿Habríalo perdido en la terrible, desatentada marcha del último día de hambre? Largo rato estuvo cavilando en ello. Teníale cariño al ducado, no se resignaba a su pérdida. Es verdad que el dinero no significaba gran cosa para él, apenas conocía su valor. Pero aquella moneda de oro había llegado a adquirir importancia a sus ojos. Era el único regalo de Lidia que conservaba, pues el corpiño de lana había quedado con Víctor en medio del bosque y estaba empapado de su sangre. Y, además, había sido sobre todo por no verse despojado de la moneda de oro por lo que se había resistido a Víctor y por lo que, forzado de la necesidad, lo había matado. Si el ducado estaba perdido, todo lo acaecido en aquella espantosa noche vendría a ser, en cierto modo, cosa desatinada y sin valor. Después de reflexionar largamente, confió su inquietud a la campesina.

—Cristina —le susurró—, yo tenía una pieza de oro en el bolsillo y me ha desaparecido.

—Ah, ¿conque lo has notado? —dijo ella con una sonrisa amable y ladina, tan encantadora que, Goldmundo, a pesar de su debilidad, la abrazó.

—Cuidado que eres un mozo bien raro —le dijo con ternura—; ¡tan inteligente y tan fino y, a la vez, tan tonto! ¿Acaso está bien andar por el mundo con un ducado suelto en el bolsillo sin guarda ni cautela? ¡Ah chiquillo atolondrado, locuelo querido! Encontré la moneda apenas te acosté en la paja.

—¿La tienes tú? ¿Dónde está?

—Búscala —profirió ella riendo; y, en efecto, lo dejó que la buscara un buen rato antes de mostrarle el lugar del sayo de él en que la había cosido fuertemente. Agregó una serie de buenos consejos maternales que el joven no tardó en olvidar; pero lo que no olvidó fué su noble proceder y aquella sonrisa ladina y bondadosa de su rostro aldeano. No se olvidó de expresarle su gratitud, y cuando, de allí a poco, estuvo ya en condiciones de reanudar la marcha y quiso proseguir, ella le retuvo porque en aquellos días iba a cambiar la luna y, sin duda, mejoraría el tiempo. Y así fué. Cuando partió, la nieve aparecía gris y enferma, y el aire estaba cargado de humedad; en lo alto, se oía gemir el viento tibio que derrite las nieves.

CAPITULO X

Tornaba el hielo a descender flotando por los ríos, tornaba a oler a violetas bajo el follaje podrido, tornaba a correr Goldmundo a través de los colores de las estaciones, a beber con ojos insaciables los bosques, los montes y las nubes, a errar de alquería en alquería, de aldea en aldea, de mujer en mujer, a sentarse, en algunas noches frescas, angustiado y con dolor en el corazón, al pie de una ventana en que había luz y en cuyo rojo resplandor percibía, dulce e inasequible, todo lo que en el mundo podía haber de dicha, de amor a la tierra natal, de paz. Todo retornaba y retornaba, lo que él creía ya · conocer tan bien, todo retornaba y, no obstante, era cada vez otra cosa: el largo vagar por campos y prados o por los caminos empedrados, el dormir en el bosque estival, el andar despacioso por las aldeas tras de los grupos de mozas que volvían, enlazadas de las manos, de remover el heno o de recoger lúpulo, el primer aguacero del otoño, las primeras, malignas heladas... todo retornaba, una vez, dos veces, la colorida cinta corría inacabablemente ante sus ojos.

189

Mucha lluvia y mucha nieve habían caído sobre Goldmundo cuando, cierto día, luego de subir monte arriba por un hayedo sin follaje pero en el que ya apuntaba el verde claro de los brotes nuevos, divisó, desde lo alto de la cresta de la montaña, un nuevo paisaje que a sus pies se extendía y que llenó sus ojos de gozo y desató en su corazón un torrente de presentimientos, ansias y esperanzas. Sabíase, desde días atrás, próximo a esta comarca y la aguardaba, y ahora se le mostraba de improviso en esta hora del mediodía; y lo que de ella captó con la mirada, en este primer contacto, confirmaba y corroboraba su expectativa. Entre los troncos grises y las ramas que se mecían suavemente, veía allá abajo un valle castaño y verde en cuyo centro brillaba con tono vidriazulado un ancho río. Sabía que ahora había concluído por mucho tiempo el marchar a campo traviesa por comarcas llenas de praderas, bosques y soledad donde sólo raramente se encontraba alguna casa de labranza o alguna pobre aldehuela. Allá abajo discurría el río y, a lo largo del río, corría uno de los más hermosos y famosos caminos del Imperio; allá la tierra era rica y fértil, por el río circulaban balsas y barcas, y el camino llevaba a hermosos pueblos, castillos, conventos y ricas ciudades; quien quisiera podía viajar muchos días y semanas por aquel camino sin preocuparse de que terminara de pronto como acontecía con las menguadas veredas aldeanas, en una selva o en un húmedo juncal. Llegaban cosas nuevas y ello le llenaba de alegría.

Al atardecer de aquel día encontrábase ya en un

lindo pueblecillo asentado entre el río y las lomas cubiertas de vides, junto al gran camino; en las casas, coronadas de hastiales, el gracioso maderamen estaba pintado de rojo, había puertas abovedadas y callejuelas con escaleras de piedra, una herrería arrojaba a la calle un rojo resplandor y el claro sonar del yunque. Vagaba curioso el forastero por callejas y esquinas, olfateaba en las puertas de las bodegas el aroma de los toneles y del vino y, en la ribera del río, el fresco olor a peces del agua; contempló la iglesia y el cementerio, y no se olvidó de buscar un granero propicio donde pudiera pasar la noche. Pero antes quiso pedir de comer en la casa rectoral. Encontróse allí un cura obeso y pelirrojo que le hizo varias preguntas y a quien él refirió su vida callándose algunas cosas y fantaseando en otras; luego de lo cual se vió acogido amistosamente y hubo de pasar la velada, con buen yantar y buen vino, departiendo largamente con el clérigo. Al día siguiente reanudó su marcha por el camino que bordeaba el río. Veía pasar balsas y gabarras, se adelantaba a algunos carruajes cuyos conductores le permitían, a veces, subir a ellos y lo llevaban un trecho; los días de la primavera se deslizaban rápidos y llenos de imágenes; acogíanle aldeas y pequeñas ciudades, había mujeres que sonreían tras las verjas de los jardines o plantaban arrodilladas en la tierra morena, y muchachas que cantaban en las atardecidas callejuelas aldeanas.

Una moza que encontró en cierto molino le agradó tanto que por ella se quedó dos días en la comarca para cortejarla; tenía la impresión de que a la moza le gustaba reír y charlar con él; ¡quién le diera ser un mozo de molino y permanecer allí para siempre! Alternaba con los pescadores, ayudaba a carreros y trajinantes a echar pienso y almohazar a las caballerías, a cambio de lo cual le daban pan y carne y le dejaban viajar en su compañía. Resultábale grato y confortador aquel sociable mundo de viandantes tras la larga soledad, la jovialidad que reinaba entre aquellos sujetos parlanchines y alegres tras el largo cavilar, la diaria hartura de las copiosas comidas tras el largo hambrear; dejábase arrastrar de buena gana por aquella onda grata. Ella se lo llevó, y cuanto más se acercaba a la ciudad episcopal, más animado y alegre se volvía el camino.

Cierta vez, estando en una aldea, paseábase, al filo de la noche, junto al agua, entre árboles llenos ya de ramaje. Discurría tranquilo el río poderoso, entre las raíces de los árboles la corriente murmuraba y suspiraba, la luna apuntaba detrás de las montañas derramando claridades en el río y sombras entre los árboles. De pronto, encontró a una joven sentada y llorando; acababa de tener una disputa con su novio y él se había ido dejándola sola. Goldmundo se sentó a su lado, escuchó sus quejas, le acarició la mano, le contó cosas del bosque y de los corzos, la consoló un poco y hasta la hizo reír, y ella se dejó dar un beso. Pero instantes después retornó el amado a buscarla; venía ya sosegado y arrepentido de la riña. En cuanto vió a Goldmundo sentado junto a ella, se abalanzó sobre él y le golpeó con los puños; a duras penas pudo Goldmundo defenderse, mas, al fin, consiguió dominar a su adversario y éste echó a correr, maldiciendo, hacia la aldea; la joven hacía ya rato que había huído. Goldmundo, temiendo la gresca, no fué al lugar donde pensara pasar la noche, sino que siguió paseando a la luz de la luna, por un mundo callado y plateado, muy contento, satisfecho de la fortaleza de sus piernas, hasta que el rocío le lavó el blanco polvo de los zapatos y, sintiéndose de pronto fatigado, se acostó bajo el árbol más cercano y se quedó dormido. Era ya día avanzado cuando le despertó un cosquilleo que sintió en la cara; entre sueños, se pasó la mano para librarse de la molestia y tornó a dormirse; pero a poco volvió a despertarle el mismo cosquilleo. Hallábase ante él una moza campesina que le miraba y le hacía cosquillas con el extremo de una varita de mimbre. Se levantó tambaleante, ambos se hicieron sonriendo gestos afirmativos con la cabeza y la moza condujo a Goldmundo a un cobertizo donde podía dormirse con más comodidad. Durmieron un rato, uno junto al otro, y luego ella salió, para volver instantes después con un cantarillo de leche recién ordeñada. Goldmundo regaló a la muchacha una cinta del pelo de color azul que había encontrado recientemente en la calleja, y volvieron a besarse antes de que el joven partiera. Llamábase Francisca y la dejó con pena.

Al atardecer de aquel día diéronle albergue en un convento, y en la mañana siguiente asistió a misa; en su corazón agitábanse, por modo extraño, innumerables recuerdos: el olor del aire fresco, confinado en piedra, de la nave y el chacolotear de las sandalias en las baldosas le resultaban conmovedoramente familiares. Cuando, terminada la misa, la iglesia conventual quedó en silencio, Goldmundo continuaba arrodillado; percibía en el corazón una extraña emoción, había soñado mucho por la noche. Sentía el deseo de librarse de algún modo de su pasado, de cambiar de algún modo su vida, no sabía por qué; tal vez era el recuerdo de Mariabronn y de su piadosa juventud lo que lo movía. Ansiaba confesarse y purificarse; muchos pequeños pecados, muchos pequeños vicios tenía que confesar, pero lo que más le abrumaba era la muerte de Víctor. Dió con un padre, le confesó sus culpas, esto y lo otro, pero, sobre todo, lo de las puñaladas en el cuello y la espalda del pobre Víctor. ¡Cuánto tiempo hacía que no se confesaba! Parecíale enorme el número y la gravedad de sus pecados, estaba dispuesto a cumplir una severa penitencia. Pero dijérase que el padre conocía la vida de los vagabundos, no se horrorizaba, escuchaba en calma, censuraba y amonestaba con seriedad y benevolencia sin pensar en una condenación.

Con el alma aliviada, se levantó Goldmundo, hizo en el altar los rezos que el padre le ordenara, y, cuando se disponía a abandonar el templo, entró por una de las ventanas un rayo de sol y su mirada lo siguió, y entonces vió, en una de las capillas laterales, una imagen que le impresionó y atrajo con tal fuerza que se volvió hacia ella con ojos amantes y se quedó contemplándola lleno de devoción y profundamente emocionado. Era una virgen de madera que se inclinaba hacia adelante con inmensa ternura y suavidad; y la manera como le caía de los hombros el manto azul, y como extendía la delicada mano de doncella, y como miraban los ojos y se combaba la graciosa frente sobre una boca dolorida, todo tenía una expresión tan viva, tan bella, íntima y animada, que Goldmundo creía no haber visto jamás nada semejante. No se cansaba de contemplar aquella boca, aquel dulce, íntimo movimiento del cuello. Parecíale estar viendo algo que a menudo había ya visto en sueños y presentimientos que con frecuencia había anhelado. Varias veces se volvió para irse, pero el hechizo de aquella imagen siempre lo retenía.

Cuando, por fin, se decidió a partir encontró tras de sí al padre que le había confesado.

—Es hermosa, ¿verdad? —le preguntó amablemente.

—Hermosísima —dijo Goldmundo.

—Así opinan algunos —declaró el religioso—. Otros, sin embargo, estiman que no es una imagen adecuada de la Madre de Dios, que es demasiado moderna y terrenal, y que en ella todo es exagerado y falso. Sobre esto hay muchas discusiones. A ti, pues, te agrada; me alegro. Hace un año que está en nuestra iglesia, la donó un protector de nuestra casa. Es obra del maestro Nicolao.

—¿Del maestro Nicolao? ¿Quién es, dónde está? ¿Vos le conocéis? ¡Ah, contadme, por favor, algo de él! Por fuerza ha de ser un hombre magnífico e inspirado el que pudo crear esta maravilla.

—No es mucho lo que de él sé. Es un imaginero

que vive en la capital del obispado, a un día de viaje de aquí, y goza de gran nombradía como artista. Los artistas no suelen ser santos y él tampoco lo es, pero, en cambio, sí es un hombre de talento y elevados sentimientos. Le he visto algunas veces.

—¡Ah, lo habéis visto! ¿Qué aspecto tiene?

—Pareces, hijo mío, sentir gran admiración por él. Véte pues en su busca y salúdalo de parte del padre Bonifacio.

Goldmundo le dió muy rendidas gracias. El padre se retiró sonriendo, pero él permaneció todavía un buen rato ante aquella misteriosa figura cuyo pecho parecía alentar y en cuya faz se mezclaban tanto dolor y tanta dulzura que el corazón se le encogió.

Salió de la iglesia transformado, sus pasos le llevaban por un mundo enteramente distinto. Desde el momento que permaneció ante la dulce y santa imagen de madera, Goldmundo poseía algo que nunca antes había poseído y que, en otros, había provocado muchas veces sus burlas o su envidia: un objetivo. Tenía un objetivo y quizá llegara a alcanzarlo; y, entonces, tal vez cobrara su vida desordenada alto sentido y valor. Este nuevo sentimiento le infundió alegría y temor y le hizo avivar el paso. Aquel camino hermoso y alegre no era ya, como ayer, un campo de fiesta, un grato y ameno paraje, sino sólo un camino, el camino que conducía a la ciudad y al maestro. Marchaba apresurado, impaciente. Llegó antes de anochecer; tras de los muros resplandecían los chapiteles de las torres y sobre la puerta veíanse blasones esculpidos y escudos pinta-

dos; entró con el corazón palpitante y apenas hizo caso
del bullicio y animación de las callejas, de los jinetes,
de los coches y carros. No eran los jinetes ni los coches,
no era la ciudad ni el obispo lo que tenía importancia
para él. Al primer hombre que encontró en la puerta
de la ciudad le preguntó dónde vivía el maestro Nicolao y le decepcionó sobremanera oírle decir que no lo
conocía.

El viajero vino a dar en una plaza rodeada de espléndidas casas, muchas de las cuales estaban ornadas
de pinturas o esculturas. Sobre la puerta de una de ellas
aparecía, enorme y gallarda, la estatua de un lansquenete pintada en colores vivos y alegres. Aunque no tan
hermosa, ciertamente, como la imagen de aquella iglesia conventual, era tal su traza y tan arrogante la
manera como ostentaba las pantorrillas y avanzaba el
barbudo mentón, que Goldmundo llegó a pensar que
pudiera ser obra del mismo maestro. Entró en la casa,
llamó a varias puertas, subió las escaleras y finalmente
apareció un señor que vestía sayo de terciopelo guar-
necido de pieles. Preguntóle dónde podría encontrar al
maestro Nicolao; y el señor quiso saber por qué motivo deseaba verlo. A Goldmundo le costó trabajo dominarse para decirle únicamente que traía un encargo para
él; y el señor le indicó entonces la calle donde vivía el
maestro. Mientras el joven la buscaba se hizo de noche.
Con el pecho oprimido y, no obstante, feliz, vióse, por
fin, ante la casa del maestro Nicolao, mirando hacia
las ventanas; poco faltó para que se decidiera a entrar.
Advirtió, empero, que era ya tarde y que se encontraba

cubierto del sudor y del polvo de la jornada y, venciéndose, resolvió aguardar. Mas aun permaneció un largo rato frente a la casa. Notó que una ventana se iluminaba, y en el momento mismo que daba la vuelta para irse, distinguió en la ventana una figura, una muchacha rubia y muy hermosa a través de cuyo cabello se filtraba, desde atrás, el suave resplandor de la lámpara.

Pasó la noche en un convento. Llegada la mañana, cuando la ciudad estaba de nuevo despierta y llena de rumores, luego de lavarse la cara y las manos y sacudirse el polvo de los vestidos y zapatos, volvió a la calleja y pulsó en la puerta de la casa. Vino una criada, que al principio se negó a conducirlo junto al maestro; pero él supo ablandarla y consiguió que lo dejara pasar. Hallábase el artista en una pequeña sala, que era el taller, y tenía puesto un mandil de faena; era un hombre corpulento y barbudo, de edad, según le pareció a Goldmundo, entre cuarenta y cincuenta años. Miró al extraño con sus ojos zarcos y ahondadores y le preguntó con breves palabras qué deseaba. Goldmundo le dijo que le traía un saludo del padre Bonifacio.

—¿Nada más?

—Maestro —le dijo Goldmundo con el huelgo embarazado—, he visto vuestra Virgen allá en el convento. ¡Ah, no me miréis con ese ceño!; es el amor y la veneración lo que me traen junto a vos. Yo no me amedrento fácilmente, he vivido errante largo tiempo y conozco los bosques, la nieve y el hambre. Son pocos los hombres que pudieran infundirme temor. Pero ante vos lo siento. Siento en el corazón un único, ardiente deseo, tan intenso que casi me causa dolor.

—¿Qué deseo es ése?

—Quisiera ser vuestro aprendiz y que me avezarais en el arte.

—No eres tú, joven, el único que tiene tal deseo. Pero yo no quiero aprendices, y ayudantes ya tengo dos. ¿De dónde vienes y quiénes son tus padres?

—No tengo padres y no vengo de ninguna parte. Era alumno en un convento donde aprendí latín y griego, y luego me escapé y hace años que ando vagando.

—¿Y por qué crees que tienes que ser imaginero? ¿Lo has intentado ya alguna vez, tienes algunos dibujos?

—Muchos hice pero los he perdido. Puedo, en cambio, explicaros por qué quiero aprender este arte. He cavilado mucho y he visto muchos rostros y muchas figuras y reflexionado sobre ellos; y algunos de los pensamientos que tuve me han acosado sin tregua y me han privado de sosiego. Me ha llamado grandemente la atención el hecho de que en toda figura siempre se repita una forma determinada, una línea determinada, de que una frente se corresponda con la rodilla, un hombro con la cadera, y de que todo eso se identifique, en el fondo, con el ser y el alma del hombre al que pertenecen la rodilla, el hombro y la frente. Y también me ha chocado, y ello lo descubrí cierta noche que hube de dar ayuda en un parto, que el dolor extremo y el deleite extremo tengan una expresión muy semejante.

El maestro miró al extraño con ojos penetrantes.

—¿Sabes lo que estás diciendo?

—Sí, maestro, es así. Y eso fué cabalmente lo que, con indecible alegría y turbación, hallé expresado en vuestra Virgen; y por eso he venido. ¡Ah, en aquel rostro bello y dulce hay un inmenso sufrimiento, mas, a la vez, todo ese dolor aparece como transformado en pura dicha y sonrisa. Al ver esto, se encendió en mí como un fuego, creía ver confirmados todos los pensamientos y sueños de tantos años y que, de pronto, habían dejado de ser cosa vana, y supe en seguida lo que debía hacer y adónde debía ir. Querido maestro Nicolao: de todo corazón os pido que me dejéis aprender con vos.

Nicolao había escuchado atentamente aunque sin que su rostro adoptara un aire más amable.

—Joven —le dijo—, hablas sobre el arte de modo tan acertado que asombra; y también me sorprende que a tus años sepas tanto del placer y el dolor. Mucho me agradaría conversar contigo una noche sobre estas cosas junto a un vaso de vino. Mas advierte que una cosa es sostener una plática amena e ingeniosa y otra muy distinta vivir y trabajar juntos varios años. Este es un taller y aquí no se charla sino que se trabaja; aquí no tienen valor alguno lo que uno haya podido fantasear y lo que pueda decir, sino sólo lo que uno sepa hacer con las manos. Parece que tomas la cosa muy en serio, por lo cual no te rechazaré así sin más ni más. Vamos a ver si sabes hacer algo. ¿Modelaste alguna vez figuras en barro o cera?

Goldmundo recordó en seguida cierto sueño que había tenido hacía tiempo y en el que creía amasar figuras de barro que luego se ponían de pie y se convertían en gigantes. Sin embargo, se calló lo del sueño y dijo al maestro que nunca había probado a hacer tal suerte de trabajos.

—Bien. En ese caso harás algún diseño. Allí tienes una mesa y papel y carboncillos. Siéntate a ella y ponte a dibujar; tómate todo el tiempo que quieras, puedes estar hasta mediodía o incluso hasta el atardecer. Tal vez de este modo acierte yo a descubrir tus aptitudes. En fin: ya hemos hablado bastante. Vuelvo a mi trabajo; ponte tú al tuyo.

Estaba ahora Goldmundo sentado a la mesa de dibujo en el taburete que Nicolao le había indicado. Como no había prisa, permaneció un rato inmóvil y sin hacer nada, como un alumno amedrentado, clavando, curioso y amoroso, la mirada en el maestro que, medio vuelto de espalda, proseguía trabajando en una pequeña figura de arcilla. Contemplaba con atención a aquel hombre en cuya severa cabeza, ya un poco entrecana, y en cuyas endurecidas pero nobles y expresivas manos de artesano, moraban tan admirables poderes mágicos. Era, en su apariencia, muy distinto de como Goldmundo se lo había figurado: más viejo, más modesto, más vulgar, mucho menos brillante y atrayente y absolutamente nada feliz. La implacable penetración de su inquiridora mirada dirigíase ahora a su trabajo y Goldmundo, libre de ella, lo observaba detenidamente. Este hombre, pensaba, también pudiera ser un erudito, un investigador sereno y severo consagrado a una obra iniciada por larga serie de predecesores y que un día debería entregar a sus continuadores una obra ardua, dilatada, nunca concluída, en la que se reunieran la labor y la dedicación de muchas generaciones. Tal era, al menos, lo que el contemplador descubría en la cabeza del maestro; aparecía en ella reflejada mucha paciencia, mucho estudio y meditación, mucha humildad y conocimiento del dudoso valor de todo quehacer humano, pero también una fe en su propósito. Pero otro era el lenguaje de sus manos; entre ellas y la cabeza existía una contradicción. Aquellas manos agarraban con dedos recios y, a la vez, delicados la arcilla a que daban forma; trataban a la arcilla como las manos de un amador a la amante rendida: enamoradas, llenas de tierna y trémula emoción, ávidas, pero sin distinguir entre el tomar y el dar, a un tiempo lascivas y piadosas, y con una seguridad y maestría que parecía producto de antigua y profunda experiencia. Entusiasmado y admirado, contemplaba Goldmundo aquellas manos inspiradas. De muy buen grado hubiese dibujado al maestro si no fuese por aquella contradicción entre la cara y las manos que lo desconcertaba.

Después de haber estado contemplando así una hora larga a aquel artista absorbido en su tarea, con el pensamiento ocupado en indagar el misterio de aquel hombre, otra imagen comenzó a tomar cuerpo en su interior y a hacerse visible a los ojos de su alma, la imagen del hombre que mejor conocía y al que había amado mucho y admirado profundamente; y esa imagen era enteriza y sin contradicción, aunque también presentaba muy diversos rasgos y recordaba muchas pugnas. Era la imagen de su amigo Narciso. Cada vez se condensaba más en una unidad y totalidad, cada vez aparecía más clara en su imagen la ley interior de aquel hombre amado; la noble cabeza configurada por el espíritu, la boca, hermosa y contenida, y los ojos, un tanto tristes, tensos y ennoblecidos por el servicio del espíritu; los flacos hombros, el largo cuello, las manos delicadas y distinguidas, vivificados por la lucha espiritual. Nunca desde entonces, desde la despedida del convento, había visto al amigo con tanta claridad, había tenido de él una imagen tan cabal.

Como en sueños, sin voluntad y, sin embargo, de buen grado y respondiendo a un invencible impulso, empezó Goldmundo a dibujar con extremado esmero; delineaba, devotamente, con dedos amorosos, la imagen que moraba en su corazón y se olvidó del maestro, de sí mismo y del lugar donde se hallaba. No advirtió que la luz que entraba en la estancia se movía lentamente, no advirtió que el maestro le miró varias veces. Cumplía, como un sacrificio, el objetivo que le había sido propuesto, el que le había señalado su corazón: exaltar la imagen del amigo y conservarla tal como vivía ahora en su alma. Aunque sin inquietarse por ello, sentía su quehacer como el pago de una deuda, como expresión de un agradecimiento.

Nicolao se acercó a la mesa de dibujo y dijo:

—Ya es mediodía; yo me voy a almorzar y puedes acompañarme. Veamos... ¿has dibujado algo?

Púsose detrás de Goldmundo y miró la gran hoja de papel; luego apartó un poco al lado al joven y tomó con cuidado la hoja en sus manos diestras. Goldmundo se había despertado de su sueño y contemplaba con temerosa expectativa al maestro. Éste estaba de pie, sosteniendo el dibujo con entrambas manos y examinándolo detenidamente con la mirada un tanto incisiva de sus ojos severos y celestes.

—¿Quién es ese que has dibujado ahí? —le preguntó Nicolao pasados unas instantes.

—Es mi amigo, un joven fraile y erudito.

—Bien. Lávate las manos, en el patio hay una fuente. Luego iremos a comer. Mis ayudantes no están aquí porque trabajan afuera.

Goldmundo se marchó obediente, encontró el patio y la fuente, se lavó las manos; hubiese dado algo por conocer los pensamientos del maestro. Cuando retornó, éste ya se había ido de la estancia; lo oía trastear en la habitación contigua. Apareció poco después, también se había lavado y llevaba, en vez del delantal un sayo de paño, que le daba un aire elegante y solemne. El maestro echó a andar delante. Subieron una escalera cuyos balaustres de nogal tenían unas cabecitas de ángeles talladas, cruzaron una sala llena de esculturas viejas y modernas y entraron en una hermosa pieza cuyo suelo, paredes y techo eran de madera dura y en la que, junto al ángulo de la ventana, aparecía una mesa servida. Apareció una joven; Goldmundo la reconoció en seguida, era la linda muchacha de la noche anterior.

—Isabel, —profirió el maestro—, pon otro cubierto más; traigo un invitado. Se trata de... bueno, todavía no sé cómo se llama.

Goldmundo le dijo su nombre.

—Bien; Goldmundo, pues. ¿Podemos comer ya?

—Al punto, padre.

La joven colocó un plato en la mesa, salió de la habitación y volvió de allí a poco con la criada, la que sirvió la comida: carne de cerdo, lentejas y pan blanco. Durante el almuerzo el padre hablaba de diferentes cosas con la muchacha; Goldmundo permanecía callado, comía poco y se sentía muy confuso y cohibido. La muchacha le gustaba mucho; era de figura hermosa y arrogante, casi tan alta como el padre; pero se mantenía recatada e inaccesible, como bajo un fanal de vidrio, y no dirigía palabra ni mirada alguna al forastero.

Concluída la comida, dijo el maestro:

—Ahora quiero reposar cosa de media hora. Véte al taller o sal a pasear un poco. Después hablaremos del asunto.

Goldmundo se despidió y abandonó la estancia. Hacía una hora o algo más que el maestro viera su dibujo y nada le había dicho sobre él. ¡Y aun tenía que aguardar media hora más! En fin, nada podía hacer, esperaría. No se fué al taller, no quería ver de nuevo el dibujo. Salió al patio, se sentó en el pilón de la fuente y se puso a contemplar el chorro de agua que brotaba sin cesar del caño y caía en la taza de piedra formando pequeñas ondas y arrastrando constantemente consigo a lo hondo una miajilla de aire que bajaba y subía en blancas perlas. En el oscuro espejo de la fuente vió su propia imagen y pensó que aquel Goldmundo que le miraba desde el agua no era ya, desde hacía largo tiempo, el Goldmundo del convento ni el de Lidia, ni tampoco el de los bosques. Pensaba que él y los demás hombres fluían y se transformaban incesantemente y terminaban disolviéndose, en tanto que sus imágenes, creadas por el artista, permanecían siempre las mismas sin mutación alguna.

Decíase que tal vez la raíz de todo arte y quizá también de todo espíritu fuera el temor de la muerte. La tememos, nos horroriza la transitoriedad, vemos con tristeza cómo las flores se mustian y las hojas caen una y otra vez, y en el propio corazón sentimos la certidumbre de que también nosotros somos transitorios y de que no tardaremos en marchitarnos. Y si como artistas creamos imágenes o como pensadores buscamos leyes y formulamos pensamientos, únicamente lo hacemos para salvar algo de la gran danza de la muerte, para asentar algo que dure más que nosotros. La mujer que sirvió de modelo al maestro para su hermosa Virgen tal vez esté ya marchita o muerta, y pronto morirá él también, y otros vivirán en su casa y otros comerán a su mesa... pero su obra permanecerá, seguirá brillando en la tranquila iglesia conventual cien años después y mucho tiempo más, y conservará su hermosura, y seguirá sonriendo con la misma boca tan lozana como triste.

Oyó al maestro bajar la escalera y corrió al taller. El maestro Nicolao iba y venía, mirando una y otra vez el dibujo de Goldmundo; finalmente, se detuvo junto a la ventana, y en su manera un tanto tarda y seca, dijo:

—Es costumbre entre nosotros que el aprendiz pase, por lo menos, cuatro años avezándose en el oficio y que su padre pague al maestro una cantidad por el aprendizaje.

Goldmundo pensaba que, puesto que el maestro había hecho una pausa, sin duda temía que no le pagara retribución alguna por el aprendizaje. Con la rapidez del rayo, sacó su cuchillo de la faltriquera, cortó los hilos que sujetaban el escondido ducado y lo extrajo. Nicolao lo contemplaba asombrado, y cuando Goldmundo le ofreció la moneda de oro se echó a reír.

—¿Ah, era por eso? —profirió—. No, joven amigo, guarda tu moneda. Escucha. Sólo quise decirte que tal se acostumbra a hacer en nuestro gremio con los aprendices. Pero ni yo soy un maestro común y corriente ni tú eres tampoco un aprendiz como los demás. Un aprendiz de éstos suele empezar su aprendizaje a los trece, catorce o, todo lo más, a los quince años, y la mitad de su aprendizaje se lo pasa haciendo de criado y cabeza de turco. Pero tú eres ya un rapaz talludo y, por la edad, hace tiempo que pudieras ser oficial y aun maestro. Nunca se ha visto en nuestro gremio a un aprendiz con barba. Además ya te dije que no quería aprendices en mi casa. Y, por otra parte, no tienes tú aire de permitir que te manden y te envíen a un lado y a otro.

Goldmundo ardía de impaciencia; las sensatas palabras del maestro lo tenían en vilo y le parecían tremendamente aburridas y propias de un dómine. Prorrumpió:

—¿Por que me decís todo eso si no tenéis el propósito de darme enseñanza?

El maestro prosiguió impasible, en su acostumbrada manera:

—He reflexionado sobre tu deseo durante una hora y tú debes también escucharme ahora con paciencia. He visto tu dibujo. Aunque tiene faltas, es, con todo, hermoso. Si no lo fuera, te daría medio florín y te despacharía, y terminaría olvidándote. Sobre el dibujo no quiero decir más. Quisiera ayudarte a ser un artista porque esa es quizá tu vocación. Pero no puedes ser ya un aprendiz. Y el que no ha sido aprendiz ni ha cumplido el período del aprendizaje tampoco puede ser, en nuestro gremio, oficial ni maestro. Por adelantado te lo digo. Pero debes hacer una tentativa. Si te es posible quedarte una temporada aquí, en esta ciudad, ven junto a mí y acaso aprendas algo. No habrá obligación ni contrato de ninguna especie, y cuando quieras te largas. Te autorizo para que me quiebres un par de gubias y me eches a perder unos trozos de madera; y si se hace evidente que no naciste para imaginero, te irás junto a otro. ¿Estás contento?

Goldmundo había escuchado las palabras del maestro lleno de vergüenza y emoción.

—Os lo agradezco con toda mi alma —exclamó—. No tengo hogar y sabré defenderme aquí, en la ciudad, lo mismo que afuera en los bosques. Me explico que no queráis cargaros de cuidados y responsabilidad por mí como por cualquier jovenzuelo aprendiz. Estimo una gran dicha poder aprender con vos. De todo corazón os agradezco lo que hacéis por mí.

CAPÍTULO XI

En aquella ciudad, Goldmundo se vió rodeado de cosas nuevas y una nueva vida comenzó para él. Así como el país y la ciudad le habían acogido gozosos, seductores y pródigos, así también esta nueva vida le acogía con alegría y muchas promesas. Aunque el fondo de tristeza y experiencia de su alma permanecía intacto, en la superficie retozábale la vida con todo su colorido. La época que ahora principiaba sería la más placentera y libre de cuidados de la vida de Goldmundo. Por fuera, la rica ciudad episcopal brindábale toda suerte de obras de arte, mujeres, numerosos y agradables juegos e imágenes; por dentro, promovía el despertar de su vocación artística con nuevas sensaciones y experiencias. Con la ayuda del maestro, encontró alojamiento en casa de un dorador, situada en el mercado del pescado, y aprendió, tanto del maestro como del dorador, a trabajar con madera y con yeso, con colores, barnices y panes de oro.

No era Goldmundo uno de esos infortunados artistas que reúnen grandes condiciones pero que no encuentran los medios adecuados para expresarse. Existen, en efecto, hombres de tal jaez, capaces de sentir en manera profunda e intensa la hermosura del mundo y que albergan en su alma altas y nobles imágenes, pero que no aciertan con el camino para soltar de sí esas imágenes y para exteriorizarlas y comunicarlas para deleite de los demás. Goldmundo no sufría esta limitación. Resultábale tan fácil y placentero ejercitar las manos y aprender las prácticas mañas de la artesanía como aprender a tocar el laúd, cosa que hacía al terminar el trabajo con algunos compañeros, o bailar los domingos en las aldeas. El aprender era para él cosa sencilla, no le costaba esfuerzo alguno. Cierto que tenía que poner todos sus sentidos en la tarea de tallar la madera, que encontraba dificultades y sufría desengaños, que alguna vez echaba a perder tal cual bello trozo de madera y que a menudo se cortaba en los dedos. Pero pasó con rapidez los comienzos y adquirió habilidad. El maestro, sin embargo, estaba con frecuencia descontento de él y decíale cosas como ésta:

—Me alegro mucho de que no seas mi aprendiz ni mi ayudante. Me alegra mucho saber que procedes del camino y de los bosques y de que un día volverás a ellos. El que ignorara que no eres un burgués y un artesano sino un hombre sin hogar y un vagabundo, podría caer con facilidad en la tentación de exigirte esto y lo otro, lo que todo maestro exige de su gente. Cuando te da por ahí, eres un excelente trabajador. Pero en la semana pasada hiciste el gandul dos días.

Ayer, en el taller del patio donde tienes que pulir esos dos ángeles, te pasaste durmiendo medio día.

Aquellos reproches eran merecidos y Goldmundo los oyó sin tratar de excusarse. Reconocía que no era un hombre tenaz y aplicado. Cuando un trabajo le atraía, le planteaba problemas difíciles o le permitía darse cuenta de su destreza y recrearse en ella, era un afanoso trabajador. En cambio, hacía de mala gana los trabajos manuales pesados, y aquellos otros que, no siendo difíciles, requerían tiempo y asiduidad, tan abundantes en la artesanía, y que sólo pueden llevarse a cabo con constancia y paciencia, le resultaban a menudo completamente insoportables. De esto, él mismo se asombraba a veces. ¿Habían bastado dos años de vida errante para volverlo perezoso e inconstante? ¿Sería la herencia de la madre que iba creciendo en él y se imponía? Recordaba muy bien sus primeros años en el convento, en los que había sido un alumno celoso y ejemplar. ¿Por qué había tenido entonces tanta paciencia, la que ahora le faltaba, y por qué había podido entregarse con tanta diligencia al estudio de la sintaxis latina y aprender todos esos aoristos griegos, pese a que en el fondo le parecían carentes de importancia? De tanto en tanto, ocurríasele cavilar sobre este punto. El amor le había dado bríos y alas; su celo en el estudio no había sido otra cosa sino el apasionado anhelo de ganarse a Narciso, cuyo amor sólo podía conseguir por el camino de la consideración y el elogio. En aquellos tiempos, era capaz de esforzarse durante horas y días por alcanzar una mirada aprobatoria del amado maestro. Al fin había logrado el ansiado objetivo y Narciso se había hecho su amigo; y, por extraño modo, había sido precisamente el erudito Narciso el que le revelara su ineptitud para la erudición y el que evocara en él la imagen de la madre perdida. En lugar del saber, la vida monacal y la virtud, fueron sus amos y señores ciertos impulsos primarios de su ser: el sexo, el amor de las mujeres, el afán de independencia y de correr mundo. Pero más adelante vió aquella efigie de la Virgen María que el maestro labrara, y descubrió en sí un artista; y se lanzó por un nuevo camino y tornó a hacerse sedentario. Y ahora ¿qué pasaba? ¿Hacia dónde proseguía su camino? ¿De dónde venían los obstáculos?

No lo sabía, por el momento. Lo único que sabía era que, aunque admiraba en verdad grandemente al maestro Nicolao, no lo amaba al modo como había amado antaño a Narciso, y que incluso le causaba a veces placer el decepcionarlo y enojarlo. Ello guardaba, al parecer, relación con la dualidad que ofrecía el ser del maestro. Las imágenes de la mano de Nicolao, por lo menos las mejores de ellas, eran para Goldmundo modelos venerados, pero el maestro mismo no constituía para él un modelo.

Al lado del artista que había tallado aquella imagen de la Madre de Dios con su boca dolorosa y bella, al lado del vidente y del iniciado cuyas manos eran capaces de transformar mágicamente hondas experiencias y presentimientos en formas visibles, habitaba en el maestro Nicolao otro sujeto: un padre de familia y un maestro artesano algo severo y receloso, un viudo que, en compañía de la hija y una criada fea, llevaba una vida tranquila y un tanto humilde en su tranquila casa, un hombre que oponía resistencia a los fuertes impulsos de Goldmundo y que se había acostumbrado a una vida sosegada, modesta, muy ordenada y decente.

Aunque Goldmundo respetaba a su maestro y nunca se hubiese permitido preguntar a otros sobre él o formular sobre él juicios delante de otros, al cabo de un año sabía todo lo que podía saberse de Nicolao, hasta el más mínimo detalle. Era el maestro persona de importancia para él, lo amaba y, a la vez, lo odiaba, no lo dejaba en paz; y, de esta suerte, el discípulo penetró con amor y desconfianza, con siempre creciente curiosidad en las reconditeces de su índole y de su vida. Reparó que no vivía con él ningún aprendiz ni ayudante, a pesar de ser la casa harto espaciosa. Reparó que salía pocas veces y que raramente tenía invitados. Observó que profesaba a su hija un amor tierno y celoso y que procuraba esconderla de todo el mundo. Supo también que detrás de la austera y prematura continencia del viudo se agitaban todavía vivaces impulsos y que, cuando algún encargo de fuera le obligaba a hacer un viaje, a veces se transformaba y rejuvenecía de manera sorprendente. Y en cierta ocasión en que habían ido a una pequeña ciudad a colocar un púlpito tallado, pudo incluso observar que una noche Nicolao fué a visitar de tapadillo a una prostituta y que luego estuvo inquieto y de mal humor durante varios días.

Andando el tiempo hubo, aparte de aquella curiosidad, otra cosa que le ató a la casa del maestro y que le ocupó el ánimo. Y ello fué la linda Isabel, la hija, que le agradaba mucho. Raras veces la veía, ella nunca entraba en el taller y Goldmundo no podía descubrir si su esquivez y su recato de los hombres provenían tan sólo de una imposición de su padre o correspondían también a su propia naturaleza. Resultaba significativo que el maestro jamás le hubiese vuelto a invitar a su mesa y que procurase evitar que se encontrara con ella. Veía que a Isabel se la guardaba como una joya de precio y que no había en ella la menor esperanza de amor sin matrimonio; pero el que quisiera hacerla su esposa tenía, ante todo, que ser hijo de buena familia y miembro de uno de los primeros gremios e incluso poseer dinero y casa.

La belleza de Isabel, tan distinta de la de las vagabundas y campesinas, había atraído los ojos de Goldmundo desde el primer día que la viera. Había algo en ella que seguía siéndole desconocido, algo especial que le atraía poderosamente y que, a la vez, le llenaba de desconfianza y hasta le molestaba: una gran calma e inocencia, una educación y una pureza que no eran, sin embargo, infantiles porque detrás de toda su discreción y su decoro se ocultaba cierta frialdad y altivez, por lo que su inocencia no lo conmovía ni desarmaba (pues él jamás hubiese podido seducir a una niña) sino que lo excitaba y provocaba. Apenas su apariencia se le hizo un tanto familiar, como imagen interior, sintió el deseo de crear una figura de ella, pero no tal

216

como era a la sazón, sino con rasgos más marcados, sensuales y sufrientes, no una jovenzuela sino una Magdalena. Con frecuencia llegaba a sentir el anhelo de ver un día a aquel rostro sereno, hermoso e impasible, desencajarse y abrirse, ya por obra de la voluptuosidad o del dolor, y entregar su secreto.

Había además otro rostro que, aunque moraba en su alma, no le pertenecía completamente, que con ardor ansiaba apresar y, como artista, representar, pero que siempre se le escapaba y escondía. Era el rostro de la madre. No era este rostro ya, desde hacía tiempo, el mismo que un día se le reapareciera, surgiendo de perdidos abismos del recuerdo, tras las conversaciones con Narciso. A través de los días de caminata, de las noches de amor, de las temporadas de nostalgia y de aquellas otras en que su vida estaba amenazada y la muerte próxima, el rostro de la madre se había ido transformando y enriqueciendo lentamente, se había ido haciendo más profundo y más vario; no era ya la imagen de su propia madre sino que, con sus rasgos y colores, se había ido formando, poco a poco, una imagen de madre que no era ya individual, la imagen de una Eva, de una madre de la humanidad. Así como el maestro Nicolao había representado en algunas de sus Vírgenes la figura de la Mater Dolorosa con una perfección y una fuerza de expresión que Goldmundo estimaba insuperables, así también esperaba él labrar un día, cuando estuviera más maduro en el oficio y más seguro de su capacidad, la imagen de la madre terrenal, de la madre Eva, según en su corazón aparecía, como el más antiguo y amado de los objetos de adoración. Pero esa imagen interior, que un tiempo no fuera sino imagen recordatoria de su propia madre y de su amor por ella, estaba en permanente mutación y desarrollo. Los rasgos de la gitana Elisa, de Lidia, la hija del caballero, y de otras caras femeninas habían sido acogidos en aquella imagen primera, y no solamente las caras de las mujeres amadas habían modificado la imagen sino que también toda emoción, toda experiencia y toda vivencia habían contribuído a configurarla y le habían dado ciertos rasgos. Pues esta figura, si más adelante llegaba a hacerla tangible, no debía ya representar a una mujer determinada sino la vida misma como madre primigenia. A menudo creía verla, y a veces se le aparecía en sueños. Pero sobre aquel rostro de Eva y sobre lo que quería expresar sólo hubiese podido decir que reflejaba el placer de vivir en su íntimo parentesco con el dolor y la muerte.

En el curso de un año, Narciso había aprendido muchas cosas. En el dibujo había alcanzado rápidamente una gran seguridad, y, al lado de la talla en madera, el maestro Nicolao le hacía también que probara, de cuando en cuando, a modelar con arcilla. Su primera obra lograda fué una escultura en arcilla de unos dos palmos de alto; era la imagen dulce y seductora de la pequeña Julia, la hermana de Lidia. El maestro alabó el trabajo pero no accedió al deseo de Goldmundo de hacerla vaciar en metal; parecíale la estatuilla demasiado impúdica y mundanal para ser su padrino. Luego empezó a tallar en madera la figura de Narciso bajo

el aspecto de San Juan joven, pues Nicolao quería in-
cluirla, si le salía bien, en una Crucifixión que le habían
encargado y en la que trabajaban desde hacía tiempo
los dos ayudantes para que luego el maestro le diera los
últimos toques.

Goldmundo trabajaba en la figura de Narciso con
profundo amor; en aquel trabajo volvía a encontrarse
a sí mismo y su talento artístico y su alma cuantas
veces se salía de los carriles, lo que no era raro, pues
los amoríos, bailes, francachelas con camaradas, juegos
de dados y, a menudo, también las peleas, a tal extremo lo arrebataban, que por uno o dos días no aparecía por el taller o bien se sentía turbado y desganado
en la labor. Empero en su San Juan joven, cuya figura
amada y pensativa iba surgiendo de la madera cada
vez más nítida, sólo trabajaba en los momentos que se
hallaba bien dispuesto, con dedicación y humildad. En
esos momentos, no estaba ni alegre ni triste, ignoraba
tanto el goce de la vida como su caducidad; volvíale
al corazón aquel sentimiento reverente, claro y pulcramente afinado con que antaño se había entregado al
amigo y aceptado gozoso su dirección. No era él quien
allí estaba creando por propia voluntad aquella efigie,
sino más bien el otro, Narciso, que se valía de sus
manos de artista para salvarse de la caducidad y varia-
bilidad de la vida y elaborar la imagen pura de su ser.

De este modo —sentía a veces Goldmundo estremeciéndose— nacieron las auténticas obras de arte. Así
había nacido la inolvidable Virgen del maestro que varios domingos había ido a ver de nuevo al convento.

Así, de este modo misterioso y santo, habían nacido las dos o tres mejores de aquellas imágenes antiguas que el maestro tenía arriba en la sala. Y así nacería también un día aquella escultura, aquella otra, aquella única, que le parecía aun más misteriosa y veneranda, la imagen de la Madre de la humanidad. ¡Ah, si sólo ese tipo de obras de arte pudiera salir de las manos de los hombres, esas imágenes santas, necesarias, no maculadas de ningún querer ni vanidad! Pero de tiempo atrás sabía que no era así. También era posible crear otras imágenes, piezas lindas y encantadoras, hechas con grande maestría, gozo de los aficionados, ornato de iglesias y salas consistoriales... cosas hermosas, sin duda, mas no santas, no puras imágenes del alma. No era tan sólo que conociera algunas obras de esa especie debidas a Nicolao y otros maestros, las que, a pesar de la gracia de su invención y la prolijidad de su ejecución, no eran sino juegos intrascendentes. Para su vergüenza y tristeza, sabía también por el testimonio de su propio corazón, había sentido en sus propias manos, que un artista puede crear en el mundo esas lindas cosas por recrearse en su propia habilidad, por ambición, por jugueteo.

La primera vez que esta idea le vino a las mientes se quedó sumamente triste. ¡Ah, para hacer lindas figurillas de ángeles u otras fruslerías no valía la pena ser artista! Quizá para otros, para los artesanos, los burgueses, las almas tranquilas y contentas podía valer la pena, pero para él no. Para él, el arte y los artistas carecían de valor si no ardían como el sol y no eran poderosos como torres, si sólo proporcionaban regalo, agrado, pequeña dicha. Él buscaba otra cosa. El dorar con relucientes panes de oro una corona de la Virgen, delicada y afiligranada como un encaje, no era trabajo para él aunque se lo pagaran bien. ¿Por qué aceptaba el maestro Nicolao todos esos encargos? ¿Por qué tenía dos ayudantes? ¿Por qué escuchaba con la vara de medir en la mano, horas enteras, a aquellos señores del concejo y a aquellos priores cuando le encomendaban labrar una puerta o un púlpito? Hacíalo por dos motivos, por dos mezquinos motivos: porque tenía empeño en ser un artista famoso y solicitado, y porque quería acumular dinero y no para grandes empresas o goces sino para su hija, que ya era una muchacha rica, para su ajuar, para comprarle cuellos de encaje y trajes de brocado y una cama de matrimonio, de nogal, con cubiertas y sábanas riquísimas. ¡Como si la preciosa muchacha no pudiera conocer de modo tan cabal el amor en cualquier pajar!

En los momentos que tales consideraciones se hacía, agitábase hondamente en él la sangre de la madre, el orgullo y el desprecio de los que no tienen hogar hacia los sedentarios y los dueños de casa. De cuando en cuando, el taller y el maestro se le hacían tan antipáticos como las judías con hilos, y muchas veces estuvo a punto de largarse de allí.

También el maestro se arrepentía con enfado algunas veces de haber aceptado a aquel muchacho difícil y poco digno de confianza que a menudo ponía a dura prueba su paciencia. Lo que sabía de la vida que llevaba,

221

de su desdén por el dinero y los bienes, de su afición al derroche, de sus muchos amoríos, de sus frecuentes riñas, no podían inclinarlo a adoptar una actitud más blanda hacia él; había admitido a su lado a un gitano, a un compañero que no era de fiar. Tampoco dejó de advertir con qué ojos miraba aquel vagabundo a su hija Isabel. Si, a pesar de todo eso, se mostraba con él más paciente de lo que le fuera cómodo, no lo hacía por sentido del deber ni por escrúpulo sino a causa del San Juan joven cuya imagen veía cobrar forma. Con un sentimiento de amor y de parentesco espiritual que no se confesaba del todo a sí mismo, contemplaba el maestro cómo aquel gitano que había venido hacia él desde los bosques iba tallando en la madera su escultura de modo lento y caprichoso, ciertamente, pero tenaz y certero, partiendo de aquel dibujo tan enternecedor, tan bello y, sin embargo, tan torpe, por causa del cual lo había admitido en su taller. Un día, Nicolao no abrigaba la menor duda, la figura sería terminada a pesar de los caprichos e interrupciones, y entonces habría de verse que era una obra como ningún ayudante fuera jamás capaz de hacer, y como incluso los grandes maestros no logran muchas veces. Aunque al maestro le desagradaran muchas cosas en el discípulo, aunque le prodigara las censuras y aunque, a veces, se enfureciera por causa de él... sobre el San Juan nunca le dijo una palabra.

Goldmundo había ido perdiendo poco a poco aquel resto de gracia adolescente y de candor pueril que le granjeara la simpatía de tantos. Habíase convertido en un hombre hermoso y vigoroso, muy solicitado de las mujeres y poco querido de los hombres. También su ánimo, su faz interior, se había cambiado mucho desde que Narciso lo despertara del dulce sueño de sus años del convento, desde que el mundo y el peregrinar lo baquetearan. Aquel escolar bello, apacible, querido de todos, piadoso y servicial se había convertido en un individuo enteramente distinto. Narciso lo había despertado, las mujeres le habían enseñado muchas cosas, la vida andariega le había hecho perder el bozo. No tenía amigos, su corazón pertenecía a las mujeres. Éstas podían ganárselo con facilidad, bastaba una mirada anhelante. Costábale trabajo resistirse a una mujer, respondía a la más ligera solicitación. Y aun cuando tenía una delicada sensibilidad para la belleza y prefería a las jovencillas con el vello suave de su primavera, dejábase también conmover y seducir por mujeres poco hermosas y ya no jóvenes. En los bailes, pegábase a veces a alguna muchacha entrada en años y descorazonada, que se lo ganaba por el camino de la compasión, y no sólo de la compasión sino también de una curiosidad siempre alerta. En cuanto comenzaba a entregarse a una mujer —ora durase eso varias semanas o sólo algunas horas—, para él era una beldad y se daba a ella por entero. Y la experiencia le enseñó que toda mujer era hermosa y podía hacer a uno feliz, que las insignificantes y desdeñadas de los hombres eran capaces de un ardor y una devoción inauditos y las ya mustias de una ternura más que maternal y tristemente dulce, y que toda mujer tenía su secreto y su encanto cuyo descubrimiento deparaba dicha. En eso todas las mujeres eran iguales. Toda mengua en belleza o juventud veíase compensada por algún ademán característico. Aunque no todas, ciertamente, podían encadenarlo por un tiempo igualmente largo. En modo alguno era con la joven y hermosa más amable y atento que con la fea, porque nunca amaba a medias. Pero había mujeres que lo ataban más al cabo de tres o de diez noches de amor, en tanto que otras quedaban agotadas y olvidadas tras la primera vez.

En su opinión, el amor y el goce carnal eran lo único que podía dar calor y valor a la vida. Desconocía la ambición y para él era lo mismo ser obispo que mendigo; el lucro y la posesión de bienes no le atraían, los despreciaba, no hubiese hecho por ellos el menor sacrificio y despilfarraba sin cuidado el dinero que a veces ganaba en abundancia. El amor de las mujeres y el juego de los sexos estaba, para él, por encima de todo, y su propensión a la tristeza y al hastío provenía, en el fondo, del conocimiento del carácter huidizo y transitorio de la carnalidad. El rápido, fugaz, maravilloso encendimiento del deleite amoroso, su fuego breve y abrasador, su rápido apagarse... todo esto le parecía contener la raíz de toda experiencia, todo esto se convirtió para él en símbolo de toda la alegría y de todo el dolor de la vida. Podía entregarse a aquella tristeza y a aquel espanto de la transitoriedad con el mismo fervor que al amor, y esa melancolía era también amor, era también carnalidad. Así como el goce erótico, en el instante de su máxima y más dichosa tensión, sabe que inmediatamente después se desvanecerá y morirá de nuevo, así también la íntima soledad y la melancolía sabían que serían tragados súbitamente por el deseo, por una nueva entrega a la faceta luminosa de la vida. La muerte y la carnalidad eran la misma cosa. A la Madre de la vida podía llamársela amor o deleite, y también podía llamársela tumba y pudrición. La Madre era Eva, era la fuente de la felicidad y la fuente de la muerte, paría eternamente, mataba eternamente; en ella se identificaban el amor y la crueldad y su figura se fué convirtiendo para él en metáfora y símbolo santo a medida que era mayor el tiempo que en sí la llevaba.

Sabía, no con palabras y con la conciencia sino con el hondo saber de la sangre, que su camino conducía a la Madre, a la carnalidad y a la muerte. La faceta paterna de la vida, el espíritu, la voluntad, no era su hogar. Narciso sí se encontraba en ella a gusto; sólo ahora penetraba y comprendía Goldmundo del todo las palabras de su amigo y veía en él su polo opuesto; y esto también lo encarnaba y hacía visible en su imagen de San Juan. Podía añorar a Narciso hasta las lágrimas, podía verlo en sueños maravillosos... pero alcanzarlo, ser como él, era imposible.

Con cierto misterioso sentido adivinaba asimismo Goldmundo el misterio de su talento artístico, de su íntimo amor por el arte, de aquel rabioso encono que a veces sentía contra él. No por la vía del pensamiento sino por la de la sensibilidad, en muy variadas metáforas, adivinaba que el arte era una conjunción del mundo paterno y del materno, de espíritu y sangre; podía comenzar en lo más sensorial y conducir a lo más abstracto, o bien tener su inicio en un puro mundo de ideas y concluir en la carne más sangrienta. Las obras de arte realmente excelsas, que no eran simplemente hábiles malabarismos sino que estaban llenas del misterio eterno como por ejemplo aquella Virgen del maestro, las obras de arte auténticas e indubitables presentaban aquella peligrosa y sonriente doble faz, aquella sustancia masculina-femenina, aquella integración de lo impulsivo y la pura espiritualidad. Y esa doble faz aparecería un día del modo más patente en la Madre-Eva, si alguna vez llegaba a esculpirla.

En el arte y en ser artista radicaba para Goldmundo la posibilidad de una armonización de sus más profundas contraposiciones o, al menos, de una metáfora magnífica y siempre nueva para el dualismo de su naturaleza. Pero el arte no era un simple regalo, no se conseguía, en manera alguna, gratuitamente, costaba mucho, exigía sacrificio. Durante más de tres años habíale Goldmundo sacrificado lo que estimaba como más alto e indispensable después del amor carnal: la libertad. El ser libre, el vagar sin término, la soltura de la vida errante, la soledad y la independencia, a todo esto había renunciado. Nada se le daba que otros lo juzgasen caprichoso, rebelde y engreído por abandonar a veces con iracundia el taller y el trabajo; para él la vida que llevaba era una esclavitud que a menudo lo llenaba de irritación hasta hacérsele insoportable. No era al maestro a quien tenía que obedecer, ni tampoco al futuro ni a la necesidad, sino sólo al arte. ¡El arte, esa deidad en apa-

226

riencia tan espiritual, precisaba de tantas cosas menudas! Había menester de un techo sobre la cabeza, había menester de herramientas, de madera, de arcilla, de colores, de oro, requería trabajo y paciencia. A esa deidad había él sacrificado la salvaje libertad de los bosques, la fascinación de la lejanía, el goce acerbo del peligro, la altivez de la miseria, y tenía que estar renovando constantemente este sacrificio, entre ahogos y crujir de dientes.

Una parte de lo sacrificado lo recuperó; tomábase un pequeño desquite de la esclavitud y el sedentarismo de su vida actual en ciertas aventuras que guardaban relación con el amor, en las peleas con sus rivales. Toda la salvaje y contenida vehemencia, toda la constreñida fuerza de su ser prorrumpía como un vapor a presión, por aquel agujero, y llegó a ser un notorio y temido camorrista. El verse agredido súbitamente en una oscura calleja, cuando iba a visitar a alguna muchacha o cuando regresaba del baile, y recibir un par de bastonazos y volverse rápido como un rayo y pasar de la defensa al ataque, y aferrar, acezando, al acezante enemigo y golpearle con el puño la mandíbula y arrastrarlo de los pelos o apretarle a conciencia el gañote, esto le complacía sobremanera y le curaba por un rato de su mal humor. Y a las mujeres les agradaba también.

Todo eso llenaba abundantemente sus días y todo tenía, asimismo, un sentido mientras duró la tarea de labrar la imagen de San Juan. La tarea se prolongaba largamente y los últimos delicados matices en la cara y manos los dió en un estado de concentración solemne y paciente. Concluyó su trabajo en un pequeño cobertizo de madera que había detrás del taller de los oficiales. Llegó la mañana en que la imagen quedó terminada. Goldmundo cogió una escoba, barrió concienzudamente el cobertizo, quitó con un pincel suavemente las últimas briznas de serrín de los cabellos de su San Juan y, luego, permaneció un largo rato contemplándolo, una hora o más, solemnemente, embargado el ánimo por la sensación de vivir una rara y grande experiencia que quizá se repitiera otra vez en su vida pero que también podía quedar como algo único y solo. Un hombre en el momento de sus bodas o en el de ser armado caballero, una mujer al dar a luz su primer hijo pueden experimentar en el corazón una emoción semejante, suprema unción, profunda gravedad y, a la vez, ya un secreto temor del momento en que aquello tan elevado y tan único no exista más, haya pasado, se haya desvanecido, arrastrado por el curso ordinario de los días.

Miraba a su amigo Narciso, el guía de sus años juveniles, que aparecía allí con el rostro erguido y atento, llevando las vestiduras y desempeñando el papel del bello discípulo amado con una expresión serena, rendida y devota que era como el capullo de una sonrisa. Este rostro hermoso, piadoso y espiritual, esta figura esbelta, como suspendida, estas manos largas, graciosas, alzadas en pía actitud, no ignoraban el dolor y la muerte aunque estaban llenas de juventud y de música interior; pero, en cambio, ignoraban la desesperación, la confusión y la rebeldía. Fuera alegre o triste el alma

228

que alentaba tras de aquellos nobles rasgos, estaba pulcramente afinada, no sufría disonancia alguna.

Goldmundo contemplaba su obra. Su contemplación comenzó siendo un tributo de veneración al monumento de su primera juventud y amistad pero terminó en una tormenta de inquietudes y graves pensamientos. Aquí estaba, pues, su obra; el hermoso joven perduraría y su delicado florecer jamás vendría a término. Pero él, que lo había hecho, tenía ahora que despedirse de su creación, mañana no le pertenecería ya, no seguiría ya a la espera de sus manos, no crecería y florecería ya bajo ellas, no sería ya para él refugio, consuelo y sentido de la vida. Se quedó como vacío. Y juzgó que lo mejor sería despedirse aquel mismo día no solamente del San Juan sino también del maestro, de la ciudad y del arte. Nada más tenía aquí que hacer; en su alma no había imágenes a las que pudiera dar forma externa. Aquella anhelada imagen de las imágenes, la figura de la Madre de la humanidad, resultábale todavía inasequible y lo sería por mucho tiempo. ¿Acaso debería tornar a pulir figurillas de ángeles y a tallar motivos ornamentales?

En aquel punto se arrancó a su contemplación y se fué al taller del maestro. Entró sin hacer ruido y se detuvo en la puerta hasta que Nicolao advirtió su presencia y lo llamó.

—¿Qué pasa, Goldmundo?

—He terminado mi escultura. ¿Queréis venir a verla antes del almuerzo?

—De buena gana, ahora mismo.

229

Encamináronse ambos al cobertizo y dejaron la puerta abierta para que hubiese más luz. Hacía tiempo que Nicolao no veía la obra para que Goldmundo pudiera trabajar con más desembarazo. Ahora la contemplaba con callada atención, su semblante reservado se embelleció e iluminó; Goldmundo notaba cómo se le alegraban los severos ojos azules.

—Está bien —dijo el maestro—. Está muy bien. Esta será tu pieza de examen; tu aprendizaje ha terminado. Enseñaré tu escultura a los miembros del gremio y les pediré que te den el diploma de maestría, porque te lo has ganado.

Goldmundo, aunque no le daba mayor importancia al gremio, sabía cuánta estima reflejaban las palabras del maestro y ello le alegró.

Mientras Nicolao, lentamente, daba otra vuelta en torno a la efigie de San Juan, dijo suspirando:

—Esta imagen está llena de piedad y claridad, es grave pero redunda dicha y paz. Diríase obra de un hombre de corazón sereno y alegre.

Goldmundo sonrió.

—Bien sabéis que con esta escultura no me propuse hacer mi retrato sino el de mi amigo muy amado. Él ha dado a la imagen esa claridad y esa paz, no yo. En realidad, ni siquiera fuí yo el que la hizo, sino que él me la puso en el alma.

—Puede ser —dijo Nicolao—. La manera como ha nacido esta imagen es un misterio. Aunque no soy precisamente un hombre humilde, debo decir que muchas de mis obras son inferiores a la tuya, no en arte y esmero sino en verdad. Tú mismo sabes bien que una obra como ésa no se puede repetir. Es un misterio.

—Sí —dijo Goldmundo—. Cuando, una vez terminada, me puse a contemplarla, pensaba que no podría volver a hacer nada parecido. Y, por eso, creo, maestro, que en breve tornaré a la vida errante.

Nicolao se quedó mirándolo, sorprendido y enojado; sus ojos recobraron su expresión severa.

—Ya hablaremos de eso. El trabajo empezaba para ti precisamente ahora; no es este, en verdad, el momento de irte. Hoy tendrás asueto y almorzarás conmigo.

A mediodía se presentó Goldmundo peinado y lavado y con traje de fiesta. Esta vez sabía perfectamente cuánto significaba y qué raro favor suponía ser invitado por el maestro a su mesa. Cuando subía la escalera para dirigirse a la sala de las figuras, no iba tan lleno de respeto y temerosa alegría como aquella otra vez que entrara, con el corazón palpitante, en la hermosa estancia.

Isabel también se había acicalado y llevaba puesto un collar de piedras preciosas. En el almuerzo, aparte de las carpas y el vino, hubo otra sorpresa: el maestro regaló a Goldmundo una bolsita con dos monedas de oro, su salario por la imagen terminada.

No se mantenía ahora callado mientras padre e hija conversaban. Los dos le dirigieron la palabra y se entrechocaron las copas. Goldmundo no daba paz a los ojos; aprovechó la ocasión para contemplar con todo detenimiento a la linda muchacha de semblante distinguido y algo altanero, y sus miradas no disimulaban cuánto le agradaba. Ella se mostró con él atenta; pero el hecho de que ni se sonrojara ni se entusiasmara, le desilusionó. De nuevo deseaba hacer hablar a aquel rostro bello e impasible y forzarle a entregar su secreto.

Terminado el almuerzo, dió gracias, se demoró unos instantes junto a las tallas que adornaban la pieza y luego anduvo vagando ocioso y sin rumbo por la ciudad. El maestro le había honrado sobremanera, más allá de cuanto podía esperar. ¿Por qué no le causaba esto alegría? ¿Por qué todo aquel honor tenía tan poco sabor de fiesta?

Respondiendo a un súbito impulso, alquiló un caballo y enderezó hacia el convento donde un día había visto cierta obra del maestro y oído por primera vez su nombre. Eso había sido pocos años atrás y, sin embargo, le parecía que hubiese ya transcurrido un larguísimo lapso. Visitó y contempló en la iglesia la imagen de la Madre del Señor y también ahora le encantó y avasalló esta espléndida obra; era más bella que su San Juan, igual a él en intimidad y misterio, superior a él en arte, en aérea, flotante ingravidez. Veía ahora en esta obra detalles que sólo ve el artista, suaves, delicados movimientos en el ropaje, osadías en la configuración de las largas manos y de los largos dedos, finísima utilización de los accidentes de la madera; nada eran, ciertamente, estas excelencias en comparación con el conjunto, con la sencillez e intimidad de la visión, pero existían, y encerraban una gran belleza, y el elegido sólo podía lograrlas si dominaba a fondo su oficio. Para hacer algo como esto no bastaba con llevar imágenes en el alma sino que de añadidura era menester tener los ojos y las manos instruídos y ejercitados a un grado extraordinario. ¿Valdría acaso la pena dedicar toda la vida al servicio del arte, a expensas de la libertad y de las grandes aventuras, únicamente para crear un día algo tan hermoso que no fuese sólo vivido y contemplado y concebido en amor sino, además, labrado con segura maestría? Trascendental cuestión.

Goldmundo regresó a la ciudad en su fatigado caballo ya entrada la noche. Aún encontró abierta una taberna y en ella comió pan y bebió vino; y luego subió a su aposento del mercado del pescado, desavenido consigo mismo, lleno de interrogantes, lleno de dudas.

CAPÍTULO XII

Al día siguiente no se decidía a ir al taller. Como ya hiciera otros días de murria y desgana, anduvo vagando por la ciudad. Veía a las mujeres y mozas que iban al mercado; detúvose un buen rato junto a la fuente del mercado del pescado observando cómo los pescaderos y sus robustas esposas exponían a la venta y ponderaban su mercancía, cómo extraían de sus dornajos y ofrecían a la venta los peces fríos y plateados, y cómo los peces se entregaban a la muerte con las bocas doloridamente entreabiertas y los ojos de oro angustiosamente fijos, o bien se resistían a ella con violencia y desesperación. Según le había sucedido en otras ocasiones, sintió compasión de aquellos animales y un triste disgusto de los hombres; ¿por qué eran tan rudos e insensibles, tan inconcebiblemente necios y estúpidos?, ¿por qué no veían nada, ni los pescaderos y pescaderas ni los compradores regatones?, ¿por qué no veían aquellas bocas, aquellos ojos espantados ante la muerte y aquellas colas que batían con furia?, ¿por qué no veían aquella lucha terrible, inútil, desesperada,

235

aquella insoportable transformación de los misteriosos
animales de maravillosa belleza y cómo, en la piel mo-
ribunda, se estremecía el último suave temblor y luego
se quedaban muertos, apagados, tendidos, lastimosos trozos de carne para la mesa del complacido comilón?
¡Nada veían aquellos hombres, nada sabían ni adver-
tían, nada les conmovía! Les era indiferente que un
pobre y gracioso animalillo reventara ante sus ojos o
que un maestro reflejara en la cara de un santo toda
la esperanza, toda la nobleza, todo el sufrimiento y
toda la oscura y ahogadora angustia de la vida humana,
hasta el escalofrío; ¡nada veían, nada les impresionaba!
Todos estaban entregados a sus diversiones o quehaceres,
se daban importancia, se daban prisa, gritaban, reían y
regoldaban, hacían ruido, hacían chistes, ponían el grito
en el cielo por dos ochavos, y todos se sentían satisfe-
chos, y en paz consigo mismos y contentos del mundo.
¡Y eran unos cerdos, ah, mil veces peores y repugnantes
que cerdos! Es verdad que él había estado a menudo
con ellos, se había sentido alegre entre iguales, había
andado tras las faldas, había comido riendo y sin horror
pescado frito. Pero una y otra vez, con frecuencia de
repente, como por ensalmo, habían huído de él la alegría y la tranquilidad, una y otra vez se había derretido
aquella ilusión grasa y gruesa, aquel engreimiento, aquella arrogancia y perezosa tranquilidad del alma, y ello
lo había arrastrado a la soledad y a la meditación, a
la peregrinación, a la reflexión sobre el sufrimiento, la
muerte, la vanidad de todo quehacer, a clavar la mirada
en el abismo. A las veces, de su desesperado entregarse

a la contemplación de lo fútil y terrible, prorrumpíale una alegría, un amor impetuoso, ganas de cantar una hermosa canción o de dibujar, o bien, al oler una flor o al jugar con un gato, le volvía la infantil consonancia con la vida. También ahora le volvería, mañana o pasado, y el mundo sería otra vez bueno, magnífico. Hasta que retornara lo otro, la tristeza, las cavilaciones, el amor desesperado y angustioso por los peces agonizantes y las flores que se marchitan, el horror por la vida vulgar, el papanatismo, la ceguera, estúpidos y puercos, de los hombres. En esos momentos, no podía dejar de pensar, con dolorosa curiosidad, con honda congoja, en Víctor, el escolar errante, a quien había clavado el cuchillo entre las costillas y había dejado tendido, bañado en sangre, sobre las ramas de abeto; y no podía dejar de reflexionar y cavilar en lo que sería ahora de él, si los animales lo habrían devorado por completo o si habría quedado algo de él. Sí, sin duda habían quedado los huesos y quizás unos mechones de cabello. Y los huesos... ¿en qué se convierten? ¿Cuánto tiempo se precisa, decenios o sólo años, para que también ellos pierdan su forma y se vuelvan tierra?

Ah, hoy, mientras contemplaba con compasión a los peces y con repugnancia a la gente del mercado, el corazón lleno de angustiada melancolía y de acerba hostilidad contra todo el mundo y contra sí mismo, tuvo que pensar en Víctor. ¿Habríanlo acaso encontrado y sepultado? Y en tal caso, ¿se le habría ya desprendido toda la carne de los huesos, estaría ya todo podrido, se lo habrían comido ya todo los gusanos? ¿Quedarían aún pelos en su cráneo y algo de las cejas sobre las cuencas de los ojos? Y de la vida de Víctor, tan llena de aventuras e historias y de aquel fantástico juego de bromas y chistes maravillosos, ¿qué había quedado? Aparte de los pocos vagos recuerdos que de él guardaba su asesino, ¿seguía aún viviendo algo de aquella existencia humana, que no había sido, por cierto, de las más vulgares y corrientes? ¿Habría todavía un Víctor en los sueños de las mujeres que en otro tiempo había amado? ¡Ah, todo se había desvanecido y disgregado! Y lo propio le sucedía a todos y a todo, florecía rápidamente y rápidamente se secaba y desaparecía, y luego caía encima la nieve. ¡Cómo florecía todo dentro de su alma cuando, años atrás, había llegado a aquella ciudad, ávido de arte, lleno de medrosa y profunda veneración hacia el maestro Nicolao! ¿Qué quedaba de todo aquello? Nada, no más que lo que quedaba del alto cuerpo de hampón del pobre Víctor. Si alguien le hubiese dicho entonces que llegaría un día en que el maestro Nicolao le reconocería como su igual y pediría para él al gremio el diploma de maestría, habría creído tener en las manos toda la felicidad del mundo. Y ahora eso no era más que una flor marchita, algo seco y melancólico.

Mientras en estas cosas pensaba, tuvo, de pronto, una visión. Fué sólo un instante, un lampo fugaz: vió el rostro de la primera Madre que se inclinaba sobre el abismo de la vida, que miraba, bello y horripilante, con una sonrisa perdida; lo vió sonreírse de los nacimientos, de las muertes, de las flores, de las crujientes hojas del otoño, sonreírse del arte, sonreírse de la pudrición.

Todo le resultaba igualmente indiferente a la primera Madre, sobre todas las cosas aparecía suspendida, como la luna, su inquietante sonrisa; tanto valor tenía para ella el melancólico y pensativo Goldmundo como la carpa que agonizaba en el pavimento del mercado del pescado, la altiva y fría Isabel como los huesos, dispersos por el bosque, de aquel Víctor que una vez quiso robarle su ducado.

Habíase extinguido la ráfaga de luz, había desaparecido el misterioso rostro de la Madre. Pero su pálido resplandor continuaba titilando en el fondo del alma de Goldmundo; una onda de vida, de dolor, de ansia ahogadora corría, estremeciéndose, por su corazón. No, no, no quería la dicha y la satisfacción de los otros, de los compradores de pescado, de los burgueses, de la gente atareada. ¡Al diablo con ellos! ¡Ah, este rostro pálido y relampagueante, esta boca plena, madura, estival, sobre cuyos labios rígidos había descendido, como viento y luz de luna aquella indefinible sonrisa de muerte!

Goldmundo se encaminó a la casa del maestro; era mediodía; esperó hasta oír en el interior que Nicolao abandonaba su trabajo y se lavaba las manos. Entonces entró junto a él.

—Permitidme que os diga algunas palabras, maestro; puedo decíroslas mientras os laváis las manos y os ponéis el sayo. Tengo sed de verdad, quisiera deciros algo que acaso pueda decir precisamente ahora y nunca más. Necesito hablar con alguien y vos sois el único que tal vez pueda comprenderme. No me dirijo al hombre que posee un renombrado taller y que recibe

honrosos encargos de ciudades y monasterios y tiene
dos ayudantes y una casa hermosa y rica. Me dirijo al
maestro que ha labrado la efigie de la Madre de Dios
que está en aquel convento, la más bella imagen que
jamás he visto. A ese hombre lo he amado y venerado,
y el igualarme a él me parecía el más alto objetivo
que podía proponerme en la tierra. He esculpido una
figura, la de San Juan, aunque no pude hacerla tan
perfecta como la vuestra de la Virgen; pero, en fin,
así salió. Ahora no tengo ninguna otra figura que
hacer, no hay ninguna que me reclame y me obligue
a realizarla. O, por mejor decir, sí, hay una, una imagen
lejana y santa que un día tendré que labrar pero que
hoy por hoy aún no me es posible. Para poderla hacer,
tengo que aprender y experimentar muchas cosas más.
Tal vez esté en condiciones de llevar a cabo esa empresa
dentro de tres o cuatro años, o dentro de diez o de más, o
quizá nunca. Pero hasta que llegue ese momento, maestro, no quiero seguir practicando el oficio ni barnizar
esculturas ni tallar púlpitos ni llevar una vida de artesano en el taller y ganar dinero y ser como los demás
artesanos; no, eso no lo quiero, sino que quiero vivir
y peregrinar, sentir el invierno y el verano, ver el mundo y gustar su hermosura y su horror. Quiero padecer
hambre y sed, y volver a olvidarme y desembarazarme
de todo lo que he vivido y aprendido aquí a vuestro
lado. Anhelo hacer un día algo tan hermoso y tan hondamente conmovedor como vuestra Virgen... pero,
ser como vos y vivir como vos, eso no lo quiero.

El maestro se había ya lavado y enjugado las manos,

y entonces se volvió hacia Goldmundo y se quedó mirándolo. Su rostro tenía una expresión severa pero no enojada.

—He oído atentamente lo que acabas de decir —declaró—. No hablemos del asunto. No cuento contigo para el trabajo aunque hay tanta tarea. No te considero como un ayudante, necesitas libertad. Quisiera platicar contigo sobre varias cosas, querido Goldmundo; no ahora, dentro de algunos días; entretanto, puedes hacer lo que te plazca. Escucha: soy más viejo que tú y tengo harta experiencia en muchas cosas. Difiero de tu modo de pensar pero te comprendo y comprendo lo que quieres decir. Dentro de unos días te mandaré llamar. Hablaremos sobre tu futuro; tengo diversos planes. Hasta entonces, ten paciencia. Sé muy bien lo que pasa cuando uno ha concluído una obra en la que ponía gran empeño; conozco ese vacío. Y desaparece, creémelo.

Goldmundo se marchó poco satisfecho. El maestro tenía las mejores intenciones para con él, pero ¿en qué podía ayudarlo?

Conocía una parte del río donde las aguas eran poco profundas y discurrían sobre un lecho lleno de cachivaches y desperdicios; allí, de las casas del arrabal de los pescadores arrojaban al río toda suerte de inmundicias. A este paraje se encaminó; y habiéndose sentado en el malecón, púsose a mirar el agua. Mucho le agradaba el agua, siempre le atraía. Y cuando desde aquel lugar, y a través del líquido fluyente y como formado de hilos de cristal, se contemplaba el cauce oscuro e impreciso, veíase aquí y allá centellear y resplandecer algo con áureo brillo apagado y seductor, cosas imposibles de distinguir, quizás el pedazo de un plato viejo o una hoz desechada y torcida o un guijarro liso y reluciente o un ladrillo vidriado, y a veces también podía ser alguno de esos peces que se crían en el lodo, una gorda anguila o una breca, que daba vueltas allá abajo y que apresaba un momento en sus aletas y escamas un rayo de sol... nunca sería posible saber exactamente de qué se trataba, pero siempre era mágicamente hermoso y seductor aquel fugaz y apagado centelleo de áureos tesoros hundidos en el lecho húmedo y negro. Parecíale que lo mismo que aquel pequeño misterio del agua eran todos los verdaderos misterios, todas las verdaderas y reales imágenes del alma: no tenían contorno, no tenían forma, sólo cabía vislumbrarlas como una lejana, hermosa posibilidad, estaban envueltas en velos y eran ambiguas. Así como allá, en el crepúsculo del fondo verde del río, fulguraba, en instantes fugitivos, algo maravillosamente dorado o plateado, una nonada y sin embargo llena de venturosas promesas, así el perfil perdido de un hombre visto a medias desde atrás podía a veces anunciar algo infinitamente hermoso o inmensamente triste; o también cuando pasaba un carromato nocturno bajo el que pendía un farol que pintaba en las paredes de las casas las sombras gigantes y gigantes de los rayos, ese juego de sombras podía encerrar en un minuto tantos panoramas, sucesos e historias como todo Virgilio. De la misma sustancia irreal, mágica, se tejían, por las noches, los sueños, una nonada que contenía en sí todas las imágenes del mundo, un agua en cuyo cristal moraban las formas de todos los hombres, animales, ángeles y demonios como posibilidades siempre despiertas.

Volvió a enfrascarse en el juego; miraba, absorto, el río que pasaba incesantemente, veía temblar en el fondo reflejos imprecisos, vislumbraba coronas reales y tersos hombros de mujer. Recordaba que antaño, en Mariabronn, había advertido en las letras latinas y griegas ilusiones formales y transformaciones mágicas muy parecidas. ¿No había hablado de eso alguna vez con Narciso? Ah, ¿cuándo había sido, hacía cuántos cientos de años? ¡Ah Narciso! Por verlo, por conversar con él una hora, por estrechar su mano, por oír su voz reposada, juiciosa, de buena gana daría sus dos ducados de oro.

¿Por qué eran tan bellas aquellas cosas, aquellos resplandores de oro bajo el agua, aquellas sombras y vislumbres, todos aquellos fenómenos irreales de encantamiento...? ¿Por qué aparecían tan extraordinariamente bellas y proporcionaban delicioso goce siendo exactamente lo contrario de la belleza que podía crear un artista? Pues si la belleza de aquellas cosas inefables carecía de toda forma y consistía meramente en misterio, en las obras del arte acontecía justamente al revés: eran enteramente forma y hablaban con plena claridad. Nada había más inexorablemente claro y preciso que la línea de una cabeza o de una boca dibujadas o talladas en madera. Hubiese podido dibujar con toda exactitud el labio inferior o los párpados de la figura de la Virgen del maestro Nicolao; allí no había nada indeterminado, ilusorio, delicuescente.

243

Goldmundo tenía el ánimo embargado por estas reflexiones. No comprendía cómo era posible que lo que significaba el máximo de determinación y forma pudiera actuar sobre el alma en manera semejante a lo impreciso e informe. Sin embargo aquellas meditaciones le hicieron ver claro, al menos, por qué tantas obras de arte irreprochables y bien ejecutadas no le placían nada y, a pesar de poseer cierta belleza, le resultaban aburridas y casi odiosas. Los talleres, las iglesias y los palacios estaban llenos de esas desagradables obras de arte y él mismo había trabajado en algunas de ellas. Eran tan tremendamente decepcionantes porque despertaban el anhelo de lo supremo y no lo satisfacían, porque les faltaba lo principal: el misterio. El misterio era lo que el sueño y la obra artística suprema tenían de común.

Prosiguió con sus pensamientos. Un misterio es lo que yo amo —se decía—, lo que persigo, lo que varias veces vi centellear y lo que, como artista, quisiera poder representar y expresar. Es la figura de la gran genitrix, de la Madre primera, cuyo misterio no consiste, como el de otras figuras, en tal o cual particularidad, en una especial plenitud o delgadez, solidez o delicadeza, fuerza o gracia, sino en que en ella se han incluído y conviven todas las grandes, irreductibles oposiciones del mundo: nacimiento y muerte, bondad y crueldad, vida y aniquilamiento. Si esa figura la hubiese ideado yo, si sólo fuese un juego de mi mente o el ambicioso deseo de un artista no habría que lamentar su pérdida, yo podría descubrir su falla y olvidarla. ¡Pero la Madre primera no es un pensamiento porque yo no la he inventado sino que la he visto! ¡Vive en mí, me la encuen-. tro a cada paso. La vislumbré por vez primera cuando, en una aldea, una noche de invierno, hube de sostener la luz sobre la cama de una campesina en trance de parir; entonces empezó la imagen a vivir en mí. Con frecuencia está lejana y perdida, por mucho tiempo, mas de improviso vuelve a presentarse, como hoy. La imagen de mi propia madre, antaño la que más amaba, se ha trasmutado por entero en esta nueva imagen, está dentro de ella como el hueso en la cereza.

Sentía ahora con claridad su presente situación, el temor a decidirse. Hallábase, como cuando se despidió de Narciso y del convento, en un trascendental camino: el camino que conducía a la Madre. Quizás un día la Madre llegara a convertirse en una imagen de bulto, visible a todos, en una obra de sus manos. Quizá radi- caba en esto el objetivo, el sentido de su vida. Quizá; no lo sabía. Pero, en cambio, sí sabía que el seguir a la Madre, el encaminarse hacia ella, el verse atraído y llamado por ella era algo magnífico, era vida. Quizá no pudiera jamás labrar su imagen, quizá continuara sien- do para siempre sueño, vislumbre, señuelo, dorado cen- telleo de misterio santo. Como quiera que fuese, tenía que seguirla, tenía que poner su destino en las manos de ella, era su estrella.

La decisión estaba próxima, todo se había aclarado. El arte era una cosa bella pero no constituía para él una deidad ni un objetivo; no era el arte lo que tenía que seguir sino la llamada de la madre. ¿De qué ser- viría adiestrar más aun sus manos? En el maestro Nico-

lao podía verse a lo que eso conducía. Conducía a la
gloria y a la nombradía, al dinero y a la vida sedentaria
y a un agostamiento y atrofia de aquellos sentidos interiores que solos pueden penetrar el misterio. Conducía
a la confección de lindos y costosos juguetes, de ricos
altares y púlpitos de variadas formas, de imágenes de
San Sebastián y de cabecitas de ángeles con el cabello
primorosamente rizado, a cuatro táleros la pieza. Ah,
el oro que brillaba en el ojo de una carpa y el dulce y
tenue plumoncillo de plata del borde del ala de una
mariposa eran infinitamente más bellos, más vivos y
más preciosos que toda una sala llena de aquellas obras
de arte.

Bajaba un muchacho cantando por la calle que corría
junto al río; de cuando en cuando interrumpía su canción para dar un mordisco al trozo de pan blanco que
llevaba en la mano. Goldmundo, al verlo, le pidió un
poco del pan; y luego arrancó con dos dedos una parte
de la miga e hizo con ella varias bolitas. Echándose
sobre el pretil del malecón, fué arrojando al agua, una
tras otra, lentamente, las bolitas de pan; veía hundirse
cada vez en el agua oscura la clara esferilla y cómo
la rodeaban las apresuradas, agolpadas cabezas de los
peces hasta desaparecer en una de las bocas. Vió hundirse y desaparecer bola tras bola, profundamente complacido. Después sintió hambre y fué en busca de una
de sus amantes, que era sirvienta en la casa de un carni-
cero, y a quien él denominaba "Soberana de las salchichas y jamones". Llamóla con el acostumbrado silbo
junto a la ventana de la cocina, dispuesto a aceptarle

246

algún sustancioso bocado que se guardaría en el bolsillo y luego se lo comería allá, al otro lado del río, en una de las colinas cubiertas de viñedo cuya tierra roja y feraz resplandecía entre el frondoso ramaje de las vides y donde, por la primavera, florecían los jacintos que tenían un delicado aroma frutal.

Pero aquel parecía ser un día de decisiones y descubrimientos. Cuando Catalina apareció en la ventana y le sonrió con su semblante duro y un tanto tosco y cuando él extendió la mano para hacerle la señal acostumbrada, se acordó, de pronto, de las otras veces que había estado también allí esperando. Y con enfadosa nitidez vió, por anticipado, todo lo que iba a acontecer en los instantes siguientes: la moza advertiría su señal y se retiraría, y poco después aparecería en la puerta trasera de la casa con algún embutido en la mano, y él recogería su presente al tiempo que la acariciaba un poco y la estrechaba contra sí, tal como ella lo esperaba... y súbitamente aquello le pareció inmensamente estúpido y feo, el repetir una vez más todo aquel proceso mecánico de cosas ya conocidas y desempeñar en él su papel, tomar la salchicha, sentir el contacto de aquellos abundantes senos y apretarlos un poco como para corresponder al obsequio. De repente, creyó distinguir en la cara bondadosa y tosca de la mujer un gesto de insulsa rutina, en su sonrisa amable algo demasiadamente conocido, algo mecánico y sin misterio, algo indigno de él. No terminó la acostumbrada seña de la mano y en su rostro se heló la sonrisa. ¿La amaba todavía, seguía apeteciéndola de veras? No, había ya estado aquí demasiadas veces, había visto demasiadas veces aquella sonrisa siempre igual y respondido a ella sin íntimo fervor. Lo que aun ayer hubiese podido hacer sin reparo, resultábale ahora, de golpe, imposible. La moza continuaba allí, mirándole, cuando él se volvió y desapareció de la calleja, decidido a no presentarse más por aquel lugar. ¡Que otro acariciara aquellos pechos! ¡Que otro se comiera aquellas sabrosas salchichas! ¡Cuánto se tragaba y se derrochaba cada día en esta opulenta y satisfecha ciudad! ¡Qué podridos, qué dados a la molicie, qué exigentes eran estos cebados burgueses por causa de los cuales cada día se sacrificaban tantas cerdas y terneras y se sacaban del río tantos bellos e infelices peces! Y él mismo, ¡cuán amigo de la molicie y cuán corrompido, y qué repugnante semejanza tenía ahora con estos gordos burgueses! En el peregrinar, en el campo nevado, una ciruela reseca o un mendrugo eran más deliciosos que todo un banquete de gremio en esta vida holgada. ¡Oh peregrinar, oh libertad, oh campos bañados por la luna y rastros de animales cuidadosamente examinados en la hierba mañanera, gris y húmeda! ¡Aquí, en la ciudad, entre los hombres sedentarios, todo era tan fácil y costaba tan poco, hasta el amor! Estaba ya harto de estas cosas, le daban asco. Esta vida había perdido su sentido, era un hueso sin médula. Fué hermosa y tuvo un sentido mientras el maestro era un modelo e Isabel una princesa; fué soportable mientras trabajaba en su San Juan. Ahora eso había terminado, se había disipado el aroma, la flor estaba mustia. En oleada impetuosa, le asaltó el sentimiento de la caducidad que, a las veces, le atormentaba y embriagaba hondamente. Rápidamente se marchitó todo, rápidamente se extinguió todo goce y sólo restaban huesos y polvo. Una cosa quedó, sin embargo: la Madre eterna, la Madre primera y eternamente joven con su triste y cruel sonrisa. Tornaba a verla por momentos: una giganta, con estrellas en la cabellera, soñando sentada en los confines del mundo; y, como jugando, cogía flor tras flor, vida tras vida, y las dejaba caer lentamente en lo insondable.

Por aquellos días, mientras Goldmundo veía extinguirse tras de sí un marchito trozo de vida y vagaba por aquella comarca, para él tan familiar, el maestro Nicolao se preocupaba con gran empeño por su futuro y por reducir definitivamente a la vida sedentaria a aquel inquieto huésped. Logró que el gremio concediera a Goldmundo el diploma de maestría y meditaba en el proyecto de retenerlo a su lado de modo permanente, no como subordinado sino como colaborador, consultándole y ejecutando con él todos los encargos de importancia y partiendo con él los beneficios de estos trabajos. Podía suponer un riesgo, incluso por Isabel, pues el joven, naturalmente, no tardaría en ser su yerno. Pero una imagen como la de San Juan ni el mejor de cuantos ayudantes había tenido sería jamás capaz de hacerla; y, por otra parte, él mismo iría envejeciendo y descaecerían su imaginación y su potencia creadora y no quería que su famoso taller descendiera al nivel de la artesanía vulgar y corriente. No sería fácil entenderse con aquel Goldmundo, pero tenía que intentarlo.

Tales cálculos se hacía, preocupado, el maestro. Dispondría arreglar y ampliar para Goldmundo el taller del fondo y aparejarle la buhardilla; y también le regalaría un traje nuevo y elegante para su recepción en el gremio. Inquirió también con circunspección el parecer de Isabel, quien, desde aquel almuerzo, esperaba algo por el estilo. E Isabel no se oponía. Si el muchacho se asentaba y era nombrado maestro, lo aceptaba de buen grado. Tampoco por este lado había obstáculos. Y si el maestro Nicolao y el taller no habían aún conseguido del todo domesticar a aquel gitano, Isabel lo lograría completamente.

De este modo se urdió todo el plan y se puso el señuelo tras de los lazos para apresar al pájaro. Y un día se mandó llamar a Goldmundo, que desde aquel convite no se había dejado ver, y fué invitado de nuevo a comer, y él volvió a presentarse limpio y acicalado. Estaba otra vez sentado en aquella sala hermosa y un tanto solemne, brindó otra vez con el maestro y con la hija y, finalmente, ésta se retiró, y entonces Nicolao expuso su gran plan y formuló sus propuestas y ofrecimientos.

—Ya lo sabes, pues —dijo, al concluir sus sorprendentes manifestaciones—. No preciso decirte que nunca se dió el caso que un joven, que ni siquiera ha cumplido el aprendizaje reglamentario, haya sido promovido con tal rapidez al grado de maestro e instalado en un tibio nido. Tienes la dicha en tu mano, Goldmundo.

Goldmundo miraba asombrado a su maestro, sintiendo una opresión en el pecho, y apartó de sí la copa aún medio llena que tenía delante. Había esperado que Nicolao le echara una leve reprimenda por los días desperdiciados, y que luego le propusiese quedarse con él como ayudante. Y ahora le ofrecía esto. Causábale tristeza y confusión el verse así sentado frente por frente de aquel hombre. De momento, no supo qué responder.

El maestro, con una expresión un tanto tensa y decepcionada en el semblante al ver que su honroso ofrecimiento no era acogido inmediatamente con alegría y humildad, se levantó y dijo:

—Sin duda no esperabas que te hiciera tal propuesta; quieres, tal vez, reflexionar sobre ella. No te niego que ello me mortifica un poco porque creí depararte una gran alegría. Pero por mí puedes tomarte tiempo para pensarlo.

—Maestro —dijo Goldmundo pugnando por hallar las palabras—, no os enojéis conmigo. Os agradezco de todo corazón vuestra bondad y os agradezco más aun la paciencia con que me habéis tratado como discípulo. Nunca olvidaré cuanto os debo. Pero no necesito tiempo para pensar sobre este asunto porque hace ya mucho que estoy decidido.

—¿Decidido a qué?

—Lo había ya resuelto antes de aceptar vuestra invitación y antes de que tuviese el menor barrunto de vuestro honroso ofrecimiento. No continuaré más aquí, me iré.

Nicolao, pálido, le miró con ojos sombríos.

—Maestro —le suplicó Goldmundo—, creedme, no

quiero mortificaros. Os acabo de comunicar mi decisión. No la cambiaré. Tengo que partir, tengo que viajar, tengo que retornar a la libertad. Permitidme que vuelva a daros gracias de todo mi corazón, y despidámonos como amigos.

Lé tendió la mano; estaba a punto de soltar las lágrimas. Nicolao no le dió su mano, tenía el rostro blanco y empezó a ir y venir por la sala, cada vez más de prisa, con recios pasos iracundos. Goldmuñdo nunca lo había visto así.

Luego, de súbito, el maestro se detuvo, se dominó haciendo un terrible esfuerzo y, sin mirar a Goldmundo, dijo entre dientes:

—Bien, ¡véte! Pero en seguida! Que no te vuelva a ver. No vaya a hacer o decir algo de que un día pudiera arrepentirme. ¡Véte!

Goldmundo tornó a tenderle la mano. El maestro hizo ademán de escupirle en ella. Entonces el joven, que ahora estaba también pálido, dió la vuelta, salió sin ruido de la estancia, se encasquetó la gorra, bajó las escaleras rozando con la mano las talladas cabecillas de la balaustrada, entró en el pequeño taller del patio, permaneció un rato, para despedirse, delante de su San Juan, y abandonó la casa con dolor en el corazón, más hondo que el que había sentido al abandonar el castillo del caballero y a la pobre Lidia.

¡Al menos todo había sucedido rápidamente! ¡Al menos no se había dicho ninguna palabra inútil! Este era el único pensamiento que le consolaba cuando franqueó el umbral, y la calleja y la ciudad le miraron,

252

de pronto, con aquel semblante transfigurado y extraño con que nos acogen las cosas acostumbradas cuando nuestro corazón se ha despedido de ellas. Volvióse para echar una mirada a la puerta de la casa: ahora era la puerta de una casa extraña, cerrada para él.

Apenas llegado a su cuarto, comenzó los preparativos para la partida. Ciertamente que no había mucho que preparar; lo único que había que hacer era despedirse. De la pared pendía un cuadro que él mismo había pintado, una dulce Madona, y en derredor, colgados o diseminados por la estancia, veíanse diversos objetos que eran de propiedad suya: un chapeo dominguero, un par de zapatos de baile, un rollo de dibujos, un pequeño laúd, algunas figurillas de arcilla modeladas por él, varios regalos de sus amantes: un ramillete de flores artificiales, una copa de color rojo de rubí, un pan de especias viejo y endurecido, de forma de corazón, y otros cachivaches semejantes, cada uno de los cuales había tenido su significación y su historia y le había sido amado, y que ahora le resultaban molestos pues no podía llevarse ninguno consigo. Logró, por lo menos, que el dueño de la casa le trocara la copa de cristal rubí por un excelente y fuerte cuchillo de caza que luego aguzó en la piedra amoladera del patio, desmigajó el pan de especias y lo echó a las gallinas del corral vecino, y regaló la Madona a la dueña de la casa recibiendo de ella a cambio otro útil presente, un viejo morral de cuero y abundantes provisiones de boca para el viaje. Metió en el morral algunas camisas, unos cuantos dibujos pequeños enrollados en un trozo de palo de escoba y, además, los víveres. Los demás trastos tenía que dejarlos.

Había en la ciudad varias mujeres de las que estaría bien despedirse; ayer mismo había dormido con una de ellas sin decirle nada de sus proyectos. ¡Cuántas cosas se le agarraban a uno a los talones cuando quería correr el mundo! No había que hacerles caso. No se despidió de nadie más que de los criados de la casa. Hízolo por la noche para poder partir muy temprano.

Alguien, sin embargo, habíase ya levantado en la madrugada y lo invitó, en el preciso instante en que iba a abandonar la casa, a tomar unas sopas de leche en la cocina. Era la hija del patrón, niña de quince años, criatura enfermiza y callada de hermosos ojos aunque con un defecto en la cadera que la hacía cojear. Se llamaba María. Con cara de insomnio pero cuidadosamente vestida y peinada, le sirvió en la cocina leche caliente y pan y parecía estar muy triste porque él se marchaba. Goldmundo le dió las gracias y la besó, compasivamente, en la boca menuda, como despedida. Ella recibió el beso devotamente, con los ojos cerrados.

CAPÍTULO XIII

En los primeros tiempos de su nuevo peregrinar, en la primera ansiosa exaltación de la libertad recobrada, hubo de aprender de nuevo a vivir la vida, al margen del hogar y de la época, de los andariegos. Los hombres sin hogar pasan su vida infantil y valiente, miserable y fuerte, sin someterse a nadie, dependientes tan sólo del tiempo y las estaciones, sin objetivo alguno ante sus ojos, sin techo alguno sobre su cabeza, sin poseer nada y expuestos a todos los azares. Son los hijos de Adán, el expulsado del Paraíso, y hermanos de los animales inocentes. Hora tras hora, reciben de la mano del cielo lo que él les envía: sol, lluvia, niebla, nieve, calor y frío, bienestar y penurias; para ellos no existe el tiempo ni la historia ni el afán, ni ese extraño ídolo del desarrollo y del progreso en el que creen tan desesperadamente los que tienen casa. Un vagabundo puede ser delicado o tosco, hábil o torpe, valiente o medroso, pero, en el fondo, es siempre un niño, vive constantemente en el primer día, antes del comienzo de la historia del mundo, y se guía por unos pocos, sencillos impulsos y necesidades. Puede ser inteligente o corto de alcances, puede tener un alma zahorí que acierte a descubrir cuán quebradiza y pasajera es toda vida y en qué manera pobre y angustiosa lleva todo ser vivo su miajilla de sangre cálida a través del hielo del universo; o bien puede reducirse a obedecer infantil y ávidamente los mandatos de su pobre estómago; en todo caso, será siempre antagonista y enemigo mortal del hombre acomodado y sedentario, que le odia, desprecia y teme porque no quiere que se le recuerde la fugacidad de todo ser, el continuo declinar de toda vida, la muerte implacable y fría que llena el mundo en torno nuestro.

La infantilidad de la vida errante, su raíz materna, su alejamiento de la ley y el espíritu, su abandono y su escondida, constante cercanía de la muerte habían penetrado hondamente, desde hacía tiempo, en el alma de Goldmundo y le habían impreso su sello. El que, con todo, vivieran en él espíritu y voluntad, el que, con todo, fuera un artista, hacía su vida más rica y más difícil. Toda vida se enriquece y florece con la división y la oposición. ¿Qué serían la razón y la mesura sin la experiencia de la embriaguez, qué sería el placer de los sentidos si no estuviera tras ellos lo muerte, y qué sería el amor sin la eterna enemistad mortal de los sexos?

Lentamente fueron cayendo el verano y el otoño; con grandes trabajos pasó Goldmundo los meses de escasez, cruzó luego entusiasmado la dulce y perfumada primavera; las estaciones huían a la carrera, rápidamente volvía a caer el alto sol del verano. Pasaban los años y parecía haber olvidado que en la tierra existiera otra cosa que hambre y amor y aquella callada e inquietante prisa de las estaciones; parecía que se hubiese hundido por completo en el materno e instintivo mundo primitivo. Mas en cada sueño y en cada reposo meditativo con la mirada puesta en los valles que florecían y que se marchitaban, era todo ojos, era artista, sufría un ansia torturante de evocar, por medio del espíritu, la placentera, fluctuante futilidad de la vida y transformarla en sentido.

Una vez, Goldmundo, que desde la sangrienta aventura que había tenido con Víctor nunca más volviera a caminar en compañía, encontró a un camarada que se le aproximó inadvertidamente y que no lo soltó durante un largo rato. Era, sin embargo, muy distinto de Víctor; tratábase de un romero, un hombre todavía joven, con hábito y sombrero de peregrino; se llamaba Roberto y tenía su casa a orillas del lago de Constanza. Era hijo de un artesano y había ido una temporada a la escuela de los monjes de San Galo. Siendo aún muchacho, se le había metido en la cabeza el ir en peregrinación a Roma; y esa idea, que siempre había acariciado, púsola por obra al presentarse la primera oportunidad. Fué esta oportunidad la muerte de su padre, en cuyo taller había trabajado de carpintero. Apenas dieron tierra al anciano, Roberto manifestó a su madre y a su hermana que nada podría detenerle de emprender sin demora su peregrinación para satisfacer el viejo anhelo y en expiación de sus pecados y de los de su padre. En vano se lamentaron las mujeres, en vano le hicieron reconvenciones; mantúvose obstinado y, desentendiéndose de ellas, se puso en camino sin las bendiciones de la madre y en medio de los coléricos improperios de la hermana. Impulsábale, sobre todo, el deseo de viajar, al que se unía una piedad superficial que consistía en cierta inclinación a permanecer cerca de los lugares sagrados y asistir a las ceremonias religiosas, en cierto gozo que le proporcionaban los oficios divinos, los bautizos, los entierros, las misas, el humo del incienso y las llamas de lo cirios. Conocía un poco el latín, pero no era el saber lo que buscaba su alma infantil sino la contemplación y el sereno éxtasis en la penumbra de las naves de los templos. Cuando niño, había sido muy aficionado a hacer de monaguillo. Goldmundo, aunque no lo tomó muy en serio, le cobró simpatía; se sentía un poco semejante a él por su afán andariego y de visitar países extraños. Roberto, pues, había abandonado su hogar con gran contento y había logrado llegar a Roma; pidió albergue en numerosos conventos y casas rectorales, vió montes y tierras del mediodía, y en la ciudad eterna, en medio de sus iglesias y ceremonias piadosas, se sintió feliz, y oyó cientos de misas, y en los lugares más famosos y más santos oró y recibió la gracia de los sacramentos y aspiró más incienso del que fuera menester para expiar sus pequeños pecados juveniles y los de su padre. Allí permaneció más de un año, y cuando finalmente retornó y volvió al hogar paterno, no le acogieron como al hijo pródigo, porque entretanto la hermana había tomado sobre sí las obligaciones y derechos de la casa, había contratado a un diligente oficial carpintero y se había casado con él, y regía la casa y el taller con tal acierto que, al cabo de una breve estancia, el joven comprendió que allí estaba de más; y como hablara de salir otra vez de viaje, nadie le dijo que se quedase. No se molestó, tomó unos ochavos que la madre le dió de sus ahorros, tornó a vestir el hábito de romero y emprendió una nueva peregrinación sin objetivo, a través del Imperio, como vagabundo semirreligioso. De su cuerpo pendían tintinantes medallas de cobre, recuerdos de renombrados santuarios, y rosarios benditos.

Fué entonces cuando encontró a Goldmundo; en su compañía marchó durante un día, cambió con él experiencias de viandante, desapareció en el primer pueblo que toparon, volvió a aparecer en varias ocasiones y, finalmente, no se separó ya de él, mostrándose cordial y servicial como compañero de viaje. Goldmundo le agradaba mucho, trataba de ganárselo con pequeñas atenciones, admiraba su saber, su audacia, su espíritu y le placía su salud, su vigor y su sinceridad. Se acostumbraron el uno al otro pues Goldmundo era también cordial. Lo único que en éste no soportaba su compañero era que cuando le asaltaba la tristeza y la cavilosidad se encerraba en obstinado mutismo y le miraba como si no estuviera delante, y entonces no se le podía hablar ni hacer preguntas ni consolar y había que dejarlo y que siguiese callado. Esto no tardó Roberto en descubrirlo. Cuando advirtió que su camarada sabía de memoria muchos versos y cánticos latinos, cuando le oyó explicar, ante la fachada de una catedral, las efigies de piedra que en ella había, cuando en una pared desnuda, junto a la cual se habían detenido, le vió dibujar con almagre, a rápidos y amplios rasgos, figuras de tamaño natural, túvole por un predilecto de Dios y casi por un brujo. Y Roberto notó también que era un predilecto de las mujeres, a muchas de las cuales conquistaba con sólo una mirada y una sonrisa; y aunque esto no le placía tanto, tenía que causarle admiración.

Su viaje vióse interrumpido de modo inesperado. Cierto día que se aproximaban a una aldea, salió a recibirlos un pequeño grupo de campesinos armados de garrotes, varas y mayales. El que los capitaneaba gritó desde lejos a los caminantes que se dieran en seguida la vuelta y que se largaran de allí con todos los diablos y no aparecieran más, pues, de lo contrario, los matarían. Y como Goldmundo se detuviera y preguntara a qué se debía aquella intimación, una piedra le alcanzó en medio del pecho. Roberto, hacia quien se volvió, había puesto pies en polvorosa. Como los campesinos avanzaban amenazadores, a Goldmundo no le quedó más recurso que seguir, aunque sin tanta premura, al fugitivo. Roberto le aguardaba temblando junto a un crucero que se erguía solitario en medio del campo y en que aparecía la imagen del Salvador.

—Heroico ha sido tu comportamiento —le dijo Goldmundo riendo—. Pero ¿qué traerán esos gorrinos en sus cabezotas? ¿Habrá guerra? ¡Ponen guardias armadas para proteger su nido y no permiten entrar a nadie! Me pregunto qué habrá detrás de todo esto.

No acertaban a descubrirlo. Sólo lo que vieron a la mañana siguiente en una casería solitaria les permitió empezar a descubrir el misterio. Aquella casa de labranza, compuesta de cabaña, establo y granero y rodeada de un campo verde con hierba crecida y muchos frutales, se encontraba extrañamente callada y dormida: ni voces humanas, ni pasos, ni gritos de niños, ni martillar de guadañas, nada se oía; en el campo, entre la hierba, estaba una vaca que mugía, denunciando, con su aspecto, que era tiempo de ordeñarla. Llegaron ante la casa, llamaron a la puerta, nadie respondió; se encaminaron al establo, que estaba abierto y vacío, y luego se fueron al granero, en cuyo tejado de paja resplandecía al sol el musgo verde claro, y tampoco allí encontraron alma viviente. Volvieron a la casa pasmados y perplejos de la soledad de la finca, golpearon otra vez con los puños en la puerta; tampoco ahora contestaron. Goldmundo probó a abrir y advirtió, con asombro, que la puerta no estaba cerrada; la empujó y entró en el oscuro aposento.

—¡Buenos días! —profirió en alta voz—. ¿No hay nadie en esta casa?

Todo siguió en quietud. Roberto se había quedado en la puerta. Goldmundo avanzó lleno de curiosidad. En la cabaña había mal olor, un olor extraño y repugnante. El hogar estaba lleno de ceniza, sopló en ella, todavía brillaron chispas en algunos leños carbonizados. En medio de la penumbra que allí reinaba divisó entonces, en el fondo del hogar, a una persona sentada; estaba sentada en un sillón y dormía, parecía una anciana. De nada servía llamar pues la casa parecía encantada. Tocó suavemente en los hombros a la mujer, pero

261

ella no rebulló; advirtió que estaba envuelta en una telaraña cuyos hilos se afirmaban en parte en sus cabellos y sus rodillas.

"Está muerta", pensó con cierto horror; y, para convencerse, hurgoneó el fuego y sopló hasta que se formó llama y pudo encender una larga astilla. Con ella alumbró la cara a la mujer. Bajo el pelo gris, vió un rostro cadavérico, azul negruzco; uno de los ojos estaba abierto y fulguraba vacío y plomizo. Había muerto aquí, sentada en la silla. Nada se podía hacer ya.

Con la astilla encendida en la mano, continuó su registro, y en la misma pieza, en la puerta que daba acceso a un aposento trasero, encontró tendido otro cadáver, el de un niño de unos ocho o nueve años con el rostro hinchado y desfigurado y sin más vestido que una camisa. Yacía panza abajo, sobre el umbral de madera, y apretaba los puñitos con firmeza y furia. El segundo, pensaba Goldmundo; y, como en una pesadilla, entró en la pieza trasera; aquí estaban abiertos los postigos y entraba a raudales la luz del día. Con cuidado, apagó la astilla y pisoteó en el suelo las chispas caídas en el suelo.

En este cuarto trasero había tres lechos de tablas. El uno se hallaba vacío; bajo las sábanas burdas y grises asomaba la paja. En el segundo estaba otra persona, un hombre barbudo, tendido rígidamente sobre la espalda, con la cabeza hacia atrás y el mentón y la barba hacia arriba; debía de ser el labrador. Su rostro sumido resplandecía pálidamente con los extraños colores de la muerte; uno de los brazos le colgaba hasta el suelo,

262

en el que aparecía volcada y derramada una cantarilla de agua; el líquido vertido no había sido aún sorbido del todo por el suelo, había corrido hacia un hoyo en el que quedaba todavía un pequeño charco. En el tercer lecho yacía, enterrada y enredada en sábanas y frazadas, una recia y corpulenta mujer cuyo rostro se apretaba contra la cama y cuya áspera y pajiza cabellera brillaba a la clara luz de la estancia. A su lado, enlazada con ella, aparecía, como presa y ahogada en las revueltas sábanas, una muchacha muy joven, también rubia pajiza, con manchas de un azul grisáceo en la faz cadavérica.

La mirada de Goldmundo iba de un muerto a otro. En la cara de la muchacha, aunque muy desfigurada, quedaba todavía algo del desesperanzado espanto de la muerte. En la nuca y en el pelo de la madre, que tan profunda y violentamente se había hundido en la yacija, leíanse furor, miedo y apasionado afán de huir. La indómita cabellera, sobre todo, se negaba a rendirse a la muerte. La cara del labrador reflejaba firmeza y dolor amargo; al parecer, había tenido una muerte penosa pero viril, su rostro barbudo alzábase recto y rígido como el de un guerrero muerto en el campo de batalla. Era bella esta actitud tranquila y firmemente erecta y un poco obstinada; evidentemente, no había sido un hombre menguado y cobarde el que así recibió a la muerte. En cambio, resultaba conmovedor el pequeño cadáver del muchachuelo tumbado panza abajo en el umbral; nada decía su cara, pero su posición y aquellos puños infantiles firmemente apretados revelaban mucho:

sufrimiento irremediable, vano debatirse contra horribles dolores. Tenía la cabeza contra la gatera de la puerta. Goldmundo todo lo observaba atentamente. El interior de la choza presentaba un aspecto bastante desagradable, y el olor a cadáver era repelente; y, sin embargo, todo aquello tenía para él un intenso poder de atracción, estaba lleno de grandeza y de destino, era cosa auténtica y sin engaño, y algo de lo que allí percibió ganó su amor y se le entró en el alma.

Roberto comenzó a llamarlo desde afuera impaciente y atemorizado. Goldmundo le profesaba afecto, pero, en aquel instante, pensó cuán mezquino y menguado era, a la verdad, un hombre vivo, con su temor, su curiosidad y su puerilidad, en comparación con los muertos. No respondió a las llamadas de Roberto; se entregó por entero a la contemplación de los cadáveres con esa extraña mezcla de cordial simpatía y fría observación que se da en los artistas. Examinó con detenimiento aquellas figuras tendidas y también la que estaba sentada, las cabezas, las manos, el movimiento en que quedaron paralizados. ¡Qué calma había en esta cabaña encantada! ¡Qué olor singular y terrible! ¡Qué espectral y triste era esta pequeña morada humana en la que aún quedaba un rescoldo en el hogar; qué poblada de cadáveres; qué llena y transida de muerte! A aquellas figuras inmóviles no tardaría en caérseles la carne de las mejillas y las ratas les comerían los dedos. Lo que otros cumplían en el ataúd y el sepulcro, en un seguro escondrijo, sin ser vistos, lo último y más miserable, la desintegración y la corrupción, realizábanlo estos cinco en sus aposentos, a la luz del día, a puertas abiertas, despreocupados, sin sentir vergüenza, sin protección. Goldmundo había ya visto varios muertos, pero jamás había encontrado una estampa como ésta del implacable trabajo de la muerte. Y la grabó hondamente en sus adentros.

Finalmente, prestó atención a los gritos que Roberto daba desde la puerta, y salió. El compañero le miró amedrentado.

—¿Qué viste? —preguntó con voz apagada y temerosa—. ¿No hay nadie en la casa? ¡Ah, qué ojos traes! ¡Habla!

Goldmundo le miró de hito, fríamente.

—Entra y observa qué casa de labranza más chocante. Después ordeñaremos la hermosa vaca que allá pace. ¡Adelante!

Roberto entró vacilante en la cabaña, se encaminó al lugar, descubrió a la anciana sentada y, al advertir que estaba muerta, dió un grito. Retrocedió de prisa con los ojos dilatados.

—¡Por Dios bendito! Junto al hogar hay una mujer muerta. ¿Qué es esto? ¿Por qué está sola? ¿Por qué no la entierran? ¡Oh Señor, y qué fetidez!

Goldmundo se sonreía.

—No hay duda que eres un hombre de arrestos, Roberto. Pero diste la vuelta demasiado pronto. Ciertamente que una anciana muerta y sentada de ese modo es un espectáculo singular; pero, si avanzas unos pasos, verás algo mucho más singular. Hay cinco, Roberto. Tres en las camas y un rapazuelo tendido sobre el umbral. Todos están muertos. Murió toda la familia y la casa se halla desierta. Por eso mismo está la vaca sin ordeñar.

El otro le miraba aterrado; y luego, con voz entrecortada, gritó de repente:

—Ah, ahora me explico también por qué ayer los campesinos no nos dejaron entrar en su aldea. Oh Dios, ahora lo comprendo todo. ¡Es la peste! ¡Es la peste, así Dios me salve, Goldmundo! ¡Y tú has permanecido un largo rato dentro de la casa y, a lo mejor, hasta tocaste a los cadáveres! Apártate, no te acerques, de seguro que estás contaminado. Lo lamento, Goldmundo, pero tengo que irme, no puedo continuar a tu lado.

Quiso partir en seguida. Goldmundo lo sujetó por el hábito; mirábalo severo, con mudo reproche, y lo retenía firmemente mientras él pugnaba por soltarse.

—Jovenzuelo —le dijo en tono amablemente irónico—, eres más sagaz de lo que pudiera pensarse, y probablemente tienes razón. Pero eso lo pondremos en claro en el próximo casal o aldea. Es muy posible que ande la peste por esta comarca. Vamos a ver si de ésta logramos también salvarnos. Pero lo que es dejarte ir, pequeño Roberto, eso no lo haré. Escucha: yo soy un hombre compasivo, tengo el corazón muy blando; y cuando pienso que pudieras haberte contagiado allá dentro, y que te dejo ir, y que luego te tiendes en medio de los campos para morir, solo, sin que haya nadie que te cierre los ojos y te abra una fosa y eche sobre ti un poco de tierra... ah, no, amigo mío; entonces, siento una angustia que me ahoga el corazón.

Así, pues, atiende y fíjate bien en lo que te voy a decir porque no lo repetiré: Los dos nos encontramos ante el mismo peligro, que tanto puede alcanzarte a ti como a mí. Por consiguiente, debemos continuar juntos, y o bien sucumbimos ambos o nos escapamos ambos de esta condenada peste. Si te enfermas y mueres, yo te enterraré, naturalmente. Y si es a mí a quien toca morir, harás como te parezca, me entierras o te largas, tanto me da. Pero antes, querido, no debemos separarnos, fíjate bien. Necesitaremos el uno del otro. Y ahora cierra el pico que no quiero oír nada; me voy al establo a ver si encuentro un cubo para que, por fin, podamos ordeñar la vaca.

Así lo convinieron; y, de allí en adelante, fué Goldmundo el que mandó y Roberto el que obedeció; y a los dos les fué bien. Roberto no hizo ningún nuevo intento de huir. Dijo tan sólo en tono conciliador:

—Un instante tuve miedo de ti. No me gustó nada la expresión que traías en la cara cuando saliste de la casa de los muertos. Creí que habías cogido la peste. Pero, aunque no fuera por la peste, la verdad es que tu cara se había transformado. ¿Era tan terrible lo que viste allá dentro?

—No era terrible —dijo Goldmundo pausadamente—. No vi otra cosa sino lo que nos espera a ti y a mí aunque no nos ataque la peste.

Al proseguir camino, no tardaron en toparse por dondequiera con la muerte negra que reinaba en el país. En algunas aldeas no se permitía la entrada de forasteros, y en otras podían caminar libremente por las callejas. Muchas alquerías estaban abandonadas y muchos muertos insepultos se pudrían en medio del campo y en las habitaciones. Las vacas mugían hambrientas y sin ordeñar en los establos, o bien el ganado corría suelto por la campiña. Los dos vagabundos ordeñaron y dieron de comer a algunas vacas y cabras, mataron y asaron varios cabritos y lechoncillos, y bebieron vino y mosto de diversas bodegas sin dueño. Dábanse buena vida, reinaba la abundancia. Pero sólo la disfrutaban a medias. Roberto vivía en constante temor de la epidemia y la vista de los cadáveres le producía náuseas y a menudo le sobrecogía de espanto; a cada paso se figuraba haber contraído la infección, exponía largos ratos la cabeza y las manos al humo de hogueras, por estimarlo saludable, e incluso se palpaba entre sueños el cuerpo para comprobar si no le habrían aparecido ya las bubas en las piernas, los brazos o las axilas.

Goldmundo le regañaba unas veces, y otras se burlaba de él. No revelaba su temor ni tampoco su repugnancia; marchaba, tenso y sombrío, a través de aquella tierra de muertos, tremendamente atraído por el espectáculo del inmenso fenecer, llena el alma de aquel inmenso otoño, oprimido el corazón por el cantar de la guadaña segadora. De cuando en cuando, tornaba a aparecérsele la imagen de la Madre eterna, un pálido rostro gigantesco con ojos de Medusa y una grave sonrisa llena de dolor y de muerte.

Cierta vez llegaron a una pequeña ciudad; estaba bien fortificada; de la puerta arrancaba, a la altura de una casa, un adarve que daba la vuelta a toda la muralla, pero ni en lo alto ni en la puerta, que estaba abierta, se veía guardia alguna. Roberto no quiso entrar e instó a su camarada a que tampoco lo hiciera. En aquel punto, oyeron el tañer de una campana y salió por la puerta un sacerdote con una cruz en la mano, y en pos de él tres carros, dos tirados por caballos y el otro por una pareja de bueyes, llenos hasta los topes de cadáveres. Algunos criados cubiertos de extraños capotes, los rostros ocultos bajo las caperuzas, caminaban al lado aguijando a los animales.

Roberto se alejó, pálido como la cera. Goldmundo siguió a corta distancia los carros de los muertos, los cuales, apenas hubieron recorrido unos cientos de pasos, se detuvieron. No había en aquel lugar cementerio alguno sino sólo, en medio de la desierta campiña, un hoyo de no más de tres azadazos de profundidad pero grande como un salón. Goldmundo vió cómo los criados con palos y chuzos sacaban de los carros a los cadáveres y los echaban en la fosa y cómo el clérigo movía sobre ella la cruz mascullando rezos y luego se iba, y cómo los criados encendían un gran fuego en torno al ancho hoyo y retornaban silenciosos a la ciudad sin que nadie se cuidara de llenar de tierra aquella tumba. Miró hacia abajo, habría cincuenta cadáveres o más, unos encima de otros, muchos desnudos. Aquí y allá alzábanse, del confuso montón, rígidos y lastimosos, un brazo o una pierna; una camisa flotaba débilmente al viento.

Al regresar, Roberto le pidió casi de rodillas que partieran de aquel lugar a toda prisa. Su demanda estaba más que justificada. En la mirada ausente de Goldmundo advertía aquel ensimismamiento y aquella inmovilidad que ahora bien conocía, aquella inclinación a lo espantoso, aquella terrible curiosidad. Mas no consiguió retener a su amigo. Y Goldmundo se encaminó solo a la ciudad.

Traspuso la puerta desguarnecida, y al tiempo que oía resonar sus propios pasos sobre el empedrado, surgían en su memoria muchas villas y muchas puertas de murallas por las que, como ahora, había marchado, y recordó que, en aquellas ocasiones, lo habían recibido gritos infantiles, juegos de mozalbetes, riñas de mujeres, el batir del martillo del herrero sobre el yunque sonoro, el estrépito de los carruajes y otros muchos sonidos, ruidos leves o recios cuya confusión, entretejida como una red, pregonaba la multiplicidad de los trabajos, las alegrías, los negocios y la vida social del hombre. En cambio aquí, en esta puerta vacía y en estas calles desiertas, no se percibía ningún sonido, ninguna risa, ningún grito; todo se hallaba paralizado en silencio de muerte, en medio del cual la parlera melodía de una fuente sonaba demasiado alta y casi estruendosa. En una ventana abierta vió a un panadero rodeado de hogazas y bollos; señaló hacia uno de los bollos, y el panadero se lo alargó con precaución en la pala, esperó a que pusiera en ella el dinero y luego cerró su ventanilla enfurruñado aunque sin alboroto cuando vió que el forastero daba un bocado al bollo y se largaba sin pagar. Ante las ventanas de una hermosa casa aparecían sendas filas de macetas en las que un tiempo habían lucido flores; ahora colgaban hojas secas de los cacharros vacíos. De otra casa salían sollozos y lastimeras voces infantiles. Pero en la calle inmediata, en una alta ventana estaba una linda muchacha peinándose. Se paró a contemplarla y ella, al reparar en su mirada, dirigió los ojos hacia abajo; lo miró sonrojándose; y al sonreírle él amablemente una sonrisa pasó también, lenta y débil, por su rostro ruborizado.

—¿Terminará pronto el peinado? —le gritó. Ella, sonriendo, sacó el claro rostro fuera de la cueva de la ventana—. ¿Aún no estás enferma? —le preguntó luego—. La joven movió negativamente la cabeza.— En ese caso —agregó— abandona conmigo esta ciudad de muertos. Iremos a los bosques y lo pasaremos muy bien.

Los ojos de ella cobraron una expresión interrogante.

—No lo pienses tanto, te lo digo en serio —profirió Goldmundo—. ¿Vives con tus padres o sirves en casa extraña?... Ah, con extraños. Entonces, ven, chiquilla; deja que los viejos se mueran, somos jóvenes y sanos, y tenemos derecho a un poco de solaz. Ven, trigueñita, te lo digo de veras.

Ella lo miraba inquiridora, irresoluta, asombrada. Y él se alejó lentamente, vagó sin rumbo por una calle vacía y por otra más, y retornó con pausado andar. La muchacha seguía en la ventana, apoyada en el alféizar, y se alegró de que volviera. Hízole una seña con la mano; el joven, lentamente, se alejaba; salió sin demora en pos de él y logró darle alcance antes de llegar a la puerta de la ciudad; llevaba un pequeño lío en la mano y un pañuelo rojo atado a la cabeza.

—¿Cómo te llamas? —le preguntó Goldmundo.

—Lena. Me voy contigo. ¡Si supieras lo horrible que es esto! Todos se mueren. Huyamos, huyamos.

Cerca de la puerta hallábase Roberto agachado en el suelo y de muy mal humor. Al ver llegar a su camarada, se enderezó de golpe; y cuando vió a la joven sus ojos se dilataron bruscamente. Esta vez no se plegó en seguida; se quejó y protestó. El sacar a una persona de aquel maldito pozo de pestilencia, y querer obligarle a él a sufrir su compañía, era más que un desatino, era tentar a Dios; se negaba en redondo, tomaría el portante, su paciencia había llegado al límite.

Goldmundo lo dejó quejarse y renegar hasta que se calmó.

—Bueno —le dijo entonces—. Ya nos has dado bastante la murga. Ahora te vendrás con nosotros y te alegrarás de tener tan grata compañía. Se llama Lena. Y ahora voy a proporcionarte una alegría. Escucha. Pasaremos una temporada tranquilos y sanos, alejados de la peste. Elegiremos un paraje ameno donde haya una cabaña desierta, o bien construiremos una. Lena y yo seremos los dueños de casa y tú serás nuestro amigo y vivirás con nosotros. Disfrutaremos de una vida holgada y placentera. ¿De acuerdo?

Desde luego; Roberto estaba enteramente de acuerdo. Con tal que no se le obligara a dar la mano a Lena ni a tocar sus vestidos...

—No —expresó Goldmundo— No se te obligará. Incluso se te prohibirá severamente. No podrás rozarla ni con un dedo. ¡Que ni te pase por las mientes!

Echáronse a andar. Primero se mantuvieron callados; luego, la muchacha comenzó a hablar; dijo que estaba muy contenta de volver a ver el cielo, los árboles y los campos, que allá en la ciudad apestada era un horror, no había palabras para describirlo. Para descargar su ánimo de las tristes y espantables escenas que había presenciado, narró varias historias, historias desgraciadas; la pequeña ciudad debía ser un infierno. De los dos médicos, uno había muerto y el otro sólo asistía a los ricos; en muchas casas, los cadáveres quedaban abandonados, descomponiéndose; en otras, los criados se entregaban al saqueo, a la licencia, a la fornicación, y con frecuencia sacaban violentamente del lecho a los enfermos y los echaban, junto con los difuntos, en las carretas de la muerte para enterrarlos, luego, entremezclados en la misma fosa. Muchas cosas tremendas tenía para contar; sus compañeros no la interrumpieron; Roberto escuchaba aterrado y rijoso, y Goldmundo permanecía tranquilo e impasible, dejando evacuar aquellos horrores, sin decir nada. Pues, ¿qué cabía decir? Lena sintióse, al cabo, fatigada, y el torrente se secó, le faltaban las palabras. Goldmundo, entonces, moderó el paso y empezó a cantar muy por lo bajo; era una canción de muchas estrofas, y con cada estrofa su voz se hacía más llena; la muchacha inició una sonrisa y Roberto escuchaba feliz y profundamente sorprendido... era la primera vez que lo oía cantar. ¡Todo lo sabía hacer aquel maravilloso Goldmundo! ¡Y ahora se ponía a cantar! Cantaba con arte y afinación aunque con voz apagada. Y a la segunda canción Lena le acompañó tarareando muy suavemente, y luego entró con toda la voz. Atardecía; a lo lejos, allende los campos, había negros bosques y, tras ellos, unas montañas bajas y azules que iban volviéndose cada vez más azules como desde dentro. La canción sonaba, al compás del andar, ora gozosa ora solemne.

—Hoy estás muy contento —dijo Roberto.

—Sí, estoy contento; y es natural que lo esté pues que he encontrado una amiga tan linda. ¡Ah, Lena, qué suerte que los esbirros de la muerte te hayan dejado para mí! Mañana tendremos un pequeño hogarcillo y en él lo pasaremos bien, y seremos dichosos viendo que nuestra carne y nuestros huesos siguen juntos. ¿No viste alguna vez, Elena, por el otoño, en algún bosque, esos grandes hongos comestibles de que tanto gustan los caracoles?

—Ah sí —dijo ella riéndose—; muchas veces los he visto.

—Tan castaño como ellos es tu cabello, Lena. Y tiene tan buen olor. ¿Cantamos otra canción? ¿O acaso sientes hambre? En mi morral aún queda algún bocado.

Al día siguiente encontraron lo que buscaban. En un bosquecillo de abedules había una cabaña de troncos sin desbastar, construída quizá por leñadores o cazadores. Hallábase vacía y no costó trabajo forzar la puerta; el propio Roberto reconoció que era una cabaña excelente y que la comarca era sana. Traían consigo una de las muchas cabras sin pastor que habían topado por el camino.

—Y ahora, Roberto, al trabajo —profirió Goldmundo—. Aunque no eres carpintero de obra de afuera, lo fuiste un tiempo de blanco. En este hermoso palacio nuestro, construirás un tabique para que así tengamos dos habitaciones, una para Lena y para mí y otra para ti y la cabra. De comer, no nos queda ya gran cosa y por hoy nos conformaremos con la leche de la cabra, sea mucha o poca. Tú, pues, a levantar la paredilla y nosotros a preparar lechos para todos. Mañana saldré a buscar alimento.

Todos se pusieron inmediatamente a trabajar. Goldmundo y Lena fueron por paja, helechos y musgo para aparejar las yacijas y Roberto afiló su cuchillo en un canto rodado y luego cortó algunos troncos jóvenes para el tabique. Sin embargo, no pudo terminar la obra en un día y hubo de dormir por la noche a la intemperie. Goldmundo encontró en Lena a una dulce compañera de juegos, tímida e inexperta pero llena de amor. Le tomó delicadamente los pechos y permaneció despierto aun un largo rato oyendo latir su corazón, mucho después de que ella, fatigada y saciada, se hubo dormido. Olfateaba su cabello castaño y se le arrimaba apretadamente; y, a la vez, pensaba en aquella fosa grande y poco profunda a la que unos diablos mudos arrojaban los cadáveres que llenaban las carretas. Hermosa era la vida, hermosa y huidiza era la felicidad, hermosa y efímera la juventud.

La pared divisoria de la cabaña quedó preciosa; en ella trabajaron, al cabo, los tres. Roberto quería hacer gala de sus habilidades y hablaba con calor de lo que pudiera hacer si dispusiera tan sólo de un banco de carpintero, herramientas, escuadra y clavos. Y como no tenía más que su cuchillo y sus manos, se contentó con cortar una docena de pequeños troncos de abedul y levantar con ellos sobre el suelo de la cabaña una empalizada sólida y rústica. Decidió, empero, que había que tapar los intersticios con un tejido de retamas. Eso requirió tiempo, pero fué muy alegre y hermoso; todos ayudaron. De tanto en tanto, Lena tenía que salir a buscar bayas y a mirar por la cabra y Goldmundo hacía pequeñas correrías por la comarca para procurarse alimentos e informarse sobre los vecinos, y siempre retornaba trayendo alguna cosa. No hallaron alma viviente en las cercanías, cosa que placía, sobre todo, a Roberto, pues, de ese modo, estaban a salvo de todo contagio y hostilidad; pero tenía el inconveniente de que se encontraba poco de comer. A poca distancia, descubrieron una choza de labradores abandonada, en este caso sin muertos, por lo que Goldmundo propuso instalarse en ella renunciando a la cabaña de maderos; pero Roberto se negó horrorizado y vió con disgusto que Goldmundo penetrara en la casa vacía; y todos los objetos que éste sacó de allá hubo que sahumarlos y lavarlos antes de que Roberto los tocara. No fué mucho lo que topó Goldmundo: apenas dos taburetes, un ordeñadero, algunos cacharros, un hacha; y un día atrapó dos gallinas fugitivas en medio del campo. Lena estaba enamorada y era feliz; y a los tres les resultaba grato trabajar en su pequeño hogar y embellecerlo cada día un poco más. De comida andaban escasos, por lo cual decidieron llevar a la choza otra cabra más; y también descubrieron un pequeño nabal. Pasaron los días, la pared entretejida quedó terminada, se mejoraron los lechos y se hizo un fogón. El arroyo no estaba lejos y su agua era clara y dulce. El trabajo se acompañaba a menudo de canciones.

Cierto día, en ocasión que estaban bebiendo su leche y celebraban su vida casera, dijo, de pronto, Lena con tono soñador:

—¿Pero qué será cuando llegue el invierno?

Nadie respondió. Roberto se echó a reír, Goldmundo se quedó extrañamente ensimismado. Lena vino a descubrir que nadie pensaba en el invierno, que nadie pensaba en serio permanecer tanto tiempo en el mismo lugar, que el hogar no era hogar, que se encontraba entre vagabundos. Dejó caer la cabeza.

Entonces Goldmundo, para consolarla y animarla, le dijo, en tono juguetón, como si se dirigiera a un niño:

—Tú, Lena, eres hija de labriego, y los labriegos son muy previsores. No te inquietes, volverás a tu casa, cuando acabe esta peste, pues no ha de durar eternamente. Entonces te irás junto a los tuyos, o retornarás a la ciudad a servir en alguna casa y tendrás el pan asegurado. Pero todavía es verano y la muerte reina en la comarca, y en cambio esto es agradable y lo pasamos bien. Por eso, seguiremos aquí todo el tiempo que nos plazca.

—¿Y después? —preguntó Lena con vehemencia—. ¿Después se acabará todo? ¿Y tú te irás? ¿Y yo?

Goldmundo le agarró la trenza y tiró de ella suavemente.

—Tontuela —dijo—, ¿te has olvidado ya de los enterradores y de las casas desiertas y de la fosa cercana a la puerta de la ciudad donde arden las fogatas? Alégrate de no estar en ella y de que la lluvia no te moje la camisa. Piensa que te has librado de un gran peligro y que aún la dulce vida anima tu cuerpo y que aún puedes reír y cantar.

Lena continuaba amohinada.

—Yo no quiero marcharme ni abandonarte —declaró doliéndose—. Pero una no puede sentirse contenta sabiendo que, en breve, todo concluirá y pasará.

Goldmundo volvió a responderle con amabilidad pero con un oculto dejo de amenaza en la voz.

—Sobre eso, pequeña Lena, todos los sabios y santos se han quebrado la cabeza. No hay dicha duradera. Pero si lo que ahora poseemos no te parece suficiente y ya no te da alegría, le prenderé en seguida fuego a la cabaña y cada cual seguirá su rumbo. Y basta ya, Lena; no hablemos más de esto.

Así quedó la cosa; ella se sometió, pero sobre su alegría había caído una sombra.

CAPÍTULO XIV

Incluso antes de que el verano se consumiera, terminó la vida de la cabaña, y en una forma bien distinta, por cierto, de como ellos se lo habían imaginado. Cierto día Goldmundo anduvo errando largo rato por la comarca con una honda en la mano, en la esperanza de cazar alguna perdiz o cualquier otra pieza, pues la comida escaseaba. Lena se hallaba cerca recogiendo bayas; a veces pasaba junto a ella y, por encima de la maleza, distinguía su cabeza y su cuello moreno que emergían de la camisa de lino. Una de las veces le tomó dos o tres bayas y siguió adelante, y por un rato dejó de verla. Pensaba en ella, a un tiempo con cariño y enfado; había vuelto a hablar del otoño y del futuro y a decirle que creía estar encinta y que no lo abandonaría. Pero esto terminará pronto, pensaba, pronto nos cansaremos, y entonces yo me iré solo, y me separaré también de Roberto, y cuando empiece el mal tiempo trataré de estar de nuevo en la ciudad junto al maestro Nicolao, y pasaré allí el invierno, y al llegar la primavera me compraré unos buenos zapatos

279

nuevos y me iré y tomaré el camino de nuestro convento de Mariabronn para saludar a Narciso, pues debe hacer ya unos diez años que no lo veo. Tengo que volverlo a ver, aunque sólo sea por uno o dos días.

Un grito extraño lo arrancó a sus pensamientos, y entonces, súbitamente, se dió cuenta de que sus pensamientos y deseos lo habían llevado ya muy lejos de aquel lugar. Aguzó el oído y sonó otra vez el grito angustioso, creyó reconocer la voz de Lena y la siguió aunque no le agradaba que lo llamase. Pronto estuvo cerca... sí, era la voz de Lena que gritaba su nombre, como si se viera en grave peligro. Corrió veloz; continuaba un tanto irritado, pero, al repetirse los gritos, la compasión y la inquietud se impusieron en él. Cuando, al fin, pudo distinguirla, vió que estaba tendida o arrodillada en el campo, con la camisa desgarrada, y que luchaba, gritando, con un hombre que intentaba forzarla. Se aproximó a grandes saltos y todo su enojo, su intranquilidad y su dolor se descargaron en una furia violenta contra el agresor. Lo sorprendió cuando trataba de abatir del todo a Lena; a ésta le sangraban los desnudos pechos y el extraño la abrazaba con avidez. Goldmundo se abalanzó sobre el bellaco y le echó, iracundo, las manos al cuello, que era flaco y nervudo y estaba cubierto de una barba lanuda. Apretó con fruición hasta que el otro soltó a la muchacha y le quedó colgando, flojo, de las manos; y luego, sin dejar de apretar, arrastró aquel cuerpo desfallecido y casi exánime un trecho por el suelo hasta unos grises y avistados pedruscos que surgían desnudos de la tierra.

Aquí levantó en alto al vencido, una y otra vez, pese a su corpulencia, golpeándole la cabeza contra las angulosas piedras. Seguidamente, lo arrojó a un lado, con el cogote partido; su cólera no se había aún saciado, hubiese podido seguir maltratándolo.

Lena estaba radiante. Sangrábale el pecho y todavía temblaba y jadeaba, pero había recobrado en seguida los ánimos y contempló con la mirada extasiada, llena de gozo y admiración, cómo su vigoroso amante se lanzaba sobre el intruso y lo estrangulaba y le partía el cogote y tiraba lejos de sí el cadáver. Allí yacía como una culebra muerta, blando y desarticulado; el rostro gris de barba descuidada y pelo ralo y mezquino pendíale boca arriba con gesto lastimoso. Lena se enderezó llena de júbilo y abrazó tiernamente a Goldmundo; pero de pronto palideció, aún poseía sus miembros el espanto, se sentía mal, y se desplomó, agotada, en los arándanos. Sin embargo, instantes después pudo marchar con Goldmundo a la cabaña. Goldmundo le lavó el seno que estaba cubierto de arañazos; en uno de los pechos tenía la señal de un mordisco de aquel bárbaro.

A Roberto le causó gran emoción la aventura y pidió con interés detalles de la lucha.

—¿Conque le partiste el cogote? ¡Magnífico! Eres temible, Goldmundo.

Pero Goldmundo no quería hablar más del asunto, ahora estaba sosegado; al alejarse del muerto habíale venido a las mientes el recuerdo del granuja de Víctor y pensó que era ya el segundo hombre que moría por su mano. Para librarse de Roberto, dijo:

—Tú también podías hacer ahora algo. Vé allá y trata de hacer desaparecer el cadáver. Si resulta difícil abrir una fosa, lo llevas hasta el cañaveral o lo cubres con piedras y tierra.

Pero se negó; no quería nada con cadáveres porque nunca podía saberse si no se escondería en alguno el virus de la peste.

Lena se había acostado en la cabaña. Le dolía la mordedura del pecho; mas pronto se sintió mejor, tornó a levantarse, hizo fuego e hirvió la leche de la cena; estaba de muy buen talante pero se la obligó a ir temprano a la cama. Obedeció como un cordero, tanto admiraba a Goldmundo. Éste permanecía callado y sombrío; a Roberto esta actitud no lo tomaba de sorpresa y no lo molestó. Cuando, en hora avanzada, Goldmundo se dirigió a su camastro, se inclinó sobre Lena y escuchó atentamente. Dormía. Se notaba desasosegado, pensaba en Víctor, sentía zozobra y afán de caminar; estaba convencido de que había concluído aquella simulación de hogar. Pero en una cosa cavilaba sobre todo. Había sorprendido la mirada que le dirigió Lena cuando estranguló y arrojó a un lado a aquel sujeto. Era una mirada singular, y él sabía que nunca la olvidaría: de aquellos ojos dilatados, empavorecidos y encantados irradiaba un orgullo, un aire de triunfo, una profunda y apasionada delectación en la venganza y en el matar como jamás había visto ni imaginado en el rostro de una mujer. De no ser por aquella mirada, pensaba, tal vez llegase a olvidar, con los años, la cara de Lena. Esa mirada había vuelto grande, hermosa y terrible aquella faz de moza aldeana. Hacía meses que sus ojos no veían cosa alguna que provocara en él el deseo de dibujarla. Ante aquella mirada, había tornado a experimentar el sacudimiento de ese deseo.

Como no podía conciliar el sueño, terminó levantándose y salió de la cabaña. Hacía frío, en los abedules jugaba un viento leve. Púsose a pasear, yendo y viniendo, en medio de la oscuridad; luego se sentó en una piedra y se sumió en cavilaciones y profunda tristeza. Le daba pena Víctor, le daba pena el haber matado, le daba pena la perdida inocencia infantil de su alma. ¿Para eso había huído del convento, y abandonado a Narciso, y ofendido al maestro Nicolao, y renunciado a la bella Isabel... para morar ahora en medio de los campos y acechar el ganado perdido y matar allá en las piedras a aquel pobre diablo? ¿Tenía sentido todo eso, valía la pena vivirlo? Una sensación de absurdo y un desprecio de sí mismo le encogieron el corazón. Se dejó caer hacia atrás; yacía ahora tendido sobre la espalda y clavó los ojos en las pálidas nubes de la noche; y durante el largo y fijo mirar los pensamientos se le desvanecieron; no sabía si miraba a las nubes del cielo o a su propio y turbio mundo interior. Y de súbito, en el instante que se adormía sobre la piedra, surgió, como un fucilazo, en las nubes volanderas, pálido, un rostro inmenso, el rostro de Eva. Tenía una expresión grave y velada; mas, de pronto, abrió los ojos anchamente, unos ojos grandes llenos de ansia, de placer y de matanza. Goldmundo durmió hasta que lo mojó el rocío.

Al día siguiente, Lena estaba enferma. La dejaron en cama, había mucho que hacer. Roberto encontró por la mañana, en el bosquecillo, dos ovejas que huyeron de él a la carrera. En compañía de Goldmundo, anduvo corriendo más de medio día a la busca de las ovejas; al cabo lograron apresar una; venían muy cansados cuando, al atardecer, regresaron con su botín. Lena se sentía muy mal. Goldmundo la examinó y la palpó y encontró en su cuerpo bubones de peste. Nada dijo, pero Roberto concibió sospechas cuando supo que la joven seguía enferma y salió de la cabaña. Anunció que buscaría afuera un lugar para pasar la noche y que se llevaría consigo la cabra pues también ella podía contagiarse.

—¡Véte al diablo! —le gritó Goldmundo enfurecido—. No te quiero ver más.

Y cogiendo la cabra se la llevó consigo tras el tabique de retama. Roberto se fué en silencio, sin cabra; estaba sobrecogido de miedo, miedo de la peste, miedo de Goldmundo, miedo de la soledad y de la noche. Se tendió cerca de la choza.

Goldmundo le dijo a Lena:

—Yo permaneceré a tu lado, no te inquietes. Pronto sanarás.

Ella meneó la cabeza.

—Cuida de no enfermarte tú también, amado mío; no te acerques mucho. No te esfuerces por consolarme. Voy a morir y lo prefiero a ver un día tu lecho vacío y que me has abandonado. Todas las mañanas he pensado en eso, llena de temor. No, más vale morir.

Al llegar la mañana se encontraba muy grave. Durante la noche, Goldmundo le había dado, de tanto en tanto, un sorbo de agua, y en los intervalos había logrado dormir cosa de una hora. Ahora, al clarear el día, descubrió en su semblante, claramente, la proximidad de la muerte; estaba ya marchito y fláccido. Salió afuera un momento para tomar el aire y mirar al cielo. Algunos torcidos y rojos troncos de pino brillaban ya al sol en el borde del bosque, el aire tenía un sabor fresco y dulce, las lejanas montañas estaban aún ocultas tras las nubes matinales. Caminó un corto trecho para estirar los miembros fatigados, respirando profundamente. Hermoso era el mundo en aquella mañana triste. Pronto recomenzaría el peregrinar. Había que despedirse.

Roberto lo llamó desde el bosque. ¿Estaba mejor? Si no era la peste, se quedaba. Que no se enfadase con él. Entretanto, había cuidado de la oveja.

—Al diablo con tu oveja —le respondió Goldmundo—. Lena está agonizando y yo también me he contagiado.

Lo último era mentira; lo dijo para quitárselo de encima. Aunque aquel Roberto tuviese buen corazón, estaba ya harto de él, le resultaba demasiado cobarde y mezquino, no podía congeniar con él en aquel tiempo lleno de destino y agitación. Roberto se fué para no volver. Salía, luminoso, el sol.

Cuando regresó junto a Lena, ella dormía. También él tornó a dormirse y vió en sueños a su viejo caballo Careto y al hermoso castaño del convento; parecíale contemplar, vuelto hacia atrás, desde infinita y desierta

285

lejanía, un hogar dulce y perdido; y cuando despertó, le corrían las lágrimas por las mejillas barbirrubias. Oyó hablar a Lena con voz débil; creyó que lo llamaba y se incorporó en su lecho; pero ella no se dirigía a nadie, únicamente balbuceaba palabras para sí, palabras cariñosas, improperios, se reía un poco, y luego empezó a suspirar y a tragar saliva penosamente, y, poco a poco, tornó a sosegarse. Goldmundo se levantó, se inclinó sobre su cara, desencajada ya; con amarga curiosidad seguían sus ojos aquellas líneas que de manera tan lastimosa se torcían y desordenaban bajo el hálito abrasador de la muerte. Lena querida, clamaba su corazón, mi buena niña querida, ¿también tú quieres abandonarme? ¿Te has cansado ya de mí?

De buena gana hubiese huído. Caminar, caminar, marchar, respirar el aire puro, fatigarse, ver nuevas imágenes, eso le hubiese hecho bien, eso tal vez mitigara la honda opresión que sentía. Pero no podía, era incapaz de abandonar a la pobre niña y dejarla morir sola. Apenas se atrevía a salir un rato cada dos horas para respirar aire fresco. Como Lena ya no toleraba la leche, Goldmundo la bebía hasta saciarse, no había otro alimento. De cuando en cuando, sacaba también afuera la cabra para que paciese, bebiese y se moviese un poco. Luego retornaba a la cabecera de la enferma, le susurraba palabras cariñosas, miraba imperturbable su faz, observando desconsolado pero atento su agonía. Lena conservaba el conocimiento, a veces se dormía y, al despertarse, sólo entreabría los ojos, tenía los párpados cansados y flojos. Allí, en torno a los ojos y a la nariz,

286

mostraba un aspecto de hora en hora más envejecido; sobre el cuello fresco y mozo aparecía un rostro de abuela que se marchitaba rápidamente. De tanto en tanto pronunciaba una palabra, decía "Goldmundo" o "querido" y trataba de humedecer con la lengua los labios tumefactos y azulados. Entonces él le daba un sorbo de agua.

A la noche siguiente murió. Murió sin un quejido; fué sólo una breve contracción, luego se le detuvo la respiración y un hálito le corrió por la piel; y al ver aquello, Goldmundo notó que el corazón se le puso a latir con violencia, y le vinieron a las mientes los peces moribundos que tan a · menudo había visto con pena en el mercado del pescado: se extinguían exactamente del mismo modo, con una contracción y un leve y doloroso estremecimiento que les corría por la piel y que se llevaba consigo el brillo y la vida. Aún estuvo arrodillado un instante junto a Lena; después salió al aire libre y se sentó sobre los brezos. Acordóse entonces de la cabra, volvió a la cabaña y sacó de ella al animal, el que, después de rebuscar un poco, se echó en tierra. Goldmundo se tendió a su lado, apoyó la cabeza en su ijada y durmió hasta que clareó el día. Entonces entró por última vez en la choza y, tras la pared de retama tejida, vió por última vez el pobre rostro cadavérico. Le desplacía dejar allí a la muerta. Trajo unos brazados de leña seca y arbustos marchitos y les puso fuego. De la cabaña no se llevó más que las yescas. Las llamas se alzaron de súbito en la pared de seca retama. Goldmundo contemplaba desde afuera el espectáculo con el rostro encendido por el fuego, hasta que todo el techo quedó también envuelto en llamas y se desplomaron las primeras vigas. Soltó la cabra, que saltó aterrada y gimiendo. Hubiese debido matarla, asar un trozo y comérselo a fin de cobrar fuerzas para la caminata. Pero no fué capaz de hacerlo; la echó a los campos y se marchó. Hasta el bosque le siguió el humo del incendio. Jamás había iniciado una jornada con tanto desaliento en el ánimo.

Y, sin embargo, lo que le esperaba era aun peor de lo que se había figurado. La cosa empezó ya en las primeras caserías y aldeas, y persistió y se fué haciendo más grave cuanto más avanzaba. Toda la comarca, el país entero estaban bajo una nube de muerte, bajo un velo de congoja, horror y taciturnidad y lo peor no eran las casas deshabitadas ni los perros muertos de hambre que se pudrían atados a la cadena, ni los cadáveres insepultos, ni los niños mendicantes, ni las grandes fosas comunes junto a las ciudades. Lo peor eran los vivos, que, bajo el peso de terrores y angustias mortales, parecían haber perdido los ojos y el alma. Cosas extrañas y terribles oyó y vió por dondequiera el vagabundo. Hubo padres que abandonaron a sus hijos y maridos que abandonaron a sus mujeres cuando se enfermaron. Los sayones de la peste y los esbirros que del hospital mandaban como verdugos saqueaban las casas sin moradores y, cuando les parecía, dejaban sin enterrar los cadáveres, o bien sacaban de sus lechos a los moribundos antes de que hubiesen expirado y los echaban a las carretas mortuorias. Aterrados fugitivos vagaban solitarios de un lado para otro, alocados, rehuyendo todo contacto con los hombres, aguijados por el miedo a la muerte. Otros se juntaban en un frenético y espantado afán de vivir y celebraban francachelas y fiestas danzantes y amatorias en que la muerte tocaba el violín. Desamparados, plañiendo o blasfemando, permanecían algunos acurrucados junto a los cementerios o ante sus casas desiertas. Y, lo que era peor aun que todo eso, cada cual buscaba una cabeza de turco para aquella insufridera calamidad, cada cual afirmaba conocer a los malvados, culpables y causantes de la peste. Decíase que había ciertos hombres diabólicos que, recreándose en el mal ajeno, procuraban la difusión de la mortandad recogiendo en los cadáveres el morbo de la epidemia y úntando luego con él paredes y picaportes y emponzoñando los aljibes y el ganado. Aquel sobre quien recayera la sospecha de tal atrocidad estaba perdido si no era advertido a tiempo y podía darse a la fuga; la justicia o el populacho lo liquidaban. Además, los ricos culpaban a los pobres y viceversa, o bien los acusados eran los judíos o los extranjeros o los médicos. En una ciudad, Goldmundo vió arder, reventando de indignación, todo el barrio judío, casa por casa; el pueblo contemplaba el espectáculo con gran algazara, y a los que huían dando gritos se les obligaba a retornar al fuego. En el desvarío del miedo y de la exasperación, fueron muertos, quemados y atormentados muchos inocentes, en todas partes. Con ira y asco observaba Goldmundo aquel panorama, el mundo parecía desquiciado y emponzoñado, parecía que no hubiese ya alegría, inocencia, amor alguno sobre la tierra.

Muchas veces asistió a las desenfrenadas orgías de los que querían gozar de la vida; por doquiera sonaba el violín de la muerte, pronto aprendió a distinguir su sonar; muchas veces tomó parte en los desesperados festines, muchas veces tocó en ellos el laúd o bailó, como los otros, a la luz de las antorchas, en noches febriles.

Temor, no lo sentía. Antaño había conocido las angustias de las muerte, aquella noche de invierno bajo los abetos, cuando las manos de Víctor le apretaban la garganta, y también en ciertos días de duro caminar con nieve y hambre. Aquella era una muerte contra la que se podía luchar, de la que uno podía defenderse, y él se había defendido, con las manos y los pies temblorosos, con el estómago vacío, con los miembros extenuados: se había defendido y había vencido y se había salvado. En cambio, contra esta muerte de peste no era posible luchar, había que dejarle desahogar su furia, y someterse, y Goldmundo hacía tiempo que se había sometido. No tenía miedo alguno, parecía que la vida no le importase ya nada desde que dejó a Lena en la cabaña envuelta en llamas, desde que empezó a recorrer aquel país asolado por la muerte. Pero una tremenda curiosidad le acuciaba y le mantenía en vela; no se cansaba de mirar a la segadora, de oír la canción de la transitoriedad; en ninguna parte se esquivaba, dominábale constantemente un tranquilo afán de acercarse a todo y de cruzar el infierno con ojos despiertos. Comía pan mohoso en casas deshabitadas, cantaba y bebía en las locas francachelas, cogía la flor del placer, presto marchita; miraba los ojos fijos, ebrios de las mujeres; miraba los ojos fijos, estúpidos de los borrachos; miraba los ojos declinantes de los moribundos; amaba a las mujeres desesperadas, febriles; ayudaba a sacar a los muertos por un plato de sopa; ayudaba, por dos ochavos, a echar tierra a los cadáveres desnudos. El mundo se había tornado oscuro y salvaje, la muerte cantaba su canción plañidera y Goldmundo la escuchaba con los oídos abiertos, con ardiente pasión.

Su objetivo era la ciudad del maestro Nicolao, a ella le arrastraba la voz de su corazón. El camino era largo, y él estaba lleno de muerte, de marchitez y fenecimiento. Hacia allá enderezaba triste, embriagado por la canción de la muerte, rendido al dolor del mundo que gritaba con grandes voces, triste, y, no obstante, enardecido, con los sentidos muy abiertos.

En un convento vió un mural recién pintado y se quedó contemplándolo largamente. Aparecía allí representada la danza de la muerte; la pálida y esquelética figura se llevaba de esta vida, danzando, a los hombres, al rey, al obispo, al abad, al conde, al caballero, al médico, al labrador, al lansquenete; a todos tomaba consigo, mientras unos esqueletos músicos tocaban en huesos vacíos. Los ojos curiosos de Goldmundo absorbían hondamente el cuadro. Un colega desconocido había en él expresado la lección que extrajera del espectáculo de la muerte negra, y gritaba estridente a los hombres el amargo sermón del morir habemos. Era buena la pintura, era un buen sermón; el incógnito colega no había captado mal la cosa, de su tremendo cuadro salía una horripilante música macabra. Mas, con todo, no era lo que él mismo, Goldmundo, había visto y vivido. Aqui estaba representado el aspero e implacable morir habemos. Pero Goldmundo hubiese querido un cuadro diferente; la terrible canción de la muerte sonaba en él de muy distinta manera, no áspera y macabra, sino más bien dulce y seductora, hogareña, maternal. Allí donde la muerte metía su mano en la vida no sonaba tan sólo de aquel modo estridente y guerrero sino también de una manera profunda y amorosa, otoñal y harta, y en la proximidad del morir, la lamparilla de la vida ardía con más claro e íntimo resplandor. Si para otros la muerte era un guerrero, un juez o un verdugo o un padre severo, para él era, también, una madre y una amante, su llamada un reclamo de amor, un estremecimiento de amor su contacto. Cuando Goldmundo hubo contemplado a su placer la pintada danza de la muerte y siguió adelante, reavivóse en él el anhelo de volver al lado del maestro y a la tarea creadora. Pero, por todas partes, nuevas escenas y experiencias lo obligaban a detenerse, aspiraba el aire de la muerte temblándole las aletas de la nariz; por todas partes, la compasión o la curiosidad interrumpían por algunas horas su marcha. Durante tres días le acompañó un rapazuelo aldeano, pequeño y llorón, al que llevaba a cuestas horas enteras, una criatura famélica de cinco o seis años que le dió mucho trabajo y del que a duras penas pudo separarse. Finalmente, una carbonera se hizo cargo de él; habíale muerto el marido y quería tener de nuevo a alguien consigo. Luego le siguió por espacio de varios días un perro sin dueño; comía en su mano, le daba calor cuando dormía; pero una mañana desapareció. Lo sintió mucho, se había acostumbrado a conversar con él; a veces le dirigía filosóficas pláticas, que duraban hasta media hora, sobre la maldad de los hombres, la existencia de Dios, el arte y los pechos y caderas de cierta joven, hija de un caballero, que se llamaba Julia, y a la que él había conocido en su mocedad. Pues, naturalmente, en su peregrinar por el país de la muerte, Goldmundo se había vuelto un poco loco; todos los que se encontraban en la zona de la peste estaban un poco locos y muchos de remate. Quizá también lo estaba la judía Rebeca, una bella muchacha morena de ojos ardientes con la que se entretuvo dos días.

La topó en el campo, cerca de una pequeña ciudad, acurrucada junto a un montón de escombros carbonizados, llorando a gritos, dándose puñadas en el rostro y tirándose de los negros cabellos. Goldmundo sintió piedad de sus cabellos, pues eran muy hermosos, y le sujetó las manos furiosas y le dirigió palabras de consuelo; y advirtió entonces que su cara y su figura eran también de gran belleza. Lloraba por su padre, a quien las autoridades habían ordenado quemar con otros catorce judíos, pero ella había podido escapar, y luego había retornado desesperada y ahora deploraba el no haberse dejado quemar con los demás. Con paciencia, Goldmundo le agarraba las manos contraídas y le hablaba dulcemente; en tono compasivo y protector, le ofreció su ayuda. Ella le pidió que le ayudara a enterrar a su padre y ambos recogieron, de entre las cenizas aún calientes, todos los huesos, los llevaron a campo traviesa hasta un paraje escondido y los cubrieron de tierra. Entretanto, había caído la noche y Goldmundo buscó un lugar para dormir; en un pequeño robledo arregló un lecho rústico para la joven, le prometió que permanecería en vela y oyó que ella, tendida ya, lloraba y sollozaba, hasta que, por fin, se adormeció. También él durmió un poco, y a la mañana siguiente inició. su cortejo. Dijo a la joven que no podía quedarse allí sola, que descubrirían que era judía y la matarían, o que, si no, algún viandante desalmado abusaría de ella; eso sin contar que en el bosque hay lobos y gitanos. En consecuencia, la invitaba a seguir en su compañía; la protegería de los lobos y los hombres, pues le daba lástima verla tan desamparada, sería muy bueno con ella; como sabía distinguir y apreciar la belleza, jamás permitiría que aquellos dulces párpados inteligentes y aquellos hombros encantadores fuesen devorados por los animales o arrojados a la hoguera. La joven lo escuchó con expresión ceñuda, se enderezó de golpe y huyó. Hubo de perseguirla y apresarla para poder continuar.

—Rebeca —le dijo—, ya ves que no abrigo malas intenciones hacia ti. Estás contristada, piensas en tu padre, ahora no quieres saber nada de amor. Pero mañana o más tarde volveré a preguntarte sobre estas cosas, y, entretanto, te protegeré y te traeré de comer y no te tocaré. Continúa triste todo el tiempo que sea menester. A mi lado podrás estar triste o contenta, nunca harás sino lo que te proporcione alegría.

Fué hablar al aire. No quería hacer nada, díjole terca

e iracunda, que le proporcionara alegría, sino lo que trajera dolor; nunca más pensaría en cosa que se pareciera a la alegría, y si la devoraban los lobos tanto mejor. Y en cuanto a él, que se fuera, no había remedio, ya habían hablado demasiado.

—¿Acaso no ves —profirió él— que por doquiera se halla la muerte, que en todas las casas y ciudades muere la gente, que todo está lleno de aflicción? El furor de los mentecatos que han quemado a tu padre procede también de un excesivo sufrimiento. Repara que la muerte no tardará en llevarnos también a nosotros, y nos pudriremos en medio del campo y los topos jugarán a los dados con nuestros huesos. Antes de que tal acontezca, vivamos y amémonos. ¡Qué lástima sería tu cuello blanco, tu pie pequeño! Vente conmigo, linda muchacha amada; jamás te tocaré, me conformaré con mirarte y velar por ti.

Aun le estuvo rogando un largo rato; mas, de pronto, sintió que era enteramente inútil tratar de ganársela con palabras y razones. Se calló y se quedó mirándola tristemente. El rostro altivo y espléndido de la muchacha tenía una expresión de rígida repulsa.

—¡Así son —declaró ella con voz llena de odio y de desprecio—, así son ustedes los cristianos! Primero ayudas a una hija a enterrar a su padre, asesinado por los tuyos, mil veces mejor que tú, y apenas cumplida la tarea pretendes que la hija te pertenezca y holgarte con ella. ¡Así son ustedes! Al principio pensé que tal vez fueses una buena persona. Pero ¡qué vas a ser! Unos puercos, eso es lo que son todos ustedes.

Mientras hablaba, miraba a Goldmundo a los ojos; tras el odio ardía algo que a él le emocionó y avergonzó y se le entró hondamente en el corazón. Vió en sus ojos la muerte, pero no el morir habemos, sino el morir queremos, el morir debemos, la tranquila obediencia y entrega a la llamada de la Madre del mundo.

—Rebeca —dijo él apagadamente—, quizá tengas razón. Yo no soy una buena persona aunque mis intenciones hacia ti eran buenas. Perdóname. Ahora te he comprendido.

Sacándose el gorro, le hizo un profundo saludo, como a una princesa, y partió con el corazón oprimido; tenía que dejarla perecer. Largo tiempo anduvo triste, sin querer hablar con nadie. Aunque se asemejaban muy poco, aquella altiva y desventurada muchacha judía le recordaba, en cierto modo, a Lidia, la hija del caballero. El amar a mujeres como aquéllas acarreaba sufrimiento. Pero un instante creyó que, en toda su vida, no había amado a más mujeres que aquellas dos, la pobre y temerosa Lidia y la esquiva y acongojada judía.

Aun pensó algún día en la morena y ardiente muchacha y soñó alguna noche en la belleza esbelta y encendida de su cuerpo que parecía destinada a la dicha y el florecimiento y que, sin embargo, se había rendido a la muerte. ¡Que aquellos labios y aquellos pechos hubiesen de ser presa de los "puercos", y pudrirse luego en medio de los campos! ¿No habría algún poder, alguna magia capaz de salvar tan preciadas flores? Sí, existía una magia semejante, la cual con-

296

sistía en que ellas siguiesen viviendo en su alma y que él les diese forma y las guardase. Con espanto y encanto, sintió que su alma estaba llena de imágenes y que aquel largo peregrinar por el país de la muerte lo había colmado de figuras. ¡Ah, cómo le apretaba aquella abundancia en sus adentros, con qué ansia le pedía que se acordara calladamente de ella, que la dejara fluir y la transformara en imágenes perduraderas! Seguía caminando, más encendido y apasionado, siempre con los ojos abiertos y los sentidos curiosos, pero ávido de papel y lápiz, arcilla y madera, taller y trabajo.

Había transcurrido el verano. Muchos afirmaban que con el otoño, o al menos con la llegada del invierno, concluiría la epidemia. Fué aquel un otoño sin alegría. Goldmundo cruzaba comarcas en las que no había quien recogiera la fruta, la que caía de los árboles y se pudría en la hierba; en otras partes, hordas salvajes procedentes de las ciudades la robaban y desperdiciaban en brutales correrías.

Paso a paso, Goldmundo se acercaba a su objetivo; y en aquella última etapa, varias veces le asaltó el temor de que pudiera contraer la peste y fenecer en cualquier establo. Ahora no quería ya morirse antes de gozar de la dicha de estar de nuevo en un taller y entregarse a la tarea creadora. Por primera vez en su vida parecíale ahora el mundo muy vasto y el Imperio germánico muy grande. Ninguna linda villa lo cautivaba para reposarse, ninguna linda moza campesina lo retenía más de una noche.

Empero, cierta vez pasó por delante de una iglesia

en cuya portada se mostraban, en hondas hornacinas flanqueadas de columnillas ornamentales, muchas antiguas esculturas de piedra, figuras de ángeles, apóstoles y mártires, parecidas a otras que con frecuencia viera; también en su convento de Mariabronn había algunas figuras de esta especie. Antaño, cuando joven, las había contemplado con agrado aunque sin pasión; parecíanle hermosas y dignas pero excesivamente solemnes y un tanto rígidas y anticuadas. Más adelante, luego de ver, al término de su primera y dilatada peregrinación, aquella dulce y triste efigie de la Madre de Dios labrada por el maestro Nicolao, que tanto le impresionó y entusiasmó, esas solemnes figuras románicas le habían parecido pesadas, inexpresivas y extrañas, las había mirado con cierto desdén, estimando que en el nuevo estilo de su maestro latía un arte más lleno de vida, íntimo e inspirado. En cambio, ahora que retornaba del mundo, lleno de imágenes, marcada el alma con las cicatrices y las huellas de tremendas aventuras y experiencias, lleno de ansia dolorosa, de meditación y creación, aquellas vetustas y severas figuras le causaron, de súbito, una fuerte emoción. Permanecía devoto ante las venerandas imágenes en las que pervivía el corazón de una época lejana y en las que los temores y entusiasmos de lejanas generaciones, encarnados en la piedra, ofrecían aún, al cabo de los siglos, resistencia a la caducidad. En su agitado corazón se alzó, trémulo y humilde, un sentimiento de respeto profundo y, a la vez, un horror de su vida desperdiciada y consumida. Hizo lo que desde mucho atrás no hacía: fué en busca de un confesonario para confesar sus pecados y que le impusieran una penitencia.

Mas aunque en la iglesia no faltaban confesonarios, estaban vacíos; los sacerdotes habían muerto, yacían enfermos en el hospital, habían huído, temían el contagio. La iglesia se hallaba desierta, las pisadas de Goldmundo resonaban huecas en la bóveda de piedra. Prosternóse ante uno de los confesonarios, cerró los ojos y susurró en la celosía.

—Dios mío, mira en lo que he venido a dar. Retorno del mundo convertido en un hombre malvado e inútil; malgasté mis años como un pródigo, y poco es lo que me ha quedado. He matado, he robado, he fornicado, me entregué a la holganza, le quité el pan a otros. Dios mío, ¿por qué nos has creado así, por qué nos llevas por tales caminos? ¿No somos tus criaturas? ¿No murió tu hijo por nosotros? ¿No hay santos y ángeles para guiarnos? ¿O acaso todas esas cosas no son sino bonitas historias imaginarias que se cuentan a los niños y de las que los mismos curas se ríen? Tu proceder me desconcierta, Dios Padre; has creado un mundo lleno de maldad y lo conduces torpemente. He visto casas y calles pobladas de muertos abandonados, he visto a los ricos fortificarse en sus moradas o emprender la fuga y a los pobres dejar insepultos a sus hermanos, y recelar unos de otros y matar a los judíos como si fuesen ganado. He visto sufrir y perecer a muchos inocentes, y a muchos malvados nadar en la abundancia y darse buena vida. ¿Es que nos has olvidado y abandonado, que te has desentendido por entero de tu creación, que quieres dejarnos hundir a todos en la ruina?

Suspirando, traspuso la puerta del templo y salió al exterior y contempló de nuevo las silenciosas efigies de piedra, ángeles y santos magros y altos, envueltos en sus ropajes de rígidos pliegues, inmóviles, inasequibles, sobrehumanos y, con todo, creados por la mano y el espíritu del hombre. Allí arriba estaban, graves y sordos, en su mezquino espacio, inaccesibles a todo ruego y a toda pregunta; y, sin embargo, eran un consuelo infinito, una resonante victoria sobre la muerte y la desesperación al permanecer con toda su dignidad y belleza y sobrevivir a las generaciones que se sucedían. ¡Ah si estuvieran también aquí la pobre y hermosa judía Rebeca y la pobre Lena, consumida por el fuego en la cabaña, y la graciosa Lidia y el maestro Nicolao! Pero un día estarían y perdurarían, él los pondría, y sus figuras, que hoy significaban para él amor y tormento, temor y pasión, aparecerían ante los hombres venideros, sin nombre ni historia, como símbolos tranquilos y callados de la vida humana.

CAPÍTULO XV

El objetivo había sido, por fin, alcanzado. Goldmundo entró en la ciudad tan deseada por la misma puerta que había franqueado por vez primera hacía muchos años en busca de su maestro. Cuando se aproximaba, habíanle ya llegado algunas noticias de la ciudad episcopal; sabía que también la había visitado la peste y que ésta quizás aún no se había ido; habláronle de disturbios y levantamientos populares y de que el emperador hubo de enviar un delegado para restablecer el orden, dictar leyes de excepción y proteger las vidas y haciendas de los vecinos. Pues el obispo había abandonado la ciudad apenas se declaró la epidemia, y ahora moraba lejos, en uno de sus castillos, en pleno campo. El viajero no prestó mayor atención a estas noticias. ¡Con tal que siguiesen en pie la ciudad y los talleres donde quería trabajar! Todo lo demás carecía para él de importancia. Cuando llegó, supo que la peste había terminado, se esperaba la vuelta del obispo y la gente estaba contenta ante la próxima partida del delegado y el retorno de la acostumbrada vida pacífica.

Al ver de nuevo la ciudad, Goldmundo notó que le recorría el corazón una oleada, antes jamás sentida, en que se confundían la emoción del retorno y una ternura hogareña, y, para dominarse, contrajo el rostro en una expresión desusadamente severa. ¡Ah, todo seguía allí, como ayer, el portón, las hermosas fuentes, la vieja y maciza torre de la catedral y la otra nueva y esbelta de la iglesia de Santa María, el claro carillón de San Lorenzo, la espaciosa y espléndida plaza del mercado! ¡Qué bien que todas estas cosas le hubiesen esperado! ¿No había soñado cierta vez, por el camino, que llegaba aquí y que todo lo encontraba extraño y cambiado, en parte destruído y en escombros, en parte desfigurado con nuevas construcciones y detalles extravagantes y desplacientes? Poco faltó para que soltase las lágrimas mientras marchaba por las callejas, reconociendo casa tras casa. ¿No eran, al cabo, dignos de envidia los sedentarios, con sus casas lindas y seguras, con su sentimiento confortador y tonificante de tener un hogar, de estar en casa propia, en la vivienda o el taller, rodeados de sus familias, de criados y vecinos?

Era por la tardecita. En el lado del sol, las casas, las enseñas de posadas y obradores, los tiestos de flores, aparecían cálidamente iluminados; nada recordaba que en esta ciudad también había imperado la muerte furiosa y el pánico desatentado de los hombres. Bajo los sonoros arcos del puente, pasaba, fresco, verde claro y azul claro, el río transparente. Goldmundo se sentó en el pretil del malecón; abajo, en el verde cristal, los peces oscuros, vagos, seguían deslizándose o bien permanecían inmóviles, vueltos los hocicos hacia la corriente; continuaban brillando en la penumbra de lo hondo, aquí y allá, aquellas lumbres de oro tan prometedoras y propicias al ensueño. Esto también lo había en otras aguas, y también otros puentes y ciudades eran hermosos de mirar, y, sin embargo, le parecía que, desde mucho tiempo, no había visto nada igual ni había experimentado una sensación semejante.

Pasaron riendo dos mozos de matadero que conducían una ternera; cambiaron miradas y bromas con una muchacha que allá arriba retiraba de una enramada piezas de ropa blanca. ¡Con qué rapidez había pasado todo! Ayer ardían las hogueras de la peste y mandaban como amos los horribles sayones de los hospitales, y ahora tornaba a bullir la vida y la gente se reía y bromeaba; y a él le sucedía lo mismo, pues estaba encantado de volver a encontrarse en la ciudad y se sentía reconocido y hasta le resultaban simpáticos los sedentarios, como si no hubiese habido miseria ni muerte, ni hubiese existido Lena ni ninguna princesa judía. Sonriendo, se puso de pie y siguió adelante, y solamente cuando se aproximó a la calle del maestro Nicolao y tornó a recorrer el camino que tiempo atrás, durante años, había hecho diariamente rumbo a su trabajo, empezó a oprimírsele y desasosegársele el corazón. Apretó el paso, quería estar aquel mismo día en casa del maestro y tener noticias, la cosa no admitía demora, le hubiese parecido inadmisible esperar a mañana. ¿Le guardaría aún rencor? Había transcurrido mucho tiempo, de seguro que aquello ya estaba olvidado; y si así no fuese, él se encargaría de arreglarlo. Con tal que el maestro continuara allí, él y el taller, no había por qué inquietarse. De prisa, como si temiese perder algo en el último instante, avanzó hacia la casa que tan bien conocía; y apenas llegó, echó mano al picaporte y se quedó sobremanera alarmado al notar la puerta cerrada. ¿Tendría aquello un funesto sentido? En otro tiempo, jamás se cerraba aquella puerta durante el día. Dejó caer con estrépito la aldaba y esperó. Un gran temor invadió, de pronto, su corazón.

Vino la misma criada vieja que lo había recibido la primera vez que entrara en aquella casa. No estaba más fea aunque sí más vieja y desabrida, y no lo reconoció. Con voz temerosa, preguntóle él por el maestro. Ella lo miró con aire estúpido y desconfiado.

—¿El maestro? Aquí no vive ningún maestro. Seguid vuestro camino. En esta casa no se admite a nadie.

Iba a darle con la puerta en las narices cuando él la agarró por un brazo y le gritó:

—¿Qué pasa, Margarita, por el amor de Dios? Soy Goldmundo. ¿No me reconoces? Quiero ver al maestro Nicolao.

En aquellos ojos présbitas, medio apagados, no brilló la menor bienvenida.

—Aquí ya no hay ningún maestro Nicolao —dijo rechazándolo—; murió. Marchaos; no puedo entretenerme en pláticas.

Al tiempo que todo se derrumbaba en su interior, empujó a un lado a la vieja, que se puso a dar gritos, y avanzó veloz por el oscuro pasillo en dirección al taller. Estaba cerrado. Seguido de la vieja, que protestaba y renegaba, subió la escalera; a la luz del crepúsculo vió, en aquella estancia conocida, las esculturas que había coleccionado el maestro Nicolao. Entonces llamó a voces a la joven Isabel.

Abrióse la puerta de la alcoba y apareció Isabel; y apenas la hubo reconocido, al mirarla por segunda vez, se le encogió el corazón. Si, desde el momento que había notado, con alarma, que la puerta estaba cerrada, todo en aquella casa era espectral, de encanto y como de pesadilla, ahora, al ver a Isabel, sintió un escalofrío en la espalda. La hermosa y altiva Isabel se había convertido en una muchacha amilanada y encorvada, de rostro amarillo y enfermizo, mirada insegura y temerosa actitud, que vestía un traje negro sin adornos.

—Perdonad —dijo él—. Margarita no quería dejarme entrar. ¿No me reconocéis? Soy Goldmundo. Ah, decidme, ¿es cierto que murió vuestro padre?

Descubrió en su mirada que ahora lo reconocía y descubrió también, inmediatamente, que allí no guardaban buen recuerdo de él.

—Ah, ¿sois Goldmundo? —profirió ella; su voz dejaba aún traslucir algo de su anterior altivez—. Os habéis molestado en balde. Mi padre ha fallecido.

—¿Y el taller? —se dejó decir.

—¿El taller? Cerrado. Si buscáis trabajo debéis ir a otra parte.

Goldmundo trató de dominarse.

—Isabel —le dijo amablemente—, yo no busco trabajo; quería tan sólo saludaros, al maestro y a vos. ¡Me apena tanto lo que acabo de oír! Claramente advierto lo mucho que habéis sufrido. Si un discípulo agradecido de vuestro padre pudiese haceros algún servicio, decídmelo, sería para mí una inmensa alegría. ¡Ah, Isabel, se me parte el corazón de veros así... tan angustiada!

Ella retrocedió hasta la puerta de la alcoba.

—Gracias —dijo balbuciente—. A él ya no podéis prestarle servicio alguno, y a mí tampoco. Margarita os acompañará a la salida.

Su voz tenía un son destemplado, entre enojado y temeroso. Goldmundo notaba que, de no estar tan deprimida, lo hubiera arrojado con improperios.

Ya estaba abajo, ya había la vieja cerrado de golpe la puerta y echado los cerrojos. Aún oía el áspero ruido de los dos cerrojos que sonaba para él como el caer de la tapa de un ataúd.

Retornó lentamente al malecón y volvió a sentarse en el acostumbrado lugar, sobre el río. El sol se había puesto, del agua subía frío, la piedra en que se sentaba estaba también fría. La calleja que bordeaba el río se hallaba tranquila, en los pilares del puente murmuraba la corriente, fosco aparecía el fondo, no centelleaba ya ningún fulgor de oro. ¡Ah si ahora saltase por encima del muro y desapareciera en el río! El mundo volvía a estar lleno de muerte. Pasó una hora, y el crepúsculo se convirtió en noche cerrada. Al fin, pudo llorar. Sentado allí lloraba; sobre las manos y las rodillas le caían las lágrimas cálidas. Lloró por el maestro muerto, por la perdida belleza de Isabel, por Lena, por Roberto, por la muchacha judía, por su marchita, desperdiciada juventud.

Más tarde se presentó en una taberna que antaño frecuentara con sus amigos. La tabernera lo reconoció; él le pidió un pedazo de pan y ella se lo dió y le ofreció también, bondadosa, un vaso de vino. No pudo tomar ni el pan ni el vino. Pasó la noche durmiendo en un banco de la taberna. Al llegar la mañana, la tabernera lo despertó; él le agradeció sus atenciones y se fué; por el camino se comió el trozo de pan.

Llegó al mercado del pescado; allí estaba la casa en que antaño tuviera su habitación. Junto a la fuente, unas pescaderas ofrecían a la venta su mercancía y él dirigió la mirada al interior de los dornajos para ver los hermosos y brillantes animales. Muchas veces los había contemplado en otro tiempo; vínole a la memoria que a menudo le habían inspirado piedad y que había sentido encono contra las mujeres y los compradores. Acordóse de que, en cierta ocasión, había vagado también una mañana por este lugar, admirando y compadeciendo a los peces, con el ánimo muy triste; mucho tiempo había transcurrido desde entonces y mucha agua había llevado el río. Aquel día estaba muy triste, lo recordaba perfectamente, pero, en cambio, había ya olvidado la índole y causa de aquella tristeza. Pues también la tristeza se desvanecía, también se desvanecían los dolores y desesperaciones; al igual que las alegrías, pasaban, palidecían, perdían su hondura y su valor, y, al cabo, llegaba una época en que uno no podía ya recordar qué era aquello que un tiempo tanto lo había atormentado. También los dolores se ajaban y marchitaban. ¿Llegaría asimismo a marchitarse y perder todo valor este dolor de hoy, esta desesperación que sentía por la muerte del maestro y porque hubiese fenecido aborreciéndolo y por no tener un taller donde saborear la dicha de crear y librar el alma de su carga de imágenes? Sí, también este dolor, esta acerba congoja, envejecerían, se fatigarían, sin duda, también los olvidaría. Nada perduraba; tampoco el pesar.

Mientras, entregado a estos pensamientos, contemplaba los peces, oyó que alguien pronunciaba por lo bajo su nombre con tono afectuoso.

—Goldmundo —sonó tímidamente; y al mirar hacia el lugar de donde procedía la voz, vió a una joven de aspecto un tanto delicado y enfermizo pero de hermosos ojos negros, que era quien le había llamado. No la reconoció.

—¡Goldmundo! ¿Eres tú? —dijo la tímida voz—. ¿Cuándo volviste a la ciudad? ¿Ya no te acuerdas de mí? Soy María.

Pero no la reconoció. Ella tuvo que decirle que era la hija de su patrón de antaño, la que en la madrugada de su partida le diera en la cocina una taza de leche caliente. Al referir estas cosas, se ruborizó.

Es verdad, era María, aquella pobre niña del defecto en la cadera que lo había atendido entonces con tanta amabilidad y timidez. Ahora se acordaba de todo: lo había esperado en la fría amanecida, estaba muy triste de verlo marchar, le había hervido la leche, y él le había dado un beso que recibió con recogimiento y

308

solemnidad, como un sacramento. No había vuelto a pensar en ella. En aquel entonces, era aún una niña. Ahora estaba más crecida y tenía muy bellos ojos, pero seguía cojeando y mostraba un aire algo esmirriado. Le dió la mano. Resultábale grato que hubiese todavía alguien, en aquella ciudad, que le conociera y le tuviese afecto.

María se lo llevó consigo, casi sin resistencia. Ya en casa de los padres, en la pieza donde todavía colgaba su imagen y se veía su roja copa de cristal rubí en el anaquel de la chimenea, tomó el almuerzo y fué invitado a quedarse algunos días; estaban contentos de volverlo a ver. Aquí, también, se enteró de lo que había acontecido en casa del Maestro. Nicolao no había muerto de peste; fué la hermosa Isabel la que enfermó de ella y su padre la cuidó con tanta solicitud y desvelo que falleció de sus fatigas y trabajos antes de que ella se hubiese restablecido del todo. La joven se salvó pero su belleza desapareció.

—El taller está vacío —dijo el patrón—. Un imaginero diligente tendría ahí un grato hogar y no poco dinero. ¡Piénsalo bien, Goldmundo! No se negaría. Ya no puede elegir.

Enteróse también de varios episodios de la etapa de la peste. Las turbas habían incendiado primero un hospital y luego habían asaltado y saqueado algunas casas ricas, y por un tiempo no hubo orden ni seguridad alguna porque el obispo había huído. Entonces el emperador, que no andaba lejos, envió un gobernador, el conde Enrique. Era, en verdad, un hombre enérgico, y con unos cuantos soldados de caballería e infantería puso orden en la ciudad. Pero ya era hora de que terminara su gobierno, se esperaba el regreso del obispo. El conde había sido muy exigente con la población y la gente estaba también harta de su manceba, la famosa Inés, una verdadera harpía. En fin, no tardarían en irse pues el concejo hacía ya tiempo que estaba disgustado de verse obligado a soportar, en lugar de su buen obispo, a aquel cortesano y militar, favorito del emperador, que recibía constantemente embajadas y delegaciones como un príncipe.

También se le preguntó al huésped sobre sus andanzas.

—De eso —dijo él tristemente— mejor es no hablar. Anduve por muchos sitios y en todas partes encontré la epidemia y muertos a montones, y en todas partes la gente, con el terror, se había vuelto loca y mala. Logré salvar la vida y tal vez llegue a olvidar todos esos horrores. Pero ahora, a mi regreso, me encuentro muerto al maestro. Permitidme que permanezca aquí unos días para reposarme y luego me marcharé.

No se quedó para reposar. Se quedó porque estaba lleno de desilusión e indecisión, porque los recuerdos de días felices le hacían grata la ciudad y porque el amor de la pobre María lo confortaba. Aunque no podía corresponder a su amor ni ofrecerle otra cosa sino amabilidad y compasión, su tranquila y humilde adoración le placía. Pero más aun que todo eso lo retenía en aquel lugar la ardorosa necesidad de tornar a ser artista, aunque fuese sin taller, aunque sólo fuese con rudimentarios elementos.

Durante algunos días no hizo otra cosa sino dibujar. María le procuró papel y pluma y, sentado en su aposento, dibujaba hora tras hora, llenando los grandes pliegos de figuras, ora garrapateadas a toda prisa, ora trazadas con amor y delicadeza y dejando que el repleto libro de imágenes que en sus adentros llevaba se vertiese en el papel. Dibujó muchas veces el rostro de Lena, tal como se mostrara sonriendo de satisfacción, amor y afán sanguinario después de la muerte de aquel vagabundo, y también tal como apareciera en su última noche, disolviéndose en lo amorfo, retornando, a la tierra. Dibujó la figura de un rapacín aldeano que había visto yacer muerto en la puerta del cuarto de sus padres, con los puñitos apretados. Dibujó una carreta llena de cadáveres tirada por tres jamelgos que avanzaban penosamente y a cuyos costados iban varios mozos de verdugo con unos palos largos, mirando de soslayo con ojos sombríos por las aberturas de las negras caretas de peste. Repetidas veces dibujó a Rebeca, la esbelta muchacha judía de ojos negros, su boca fina y orgullosa, su cara llena de dolor e indignación, su cuerpo gracioso y juvenil que parecía creado para el amor, su boca altiva y amarga. Se dibujó a sí mismo, como caminante, como amante, huyendo de la muerte segadora, danzando en las orgías de la peste entre los que sentían hambre de vivir. Absorto, inclinado sobre el blanco papel, diseñó el altivo y sereno rostro de la joven Isabel tal como la había conocido en otro tiempo, la grotesca figura de la vieja criada Margarita, el semblante amado y temido del maestro Nicolao. Bosquejó también varias

311

veces, con rasgos sutiles, barruntadores, una gran figura de mujer, la Madre del mundo, sentada, con las manos en el regazo, y en la faz un hálito de sonrisa bajo los ojos melancólicos. Le hacía inmenso bien aquel caudaloso fluir, la sensación que experimentaba en la mano que dibujaba, aquel señorear los diversos rostros. En pocos días llenó de dibujos los pliegos que María le había traído. Del último cortó un pedazo y en él dibujó, claramente, con rasgos sobrios, la cara de María con sus hermosos ojos, con su boca de renunciamiento. Y se lo regaló.

Con el dibujar se había liberado y descargado de aquella sensación de pesadumbre, congestión y repleción de su alma. Mientras estuvo dibujando, perdió la noción del lugar en que se hallaba, su mundo se redujo a la mesa, el albo papel y, por la noche, la vela. Ahora se despertó, recordó sus primeras experiencias, vió que ante sí se abría, ineludible, una nueva peregrinación y se puso a vagar por la ciudad, con una sensación en el alma extrañamente compleja, a medias de retorno, a medias de despedida.

En uno de esos paseos encontró a una mujer cuya aparición dió a sus desordenados pensamientos un nuevo centro. Iba a caballo, era alta de estatura, tenía el pelo rubio claro, los ojos azules curiosos y un poco fríos, el cuerpo sólido y erguido y un rostro floreciente lleno de afán de goce y de poder, lleno de arrogancia y de sensualidad husmeadora. Manteníase sobre su caballo castaño con aire un tanto dominador y orgulloso; veíase que estaba acostumbrada a mandar, aunque no parecía reservada ni despreciativa, pues bajo aquellos ojos algo fríos las temblorosas aletas de la nariz estaban abiertas a todos los olores del mundo y la boca grande y mórbida parecía capaz en alto grado extremo de tomar y de dar. Al verla, se despertó por entero y sintió el deseo de enfrentarse con aquella mujer altiva. El conquistarla le parecía un noble objetivo; no hubiese estimado mala muerte el romperse la crisma en ese empeño. Percibió en seguida que aquella blonda leona era como él, rica en sensualidad y en alma, accesible a todas las tormentas, a la vez violenta y tierna, conocedora de las pasiones por un saber heredado y atávico que llevaba en la sangre.

Pasó en su caballo y él la siguió con la mirada; entre el ondulado cabello rubio y el cuello de terciopelo azul veía alzarse su firme nuca, recia y altiva y, no obstante, envuelta en delicada piel infantil. Antojábasele que era la más bella mujer que jamás viera. Ansiaba ceñir con su mano aquella nuca y arrancar a aquellos ojos su misterio azul y frío. No le resultó difícil descubrir de quién se trataba. Pronto supo que vivía en el palacio y que era Inés, la amante del gobernador; la noticia no le causó el menor asombro, hubiese podido ser la propia emperatriz. Se detuvo junto al pilón de una fuente y se miró al espejo del agua. Su imagen mostraba notoria hermandad con la de la dama rubia aunque era descuidada y silvestre. Sin demora, fué en busca de un barbero conocido suyo y consiguió persuadirlo con buenas palabras de que le cortara el cabello y la barba y lo peinara y acicalara.

Dos días duró el acoso. Cuando Inés salió del palacio, el rubio forastero estaba en la puerta y le miró a los ojos maravillado. Cuando cabalgaba por el baluarte, surgió de pronto de entre los álamos. Y cuando fué junto al orfebre, al abandonar el taller volvió a encontrárselo. Lo fulminó rápidamente con sus ojos dominadores al tiempo que le temblaban levemente las aletas de la nariz. A la mañana siguiente, habiéndolo vuelto a hallar ya en su primer paseo a caballo, le sonrió provocativa. Goldmundo vió también al gobernador; tratábase de un hombre gallardo y arriscado, no era para tomar a broma, pero tenía ya el cabello entrecano y su cara reflejaba preocupaciones; Goldmundo se sentía superior a él.

Aquellos dos días lo llenaron de felicidad, estaba radiante por el recobro de su juventud. Era hermoso mostrarse a esta mujer y ofrecerle combate. Era hermoso perder la libertad por esta bella dama. Era hermosa y emocionante la sensación de jugarse la vida en este lance.

En la mañana del tercer día, Inés salió cabalgando por la puerta del palacio acompañada de un criado que iba también a caballo. Sus ojos, ganosos de pelea y un poco inquietos, buscaron en seguida al perseguidor. En efecto, ya estaba allí. Despidió al criado dándole un encargo, y siguió adelante lentamente, descendió muy despacio hasta la puerta del puente, la traspuso y cruzó el puente. Sólo una vez miró hacia atrás. Y vió que el forastero la seguía. Lo aguardó al borde del camino del santuario de San Vito que, en aquel tiempo, quedaba

314

muy apartado. Hubo de esperar cosa de media hora porque el extranjero marchaba despacio, no quería llegar desalentado. Se acercaba fresco y sonriente, llevando en la boca una ramita de agavanzo con una flor rosada. Ella había descabalgado y había atado el caballo, y apoyada en la hiedra que cubría el recto muro de contención, contemplaba a su perseguidor. Éste, cuando estuvo frente a ella, se detuvo y se quitó el gorro.

—¿Por qué me sigues? —le preguntó la dama—. ¿Qué deseas de mí?

—Ah —profirió él—, más quisiera dar que recibir. Quisiera ofrecerme a ti como presente, hermosa mujer; haz de mí lo que te plazca.

—Bien; veré lo que se puede hacer contigo. Mas si has creído que podías tomar aquí afuera, sin peligro, una flor, te has engañado de medio a medio. Sólo puedo amar a hombres que sean capaces de arriesgar su vida llegado el caso.

—No tienes más que mandarme.

Lentamente, ella se quitó del cuello una fina cadena de oro y se la entregó.

—¿Cómo te llamas?

—Goldmundo.

—Perfectamente, Goldmundo, "boca de oro"; he de gustar tu boca para comprobar si es, en verdad, de oro. Atiende. Al anochecer, te presentarás en el palacio y, enseñando esta cadena, dirás haberla encontrado. No la darás a nadie porque quiero recobrarla de tus manos. Irás tal como estás ahora, aunque te tomen por mendigo. Si alguno de la servidumbre te trata con grosería no te alterarás. Conviene que sepas que en el palacio sólo cuento con dos personas de confianza: el palafrenero Máximo y mi doncella Berta. Procurarás ver a alguno de los dos y le dirás que te conduzca a mi presencia. Con los demás del castillo, incluído el conde, procede con cautela, son enemigos. Quedas advertido. Puede costarte la vida.

Le tendió la mano y él se la tomó sonriendo, la besó con dulzura y la rozó levemente con su mejilla. Luego se guardó la cadena y partió cuesta abajo, hacia el río y la ciudad. Las colinas de viñedos estaban ya peladas, de los árboles se desprendían incesantemente hojas amarillas que quedaban flotando en el aire. Al mirar, desde lo alto, la ciudad y encontrarla tan amable y cordial, Goldmundo meneó sonriendo la cabeza. Pocos días antes estaba muy triste, triste también porque hasta la miseria y el sufrimiento fuesen pasajeros. Y ahora habían ya pasado realmente, habían caído como el dorado follaje de la rama. Parecíale que jamás había irradiado sobre él el amor como a través de aquella mujer cuya erguida figura y rubia y sonriente vitalidad le recordaba la imagen de su madre tal como la llevara en el corazón en los tiempos que estudiaba en el convento. Anteayer mismo hubiese estimado increíble que el mundo pudiera volver a sonreírle tan gozoso y sentir otra vez en la sangre el torrente de la vida, la alegría, la juventud, tan pleno e impetuoso. ¡Qué suerte que aún estuviese vivo, que en aquellos meses terribles la muerte lo hubiese respetado!

Llegada la noche, acudió al palacio. En el patio,

había gran animación, desensillábanse caballos, corrían mensajeros, unos sirvientes guiaban por la puerta interior y la escalera a un pequeño grupo de clérigos y dignatarios eclesiásticos. Goldmundo quiso colarse tras ellos pero el portero lo detuvo. Entonces sacó la cadena y dijo tener orden de no entregarla a nadie más que a la noble señora o a su doncella. Acompañado de un criado, hubo de esperar largo tiempo en los pasillos. Por fin apareció una mujer hermosa y ágil que pasó por su lado y le preguntó en voz baja:

—¿Sois vos Goldmundo?

Luego le hizo señal de que la siguiera. La dama desapareció silenciosamente por una puerta para reaparecer al cabo de un rato; con un ademán, le indicó que entrara.

Hallóse en una pequeña estancia en la que se percibía intenso olor a pieles y perfumes diversos; colgaban por todas partes vestidos y mantos, en unos soportes de madera descansaban sombreros de dama, muchos zapatos de las más diversas formas se veían en un arcón abierto. En este lugar, esperó cosa de media hora; aspiraba el aroma de los vestidos, pasaba la mano por las pieles y se sonreía curioso de las lindas prendas que en derredor pendían.

Al cabo se abrió la puerta que conducía al interior y esta vez no fué ya la doncella la que se presentó sino la propia Inés. Vestía un traje azul claro y una piel blanca al cuello. Se acercó lentamente al visitante, paso a paso; sus ojos azules y fríos lo miraron con seriedad.

—Te he hecho aguardar —le dijo por lo bajo—.

317

Creo que ahora estamos seguros. Una delegación de clérigos ha venido a visitar al conde, comerá con ellos y, sin duda, se entretendrán en largas deliberaciones: las reuniones con curas siempre duran mucho. Podemos disponer de un buen rato. Bienvenido, Goldmundo.

Se inclinó hacia él, aproximó los labios anhelantes a los suyos y se saludaron calladamente con un primer beso. Lentamente, Goldmundo le ciñó la nuca con la mano. Ella lo condujo a su alcoba, que era alta de techo y estaba alumbrada con velas. En una mesa se había dispuesto una refacción; sentáronse, la dama le sirvió delicadamente al galán pan y manteca y un poco de carne y le escanció vino blanco en una hermosa copa azulada. Ambos comieron y bebieron del mismo cáliz azulenco y sus manos iniciaron un jugueteo, ensayándose.

—¿De dónde has venido volando, mi pajarillo lindo? —le preguntó ella—. ¿Eres soldado o músico, o nada más que un pobre vagabundo?

—Soy lo que tú quieras —respondió riéndose ligeramente—; te pertenezco por entero. Si te parece, seré un músico y tú mi dulce laúd, y al poner en tu cuello mis dedos y tocarte, oiremos cantar a los ángeles. Acércate, corazón; no he venido aquí para comer tus excelentes pasteles y beber tu vino blanco sino sólo por ti.

Delicadamente le retiró del cuello la blanca piel y la desvistió. Los amantes se olvidaron de todo, de los cortesanos y curas que allá afuera conferenciaban, de los criados que caminaban silenciosos, de la delgada y corva media luna que se sumergía por entero tras de los árboles. Para ellos florecía el paraíso; mutuamente atraídos y entrelazados se perdieron en su noche aromada, vieron alborear los blancos misterios de sus flores, cogieron con manos delicadas y agradecidas sus frutos anhelados. Jamás había el músico tañido un laúd como aquél, jamás había sonado el laúd bajo unos dedos tan seguros y tan diestros.

—Goldmundo —le susurró apasionada en el oído—. ¡Ah, mago prodigioso! De ti, mi dulce pez de oro, quisiera tener un hijo. Y, más aun, morir a tu lado. Bébeme, amado, derríteme, mátame.

De lo hondo de la garganta de Goldmundo brotó un rumor de dicha al advertir que la dureza de los fríos ojos de la mujer se fundía y debilitaba. En lo hondo de sus ojos se traslucía el estremecimiento, como un leve temblor y morir, declinante como el reflejo plateado en la piel de un pez moribundo, de oro mate como el centelleo de aquellos resplandores mágicos en las profundidades del río. Toda la dicha que el hombre podía gozar parecía haberse condensado en él en aquel momento.

Instantes después, mientras ella yacía con los ojos cerrados, trémula, él se levantó quedamente y se puso los vestidos. Con un suspiro, le murmuró al oído:

—Te dejo, tesoro mío. No quiero morir, no quiero que me mate el conde. Tenemos que volver a ser, una vez más, tan felices como hoy lo hemos sido. ¡Una vez más, muchas veces más!

La mujer permaneció tendida y en silencio hasta que el amante terminó de vestirse. Goldmundo, entonces, la arropó con cuidado y la besó en los ojos.

—¡Qué pena que tengas que irte! —le dijo ella—. ¡Vuelve mañana! Si hubiese peligro te avisaré. ¡Vuelve, vuelve mañana!

Tiró del cordón de la campanilla. En la puerta del cuarto de la ropa, lo recibió la doncella, que lo condujo fuera del palacio. De muy buena gana le hubiese dado una moneda de oro; por un momento se avergonzó de su pobreza.

A eso de la medianoche se encontraba en el mercado del pescado mirando hacia la casa. Era tarde, nadie estaría despierto, probablemente tendría que pasar la noche a la intemperie. Con gran asombro halló la puerta abierta. Se deslizó calladamente en el interior y cerró tras de sí la puerta. Para ir a su aposento tenía que pasar por la cocina. En ésta había luz. Sentada a la mesa de la cocina, junto a una lamparilla de aceite, estaba María. Acababa de adormilarse después de dos o tres horas de espera. Al entrar él, se sobresaltó y se puso súbitamente de pie.

—Ah, María —dijo él—, ¿aún no te has acostado?

—No —repuso la joven—. De lo contrario, hubieses encontrado la puerta cerrada.

—Lamento que hayas esperado. Es ya muy tarde. No te enfades conmigo.

—No estoy enfadada, Goldmundo. Estoy únicamente un poco triste.

—No debes estar triste. ¿Por qué?

—¡Ah, Goldmundo, quién me diera ser sana y hermosa y robusta! Entonces no tendrías tú que ir de noche a casas extrañas y amar a otras mujeres. Entonces te

320

quedarías también alguna vez conmigo y me darías algún cariño.

En su dulce voz no sonaba la menor esperanza, y tampoco acrimonia, sólo tristeza. Él estaba desconcertado, le daba pena la muchacha, no sabía qué decir. Le cogió suavemente la cabeza y le acarició el pelo; ella no se movía, sintiendo estremecida el contacto de su mano; lloró un poco, luego se dominó y profirió, avergonzada:

—Véte a la cama, Goldmundo. He dicho muchas tonterías, estaba medio dormida. Buenas noches.

CAPÍTULO XVI

Goldmundo pasó en las colinas un día lleno de dichosa impaciencia. De tener un caballo, hubiese ido al convento a visitar a la hermosa Virgen del maestro; sentía el afán de verla de nuevo y, además, le parecía haber soñado por la noche con el maestro Nicolao. En fin, otra vez sería. Aunque aquel venturoso idilio con Inés durara poco y condujera a la perdición, hoy por hoy florecía, y él no podía renunciar al menor de sus goces. No quería ver a nadie ni que le distrajeran; quería pasar al aire libre aquel plácido día de otoño, bajo los árboles y las nubes. A María le dijo que tenía el propósito de hacer una excursión por el campo y que retornaría tarde, que le diera un buen trozo de pan y que no se quedara esperándolo por la noche. Ella no respondió nada, le llenó el bolsillo de pan y manzanas, le cepilló el viejo sayo, cuyos rasgones le había zurcido ya el primer día, y lo dejó partir.

Marchó a lo largo del río y luego subió a los desnudos collados de viñedos, por empinados caminos de escaleras, se internó en el bosque alto y siguió ascendiendo hasta llegar a la última cumbre. En esta parte, el sol lucía tibio a través del pelado ramaje de los árboles; al acercarse, los mirlos se refugiaban en la maleza y se quedaban mirándolo, tímidamente encogidos, con sus ojos blanquinegros; y allá abajo, a lo lejos, corría el río formando un arco azul y estaba la ciudad, chiquita como un juguete, de la que no llegaba más sonido que los toques de oración. Aquí arriba había pequeños montecillos y muros cubiertos de hierba, de los viejos tiempos paganos, quizá fortificaciones, quizá tumbas. Se sentó en uno de estos montecillos, sobre la seca y crujiente hierba del otoño; desde este punto se abarcaba con la vista todo el dilatado valle, y, más allá del río, las colinas y las montañas, cadena tras cadena, hasta el lugar en que los montes y el cielo se unían en un acorde azulado y no era ya posible diferenciarlos. Toda aquella vasta tierra, y mucho más de lo que los ojos podían ver, habían recorrido sus pies; todas aquellas comarcas, que ahora eran lejanía y recuerdo, fueron un tiempo cercanía y presente. En esos bosques había dormido cien veces, había comido bayas, había padecido hambre y frío; por esas lomas y llanuras había errado, se había sentido alegre y triste, ligero y cansado. Por aquellas lejanías, allende lo visible, yacían los huesos quemados de la bondadosa Lena y debía de continuar peregrinando su camarada Roberto si la peste no lo había atrapado; allá, en alguna parte, estaba el cadáver de Víctor y también, distante y encantado, el convento de sus años juveniles, y el castillo del caballero de las hijas hermosas y la pobre Rebeca, perseguida o muerta.

Todos esos numerosos lugares, distantemente dispersos, esos campos y bosques, esas ciudades y aldeas, castillos y conventos, todos esos hombres, vivos o muertos, sabía que tenían existencia y se entrelazaban en su interior, en su recuerdo, en su amor, en su arrepentimiento, en su anhelo. Y si mañana lo sorprendiera la muerte, todo eso volvería a disgregarse y extinguirse, este libro de imágenes tan lleno de mujeres y de amor, de mañanas de estío y noches invernizas. ¡Ah, era tiempo de hacer algo más, de crear y dejar tras de sí algo más, que le sobreviviera!

De aquella vida, de aquellas peregrinaciones, de todos aquellos años transcurridos desde que saliera al mundo, poco fruto había quedado hasta hoy. Sólo quedaban las pocas esculturas que había esculpido en el taller, especialmente la de San Juan, y, además, este libro de imágenes, este mundo irreal que llevaba dentro de la cabeza, este hermoso y doloroso mundo de imágenes de los recuerdos. ¿Lograría salvar algo de este mundo interior, trasladándolo afuera? ¿O debía contentarse con seguir amontonando nuevas ciudades, nuevos paisajes, nuevas mujeres, nuevas experiencias, nuevas imágenes, sin obtener de todo ello otra cosa que esta desasosegada, a la vez torturante y hermosa, llenura del corazón?

¡Era realmente indignante la manera como la vida se mofaba de uno, era cosa para reír y de llorar! O bien se vivía, dando rienda suelta a los sentidos, hartándose en los pechos de la Madre Eva, y en tal caso, se conocían intensos placeres pero no se estaba protegido contra la caducidad: uno era entonces como un hongo del bosque, que hoy luce bellos colores y mañana está podrido; o bien uno se defendía y se encerraba en un taller y trataba de levantar un monumento a la vida huidiza, y entonces había que renunciar a la vida y uno era un mero instrumento, y aunque estaba al servicio de lo perduradero, se resecaba y perdía la libertad, la plenitud y el gozo de la vida. Tal le había acaecido al maestro Nicolao.

¡Ah, y, sin embargo, la vida sólo tenía un sentido si cabía alcanzar ambas cosas a la vez, si no se veía escindida por esa tajante oposición! ¡Crear sin tener que pagar por ello el precio del vivir! ¡Vivir sin tener que renunciar a la nobleza del crear! ¿Por ventura no era posible?

¿Quizás había hombres a los que era dado realizar tal cosa? ¿Quizás había maridos y padres de familia en quienes la fidelidad no hacía perder el placer de los sentidos? ¿Quizás había sedentarios a los que la ausencia de libertad y peligros no resecaba el corazón? Quizá. Pero aún no había visto a ninguno.

Antojábasele que toda existencia se asentaba en la dualidad, en los contrastes; se era mujer u hombre, vagabundo o burgués, razonable o emotivo; en ninguna parte era posible, a la vez, inspirar y espirar, ser hombre y mujer, gozar de libertad y de orden, guiarse por el instinto y por el espíritu; siempre había que pagar lo uno con la pérdida de lo otro y siempre era tan importante y apetecible lo uno como lo otro. En esto tal vez nos llevasen ventaja las mujeres. La naturaleza las había hecho de tal suerte que en ellas el placer daba por sí

326

mismo su fruto y de la dicha amorosa venía el hijo.
En el hombre, en lugar de esa sencilla fertilidad se
hallaba el eterno anhelo. ¿Acaso Dios, que así lo había
creado todo, era malo o enemigo, y se burlaba despia-
dadamente de su propia creación? No, no podía ser
malo pues había creado los corzos y los ciervos, los
peces y las aves, las flores, las estaciones. Mas esa grieta
atravesaba de parte a parte toda su creación, ya porque
ésta fuese fallida e imperfecta, ya porque Dios persi-
guiese con esa laguna y anhelo de la humana existencia
determinados propósitos, ya porque debiera verse en ello
la simiente del demonio, el pecado original. Pero ¿por
qué ese anhelo e insuficiencia habían de ser pecado?
¿No nacía de ahí todo lo hermoso y santo que el hombre había creado y que devolvía a Dios como agradecida ofrenda?

Agobiado por sus pensamientos, dirigió la mirada a
la ciudad, buscó en ella la plaza de abastos y el mercado
del pescado, los puentes, las iglesias, la casa del concejo. Y allí estaba también el palacio, la arrogante residencia episcopal en la que ahora mandaba el conde
Enrique. Bajo aquellas torres y largos tejados vivía
Inés, vivía su bella y maravillosa amada, tan altiva de
aspecto y tan apasionada y rendida en el amor. Pensaba
en ella con deleite, con deleite y gratitud recordaba la
última noche. Para poder experimentar la dicha de
aquella noche y hacer tan dichosa a aquella extraordi
naria mujer, había necesitado de toda su vida, de todo
su adiestramiento con las mujeres, de todas sus peregrinaciones y duros trances, de todas las noches de nieve

pasadas a la intemperie y de toda su amistad y familia-
ridad con los animales, las flores, los árboles, los ríos,
los peces, las mariposas. Necesitara de sus sentidos afi-
nados en la sensualidad y el peligro, del vivir sin hogar,
de todo aquel mundo de imágenes amontonadas en su
interior a lo largo de muchos años. Mientras su vida
fuese un jardín en que florecieran tan mágicas flores
como Inés, no podía quejarse.

Pasó todo el día en las alturas vestidas del otoño,
vagando, descansando, comiendo pan, y pensando en
Inés y en la noche. A tiempo de anochecer, estaba
de nuevo en la ciudad, marchando hacia el palacio. El
aire había refrescado y las casas le miraban con los
ojos rojos y tranquilos de las ventanas. Encontróse con
un pequeño grupo de mozalbetes que desfilaban cantando y llevaban en alto, clavadas en palos, unas cala-
bazas huecas en forma de cabezas, con velas encendidas
en el interior. La pequeña mascarada traía consigo olor
de invierno y Goldmundo la miró pasar sonriendo.
Largo rato estuvo dando vueltas ante el palacio. Continuaba allí la embajada eclesiástica, en tal cual ventana
veíase algún clérigo. Finalmente, consiguió deslizarse
al interior y encontró a la doncella Berta. Otra vez lo
escondió en el cuarto de los trajes hasta que apareció
Inés y lo condujo cariñosamente a su habitación. Con
cariño recibió él su hermoso rostro, con cariño pero
sin contento; Inés estaba triste, se inquietaba, tenía
miedo. Hubo de hacer grandes esfuerzos para calmarla
un poco. Lentamente, con sus besos y abrazos, la mujer
fué cobrando más confianza.

—¡Cuánta dulzura hay en tu alma! —díjole ella agradecida—. ¡Salen de tu garganta tan hondos sonidos, pajarillo mío, cuando con ternura me arrullas y parloteas! Te quiero, Goldmundo. ¡Que no habíamos de estar lejos de aquí! Esto ya no me gusta; en fin, pronto se acabará, pues han llamado al conde y no tardará en regresar el imbécil del obispo. El conde está hoy de mal humor, los curas lo han importunado y fastidiado. ¡Cuida que no te vea! No te quedarían muchos minutos de vida. Temo mucho por ti.

En la memoria de Goldmundo surgieron entonces voces medio perdidas... ¿no había ya oído otra vez esta canción, hacía tiempo? Así le hablaba antaño Lidia, del mismo modo amoroso y angustiado, tierno y triste a la vez. En semejante estado de ánimo iba por la noche a su cuarto, llena de amor y de angustia, llena de terribles imágenes de miedo. Y él escuchaba con deleite la canción tierna y angustiada. ¿Qué sería el amor sin secreto? ¿Qué sería el amor sin peligro?

Atrajo suavemente a Inés hacia sí, la acarició, le tomó la mano, le susurró al oído amorosas demandas, la besó en los párpados. Lo emocionaba y encantaba el verla tan acongojada e inquieta por él. Ella recibía sus caricias con agradecimiento, casi con humildad, se le allegaba apretadamente, llena de amor, pero no pudo serenarse.

Y, de pronto, se sobresaltó violentamente: había sonado cerca el golpazo de una puerta y unos pasos apresurados se aproximaban al aposento.

—¡Dios nos asista, es él! —exclamó desesperada—.

¡Es el conde! Pronto, huye por el cuarto del guardarropa. ¡Pronto! ¡No me traiciones!

Lo metió en la pieza de los vestidos. En ella estaba ahora, solo, caminando a tientas por la oscuridad. Oía al otro lado la recia voz del conde que hablaba con Inés. Pasó tentando entre los vestidos, hacia la puerta de salida; marchaba poniendo un pie delante de otro, sin hacer ruido. Llegó, por fin, junto a la puerta que daba al corredor y trató de abrirla suavemente. Y sólo en aquel punto, al descubrir que la puerta estaba cerrada por fuera, se asustó también y el corazón empezó a latirle atropellado y doloroso. Podía ser que alguien hubiese cerrado la puerta por puro azar infortunado. Pero no lo creía. Había caído en una trampa, estaba perdido; sin duda, alguno le había visto cuando se introdujo aquí. Le costaría la cabeza. Temblaba en medio de la oscuridad; y, de repente, recordó las últimas palabras de Inés: "¡No me traiciones!" No, no la traicionaría. El corazón le martillaba, pero su decisión le dió bríos y apretó los dientes obstinado.

Todo esto había acaecido en pocos segundos. Ahora se abrió la puerta del otro lado y entró el conde, saliendo de la alcoba de Inés, con un candelero en la mano izquierda y una espada desnuda en la derecha. En el mismo instante, Goldmundo arrebató con rápido ademán algunos de los vestidos y mantos que colgaban a su alrededor y se los guardó bajo el brazo. Trataría de hacerse pasar por un ladrón, lo que tal vez le sirviese de escapatoria.

El conde lo vió en seguida. Se acercó paso a paso.

—¿Quién eres? ¿Qué haces aquí? Responde o te atravieso.

—Perdonad —murmuró Goldmundo—. ¡Soy tan pobre y vos tan rico! Os devuelvo, señor, cuanto os he robado; ahí lo tenéis.

Y puso las ropas en el suelo.

—Ah, ¿de manera que has venido a robar? No has revelado mucha inteligencia al arriesgar la vida por un manto viejo. ¿Eres vecino de la ciudad?

—No lo soy, señor, no tengo hogar. Compadeceos de mí...

—¡Basta! Me gustaría saber si no tendrías también la intención de molestar a la señora. Pero como, de todos modos, irás a la horca, no precisamos indagar más. El robo es suficiente.

Golpeó fuertemente en la puerta cerrada y gritó:

—¿Estáis ahí? ¡Abrid!

Abrióse por fuera la puerta y entraron tres peones con sendas espadas desenvainadas.

—¡Atadlo bien! —ordenó el conde con la voz ronca de sarcasmo y orgullo—. Es un vagabundo que acaba de robar aquí. Sujetadlo fuertemente y mañana temprano me lo colgáis de la horca.

Le ligaron las manos sin que él ofreciera resistencia. Luego lo condujeron por el largo pasillo y escaleras abajo hasta el patio interior; un sirviente marchaba delante con una antorcha. Se detuvieron ante la redonda y herrada puerta de un sótano, hubo discusiones y reproches, faltaba la llave de la puerta; uno de los peones tomó en sus manos la antorcha y el doméstico fué en busca de la llave. Los tres hombres armados y el preso quedaron esperando ante la puerta. El que tenía la luz le iluminó curioso el rostro al cautivo. En aquel instante se acercaron dos de los clérigos que en tan crecido número se hospedaban en el palacio; venían de la capilla, se detuvieron delante del grupo y se quedaron contemplando aquella escena nocturna.

Goldmundo ni reparó en los clérigos ni miraba a sus guardianes. No podía ver otra cosa que la luz levemente llameante que tenía junto al rostro y que lo encandilaba. Y detrás de la luz, en una espantosa penumbra, veía algo más, algo informe, enorme, fantasmal: el abismo, el final, la muerte. Permanecía con la mirada fija sin ver ni oír nada. Uno de los curas se puso a conversar por lo bajo con los criados, muy interesado. Cuando supo que aquel hombre iba a ser ejecutado por ladrón, preguntó si se había ya confesado. Le dijeron que no porque acababan de cogerlo con las manos en la masa.

—En ese caso —dijo el padre—, mañana, antes de la misa del alba, le llevaré los santos sacramentos y lo confesaré. Vosotros me responderéis de que no lo sacarán antes. Ahora mismo voy a hablar con el conde. Por muy ladrón que sea, tiene derecho, como cristiano, a un confesor y a recibir los sacramentos.

Los peones no hicieron objeción. Conocían a aquel sacerdote: era de los de la embajada y varias veces lo habían visto comer a la mesa del conde. Además, ¿por qué se le había de prohibir al pobre vagabundo que se confesara?

Los clérigos se fueron. Goldmundo seguía inmóvil y con la mirada fija. Por fin llegó el sirviente con la llave y abrió. Introdujeron al prisionero en un sótano abovedado, y él bajó, tambaleándose y tropezando, los pocos escalones de la entrada. Había en derredor algunos taburetes de tres pies y, además, una mesa: era el vestíbulo de una bodega. Los peones arrimaron a la mesa un taburete e indicaron al preso que se sentara.

—Mañana de madrugada vendrá un cura para que puedas confesarte —le dijo uno de ellos.

Luego se fueron y cerraron cuidadosamente la pesada puerta.

—Déjame la luz, compañero —pidió Goldmundo.

—De ningún modo, hermano. Podrías hacer cualquier barbaridad. Para nada la precisas. Sé juicioso y resígnate. Además, una antorcha de éstas dura poco. Dentro de una hora estaría apagada. Buenas noches.

Encontrábase ahora solo en medio de la tiniebla, sentado en uno de los taburetes y con la cabeza apoyada en la mesa. Muy incómoda resultaba aquella postura, sin contar que las ligaduras de las muñecas le causaban dolor; pero sólo más tarde penetraron esas sensaciones en su conciencia. Por el momento, permanecía sentado y con la cabeza sobre la mesa como sobre un tajo; sentía el afán de realizar también con el cuerpo y los sentidos lo que acababa de serle impuesto a su corazón: someterse a lo inevitable, rendirse al ineludible morir.

Estuvo así sentado una eternidad, encorvado con aire lastimoso, tratando de aceptar lo que le había sido impuesto, aspirarlo, analizarlo y metérselo en los adentros.

333

Ya estaba oscuro, empezaba la noche; el final de aquella noche le traería su propio final. Tenía que hacerse cargo de la situación. Mañana ya no viviría. Estaría colgado, sería una cosa inerte en la que se posarían y picarían las aves; sería lo que era el maestro Nicolao, lo que era Lena en la cabaña incendiada, lo que eran todos aquellos que había visto yacentes en las casas vacías y en las atestadas carretas de la muerte. No era fácil analizar todo eso y metérselo en el alma. Había muchas cosas de las que aún no se había desligado, de las que aún no se había despedido. Para que lo hiciera, se le habían concedido las horas de aquella noche.

Debía despedirse de la bella Inés; nunca más vería su gallarda figura, su espléndida cabellera rubia, sus ojos fríos y azules, nunca más aquel debilitarse y vacilar del orgullo en sus ojos, nunca más el dulce vello dorado de su piel perfumada. ¡Adiós, ojos azules, adiós boca húmeda y palpitante! Había abrigado la esperanza de besarla muchas veces más. Hoy mismo, allá en las colinas, al sol del otoño, ¡cuánto había pensado en ella, cómo se había sentido unido a ella, cómo la había anhelado! Pero también tenía que despedirse de las colinas, del sol, del cielo azul con nubes blancas, de los árboles y bosques, de los viajes, de las horas del día y de las estaciones del año. A estas horas, quizás estuviera todavía aguardándolo, en la cocina, María, la pobre María, con sus ojos bondadosos y amantes, aguardándolo sentada, adurmiéndose un instante y despertándose de nuevo, sin que Goldmundo retornara.

¡Ah, y el papel y el lápiz y la esperanza de aquellas

figuras que había querido hacer! ¡Todo perdido! Y también tenía que renunciar a la esperanza de volver a ver a Narciso, al dulce San Juan joven.

Tenía, asimismo, que despedirse de sus propias manos, de sus propios ojos, del hambre y la sed, de la comida y la bebida, del amor, de tocar el laúd, del dormir y despertar, de todo. Mañana volaría un pájaro por el aire y ya no lo vería, cantaría una muchacha en la ventana y ya no la oiría cantar, correría el río y por él nadarían callados los peces oscuros, soplaría un viento que arrastraría por el suelo las hojas amarillas, brillaría el sol y el cielo estrellado, los mozos y mozas se encaminarían al baile, aparecerían en los montes lejanos las primeras nieves... y todo proseguiría su marcha, los árboles proyectarían sus sombras al costado, los hombres mirarían alegres o tristes con sus ojos vivos, ladrarían los perros, mugirían las vacas en los establos aldeanos, y todo eso sin él, nada de eso le pertenecería ya, a todo se vería arrancado.

Percibía el olor mañanero de los campos, gustaba el sabor del dulce vino nuevo y de las nueces nuevas, duras de abrir; por su oprimido corazón pasó rápidamente un recuerdo, un reflejo vivísimo y fugaz del colorido mundo; toda la vida hermosa y bulliciosa volvía a resplandecer una vez más en sus sentidos, hundiéndose y despidiéndose, y entonces él se contrajo de súbito dolor, y sintió que de sus ojos brotaba copioso llanto. Se entregó sollozando a aquella oleada, sus lágrimas corrían con ímpetu y, desfallecido, se abandonó al infinito dolor. ¡Ah, vosotros, valles y montes boscosos;

335

vosotros, arroyos bordeados de verdes alisos; vosotras, mozuelas; vosotras, noches de luna en los puentes! Y tú, hermoso, radiante libro de imágenes, ¿cómo podré perderte? Lloraba reclinado sobre la mesa, rapaz desconsolado. De la congoja de su corazón ascendió un suspiro y un grito lastimero e implorante:

—¡Oh madre, oh madre!

Al pronunciar la mágica palabra, le respondió de lo hondo de su memoria una imagen, la imagen de la madre. No era aquella figura de Madre de sus pensamientos y de sus sueños de artista sino la imagen de su propia madre, hermosa y viva, como no la había visto desde los tiempos del convento. A ella dirigió su grito, a ella le lloró la insoportable tortura que sufría ante la muerte ineludible, a ella se abandonó, a ella ofreció el bosque, el sol, los ojos, las manos, a ella devolvió todo su ser y su vida, depositándolos en sus manos maternales.

En medio de las lágrimas, se quedó dormido; el agotamiento y el sueño lo tomaron, maternalmente, en sus brazos. Durmió durante una o dos horas y, de este modo, se libró de su aflicción.

Al volver a despertarse, sintió acerbos dolores corporales. Le ardían terriblemente las muñecas ligadas, y en la espalda y la nuca sentía como si se las distendieran violentamente. Se enderezó con dificultad, volvió en sí y tornó a hacerse cargo de su situación. Hallábase enteramente envuelto en negra tiniebla, no sabía cuánto tiempo había estado dormido, no sabía cuántas horas le quedaban aún de vida. Tal vez, dentro de breves instantes, llegarían los encargados de conducirlo a la muerte.

Recordó entonces que se le había prometido un confesor. No creía que sus sacramentos le fuesen de mucho provecho. No creía que ni la más total absolución y remisión de sus pecados pudiera llevarlo al cielo. No sabía si había un cielo y un Dios Padre y un juicio y una eternidad. Tiempo hacía que había perdido toda certidumbre sobre esas cosas.

Pero hubiese o no una eternidad, no la anhelaba, no quería nada más que esta vida insegura y transitoria, este alentar, este morar dentro de su piel, no quería más que vivir. Se levantó con furia, marchó a tientas, tambaleándose, en medio de la oscuridad, hasta que alcanzó la pared y en ella se apoyó y se puso a reflexionar. ¡Tenía que haber una salvación! ¿Lo sería el sacerdote, se convencería de su inocencia, intercedería por él o bien le conseguiría un aplazamiento o le facilitaría la fuga? En estos pensamientos se engolfaba tenaz y apasionadamente. Y aunque, a la postre, no se lograra nada, no renunciaría al intento, no debía desaprovechar la ocasión. Trataría, pues, de ganarse al sacerdote, haría los mayores esfuerzos para atraerse su simpatía, para entusiasmarlo, para convencerlo, para halagarlo. El clérigo era la única carta buena de su juego, las demás posibilidades no eran sino sueños. Con todo, no cabía descartar algún azar o circunstancia especial: podía darle un cólico al verdugo, podía desplomarse el cadalso, podía presentarse una imprevista oportunidad de huir. Como quiera que fuese, se negaba a morir; había intentado en vano aceptar ese destino y someterse a él, mas no lo había conseguido. Se defendería y lucharía hasta el límite de sus fuerzas, le echaría la zancadilla al guardián, derribaría al verdugo, pelearía por su vida hasta el último instante y hasta la última gota de su sangre... ¡Ah, si lograra convencer al sacerdote que le desatase las manos! Mucho tendría ya ganado.

Entretanto, sin hacer caso de los dolores, intentó librarse de las cuerdas con los dientes. Tras furiosos esfuerzos, le pareció, al cabo de un rato atrozmente largo, que las había aflojado un poco. En la siniestra noche de su cautiverio, jadeaba y los brazos y las manos, hinchados, le causaban espantoso dolor. Cuando volvió a respirar con desembarazo, marchó tentando con cuidado a lo largo de la pared, registró, paso a paso, el húmedo muro de la bodega por ver si encontraba alguna arista saliente. Acordóse entonces de los escalones que había bajado al entrar en aquella mazmorra. Los buscó y dió con ellos. Se arrodilló en el suelo y se puso a rozar la cuerda en el borde de uno de los pétreos peldaños. No fué empresa fácil; repetidas veces, en lugar de la cuerda era la muñeca la que restregaba contra la piedra y entonces parecía que se la quemaran y sentía correr la sangre. No por eso desistió. Y cuando ya entre la puerta y el umbral se percibía una miserable y estrecha franja del gris resplandor del alba, dió término a su empeño. ¡La cuerda estaba rota, podía desatarla, tenía las manos libres! Pero apenas si era capaz de mover un dedo, las manos se hallaban tumefactas y paralizadas, y los brazos, hasta los hombros, rígidamente acalambrados. Los movió y ejercitó para que volviera a circular la sangre. Pues ahora tenía un plan que le parecía excelente.

Si no podía conseguir que el cura lo ayudase, lo mataría. Bastaba para ello que se quedase a solas con él unos instantes. Le asestaría un silletazo. Estrangularlo no le sería posible, por faltarle fuerza en las manos y los brazos. Todo se reducía, pues, a matarlo de unos golpes bien dados, ponerse sus vestidos eclesiásticos y huir. Antes de que los otros descubrieran el muerto, debía estar fuera del castillo. Y luego correr y correr. María le dejaría entrar en su casa y lo escondería. Debía intentarlo. Era factible.

Nunca en su vida había Goldmundo contemplado, aguardado, ansiado y, a la vez, temido la llegada de la aurora como en este trance. Temblando de tensión y determinación, atisbaba con ojos de cazador cómo la menguada raya de luz de debajo de la puerta iba haciéndose cada vez más clara. Volvió junto a la mesa y, sentándose en el escabel, trató de permanecer con el cuerpo doblado y las manos entre las rodillas para que no pudiera descubrirse en seguida la ausencia de las ataduras. Como tenía las manos libres, ya no creía en la muerte. Estaba resuelto a escaparse aunque se hundiera el mundo. Estaba resuelto a vivir a toda costa. La nariz le temblaba de afán de libertad y de vida. Y, ¿quién sabe?, tal vez le ayudaran desde afuera. Inés era mujer, y su poder no iba muy lejos y acaso tampoco su coraje; estaba dentro de lo posible que lo abandonara. Pero lo amaba y quizás hiciera algo por él. Quizá Berta, la doncella, había salido a hurto del palacio... ¿y no había, además, un palafrénero que ella tenía por hombre de confianza? Y aunque no apareciera nadie ni recibiera el menor recado, llevaría a cabo su plan. Y si fracasaba, mataría a silletazos a los guardianes, a dos, a tres, a los que vinieran. Tenía la ventaja de que ahora sus ojos se habían ya acostumbrado a aquella oscura estancia y podía distinguir, en medio de la penumbra, todas las formas y volúmenes, en tanto que los otros estarían al principio enteramente ciegos.

Afiebrado, permanecía encogido junto a la mesa, pensando en lo que le diría al sacerdote para conseguir su ayuda, pues por ahí tenía que empezar. Al mismo tiempo, observaba ansioso el lento crecer de la luz en la rendija. Anhelaba ahora ardientemente que llegara el momento horas antes tan temido, poseíale una tremenda impaciencia; la terrible tensión que sentía resultábale ya insoportable. Por otra parte, sus fuerzas, su atención, su determinación y vigilancia se irían debilitando gradualmente. Era menester que el centinela y el clérigo llegasen pronto, mientras guardaran todo su brío aquella tensa alerta, aquella resuelta voluntad de salvarse.

Por fin se despertaba el mundo exterior, se acercaba el enemigo. Oyéronse pasos en el pavimento del patio, alguien introdujo e hizo girar la llave en la cerradura; tras la larga y mortal quietud, aquellos ruidos sonaban como truenos.

La pesada puerta se entreabrió lentamente, sus goznes crujieron. Entró un eclesiástico, sin compañía, sin guardia alguno. Entró solo, llevando en la mano un candelabro con dos cirios. Todo acontecía otra vez de modo diferente de como el cautivo se lo había imaginado.

Con indecible sorpresa y emoción, advirtió que el sacerdote, tras el cual unas manos invisibles habían tornado a cerrar la puerta, vestía el hábito del convento de Mariabronn: ¡el hábito, para él tan conocido y familiar, que antaño llevaran el abad Daniel, el padre Anselmo, el padre Martín!

Al descubrirlo, sintió en el corazón un extraño sacudimiento y tuvo que apartar los ojos. La aparición de aquel traje monacal tal vez anunciara cosas gratas, tal vez fuese una buena señal. Pero quizá no hubiese otra salida que el asesinato. Apretó los dientes. Muy duro se le haría dar muerte a aquel fraile.

CAPÍTULO XVII

—¡Alabado sea nuestro Señor Jesucristo! —dijo el padre poniendo el candelabro sobre la mesa.

Goldmundo respondió a su saludo murmurando, con la vista baja.

El religioso permaneció callado. Esperó callado hasta que Goldmundo se desasosegó y dirigió hacia él los ojos, inquiridor.

Turbado, veía ahora que aquel hombre no sólo llevaba el hábito de los monjes de Mariabronn sino que, además, ostentaba las insignias de abad.

Lo miró al rostro. Era un rostro enjuto, de rasgos firmes y claros, de labios finos. Le resultaba conocido. Contemplaba encantado aquel rostro que parecía hecho de espíritu y voluntad. Con mano insegura, cogió el candelabro y, alzándolo en alto, lo acercó a aquella cara extraña para poder verle los ojos. Y se los vió; el candelabro le temblaba en la mano cuando volvió a colocarlo sobre la mesa.

—¡Narciso! —susurró casi imperceptiblemente. Todo empezó a darle vueltas en derredor.

—Sí, Goldmundo, antaño me llamaba Narciso, pero has olvidado que hace tiempo cambié de nombre. Desde que tomé el hábito, me llamo Juan.

Goldmundo estaba hondamente impresionado. De súbito, el mundo entero se había transformado y la repentina descarga de su sobrehumana tensión amenazaba ahogarlo; temblaba, una sensación de mareo le hacía sentir la cabeza como una vejiga vacía, el estómago se le contrajo. Tras los ojos notaba una quemazón, que era como un sollozo incipiente. Todo su ser ansiaba deshacerse en lágrimas y sollozos, caer en desmayo.

Pero de las profundidades de sus recuerdos juveniles, que la visión de Narciso había evocado, surgió una amonestación. Cierta vez, siendo muchacho, había llorado y había perdido la serenidad ante aquel rostro hermoso y severo, ante aquellos ojos oscuros y omnisapientes. No debía volver a hacerlo. En el más extraño trance de su vida, tornaba a aparecer, como un espectro, aquel Narciso sin duda para salvarle la vida; ¿e iba él a romper de nuevo en sollozos o a desmayarse? En modo alguno. Se contuvo. Sofrenó su corazón, dominó a su estómago, ahuyentó el mareo de su cabeza. No debía mostrar ahora el menor indicio de flojedad.

Con voz fingidamente tranquila, consiguió decir:

—Permíteme que te siga llamando Narciso.

—Sí, llámame Narciso, amigo mío. ¿No quieres darme la mano?

Goldmundo hubo de volver a dominarse. Y respondió con un tono de arrogancia infantil y levemente irónico, como el que solía adoptar en los tiempos del colegio.

—Discúlpame, Narciso —dijo con frialdad y un poco desdeñoso—. Veo que has llegado a abad. Yo, en cambio, sigo siendo un vagabundo. Y, además, nuestra conversación, aunque me resulta muy grata, no podrá durar, por desgracia, mucho tiempo. Pues he sido condenado a la horca y dentro de una o dos horas estaré colgado. Te lo digo únicamente para que te hagas cargo de la situación.

Narciso no pestañeó. Aquella punta de infantilidad y jactancia que advertía en la actitud del otro le divertía y, a la vez, le emocionaba. Mas el orgullo escondido que impedía a Goldmundo echarse llorando en sus brazos, lo comprendía y aprobaba en el fondo de su alma. Ciertamente que también él se había imaginado de otro modo el encuentro con su amigo, pero, en lo íntimo, no le parecía mal aquella pequeña comedia. Con ninguna otra cosa hubiese podido Goldmundo ganarse otra vez su corazón más rápidamente.

—Bien —dijo, haciéndose también el indiferente—. Por lo que atañe a la horca, puedo tranquilizarte. Has sido indultado. Tengo el encargo de comunicártelo y de llevarte conmigo. No se te permite continuar aquí, en la ciudad. Dispondremos, pues, de tiempo bastante para contarnos muchas cosas. Y ahora, ¿quieres darme la mano?

Se estrecharon las manos y estuvieron largo tiempo sin soltárselas, hondamente emocionados; pero en sus palabras continuó todavía un buen rato la reserva y la comedia.

—Así, pues, Narciso, dejaremos esta poco honrosa

morada y yo me uniré a tu comitiva. ¿Retornas a Mariabronn? ¿Sí? Magnífico. ¿Cómo? ¿A caballo? Estupendo. Habrá que conseguir un caballo para mí.

—Lo conseguiremos, *amice*, y dentro de dos horas nos pondremos en camino. ¡Oh, pero cómo tienes las manos! ¡Todas desolladas, hinchadas y llenas de sangre! ¡Ah, Goldmundo, cómo te han maltratado!

—No tiene importancia, Narciso. Yo mismo me las he puesto así. Estaba atado y quise librarme de la atadura. Puedes creerme que la cosa no fué fácil. Y, a propósito, muy valiente te has mostrado, por cierto, al entrar en mi calabozo sin escolta.

—¿Por qué valiente? No había peligro.

—Solamente el pequeño peligro de ser muerto por mí. Pues así lo había proyectado. Sabía que me iban a enviar un sacerdote. Yo le daría muerte y huiría vestido con sus hábitos. Un plan excelente.

—Entonces, ¿no querías morir? ¿Querías, por el contrario, defenderte?

—Claro que lo quería. No podía adivinar que fueses tú el sacerdote.

—De todos modos —dijo Narciso pausadamente— era ese un plan poco loable. ¿Hubieses podido de veras asesinar a un sacerdote que venía a confesarte?

—A ti, Narciso, naturalmente no, y quizá tampoco a ninguno de tus monjes, si llevaba la cogulla de Mariabronn. Pero a cualquier otro, desde luego, no te quepa la menor duda.

Su voz se volvió, de pronto, triste y opaca.

—No sería el primero.

346

Ambos se callaron. Sentían un gran embarazo en el ánimo.

—En fin, sobre estas cosas —dijo Narciso con voz fría— ya hablaremos más tarde. Si quieres, te confiesas conmigo. O si no, me cuentas tu vida. Yo también tengo muchas cosas que contarte. Eso me da placer... ¿Nos vamos?

—¡Un momento, Narciso! Ahora que me acuerdo yo ya te he llamado Juan una vez.

—No te entiendo.

—Naturalmente. Aún no sabes nada. Hace ya muchos años te di el nombre de Juan y ese nombre te quedará para siempre. Un tiempo fuí escultor e imaginero y pienso volver a serlo. Y la mejor imagen que entonces hice, la de un joven, tallada en madera, de tamaño natural, es tu efigie, pero no se llama Narciso sino Juan. Es un joven San Juan, al pie de la cruz.

Se levantó y se dirigió a la puerta.

—¿Eso quiere decir que has pensado en mí? —preguntó Narciso en voz baja.

En el mismo bajo tono, respondió Goldmundo:

—Oh sí, Narciso, he pensado en ti. Constantemente.

Abrió de golpe la pesada puerta y la pálida mañana entró en el sótano. No hablaron más. Narciso se lo llevó a su aposento. Su compañero, un monje joven, aprontaba allí el equipaje. Se le dió de comer a Goldmundo y también le lavaron las manos y se las vendaron un poco. Poco después llegaban los caballos.

Al montar, dijo Goldmundo:

—Aun quisiera pedirte otra cosa. Me gustaría que

347

pasásemos por el mercado del pescado; tengo algo que hacer allá.

Partieron. Goldmundo paseaba la mirada por todas las ventanas del palacio esperando que Inés apareciera en alguna. No la vió. Llegaron al mercado del pescado. María había estado muy inquieta por su tardanza. Él se despidió de la joven y de sus padres, agradeció efusivamente sus atenciones, les prometió volver alguna otra vez y prosiguió camino. María permaneció en el umbral de la puerta hasta que los jinetes desaparecieron. Luego se metió cojeando en la casa.

Los viajeros eran cuatro: Narciso, Goldmundo, el monje joven y un palafrenero armado.

—¿Te acuerdas aún de mi caballo Careto que estaba en la cuadra del convento? —preguntó Goldmundo.

—Claro que sí. No lo encontrarás ya; sin duda tampoco te lo esperabas. Hará unos siete u ocho años que hubo que darle muerte.

—¡Que aún te acuerdes de él!

—Sí, me acuerdo.

No le causó tristeza a Goldmundo la muerte de Careto. Causábale, por el contrario, contento que Narciso estuviera tan enterado sobre el caballo, él que jamás se había interesado por los animales y que, de seguro, nunca había conocido por su nombre a ningún otro caballo del monasterio. Eso le alegraba mucho.

—Te causará risa —prosiguió— que el primero de vuestro convento por el que pregunto sea ese pobre rocín. Reconozco que no está bien. En realidad, quise preguntarte por otros, especialmente por nuestro abad

Daniel. Pero me imaginé que ya había muerto y que tú eras su sucesor. Y no quería empezar hablando de muertes. Por el momento, no está mi ánimo para hablar de la muerte, y ello por causa de la noche última y también de la peste, de la que hube de ver no poco. Pero, en fin, ya estamos en ello y alguna vez se había de tocar el tema. Díme, pues, cuándo y cómo falleció el abad Daniel; yo le profesé gran veneración. Y díme también si aún viven el padre Anselmo y el padre Martín. Espero lo peor. Mas el hecho de que la peste te haya perdonado a ti por lo menos me llena de alegría. En verdad, nunca pensé que pudieras morir, siempre creí firmemente que nos volveríamos a encontrar. Pero la fe puede engañarse, eso bien lo he experimentado por desgracia. Tampoco podía imaginar que muriera mi maestro Nicolao, el escultor, y estaba seguro de que tornaría a su lado y a trabajar de nuevo con él. Y, sin embargo, cuando llegué, estaba muerto.

—Todo te lo puedo referir en pocas palabras —profirió Narciso—. El abad Daniel feneció hace ya ocho años, sin enfermedad ni dolores. Yo no soy su sucesor, llevo tan sólo un año como abad. Su sucesor fué el padre Martín, antaño nuestro regente de estudios; murió el año pasado cuando aún no había cumplido los setenta. Y el padre Anselmo tampoco vive. Te quería mucho y hablaba a menudo de ti. En los últimos tiempos, no podía caminar, y el permanecer tendido era para él un gran tormento; murió de hidropesía. En fin: también la peste anduvo entre nosotros, murieron muchos. ¡No hablemos de eso! ¿Tienes algo más qué preguntar?

—Sin duda, muchas cosas más. Ante todo: ¿por qué viniste a la capital del obispado y a ver al gobernador?

—Es una larga historia, y, para ti, aburrida; cosas de política. El conde es un favorito del emperador y, en algunas cuestiones, su delegado, y en la actualidad hay entre el emperador y nuestra orden varios asuntos pendientes que es menester arreglar. La orden me ha enviado al frente de una comisión para negociar con el conde. Los resultados fueron mezquinos.

Se calló y Goldmundo no preguntó más. No necesitaba saber que anoche, al pedir Narciso al conde por la vida de su amigo, había tenido que pagar la merced solicitada con algunas concesiones.

Cabalgaban; Goldmundo pronto sintió fatiga, costábale trabajo sostenerse en la silla.

Al cabo de un largo rato, Narciso preguntó:

—¿Es verdad que se te detuvo por robo? El conde afirmó que te habías introducido en el palacio y en los aposentos interiores con intención de robar.

Goldmundo se echó a reír.

—Las apariencias me condenaban como ladrón. Mas la verdad es que tenía una cita con la querida del conde; y sin duda que él llegó a enterarse. Me asombra que me haya dejado marchar.

—Sea como fuere, se dejó convencer.

No pudieron cumplir la jornada que habían planeado pues Goldmundo estaba agotado y sus manos no podían ya sostener las riendas. Hicieron alto en una aldea y en ella buscaron alojamiento; Goldmundo fué llevado al lecho y tuvo algo de fiebre y siguió acostado todo el día siguiente. Mas al otro día volvió a encontrarse en condiciones de seguir viaje. Y cuando, poco después, se le sanaron las manos del todo, el viaje a caballo comenzó a depararle gran goce. ¡Cuánto tiempo hacía que no cabalgaba! Sentíase como renacido, joven y lleno de vida; algunos trechos del camino los corría en competencia con el palafrenero y, en momentos de expansión, importunaba a su amigo con numerosas preguntas impacientes. Narciso respondía a ellas resignado y, a la vez, complacido; volvía a sentirse fascinado por Goldmundo, le agradaban sus vehementes e infantiles preguntas que reflejaban una ilimitada confianza en el espíritu e inteligencia del amigo.

—Oye, Narciso: ¿habéis quemado judíos también vosotros?

—¡Cómo! ¿Quemar judíos? Entre nosotros no hay judíos.

—Es verdad. Pero dime: ¿serías tú capaz de quemar judíos?, ¿crees posible que tal cosa sucediera?

—En modo alguno. ¿Por qué había de hacerlo? ¿Acaso me tienes por un fanático?

—¡Entiéndeme, Narciso! Lo que te quiero decir es esto: ¿Puedes admitir que, en algún caso especial, llegaras a dictar la orden de matar a los judíos o dar a ella tu asentimiento? Tú sabes bien que muchos duques, burgomaestres y obispos han dado órdenes de esa clase.

—Jamás daría una orden semejante. Pero, en cambio, está dentro de lo posible que me viera obligado a presenciar y soportar tales actos de crueldad.

351

—¿Es decir que los soportarías?

—Ciertamente, si no tenía poder bastante para impedirlos... ¿Viste alguna vez quemar a judíos, Goldmundo?

—Sí, lo vi.

—¿Y lo has impedido?... ¿No?... Ya lo ves.

Goldmundo refirió con detalle, apasionado y
dido, la historia de Rebeca.

—Y ahora yo me pregunto —concluyó vehemente—, ¿qué mundo es este en el que tenemos que vivir? ¿No es realmente un infierno? ¿No es algo indignante y abominable?

—En efecto. Así es el mundo.

—¡Ah! —exclamó Goldmundo con enojo—. ¿Eso dices ahora? Sin embargo, antaño muchas veces me aseguraste que el mundo era divino, que era una inmensa armonía de esferas desde cuyo centro señoreaba el Creador, y que todo lo existente era bueno y otras cosas por el estilo. Sostenías que así se leía en Aristóteles ɔ Santo Tomás. Espero con ansia que me expliques esa contradicción.

Narciso se rió.

—Tu memoria es pasmosa; y, sin embargo, te ha engañado un poco. Siempre he considerado al Creador como un ser perfecto, mas nunca a la creación. Jamás negué la existencia del mal en el mundo. Ningún verdadero pensador ha sostenido, amigo mío, que la vida en la tierra sea armónica y justa y que el hombre sea bueno. Y, por el contrario, que los pensamientos y anhelos del corazón humano están llenos de maldad, es cosa que se declara expresamente en la Escritura y vemos confirmada cada día.

—Perfectamente. Por fin veo claro cómo pensáis vosotros, los doctos. Reconocéis, pues, que el hombre es malo y que la vida sobre la tierra está llena de vileza y basura. Pero detrás de eso, en vuestros pensamientos y tratados, existe la justicia y la perfección. Existen, se puede probar su existencia; lo que sucede es que no se hace uso de ellas.

—¡Mucho rencor has acumulado contra nosotros los teólogos, mi buen amigo! Pero sigues sin ser un pensador, pues todo lo confundes y trastocas. Necesitas aprender algunas cosas más. ¿Por qué dices que no hacemos uso de la idea de la justicia? Cada día y a cada hora usamos de ella. Veamos lo que ocurre en el convento que tengo que regir como abad. En este convento existe la imperfección y el pecado, como en el mundo exterior. Sin embargo, al pecado original oponemos constantemente la idea de la justicia y tratamos de acomodar a ella nuestra vida imperfecta, y corregir el mal y poner nuestra vida en permanente relación con Dios.

—Comprendo, Narciso. Pero yo no me refiero a ti ni dudo que seas un abad excelente y ejemplar. Pienso en Rebeca, en los judíos quemados, en las fosas colectivas, en el inmenso fenecer, en las calles y aposentos en que yacían y se pudrían los muertos de peste, en aquella espantosa desolación, en los niños huérfanos y desamparados, en los perros de las alquerías que murieron de hambre atados a la cadena. Y cuando pienso en todo eso y contemplo esas imágenes, siento dolor en el corazón y tengo la impresión de que nuestras madres nos dieron a luz en un mundo sin esperanza, horrible y demoníaco, y que hubiese sido mejor que no lo hubiesen hecho y que Dios no hubiese creado este mundo terrible y que el Salvador no se hubiese dejado crucificar en vano.

Narciso hizo al amigo un amable gesto aprobatorio con la cabeza.

—Tienes razón —declaró efusivo—; habla sin reservas, dímelo todo. Pero hay una cosa en que te engañas de medio a medio. Crees que lo que acabas de expresar son pensamientos cuando, en realidad, son sentimientos. Son los sentimientos de un hombre angustiado por el horror de la existencia. Mas no debes olvidar que a esos tristes y desesperados sentimientos se contraponen otros enteramente distintos. Cuando vas cabalgando en tu caballo por una hermosa comarca con el cuerpo fresco y animado, o cuando, con harta irreflexión, te introduces a hurto, de noche, en el palacio para cortejar a la querida del conde, entonces el mundo se te aparece muy otro, y todas las casas de apestados y todos los judíos quemados no pueden impedirte que busques tu placer. ¿No es así?

—Sí, así es. Por estar tan lleno el mundo de muerte y horror es por lo que busco constantemente consolar mi corazón y coger las bellas flores que crecen en medio de este infierno. Encuentro el placer y, por un instante, olvido el horror. Pero eso no quiere decir que no esté allí.

—Lo has formulado de un modo perfecto. Tú te

ves, pues, rodeado, en este mundo, de muerte y espanto, y, para huir de ellos, te acoges al placer. Pero el placer es efímero y vuelve a dejarte en medio del desierto.

—En efecto, así es.

—Eso le acontece a los más de los hombres, aunque sólo unos pocos lo sienten con la fuerza y la vehemencia que tú, y pocos son, también, los que tienen necesidad de darse cuenta de esas sensaciones. Pero díme: aparte de ese desesperado ir y venir entre el placer y el horror, aparte de ese columpiarse entre el placer de vivir y el sentimiento de morir... ¿no has probado algún otro camino?

—Naturalmente que sí. Lo probé con el arte. Ya te dije que, entre otras cosas, me había hecho también un artista. Cierto día, cuando llevaba ya unos tres años por el mundo, peregrinando casi siempre, me encontré, en la iglesia de un convento, una imagen en madera de la Madre de Dios; y era tan bella y tanta impresión me causó el verla que pregunté por el maestro que la había labrado y fuí en su busca. Di con él, era un maestro famoso; fuí su discípulo y trabajé a su lado varios años.

—Más tarde me hablarás de esto con pormenor. Pero díme, ¿qué fué lo que el arte te trajo y significó para ti?

—El vencimiento de la caducidad. Advertí que de este carnaval y esta danza de la muerte, que es la vida humana, quedaba y pervivía algo, a saber, las obras de arte. También ellas desaparecen alguna vez, se queman, se deterioran o las destrozan. Pero siempre sobreviven a varias vidas humanas y forman, más allá del momento actual, un reino sereno de imágenes y cosas santas. Y el colaborar en eso se me antoja bueno y consolador porque es casi perpetuar lo transitorio.

—Mucho me place lo que dices, Goldmundo. Espero que aún harás muchas bellas obras; tengo una gran confianza en tu talento y capacidades y estoy seguro que serás mi huésped en Mariabronn por mucho tiempo y que me permitirás que te disponga un taller; en nuestro convento ya no hay artistas desde hace largos años. Sin embargo, estimo que no has agotado, con tu definición, toda la maravilla que el arte encierra. Creo que el arte no consiste tan sólo en arrancar a la muerte, por medio de la piedra, la madera o los colores, algo que existe pero es perecedero, y darle mayor duración. He visto algunas obras de arte, imágenes de santos y de la Virgen, que no me parece que sean meras reproducciones de individuos humanos reales que vivieron un día y cuyas formas o colores ha conservado el artista.

—Tienes razón —exclamó Goldmundo con pasión—. Nunca hubiese creído que estabas tan enterado en cosas de arte. El verdadero modelo de una buena obra de arte no es nunca una forma real y viviente, aunque ésta pueda ser su motivo. El modelo auténtico no es de carne y sangre sino espiritual. Es una imagen que mora en el alma del artista. También en mí, Narciso, moran y viven imágenes de ésas, las que espero un día representar y mostrártelas.

—¡Espléndido! Y debo decirte, amigo mío, que, sin

saberlo, te has metido de hoz y de coz en la filosofía, y has formulado uno de sus misterios.

—Te burlas de mí.

—En modo alguno. Acabas de hablar de modelos, de imágenes que sólo existen en el espíritu creador pero que pueden ser realizadas y hechas visibles en la materia. Mucho antes de que una obra de arte se haga visible y cobre realidad, existe ya como imagen en el alma del artista. Esa imagen, ese modelo prístino es justamente lo que los filósofos llaman una "Idea".

—Todo eso parece creedero.

—Bien; y al reconocer la existencia de las ideas y de los modelos prístinos, vienes a entrar en el mundo del espíritu, en nuestro mundo de filósofos y teólogos, y a reconocer que, en medio del revuelto y doloroso campo de batalla de la vida, en medio de esta danza de la muerte de la existencia corporal, inacabable y sin sentido, se encuentra el espíritu creador. Y a ese espíritu, tal como alienta en ti, traté siempre de dirigirme, desde que llegaste a mi lado, en tu infancia. Ese espíritu no es en ti el de un pensador sino el de un artista. Pero es espíritu, y él te mostrará el camino para salir de la turbia confusión del mundo de los sentidos, del eterno oscilar entre el placer y la desesperación. ¡Ah, mi buen amigo, qué dichoso me siento al oír de tus labios tal confesión! La he estado esperando... desde entonces, desde que abandonaste a tu maestro Narciso y tuviste el valor de ser tú mismo. Ahora podemos volver a ser amigos.

En aquel instante parecióle a Goldmundo que su

vida hubiese adquirido un sentido, y como si la viera desde lo alto, distinguiendo claramente sus tres grandes etapas: la dependencia de Narciso y la disolución de ese vínculo —la época de la libertad y la vida errante— y el retorno, la introversión y el comienzo de la madurez y la cosecha.

Se desvaneció la visión. Pero acababa de descubrir su relación adecuada con Narciso, no ya una relación de dependencia sino de libertad y reciprocidad. Podía ahora sin humillación ser huésped de su espíritu superior ya que el otro había reconocido en él a un igual, a un creador. La idea de mostrarse a él, de revelarle su mundo interior a través de obras plásticas, lo deleitaba y lo encendía en ansia creciente durante aquel viaje. Pero, a veces, le asaltaban también reparos.

—Narciso —le previno—, temo que no te hagas exactamente cargo de quién es el sujeto que llevas contigo al convento. No soy un monje ni quiero serlo. Tengo cabal conocimiento de los tres grandes votos monástico, y si con la pobreza me entiendo perfectamente, no me agradan ni la castidad ni la obediencia, virtudes que, por lo demás, me parecen poco viriles. Y en cuanto a la piedad, nada me ha quedado; hace años que ni me confieso ni rezo ni comulgo.

Narciso permaneció tranquilo.

—Dijérase que te hubieses vuelto un pagano. Pero no hay que inquietarse. No debes seguir ufanándote de tus muchos pecados. Has llevado la acostumbrada vida del mundo, has apacentado los puercos, como el Hijo Pródigo, y ya no sabes lo que es la ley ni el orden.

No hay duda que serías muy mal monje. Pero no te invito a que entres en la orden sino sólo a que seas nuestro huésped y a que aceptes que te aparejemos un taller. Y aun quiero decirte algo más: no olvides que en los años de nuestra juventud fuí yo quien te despertó y quien te impulsó a seguir la vida del mundo. De lo que ahora seas, bueno o malo, yo soy responsable después de ti. Quiero ver lo que eres: lo mostrarás en las palabras, en la vida, en tus obras. Una vez que te hayas revelado, si encuentro que nuestra casa no es lugar adecuado para ti, seré el primero en pedirte que la vuelvas a abandonar.

Siempre que su amigo le hablaba en ese tono y aparecía en él el abad, con su tranquila seguridad y aquel dejo de ironía hacia la gente y la vida del mundo, Goldmundo se llenaba de admiración, pues entonces se daba cuenta de que Narciso se había convertido en un hombre. Un hombre de espíritu y de Iglesia, de manos delicadas y rostro de letrado pero, a la vez, lleno de seguridad y coraje, un conductor, cargado de responsabilidad. Este Narciso no era ya el joven de antaño ni tampoco el dulce e íntimo San Juan, y sentía el deseo de representar a este nuevo Narciso, varonil y denodado, en una obra de sus manos. Muchas figuras lo esperaban: Narciso, el abad Daniel, el padre Anselmo, el maestro Nicolao, la bella Rebeca, la linda Inés y otras más, amigos y enemigos, vivos y muertos. No, no quería ser fraile, ni un hombre piadoso ni un erudito, sino crear obras de arte; y la circunstancia de que el viejo hogar de su mocedad debiese ser el hogar de esas obras, lo llenaba de dicha.

Iban cabalgando a través de aquellos frescos finales del otoño; y cierto día, en cuya mañana los árboles pelados se doblaban cargados de escarcha, pasaron por una tierra dilatada y ondulada, con zonas pantanosas vacías y rojizas, y en la que las líneas de las largas cadenas de montañas le resultaban notablemente evocadoras y familiares. Vino luego un bosque de altos fresnos y un arroyo y un viejo granero, y Goldmundo, al verlos, sintió que un gozoso temor le atormentaba el corazón; reconoció la colina que cierta vez había cruzado a caballo con Lidia, la hija del caballero, y la pradera por la que un día se alejara, expulsado y hondamente afligido, en medio de una mansa nevada. Surgieron los grupos de alisos y el molino y el castillo; reconoció, sintiendo un extraño dolor, la ventana del gabinete de estudio en el que entonces, en los tiempos de su legendaria mocedad, oía referir al caballero sus peregrinaciones y le corregía su latín. Entraron en el patio, pues aquel era uno de los puntos de parada que se habían previsto. Goldmundo pidió al abad que no mentaran aquí su nombre y que le dejara comer con la servidumbre de la casa y el palafrenero. Y así fué. Ya no estaban allí el anciano caballero ni Lidia, aunque sí quedaban todavía algunos de los monteros y criados de antaño; y en la casa vivía y mandaba, en compañía de su esposo, una señora muy hermosa, altiva y dominadora: Julia. Seguía siendo maravillosamente bella, muy bella, y de aire un tanto maligno; ni ella ni los sirvientes reconocieron a Goldmundo. Éste, luego de cenar, a punto que anochecía, se escabulló al jardín, contempló, por encima del vallado, los arriates ya invernales, luego se asomó a la puerta de la cuadra y echó una mirada a los caballos. Durmió en la paja con el palafrenero, y la carga de los recuerdos que le abrumaba el pecho lo despertó muchas veces. ¡Cuán destrozada e infructuosa aparecía su vida pasada, rica en espléndidas imágenes, ciertamente, pero rota en tantos pedazos, tan poco valiosa, tan pobre en amor! En la mañana siguiente, al reanudar la marcha, alzó la mirada hacia las ventanas por si lograba ver a Julia otra vez. De modo semejante había paseado los ojos a su alrededor poco antes, en el patio del palacio episcopal, esperando que Inés se le mostrara una vez más. No había venido, y Julia tampoco apareció. Así, se le antojaba, había sido toda su vida: despedida, huída, olvido, esperar con las manos vacías y el corazón aterido. Todo el día le persiguió este pensamiento, no hablaba palabra, colgaba en la silla desmadejado y sombrío. Narciso no interrumpió su ensimismamiento.

Se acercaban a su punto de destino. Alcanzáronlo al cabo de algunos días. Poco antes de que se distinguieran la torre y los tejados del convento, atravesaron aquellos barbechos pedregosos en que una vez —¡oh, qué lejano quedaba ya!— buscara corazoncillos para el padre Anselmo y la gitana Elisa lo había hecho hombre. Por fin franquearon el portón de Mariabronn y descabalgaron bajo el exótico castaño. Goldmundo acarició el tronco con ternura y se agachó a coger uno de los espinosos erizos abiertos que yacían por el suelo morenos y marchitos.

CAPÍTULO XVIII

Goldmundo moró los primeros días en el mismo convento, en una de las celdas destinadas a los huéspedes. Luego, por petición suya, se le aposentó en uno de los edificios administrativos que rodeaban, como un mercado, el gran patio, frente por frente de la herrería.

La emoción del retorno se adueñó de su ser con tan arrebatado encantamiento que él mismo se maravillaba. Nadie le conocía allí fuera del abad, nadie sabía quién era; los hombres que en aquella casa moraban, tanto frailes como legos, sujetos a una regla severa y muy ocupados, lo dejaban en paz. Pero lo conocían los árboles del patio, las puertas y ventanas, el molino y la noria, las baldosas de los corredores, los rosales mustios del claustro, los nidos de cigüeña de encima del granero y el refectorio. En todas las esquinas, salían al encuentro el dulce y emocionante aroma de su pasado, de su primera juventud, un sentimiento de amor lo impulsaba a verlo todo, a volver a oír todos los sonidos, el toque de ánimas, el repique dominical, el rumor del oscuro arroyo del molino en su estrecho y musgoso canal, los pasos de las sandalias sobre las losas de piedra, el sonar del manojo de llaves cuando, al caer la noche, el hermano portero cerraba las puertas. Junto a los desaguaderos de piedra en que caía, del tejado del refectorio de los legos, el agua de la lluvia, seguían lozaneando las mismas plantas pequeñas, geranios y llantenes, y en el jardín de la herrería el viejo manzano retorcía de igual modo sus ramas dilatadas. Pero lo que más le emocionaba era oír el tañido de la esquila del colegio y ver, en el rato de recreo, a los escolares encaminarse al patio, escaleras abajo, con gran algazara. ¡Qué jóvenes, qué ingenuas, qué lindas las caras de aquellos muchachuelos!... ¿Había sido él realmente, alguna vez, tan joven, tan desmañado, tan lindo y tan infantil?

Pero además de este convento que bien conocía, volvía a encontrar otro casi desconocido, que le llamó la atención ya desde los primeros días, que cada vez cobraba más importancia ante sus ojos y que sólo lentamente se fué uniendo con el otro. Pues aunque tampoco aquí había nada nuevo y todo estaba igual, como en sus años estudiantiles y cien años antes y aun más, no lo miraba ahora con ojos de escolar. Contemplaba y sentía aquellas construcciones, las bóvedas de la iglesia, las pinturas antiguas, las imágenes de piedra y de madera de los altares y portadas, y si bien nada veía que no estuviese ya entonces en su lugar actual, descubría por vez primera la belleza de todas aquellas cosas y el espíritu con que habían sido creadas. Observó con detenimiento la imagen de la Madre de Dios de la capilla central; ya cuando mocito le había tenido cariño y la había dibujado varias veces; mas sólo ahora la veía con ojos despiertos y advertía que era una obra maravillosa que nunca podría superar aunque trabajara con el máximo empeño y fortuna. Y de esas cosas maravillosas había muchas, y cada una de ellas no era algo aislado y producto de la casualidad, sino que todas procedían del mismo espíritu, y entre los viejos muros, columnas y bóvedas estaban como en su hogar natural. Todo lo que allí se había edificado, cincelado, pintado, vivido, pensado y enseñado en varios siglos arrancaba de un tronco, de un espíritu, y se acomodaba y ordenaba como el ramaje de un árbol.

En medio de aquel mundo, de aquella tranquila y poderosa unidad, Goldmundo se sentía muy pequeño, sobre todo cuando veía al abad Juan, a su amigo Narciso, dirigir y gobernar aquel orden grave y, a la vez, amable y sereno. Aunque entre el erudito abad Juan, de finos labios, y el sencillo abad Daniel, con su bondadosa llaneza, hubiera, como individuos, una gran diferencia, ambos se habían consagrado al servicio de la misma unidad, del mismo pensamiento, del mismo orden, de los que recibían su dignidad y a los que ofrendaban su persona. Y eso los hacía tan semejantes como el hábito monacal.

En medio del convento, Narciso se aparecía a los ojos de Goldmundo con imponente grandeza, a pesar de que él siempre lo trataba cordialmente, como camarada y huésped. Al cabo de algún tiempo, apenas se atrevía a tutearlo y a llamarle "Narciso".

—Escucha, abad Juan —le dijo una vez—; tendré que ir acostumbrándome poco a poco a tu nuevo nombre. Quiero que sepas que me encuentro muy bien entre vosotros. Casi me dan ganas de pedirte que me oigas en una confesión general y, una vez cumplida la penitencia, me admitas como hermano lego. Pero entonces terminaría nuestra amistad; tú serías el abad y yo el hermano lego. Sin embargo, no podré soportar mucho tiempo vivir así a tu lado y ver cómo te afanas sin que yo sea ni haga nada. También me gustaría trabajar y mostrarte lo que soy y puedo hacer para que juzgues si ha valido la pena salvarme del cadalso.

—Eso me complace mucho —dijo Narciso, pronunciando sus palabras aun con más precisión y claridad de lo acostumbrado—. Cuando te parezca puedes comenzar a organizar tu taller; daré orden al herrero y al carpintero de que se pongan a tus órdenes. Dispón libremente de todo el material de trabajo que aquí haya. En cuanto a lo que sea preciso hacer venir de fuera, con carreteros, hazme una lista. Y ahora, escucha; voy a decirte lo que pienso sobre ti y tus propósitos. Me concederás unos instantes para que exprese mis puntos de vista; trataré de exponer la cuestión tal como yo la veo, como erudito, pues no tengo otro lenguaje. Atiéndeme pues, una vez más, con la misma paciencia que solías antaño.

—Procuraré atender. Habla.

—Sin duda recordarás, pues ya te lo dije alguna vez en nuestros años escolares, que yo te tengo por un artista. En aquellos tiempos, creía que pudieras llegar a ser un poeta; en el leer y el escribir revelabas cierta aversión a lo conceptual y abstracto, y en el lenguaje gustabas sobre todo de las palabras y sonidos que encerraban cualidades sensuales y poéticas, es decir, de las palabras con las que uno puede representarse algo.

—Perdóname —interrumpió aquí Goldmundo—, pero ¿acaso los conceptos y las abstracciones, que tú prefieres, no son también representaciones, imágenes? ¿O es que para pensar precisas y gustas realmente de las palabras con las que uno no puede representarse nada?

—Mucho me agrada que hagas preguntas —dijo Narciso; y prosiguió—: No hay duda que es posible pensar sin representaciones. El pensar nada tiene que ver con las representaciones. No se piensa mediante imágenes sino con conceptos y fórmulas. Y, justamente, allí donde terminan las imágenes empieza la filosofía. Sobre esto, precisamente, hemos discutido a menudo en nuestra mocedad: para ti el mundo está formado de imágenes, para mí de conceptos. Decíate entonces que no tenías madera de pensador, y también te decía que eso no suponía una mengua porque, en cambio, dominas en el reino de las imágenes. Voy a explicártelo. Si en vez de correr mundo te hubieses hecho un pensador, habrías podido causar mucho daño. Hubieses sido un místico. Los místicos, para decirlo en forma breve y un tanto burda, son aquellos pensadores que no pueden emanciparse de las representaciones, por cuya razón no son, en realidad, pensadores. Son artistas encubiertos: poetas sin versos, pintores sin pinceles, músicos sin notas. Hay entre ellos espíritus nobles y bien dotados, pero todos, sin excepción, son desgraciados. Tal hubieses podido ser tú. Y, en vez de eso, te has hecho, por suerte, artista, y has dominado el mundo de las imágenes, en el que puedes ser creador y señor, en vez de verte atascado y paralizado, como pensador, en lo insuficiente.

—Temo —declaró Goldmundo— que nunca consiga formarme una idea de tu mundo mental, donde se piensa sin representaciones.

—Ah sí, lo lograrás fácilmente. Escucha: el pensador trata de conocer y representar la esencia del mundo por medio de la lógica. Sabe que nuestra razón y su instrumento, la lógica, son medios imperfectos... de igual modo que un artista de talento sabe muy bien que su pincel o su cincel jamás podrán reflejar, de modo cabal, el ser glorioso de un ángel o de un santo. Con todo eso, entrambos, el pensador y el artista, intentan la empresa, cada cual a su modo. No pueden dejar de hacerlo. Pues cuando un hombre procura realizarse, utilizando las dotes que le concedió la naturaleza, lleva a cabo lo más elevado y lo único realmente lleno de sentido de cuanto puede hacer. Por eso te repetía antaño tan frecuentemente que no trataras de contrahacer el pensador o el asceta, sino que fueras tú mismo, que buscaras realizarte a ti mismo.

—Creo haberte comprendido en buena parte. Pero, ¿qué quiere decir eso de "realizarse"?

—Es un concepto filosófico y no puedo expresarlo de otro modo. Para nosotros, discípulos de Aristóteles y de Santo Tomás, el más elevado de todos los conceptos es el ser perfecto. El ser perfecto es Dios. Todo lo demás que existe es sólo parcial, limitado, cambiante, mezclado, está formado de posibilidades. En cambio, Dios no es mezclado sino uno, no hay en Él posibilidades porque es total y entera realidad. Nosotros somos transitorios, cambiantes, somos posibilidades, para nosotros no existe la perfección, no somos seres completos. Sin embargo, cuando pasamos de la potencia al acto, de la posibilidad a la realización, participamos en el verdadero ser, nos hacemos un poco más semejantes a lo perfecto y divino. A esto es a lo que se llama "realizarse". Tú debes ya conocer este proceso por propia experiencia. Eres artista y has esculpido varias figuras. Cuando una de esas figuras te ha salido verdaderamente bien, cuando has librado a la efigie de un hombre de todo lo accidental, convirtiéndolo en una forma pura... entonces has realizado, como artista, esa imagen humana.

—Lo he comprendido.

—Tú, amigo Goldmundo, me ves en un lugar y en un cargo en donde a mi naturaleza le será relativamente fácil realizarse. Me ves viviendo dentro de una comunidad y una tradición que se me acomoda y me ayuda. Un convento no es el cielo, antes está lleno de imperfección; mas, sin embargo, la vida del claustro, llevada con el debido decoro, es, para los hombres de mi condición, incomparablemente más estimuladora que la vida mundana. No me refiero aquí a lo moral, sino que, ya por motivos estrictamente prácticos, el puro pensar, cuyo ejercicio y enseñanza es mi función, reclama cierta protección frente al mundo. Por eso, yo he podido realizarme en esta casa con más facilidad que tú. El hecho de que, no obstante, hayas encontrado un camino y te hayas convertido en un artista me inspira gran admiración. Pues para ti la cosa ha sido mucho más difícil.

Goldmundo se ruborizó de azoramiento por la alabanza y, también, de contento. Para cambiar de tema, interrumpió al amigo:

—He comprendido casi todo lo que acabas de decirme. Mas hay una cosa que sigue sin entrarme en la cabeza y es eso que llamas "el puro pensar", es decir ese tu pensar sin imágenes y ese operar con palabras con las que uno no puede representarse nada.

—Lo comprenderás con un ejemplo. Piensa en las matemáticas. ¿Qué representaciones encierran los números? ¿O los signos más y menos? ¿Qué imágenes contiene una igualdad? Ninguna. Cuando te pones a resolver un problema de aritmética o álgebra, no te vales de ninguna representación sino que resuelves un problema formal dentro de formas mentales aprendidas.

—Así es, Narciso. Si me pones una serie de guarismos y signos, puedo trabajar con ellos sin necesidad de representación ninguna, puedo guiarme por los más y menos, los cuadrados, los paréntesis y demás signos, y resolver el problema. Es decir, podía hacerlo en otro tiempo, pues ahora ya no sería capaz. Pero no acierto a comprender cómo la ejecución de esas tareas formales puede servir para otra cosa que para ejercitar la facultad de razonar de los escolares. El aprender a calcular es, sin duda, muy útil. Pero estimaría absurdo e infantil que un individuo se pasara toda su vida dedicado a tales cálculos y llenando constantemente de cifras papeles y papeles.

—Te engañas, Goldmundo. Aceptas que ese aplicado estudiante de matemáticas resuelva los problemas escolares que el maestro le proponga. Pero también puede plantearse él mismo esas cuestiones, pueden surgir ellas en su espíritu como fuerzas poderosas. Es menester haber calculado y medido muchos espacios reales y ficticios antes de acometer, como pensador, el problema del espacio.

—Es verdad. Pero el problema del espacio, como puro problema conceptual, tampoco me parece que sea realmente objeto digno de que el hombre despilfarre por él su trabajo y sus años. La palabra "espacio" no es para mí nada ni creo que valga la pena reflexionar sobre él si no me imagino, a la vez, un espacio real, por ejemplo el espacio sidéreo; el contemplar y medir este espacio no lo tengo, en verdad, por tarea de poco valor.

Narciso, sonriendo, observó:

—Quieres decir que no le concedes importancia alguna al pensar pero que, en cambio, sí se la das a la aplicación del pensar al mundo práctico y visible. Y yo te respondo que tampoco a nosotros nos faltan, en modo alguno, ocasiones ni la voluntad de aplicar nuestro pensar. El pensador Narciso, por ejemplo, ha aplicado los resultados de sus reflexiones tanto a su amigo

Goldmundo como a sus monjes numerosas veces, y lo hace a diario. Mas ¿cómo hubiese podido "aplicar" nada si antes no lo hubiese aprendido y ejercitado? También el artista ejercita constantemente sus ojos y su fantasía y nosotros descubrimos ese ejercicio suyo aunque sólo se manifieste en un reducido número de obras reales. No tienes derecho a rechazar el pensar como tal y aceptar, en cambio, su "aplicación". La contradicción es patente. Déjame, pues, que me consagre a la reflexión, y juzga mi pensar por sus efectos, de igual modo que yo juzgaré tu talento artístico por tus obras. Ahora te sientes inquieto e irritado porque entre ti y tus obras aparecen todavía obstáculos. ¡Apártalos, busca o constrúyete un taller y manos a la obra! Muchas cuestiones se resolverán por sí mismas.

Eso era justamente lo que Goldmundo quería.

Junto a la puerta del patio halló una estancia, a la sazón vacía, que se adecuaba para taller. Encargó al carpintero una mesa de dibujo y otros enseres cuyo detallado diseño le dió. Hizo una lista de los objetos que los carreteros del convento debían irle trayendo, poco a poco, de las ciudades inmediatas, y era por cierto una larga lista. De los troncos cortados que había en la carpintería y en el bosque, eligió no pocos y los hizo llevar al campillo que había detrás de su obrador, donde los colocó de modo que no se mojaran, cubriéndolos con un tejadillo de protección que él mismo construyó. También anduvo muy ocupado en la herrería. Al hijo del herrero, un joven soñador, lo dejó fascinado y se lo ganó por entero. Pasábase con él buena parte del día junto a la forja, el yunque, la tina de templar y la muela, fabricando todos los cuchillos rectos y corvos, gubias, taladros y raspadores que precisaba para trabajar la madera. Erico, que así se llamaba el hijo del herrero, tendría unos veinte años; se hizo su amigo y le ayudaba en todo con apasionado interés y curiosidad. Goldmundo le prometió enseñarle a tocar el laúd, cosa que él ansiaba grandemente, y también le dijo que podía ensayar la talla en madera. Siempre que se sentía inútil y acongojado, cosa que le acontecía algunas veces en el convento y junto a Narciso, recobraba los ánimos yéndose al lado de Erico, que le amaba tímidamente y le profesaba inmensa veneración. Con frecuencia, éste le pedía que le hablara del maestro Nicolao y de la ciudad episcopal; y Goldmundo solía hacerlo de buen grado, y entonces se asombraba, súbitamente, de verse allí sentado, refiriendo, como un viejo, viajes y sucesos del pasado, porque su vida debía comenzar realmente ahora.

Nadie podía advertir, por no haberlo conocido antes, que en los últimos tiempos había experimentado un cambio radical y que estaba mucho más envejecido de lo que correspondía a su edad. Las penalidades de la vida vagabunda sin duda habían ya quebrantado antes su organismo; pero, luego, la peste con sus mil espantos y, al cabo, el encarcelamiento y aquella horrible noche en los sótanos del palacio lo habían sacudido hasta lo más profundo de su ser, y de todo ello quedaban, como huellas, algunos pelos grises en la barba blonda, unas finas arrugas en la cara, temporadas de insomnio y, en ocasiones, cierto cansancio en el corazón, un embotamiento del afán y la curiosidad, una gris e indolente sensación de hartura y repleción. Al realizar los preparativos para su labor, al conversar con Erico, al trabajar con el herrero y el carpintero, desaparecía su reserva, se volvía joven y animado, todos lo admiraban y se sentían a gusto en su compañía, pero, de cuando en cuando, permanecía sentado media hora y a veces hasta varias horas, cansado, sonriendo y con aire soñador, presa de apatía e indiferencia.

Era para él muy importante la cuestión de por dónde debía iniciar su trabajo. La primera obra que aquí quería hacer, a fin de pagar la hospitalidad que recibía, no debía ser una obra ocasional que se coloca en cualquier parte para satisfacer la curiosidad sino que, al igual de las obras antiguas de la casa, tenía que corresponder a la estructura y la vida del convento, y convertirse en parte integrante de él. Más que nada hubiérale gustado hacer un altar o un púlpito, pero ni lo uno ni lo otro se necesitaban, aparte de que tampoco había lugar para colocarlos. Ocurriósele entonces otra cosa. Había en el refectorio de los padres una hornacina situada a regular altura, desde la que, durante las comidas, un fraile joven leía la vida del santo de cada día. Aquella hornacina carecía de todo adorno. Goldmundo propúsose revestir la escalera que conducía al atril, y éste mismo, de una ornamentación tallada en madera, semejante a las de los púlpitos, que tendría figuras en relieve y algunas casi de bulto redondo. Expuso el plan al abad y éste lo aprobó y elogió.

374

Cuando, finalmente, dió comienzo al trabajo —había nieve y había ya pasado la Navidad—, la vida de Goldmundo cobró un nuevo carácter. Era como si hubiese desaparecido del convento, nadie lo veía, ya no esperaba la salida de los alumnos al terminar las horas de clase, ni vagaba por el bosque, ni daba paseos por el claustro. Ahora hacía sus comidas en casa del molinero, que no era ya el que tan a menudo había visitado en sus tiempos de escolar. Y no dejaba entrar en su taller a nadie más que a su ayudante Erico, y aun a éste había días que no le decía palabra.

La traza que había ideado para aquella su primera obra, la tribuna del lector, era la siguiente: de las dos partes de que constaba, la primera representaría el mundo, y la otra la palabra divina. La parte inferior, la escalera, que saldría de un poderoso tronco de roble, dando vueltas en torno a él, representaría la creación, imágenes de la naturaleza y de la vida sencilla de los patriarcas. La parte superior, el antepecho, ostentaría las imágenes de los cuatro evangelistas. A uno de éstos le daría la apariencia del difunto abad Daniel, a otro la del difunto padre Martín, su sucesor, y en la figura de San Lucas se proponía perennizar al maestro Nicolao.

Tropezó con grandes dificultades, mayores de lo que se había imaginado. Esas dificultades le causaron preocupaciones, mas eran dulces preocupaciones; bregaba por la obra encantado y desesperado, como por una mujer esquiva, luchaba con ella irritada y delicadamente, como un pescador con un sollo grande; toda resistencia era para él una enseñanza y afinaba su sensibilidad. Se olvidó de todo lo demás, se olvidó casi de Narciso. Éste se presentó alguna vez en el taller pero no vió más que dibujos.

En cambio, un día Goldmundo lo sorprendió con la demanda de que lo oyera en confesión.

—Hasta ahora no podía decidirme —le declaró—, me consideraba demasiado insignificante, en tu presencia me sentía humillado. Ahora estoy más animado, tengo mi trabajo y ya no soy un ser inútil. Y puesto que vivo en un convento, quiero someterme a sus normas.

Se sentía ahora con arrestos para enfrentarse con la situación, y no quiso aguardar más. Y cuando, en las meditaciones de las primeras semanas, en su abandonarse a la emoción del retorno y a los recuerdos de su mocedad, e incluso en los relatos que Erico le pedía que le hiciese, dirigía una mirada retrospectiva sobre su vida, advertía en ésta un cierto orden y claridad.

Narciso lo confesó sin ceremonia. La confesión duró unas dos horas. El abad escuchó, con faz inalterable, la narración de las andanzas, sufrimientos y pecados de su amigo, sin interrumpirlo en ningún momento, y también oyó con aire impasible aquella parte de la confesión en la que Goldmundo declaró haber perdido la fe en la justicia y la bondad de Dios. Muchas de las revelaciones del penitente causaron gran impresión al sacerdote, el cual pudo apreciar a qué extremos se había visto zarandeado y acosado de terrores y cuán cerca había estado, algunas veces, de perderse sin remedio. Mas luego volvió a sonreír, emocionado de la ingenua infantilidad que conservaba el amigo, al verlo preocupado y lleno de arrepentimiento por ciertos pensamientos profanos que, en comparación con sus propias dudas y los abismos de su mente, resultaban inocentes.

Para asombro y aun desilusión de Goldmundo, su confesor no censuró con excesiva dureza sus pecados propiamente tales, pero, en cambio, le reconvino y reprendió sin contemplaciones por haber descuidado el rezar, confesar y comulgar. Púsole por penitencia que, antes de recibir la comunión, y por espacio de cuatro semanas, se mantuviera moderado y continente, asistiera cada mañana a la misa del alba y rezara cada noche tres padrenuestros y un himno mariano.

Luego le dijo:

—Te exhorto y te pido que tomes en serio esta penitencia. Yo no sé si conoces de modo cabal el texto de la misa. Debes seguirlo palabra a palabra y fijarte en su sentido. Hoy mismo rezaré contigo el padrenuestro y algunos himnos y te indicaré aquellas palabras y pasajes de importancia en los que debes parar con más detenimiento la atención. No pronunciarás ni escucharás las santas palabras como se pronuncian y escuchan las palabras de los hombres. Cuantas veces te sorprendas recitando las palabras mecánicamente, cosa que acontecerá con más frecuencia de lo que te figuras, te acordarás de este momento y de mi advertencia y empezarás de nuevo, diciendo las palabras y metiéndotelas en el corazón tal como yo te voy a indicar.

Ya fuese por una venturosa coincidencia o porque el

377

conocimiento de las almas que el abad poseía llegaba muy lejos, lo cierto es que con aquella confesión y penitencia principió para Goldmundo un período de plenitud y de paz que le deparó profunda dicha. En medio de su trabajo, rico en tensiones, cuidados y satisfacciones, encontrábase cada mañana y cada noche (gracias a aquellos ejercicios espirituales que, aunque sencillos, realizaba de manera concienzuda) libre de las excitaciones del día, y sentía todo su ser referido a un orden superior que le salvaba de la peligrosa soledad del creador y le hacía formar parte de un reino divino. Si la lucha por su obra debía sostenerla solo y dedicar a ella toda la pasión de sus sentidos y de su alma, los instantes de oración lo volvían a llevar una y otra vez a la inocencia. Mientras que en el trabajo se encendía muchas veces de furor o de impaciencia o se arrobaba hasta la voluptuosidad, se sumergía en los ejercicios espirituales como en una agua honda y fría que le limpiaba tanto del orgullo de la exaltación como del de la desesperación.

Mas no siempre acontecía así. A veces, llegada la noche, y tras varias horas de apasionada labor, no lograba reposo y recogimiento, y hasta llegaba a olvidar los ejercicios, y, en algunos casos, cuando se esforzaba por concentrar su atención, le acosaba y atormentaba la idea de que, al fin y a la postre, el rezar no era sino un esfuerzo pueril por alcanzar a un Dios que o bien no existía en absoluto o no podía darle ayuda. Y expuso sus desazones al amigo.

—Continúa —le dijo Narciso—. Lo has prometido

378

y debes cumplir tu promesa. No tienes por qué pararte a reflexionar sobre si Dios oye nuestras oraciones o si incluso existe el Dios que tú puedes imaginarte. Tampoco tienes por qué pensar en si tus esfuerzos serán pueriles. En comparación con aquel a quien se dirigen nuestras preces, todo lo que hacemos es pueril. Debes reprimir esos descabellados pensamientos de párvulo durante el ejercicio. Debes recitar tu padrenuestro y tu himno mariano y fijar bien la atención en sus palabras y llenarte de ellas el alma, del mismo modo que cuando cantas o tocas el laúd, no te entregas a profundos pensamientos o especulaciones sino que tratas de lograr que todas las notas y las posturas de los dedos tengan la máxima pureza y perfección posibles. Cuando uno canta, no piensa en si el cantar tendrá alguna utilidad, sino que, sencillamente, canta. De la misma manera debes rezar.

Y volvió a conseguirlo. Volvió a apagarse su yo tenso y anheloso en la vasta esfera del orden, y aquellas palabras venerandas volvieron a pasar por encima y a través de él, como estrellas.

El abad vió, con gran contentamiento, que Goldmundo, terminado su período de penitencia y luego de haber recibido el sacramento, proseguía, durante semanas y meses, los diarios ejercicios.

Y entretanto su obra avanzaba. Del macizo caracol de la escalera prorrumpía un pequeño mundo de formas, de plantas, animales y hombres, en medio de los cuales aparecía un padre Noé entre pámpanos y racimos, magnífico libro de imágenes y glorificación de la creación y de su hermosura, que, aunque se desplegaba libremente, respondía a un secreto orden y disciplina. En aquellos meses nadie vió la obra, fuera de Erico, que trabajaba como ayudante y no tenía otra ambición que la de llegar a ser un artista. Algunos días ni siquiera el mismo Erico podía entrar en el taller. Otros, en cambio, Goldmundo mostraba gran interés por él, le enseñaba y le hacía practicar, complacido de tener un discípulo devoto. En cuanto diera afortunado término a la obra, proponíase pedirle autorización al padre para retenerlo a su lado y enseñarle, como oficial permanente.

En las figuras de los evangelistas trabajaba los días en que se encontraba mejor, cuando en su interior reinaba cabal armonía y no lo asombraba duda alguna. La que mejor le salió, en su opinión, fué la que llevaba los rasgos del abad Daniel; teníale gran cariño porque su rostro irradiaba inocencia y bondad. No estaba tan contento con la imagen del maestro Nicolao, aunque era la que más celebraba Erico. Trasuntaba esta imagen cierta disonancia y tristeza; parecía estar llena de elevados proyectos creadores y, a la vez, de una desesperada conciencia de la futilidad de toda labor creadora, llena de tristeza por la inocencia y la unidad perdidas.

Cuando estuvo concluída la efigie del abad Daniel, le hizo limpiar a Erico el taller. Cubrió con telas lo demás de la obra y sólo dejó al descubierto esa figura. Luego se fué a ver a Narciso, y como éste estuviese ocupado esperó pacientemente hasta el día siguiente. A mediodía condujo al taller a su amigo y le enseñó la escultura.

Narciso se puso a contemplarla. La examinó con calma, con la atención y cuidado del erudito. Goldmundo permanecía tras él, silencioso, esforzándose por dominar el tumulto de su corazón. "Ah —pensaba—, si uno de los dos no saliera airoso de este trance, todo se echaría a rodar. Si mi obra no fuese lo bastante buena o si él no llegase a comprenderla, mi labor aquí habrá sido en vano. Debía esperarlo."

Los minutos le parecían horas, recordaba el momento en que el maestro Nicolao examinara su primer dibujo; lleno de tensión, se estrujaba las manos húmedas y ardientes.

Narciso se volvió hacia él; y, súbitamente, se sintió aliviado. En el enjuto rostro del amigo vió que florecía algo que no había vuelto a percibir desde los años de la adolescencia: una sonrisa, una sonrisa casi tímida en aquel rostro lleno de espíritu y voluntad, una sonrisa de amor y devoción, un leve resplandor, como si la expresión distante y orgullosa de aquel semblante se hubiese disipado de pronto y sólo apareciera un corazón lleno de amor.

—Goldmundo —le dijo Narciso quedamente, midiendo, también ahora, las palabras—. No esperes de mí que me convierta repentinamente en un entendido en cosas de arte. No lo soy, tú bien lo sabes. Lo que pueda opinar sobre tu arte te haría reír. Pero permíteme que te diga que ya al primer golpe reconocí en este apóstol a nuestro abad Daniel, y no sólo a él sino también todo lo que él representó antaño para nosotros: la dignidad, la bondad, la sencillez. Vuelvo a ver ante mí al finado padre Daniel, inspirándome el mismo sentimiento de respeto que en nuestra mocedad nos inspiraba, y, con él, todo lo que entonces era para nosotros santo y que nos hace tan inolvidables aquellos tiempos. No sabes, amigo, el inapreciable regalo que me has hecho con esta imagen, pues no sólo me has devuelto a nuestro abad Daniel sino que, por vez primera, te me has revelado del todo. Ahora ya sé quién eres. No hablemos más de esto, no me es permitido hacerlo. ¡Ah, Goldmundo, cuán maravilloso que haya llegado este momento!

Reinaba el silencio en la amplia estancia. Goldmundo advertía que su amigo estaba hondamente conmovido. La turbación lo ahogaba.

—Lo que me dices me llena de alegría —le dijo sencillamente—. Pero ya es hora de que te vayas a almorzar.

CAPÍTULO XIX

Dos años trabajó Goldmundo en aquella obra y, al cabo de ellos, Erico se convirtió en su aprendiz permanente. En la talla de la escalera representó un pequeño paraíso, y fué grande el placer que le deparó labrar aquella graciosa espesura de árboles, ramaje y hierba, con pájaros en las ramas y cuerpos y cabezas de animales surgiendo por todas partes de entre la fronda. En medio de aquel primitivo vergel que crecía en paz, reprodujo algunas escenas de la vida de los patriarcas. Raramente su afanoso quehacer experimentaba una interrupción. Escasos eran los días en que el trabajo se le hacía imposible, en que el desasosiego o el hastío le hacían sentir disgusto de su obra. En tales ocasiones, tras encomendar algún trabajo a su discípulo, salía al campo, a pie o a caballo, y respiraba en el bosque el aroma evocador de la libertad y la vida vagabunda, e iba a visitar a alguna moza campesina, o bien se entregaba a la caza y permanecía durante varias horas tendido sobre el césped con los ojos fijos en las entrelazadas copas de los árboles que formaban apretadas bó-

vedas y en las espesas masas de helechos y retamas.
Nunca estaba fuera más de un día o dos. Luego retornaba con nuevo fervor a su obra, esculpía con delectación
aquellas plantas de lozano follaje, iba sacando de la
madera, poco a poco y delicadamente, las cabezas humanas y tallaba a vigorosos golpes una boca, un ojo,
una barba rizada. Aparte de Erico, sólo Narciso conocía
la obra; iba a verla a menudo, y el taller llegó a ser
a veces para él el aposento preferido del convento. Que-
dábase contemplándola con gozo y asombro. Ahora venía a floración lo que su amigo había llevado en su
corazón inquieto, obstinado e infantil, brotaba y florecía
una creación, un pequeño mundo, tal vez un juego aunque no inferior, en verdad, al juego de la lógica, la
gramática y la teología.

Una vez, le dijo pensativo:

—Muchas cosas aprendo de ti, Goldmundo. Estoy
empezando a comprender lo que es el arte. Antes me
parecía que, en comparación con el pensar y la ciencia,
no había que tomarlo enteramente en serio. Mi punto de
vista era, sobre poco más o menos, el siguiente: Puesto
que el hombre es una mezcla incierta de materia y
espíritu, puesto que el espíritu le abre el conocimiento
de lo eterno mientras que la materia tira de él hacia
abajo y lo encadena a lo perecedero, debe esforzarse
por huir de los sentidos hacia lo espiritual a fin de
elevar su vida y darle un sentido. Es verdad que yo pre-
tendía, por costumbre, tener en gran estima al arte,
mas, en realidad, me mostraba altivo y lo desdeñaba.
Ahora veo con claridad, por vez primera, que hay mu-

chos caminos para el conocimiento y que el del espíritu no es el único y acaso no sea el mejor. Es mi camino, ciertamente, y en él me mantendré. Pero veo que tú, por el camino opuesto, por el de los sentidos, llegas a captar con igual hondura que los más de los pensadores el misterio del ser y a expresarlo de un modo más vivo.

—¿Te explicas, pues, ahora —declaró Goldmundo—, que yo no acierte a comprender cómo puede pensarse sin representaciones?

—Tiempo hace que me lo he explicado. Nuestro pensar es un constante abstraer, un apartar la mirada de lo sensorial, un intento de edificar un mundo puramente espiritual. En cambio tú pones todo tu interés en lo mudable y mortal y descubres el sentido del mundo en lo perecedero. No alejas la mirada de lo perecedero, te le entregas, y, con tu entrega, se eleva hasta igualarse a lo eterno. Nosotros, los pensadores, tratamos de acercarnos a Dios separándolo del mundo. Tú te acetcas a él amando su creación y volviéndola a crear. Las dos cosas son obra humana e insuficiente, pero el arte es más inocente.

—Yo no sé, Narciso. Pero pareciera que el dominar la vida y el ahuyentar la desesperación os resultase más fácil a vosotros, pensadores y teólogos. Hace tiempo que no envidio ya tu ciencia, amigo mío, pero, en cambio, sí envidio tu serenidad, tu tranquilidad, tu paz.

—No debes envidiarme, Goldmundo. No existe la paz que tú imaginas. Cierto que existe la paz, pero no una paz que more en nosotros permanentemente y

385

que jamás nos abandone. Sólo existe una paz por la que hay que luchar sin desmayo y cada día. Tú no me ves combatir, tú ignoras mis luchas en el estudio y el oratorio. Y está bien que las ignores. Únicamente ves que estoy menos sujeto que tú a los cambios de humor y crees que eso es paz. Y en realidad es lucha, lucha y sacrificio como toda vida verdadera, como la tuya también.

—No disputemos sobre esto. Tampoco tú ves todas mis luchas. Y no sé si podrás comprender la angustia que me asalta al pensar que en breve estará concluída esta obra. Se la llevarán y la colocarán en su lugar y me dirán algunas alabanzas, y luego yo retornaré a un taller desnudo y vacío, y lo que me dará más pesadumbre será lo que no he conseguido realizar en mi obra y que vosotros no podéis ver, y entonces me sentiré en mis adentros tan vacío y despojado como el taller.

—Quizá sea así —dijo Narciso—; ninguno de los dos puede entender al otro por entero. Pero es común a todos los hombres de buena voluntad el que, a la postre, nos sintamos avergonzados de nuestras obras y el que tengamos que empezar de nuevo, una y otra vez, y repetir el sacrificio.

Semanas después, la gran talla de Goldmundo llegaba a su término y era puesta en su lugar. Repitióse lo que ya había experimentado en otro tiempo: su obra pasó a ser posesión de los demás, se la contempló, juzgó y elogió, y a él lo colmaron de loores y le tributaron gran honor; pero su corazón y su taller estaban vacíos y no sabía ya si la obra valía el sacrificio. El día de la inauguración fué invitado a la mesa de los padres y hubo una comida de fiesta en que se bebió el vino más añejo de la casa; comió del suculento pescado y de la caza que sirvieron, y más que el viejo vino lo tonificó y animó el gozo que mostraba Narciso por su obra y por el homenaje que le rendían.

El abad había ya planeado un nuevo trabajo y se lo encomendó. Tratábase de un altar para la capilla de la Virgen de Neuzell, que pertenecía al convento, y en donde era capellán un fraile de Mariabronn. Goldmundo pensó hacer para ese altar una imagen de Santa María en la que perpetuaría una de las inolvidables figuras de su juventud, la de Lidia, la hermosa y medrosa hija del caballero. En lo restante, aquel encargo no encerraba para él mayor importancia pero le parecía apropiado para que Erico hiciera con él su pieza de examen. Si Erico salía airoso del empeño, tendría en él para siempre un buen colaborador que pudiera reemplazarle, y, de este modo, quedaría libre para dedicarse a aquellos trabajos que únicamente atraían su interés. Escogió con Erico las maderas precisas para la obra y se las hizo preparar. A menudo lo dejaba solo, había vuelto a sus paseos y largas excursiones por el bosque; y si alguna vez permanecía afuera varios días, Erico se lo comunicaba al abad y éste sentía algún temor de que se hubiese ido para siempre. Sin embargo, retornaba; y luego de trabajar cosa de una semana en la imagen de Lidia, tornaba a su errabundeo.

Estaba lleno de preocupaciones; desde que terminara

aquel gran trabajo, su vida se había desordenado, no asistía a la misa del alba, sentía honda inquietud y descontento. Ahora pensaba mucho en el maestro Nicolao y en si no llegaría a ser en breve como el maestro fuera, aplicado, honrado y hábil pero sin libertad ni juventud. Un pequeño suceso que le había ocurrido recientemente le dió mucho que meditar. En uno de sus paseos se topó a una moza campesina, de nombre Francisca, que le agradó sobremanera, al extremo que se propuso cautivarla echando para ello mano de todas sus viejas artes de seducción. La muchacha escuchó con complacencia su charla, rió feliz sus chistes, pero rechazó sus solicitaciones; y, por vez primera, advirtió él que a una mujer joven le parecía ya viejo. No volvió junto a ella pero no olvidó lo ocurrido. Francisca tenía razón, era ya otro hombre, lo sentía él mismo; y ello no por causa de aquellas canas prematuras y de aquellas patas de gallo, sino por algo más que había en su ser, en su ánimo; se encontraba viejo, encontraba que ahora tenía un inquietante parecido con el maestro Nicolao. Observábase a sí mismo con enojo y se encogía de hombros; se había convertido en un hombre sin libertad y sedentario, ya no era un águila ni una liebre sino un animal doméstico. Cuando vagaba por los campos, más que un nuevo peregrinar y una nueva libertad lo que buscaba era el aroma del pasado, el recuerdo de sus andanzas de antaño, que husmeaba anhelante y desconfiado como un perro un rastro perdido. Y luego de haber pasado uno o dos días al aire libre, y holgarse y gandulear una miaja, una fuerza irresistible tiraba de él hacia el convento, le remordía la conciencia, se imaginaba el taller esperando por él, se sentía responsable del altar ya comenzado, de la madera ya preparada, del ayudante Erico. Ya no era libre, ya había dejado de ser joven. Hizo el firme propósito de emprender un viaje y retornar a la vida errante en cuanto estuviera terminada la Lidia-María. No era conveniente vivir tanto tiempo en un convento y entre hombres solos. Eso podía ser bueno para frailes pero no para él. Con los hombres era posible tener pláticas amenas e ilustradas, aparte que sabían apreciar el trabajo de un artista; pero lo demás, el parloteo, la ternura, el juego, el amor, el sentirse a gusto sin pensamientos importunos, nada de eso florece entre los hombres; para esas cosas son menester las mujeres, y el vagabundear y correr mundo, e imágenes siempre nuevas. Aquí a su alrededor todo era un poco gris y adusto, un poco grave y masculino, y él se había contagiado, aquello se le había ido metiendo solapadamente en la sangre.

La idea del viaje lo consolaba; dedicábase con afán al trabajo para verse libre lo antes posible. Y a medida que la imagen de Lidia iba surgiendo, poco a poco, de la madera y él dirigía hacia abajo, desde sus nobles rodillas, los severos pliegues del vestido, vióse arrebatado de íntimo y doloroso goce, de un nostálgico enamoramiento de la imagen, de la bella y tímida figura adolescente, de los recuerdos de entonces, de su primer amor, de sus primeros viajes, de su juventud. Trabajaba devotamente en aquella delicada efigie, sentíala identificada con lo mejor de su ser, con su mocedad, con sus

389

más tiernos recuerdos. Era una dicha esculpir su cuello doblado, su boca amable y triste, sus manos distinguidas, aquellos largos dedos, aquellas uñas bellamente combadas. También Erico contemplaba con pasmo y reverente amor la figura, cuantas veces podía.

Cuando estaba ya casi concluída se la mostró al abad Narciso dijo:

—Esta es tu obra mejor, mi buen amigo; no hay nada en nuestro convento que pueda comparársele. He de confesarte que en estos últimos meses estuve a veces preocupado por ti. Te veía inquieto y atormentado, y cuando te ibas y permanecías fuera más de un día, pensaba en ocasiones desazonado: Tal vez no vuelva más. ¡Y he aquí que ahora me muestras esta maravillosa efigie! ¡Estoy muy satisfecho y orgulloso de ti!

—Sin duda —declaró Goldmundo— esta figura me ha salido bien. Pero escucha, Narciso. Para que me saliera bien necesité echar mano de toda mi juventud, de mi vida errante, de mis amores y conquistas entre las mujeres. Ese es el pozo de que me valí. Pero pronto se agotará, se me secará el corazón. En cuanto termine esta imagen de María, me iré de aquí por algún tiempo, no sé por cuánto, en busca de mi juventud y de todo lo que un día me fué tan caro. ¿Me comprendes?... Bueno. Tú sabes que he sido tu huésped y que nunca recibí remuneración alguna por mi trabajo...

—Muchas veces te la he ofrecido —interrumpióle Narciso.

—Es verdad; y ahora te la acepto. Me haré hacer algunos vestidos nuevos, y cuando se hallen listos, me darás un caballo y algunos táleros y tornaré al mundo. No digas nada, Narciso, y no te aflijas. No es porque esto me desagrade, en parte alguna pudiera estar mejor. Es por otra cosa. ¿Accederás a mi deseo?

Poco más hablaron sobre el asunto. Goldmundo se encargó un traje de jinete y unas botas, y mientras el verano se acercaba fué poniendo fin a la imagen de María, como si se tratara de su última obra; con amoroso cuidado daba a las manos, el rostro y la cabellera los últimos toques. Dijérase que tratara de demorar la partida y que le placiera detenerse un poco más en aquellos postreros, delicados trabajos. Pasaban los días y siempre tenía alguna cosa que arreglar. Narciso, aunque le apesadumbraba la perspectiva de la marcha del amigo, sonreíase a veces un poco de su carácter enamoradizo y de su tardanza en concluir la escultura.

Y un buen día, de súbito, Goldmundo le sorprendió diciéndole que venía a despedirse. Había tomado su decisión durante la noche. Se le presentó con su traje nuevo y con su gorro nuevo. Ya se había confesado y comulgado momentos antes. Ahora venía para decirle adiós y recibir su bendición. A los dos les resultaba amarga la despedida y Goldmundo se mostraba más resuelto y sereno de lo que a su estado de ánimo correspondía.

—¿Acaso te volveré a ver? —le preguntó Narciso.

—Ciertamente que sí, salvo que tu hermoso rocín me desnuque. Si no retornara, no habría quien te llamara Narciso y te causara preocupaciones. Descuida. No te olvides de velar por Erico. Y que nadie toque

391

a mi figura. Queda en mi cuarto, como te dije; te ruego que no sueltes la llave de la mano.

—¿Estás contento de emprender este viaje?

Goldmundo entornó los ojos.

—En fin, lo que puedo decirte es que la idea de hacerlo me proporcionó gran alegría, de eso no hay duda. En cambio, ahora que voy a partir me siento menos alborozado de lo que cabría imaginarse. Te reirás de mí, pero no deja de resultarme penoso el alejarme; y este apego no me agrada. Es una especie de enfermedad; a la gente joven y sana no le pasa esto. Así era también el maestro Nicolao. Pero basta ya de hablar de futilidades. Dame tu bendición, querido, que es tiempo de que me largue.

Y partió en su caballo.

Mucho pensaba Narciso en el amigo; estaba preocupado por él y lo añoraba. ¿Regresaría el pájaro evadido, el simpático atolondrado? Ahora, aquel hombre extraño y querido volvía a su camino ondulante e indeciso, volvía a errar por el mundo, ávido y curioso, siguiendo sus impulsos fuertes y oscuros, agitado e insatisfecho, un niño grande. ¡Que Dios lo proteja y que retorne sano y salvo! De nuevo andaba volando de acá para allá la inconstante mariposa, de nuevo pecaba, seducía mujeres, buscaba saciar sus apetitos, quizá llegase a cometer otro homicidio y a verse en grave peligro y en la cárcel y muriese en ella. ¡Cuántas preocupaciones acarreaba aquel rubio mozo que se lamentaba de ir envejeciendo y que miraba con aquellos ojos tan infantiles! ¿Cómo no había de sentirse uno inquieto y temeroso por él? Y, sin embargo, Narciso estaba muy contento de su amigo. En el fondo le agradaba sobremanera que aquel rapaz obstinado fuese tan difícil de domar, que tuviera aquellos caprichos y que ahora hubiera tornado a escaparse y que escarmentara.

Cada día los pensamientos del abad volvían durante un rato sobre el amigo, con amor y añoranza, con agradecimiento, con inquietud, a veces también con vacilaciones y reproches. ¿Acaso no debiera haberle revelado de modo más patente cuánto lo amaba, cómo no deseaba que fuese de otro modo, cuánta riqueza le habían traído él y su arte? Poco le había hablado de eso, tal vez demasiado poco... ¡quién sabe si no hubiese podido retenerlo!

Pero Goldmundo no sólo le había traído riqueza. También lo había vuelto más pobre, más pobre y más débil, y era indudable que había hecho bien en no descubrirse a él. El mundo en que vivía y tenía su hogar, su mundo, su vida conventual, su cargo, su saber, su construcción intelectual, tan bellamente articulada, habíanse visto a menudo fuertemente sacudidos y puestos en tela de juicio por obra del amigo. No había la menor duda: desde el punto de vista del convento, de la razón y la moral, su propia vida era mejor, era más recta, sólida, ordenada y ejemplar; era una vida de orden y de servicio severo, un permanente sacrificio, un constante esfuerzo hacia la claridad y la justicia; era mucho más pura y mejor que la vida de un artista, vagabundo y seductor de mujeres. Pero contempladas las cosas desde

lo alto, desde el punto de vista de Dios... el orden
y la disciplina de una vida ejemplar, la renuncia al
mundo y a la sensualidad, el apartarse de la suciedad
y de la sangre, el consagrarse retraídamente a la filosofía y a la piedad, ¿eran en verdad de más valor que la
vida de Goldmundo? ¿Había sido creado realmente
el hombre para llevar una vida reglamentada cuyos momentos y quehaceres fuesen determinados a toque de
campana? ¿Había sido creado para estudiar a Aristóteles y Santo Tomás de Aquino, para aprender griego,
para mortificar su carne y huir del mundo? ¿No lo
había hecho Dios con sentidos e instintos, con san-
grientas tenebrosidades, con capacidad para pecar, para
gozar, para desesperarse? En torno a estas cuestiones
giraban los pensamientos del abad cuando recordaba a
su amigo.

Y tal vez el llevar una vida como la de Goldmundo
no fuera tan sólo más inocente y más humano, sino
que también, a la postre, fuera más valiente y más
grande abandonarse a la violenta confusión y al torbe-
llino, cometer pecados y cargar con sus amargas consecuencias, en vez de llevar una vida pura apartado del
mundo, con las manos limpias, y construirse un hermoso jardín intelectual lleno de armonía y pasearse sin
pecado entre sus resguardados macizos. Era quizá más
difícil, esforzado y noble errar por los bosques y los
caminos con los zapatos destrozados, sufrir sol y lluvia,
hambre y miseria, jugar con los goces de los sentidos
y pagarlos con dolores.

En todo caso, Goldmundo le había mostrado que

un hombre llamado a un alto destino podía sumergirse
hondamente en la confusión sangrienta y ebria de la
vida y emporcarse de polvo y sangre sin trocarse por eso
en un ser menguado y vil, sin matar en sí lo divino;
que podía vagar entre espesas tinieblas sin que en el
santuario de su alma se apagase la luz divina y la fuerza
creadora. Narciso había mirado penetrantemente en la
borrascosa vida de su amigo y ni su amor ni su esti-
mación hacia él se habían debilitado. Ah, no; y desde
que había visto surgir de las manchadas manos de
Goldmundo aquellas figuras maravillosamente animadas
de una vida serena, transfiguradas por una forma y un
orden interiores, aquellos rostros entrañables, llenos de
luz de alma, aquellas cándidas plantas y flores, aquellas
manos implorantes o ungidas de gracia, todas aquellas
expresiones resueltas y suaves, altivas o santas, desde
entonces supo con entera seguridad que aquel versátil
corazón de artista y seductor estaba lleno de luz y de
gracia divina.

No le había costado trabajo aparecer en las conversaciones como superior a él y contraponer a su pasión
la propia disciplina y orden de las ideas. Pero ¿no
valía más cada una de aquellas pequeñas expresiones
de las figuras labradas por Goldmundo, cada ojo, cada
boca, cada ramita y cada pliegue del vestido, no eran
más reales, más vivos, más originales que todo lo que
un pensador pudiera hacer? Aquel artista, cuyo corazón
estaba lleno de pugnas y de infortunio, ¿no había creado para incontables hombres, presentes y venideros, símbolos de su infortunio y de su esfuerzo, imágenes hacia

las que se vuelven devotos y reverentes la angustia y el anhelo de innumerables individuos y en los que cabía encontrar consuelo, seguridad y corroboración?

Sonriente y triste, Narciso recordaba las ocasiones en que desde la temprana juventud había orientado y enseñado a su amigo. Éste recibía entonces con agradecimiento sus indicaciones, siempre aceptaba su superioridad y dirección. Y, más adelante, ahora, había venido a ofrecer, calladamente, las obras nacidas de las tormentas y dolores de su vida baqueteada: nada de palabras ni de teorías ni de explicaciones ni de advertencias sino de vida auténtica, sublimada. ¡Qué pobre era él al lado de esto, con todo su saber, su disciplina monástica, su dialéctica!

En torno a estas cuestiones giraban sus pensamientos. Así como, muchos años atrás, había intervenido en la juventud de Goldmundo para sacudirlo y prevenirlo y había situado su vida en un nuevo ambiente, así el amigo, desde su regreso, lo había llenado de desazón, le había sacudido el alma, lo había obligado a dudar y a examinarse a sí mismo. Era su igual; nada le había dado que no hubiese recobrado con creces.

La ausencia del amigo le deparó vagar para la reflexión. Pasaron las semanas; mucho hacía ya que había florecido el castaño, que el follaje de las hayas de un verde claro lechoso se había tornado oscuro, espeso y duro, que las cigüeñas habían empollado en la torre del portón y que tenían crías y que les habían enseñado a volar. Cuanto más tardaba en retornar Goldmundo tanto más claro veía Narciso lo que había sido para él.

Tenía en la casa a algunos padres de muchas letras, uno versado en Platón, otro excelente gramático y uno o dos sutiles teólogos. Entre los monjes, había algunas almas leales y rectas que tomaban la vida en serio. Pero no tenía ninguno que fuese su igual, con el que pudiese compararse en serio. Esto, irreemplazable, sólo se lo había proporcionado Goldmundo. Y el verse otra vez privado de él le resultaba penoso. Lleno de añoranza, pensaba en el ausente.

Iba con frecuencia al taller y estimulaba a Erico, que seguía trabajando en el altar y que ansiaba el retorno de su maestro. Alguna vez entraba en el aposento de Goldmundo, donde encontraba la imagen de María; levantaba cuidadosamente el paño que la tapaba y se quedaba contemplándola un rato. Nada sabía sobre su origen, porque su amigo jamás le había referido la historia de Lidia. Mas él todo lo sentía, se daba cuenta de que aquella figura de muchacha había vivido largo tiempo en el corazón del artista. Quizá la había seducido, quizá la había engañado y abandonado. Pero la había llevado consigo y guardado en su alma con más fidelidad que el mejor de los esposos y, finalmente, quizá tras muchos años de no verla, había labrado esta hermosa y cautivadora efigie en cuyo rostro, actitud y manos había encerrado toda la ternura, la admiración y la nostalgia de un amante. También en el atril del refectorio leía algunas cosas de la historia de su amigo. Era la historia de un hombre errabundo e instintivo, de un hombre sin patria y sin ley, pero lo que allí había dejado era bueno y leal, estaba lleno de vivo amor.

¡Cuán misteriosa aquella vida, cuán revueltas e impetuosas fluían sus corrientes, y cuán nobles y claros aparecían allí sus frutos!

Narciso combatió. Supo vencer, se mantuvo fiel a su camino, no descuidó en nada su austero servicio. Pero le atribulaba aquella pérdida y también la conciencia del gran apego que su corazón, que únicamente debía pertenecer a Dios y a su oficio, sentía por Goldmundo.

CAPÍTULO XX

Pasó el verano, las amapolas y los acianos, las neguillas y los amelos se mustiaron y desaparecieron, las ranas se habían callado en los estanques y las cigüeñas volaban altas aprestándose para despedirse. ¡Y entonces retornó Goldmundo!

Llegó una tarde que llovía mansamente, y no entró en el convento sino que, desde la puerta, se fué derecho al taller. Venía a pie, sin caballo.

Erico se asustó al verlo. Lo reconoció en seguida y el corazón se le puso a latir con fuerza; y, sin embargo, el que retornaba parecía un hombre enteramente distinto: un falso Goldmundo, muchos años más viejo, con un semblante medio apagado, polvoriento y gris, con las facciones demacradas, facciones de enfermo, en las que, con todo, no se veía una expresión de dolor sino más bien una sonrisa, una bondadosa, vieja, paciente sonrisa. Caminaba trabajosamente, arrastrando los pies, y parecía hallarse enfermo y muy cansado.

Aquel Goldmundo transformado y extraño miró de un modo singular a los ojos a su joven oficial. No hizo el menor aspaviento por su retorno, procedió como si viniera de la pieza contigua y no se hubiese ausentado. Le tendió la mano en silencio: no le dirigió saludo alguno, ni pregunta, ni tampoco le contó nada. Le dijo solamente: "Quiero dormir"; y parecía sumamente cansado. Despidió a Erico y se fué a su alcoba, que estaba contigua al taller. Allí se quitó el gorro y lo dejó caer, se descalzó y avanzó hacia el lecho. En el fondo del aposento descubrió a su Virgen tapada con telas; le hizo una señal con la cabeza pero no se acercó a levantarle la envoltura y saludarla. Se asomó quedamente a la ventanita, y, al ver al desconcertado Erico esperándolo afuera, le gritó:

—Erico, no digas a nadie que he vuelto. Estoy muy fatigado. Hay tiempo mañana.

Luego se echó vestido en la cama. Al cabo de algún tiempo, como no le viniera el sueño, se levantó, se llegó dificultosamente a un pequeño espejo que colgaba de la pared y se miró en él. Contempló con atención al Goldmundo que desde el espejo le clavaba los ojos: un Goldmundo maltrecho, un hombre cansado, viejo y marchito, con una barba áspera, ya entrecana. Era un anciano un tanto desastrado aquel que le miraba desde el reducido y empañado cristal del espejo, un rostro antaño familiar pero que se había tornado extraño, que no parecía muy actual, que no parecía importarle mucho. Le recordaba algunas caras que había conocido, un poco al maestro Nicolao, un poco al anciano caballero que cierta vez mandó hacer para él un vestido de paje, y un poco también al Santiago que estaba en la iglesia, aquel viejo y barbudo Santiago con su sombrero de peregrino, que tenía un aspecto tan vetusto y oscuro y, a la vez, apacible y bonachón.

Leía con detenimiento en la faz que aparecía en el espejo, como si le interesara grandemente informarse sobre aquel extraño. Hízole señal con la cabeza y lo reconoció: sí, era él mismo, correspondía a la sensación que de sí propio tenía. Del viaje había retornado un anciano ya muy cansado y un tanto decrépito, un hombre insignificante, con el que no era posible alardear ni presumir, y, sin embargo, no lo aborrecía y aun sentía afecto por él: tenía en la cara, no obstante su cansancio y arruinamiento, algo que el lindo Goldmundo de antaño no tenía, un aire de contento o, al menos, de serenidad. Rióse entre dientes y advirtió que la imagen del espejo se reía con él: ¡vaya apuesto galán con que había regresado de su viaje! Volvía estropeado y quemado de su breve excursión a caballo, y no sólo había perdido su jaco y su zurrón y sus táleros sino también otras cosas: la juventud, la salud, la confianza en sí mismo, los colores del rostro y la fuerza de la mirada. Con todo, le gustaba la imagen: aquel sujeto viejo y extenuado del espejo le resultaba más grato que el Goldmundo que había sido durante tanto tiempo. Era más viejo, más débil, más mísero, pero también más dulce y más tranquilo; resultaba ahora más fácil entenderse con él. Se rió y bajó uno de los párpados, ya cubiertos de arrugas. Luego se volvió a tender en el lecho, y ahora se adurmió.

Al día siguiente, cuando se hallaba sentado a la mesa

de su alcoba, intentando dibujar alguna cosa, llegó Narciso a visitarlo. Se detuvo en la puerta y dijo:

—Me anunciaron que habías regresado. Inmensa es mi alegría, bendito sea el Señor. Y como no has ido a verme, he venido yo junto a ti. ¿Te molesto en tu trabajo?

Se aproximó; Goldmundo se puso de pie y le alargó la mano. Aunque Erico ya lo había preparado, el aspecto de su amigo le produjo honda alarma. Éste le sonrió cordialmente.

—Pues bien, aquí me tienes otra vez. ¿Cómo te va? Hace algún tiempo que no nos vemos. Perdóname que todavía no hubiese ido a visitarte.

Narciso le miró a los ojos. Y no sólo vió el apagamiento y la lastimosa marchitez de su semblante sino también lo otro, aquel aire extrañamente grato de serenidad, incluso de indiferencia, de resignación, de apacible ancianidad. Avezado a leer en las caras de los hombres, vió, asimismo, que aquel Goldmundo tan cambiado y que tan extraño se había vuelto ya no pertenecía por entero al presente y que, o bien su alma se había alejado a gran distancia de la realidad y vagaba por caminos de ensueño, o bien estaba ya ante la puerta que conduce a la otra vida.

—¿Te encuentras enfermo? —le preguntó amablemente.

—Sí, también estoy enfermo. Me enfermé al comienzo de mi viaje, ya en los primeros días. Pero comprenderás que no haya querido regresar en seguida. Os habríais reído de mí si tan pronto hubiese retornado y vuelto a quitarme las botas de montar. No, me era imposible. Seguí adelante y anduve vagando un poco; me avergonzaba el fracaso de mi viaje. Fué una fanfarronada. En fin, que me dió vergüenza. Tú lo comprendes porque eres un hombre inteligente. Perdona, ¿preguntaste algo? Parece cosa de brujería, a menudo pierdo el hilo. Ah, en aquello de mi madre procediste con acierto. Me ha hecho sufrir no poco, pero. .

Su murmullo se apagó en una sonrisa.

—Te sanaremos, Goldmundo, no te faltará nada. Pero fué una lástima que no regresaras apenas te sentiste mal. No tienes por qué avergonzarte de nosotros. Hubieras debido volverte en seguida.

Goldmundo se rió.

—Sí, ahora me doy cuenta. No me atrevía a retornar así como así. Me abochornaba. Pero ahora ya estoy aquí y vuelvo a sentirme bien.

—¿Tuviste dolores?

—¿Dolores? Sí, bastantes tengo. Pero son cosa buena pues me han metido en razón. Ahora ya no siento vergüenza, tampoco delante de ti. Aquella vez que me visitaste en la prisión para salvarme la vida, apreté los dientes de la vergüenza que tenía en tu presencia. Eso ya ha pasado.

Narciso le puso la mano en el hombro y él se calló en seguida y cerró, sonriendo, los ojos. Y se durmió tranquilamente. El abad, preocupado, se fué en busca del médico de la casa, el padre Antonio, para que examinara al doliente. Cuando regresaron, Goldmundo dormía sentado a su mesa de dibujo. Condujéronle el lecho y el médico se quedó con él.

Encontró que su estado era desesperado. Trasladáronlo entonces a la enfermería y ordenaron a Erico que lo asistiera permanentemente a su cabecera.

Nunca se conoció toda la historia de su último viaje. Contó algunas cosas y otras pudieron adivinarse. Muchas veces mostraba una total indiferencia, otras era presa de fiebre y decía cosas desatinadas; pero, en algunos casos, hablaba con lucidez y entonces llamaban a Narciso, pues estas últimas pláticas con Goldmundo tenían suma importancia.

Narciso dió a conocer algunas partes de los relatos y confesiones de Goldmundo; el oficial, otras.

—¿Que cuándo comenzaron los dolores? Ya al principio del viaje. Iba cabalgando por el bosque cuando, de pronto, tropezó el caballo y caí en un arroyo y me pasé toda una noche tumbado en el agua fría. Entonces empecé a sentir los dolores aquí dentro, donde se me quebraron las costillas. Aún no me hallaba lejos del convento pero no quise volver; reconozco que era infantil, pero me figuraba que parecería ridículo. Seguí, pues, cabalgando, y cuando ya no pude más por causa del dolor, vendí el caballo y luego pasé una larga temporada en un hospital. Ahora me quedo aquí, Narciso, se acabó el montar a caballo. Se acabó el correr mundo. Se acabaron los bailes y las mujeres. ¡Ah, si no fuera por eso, aun hubiese seguido vagando largo tiempo, varios años más! Mas como llegué a ver que por allá afuera ya no hay alegrías para mí, me dije: Antes de fenecer, quiero dibujar un poco y esculpir algunas figuras, lo que me proporcionará algún gozo.

Narciso profirió:

—No sabes lo que me contenta que hayas vuelto. Te he echado mucho de menos, cada día pensaba en ti y a menudo temía que no retornases nunca más.

Goldmundo meneó la cabeza.

—No se hubiera perdido mucho.

Narciso, con el corazón ardiendo de dolor y de amor, se inclinó lentamente sobre él e hizo entonces lo que nunca había hecho en los muchos años de su amistad: le rozó con los labios el cabello y la frente. Goldmundo se quedó, primero, asombrado y luego, conmovido.

—Goldmundo —le susurró el amigo al oído—, perdona que no hubiera podido decírtelo antes. Debiera habértelo dicho cuando te visité en la prisión del palacio del obispo o cuando contemplé tus primeras esculturas o en cualquier otra ocasión. Permíteme que hoy te diga cuán grande es el amor que por ti siento, cuánto has sido tú siempre para mí y cuánto has enriquecido mi vida. Todo esto no significará gran cosa para ti. Estás acostumbrado al amor, no es para ti una rareza, muchas mujeres te han amado y mimado. Pero mi caso es muy distinto. Mi vida ha sido pobre en amor, me ha faltado lo mejor. Nuestro abad Daniel me dijo una vez que me tenía por altanero y acaso tuviera razón. Yo no soy injusto hacia los hombres, antes por el contrario me esfuerzo en ser con ellos justo y paciente; pero jamás los he amado. De dos eruditos del convento tengo más afición al más culto; quizá nunca profesé afecto a un hombre de pocas letras. Si, con todo, sé lo que es amor, por ti lo sé. A ti pude amarte, a ti sólo

405

entre todos los hombres. Tú no puedes figurarte lo que eso significa. Es como una fuente en el desierto, como una flor en la maleza. Únicamente a ti debo el que mi corazón no se haya marchitado, que en mis adentros quede aún un rinconcillo donde pueda entrar la gracia.

Goldmundo sonreía contento y un tanto confundido. Con la voz apagada y tranquila que tenía en sus momentos de lucidez, dijo:

—Después que me libraste de la horca y emprendimos la marcha hacia aquí, te pregunté por mi caballo Careto y supiste darme noticia de él. Entonces vi que tú, que apenas si sabes diferenciar los caballos, te habías preocupado del mío. Comprendí que lo habías hecho por mí y eso me llenó de alegría. Ahora veo que no me engañaba y que, en efecto, me has amado. También yo te amé siempre, Narciso; la mitad de mi vida ha sido un esfuerzo por ganarte. Sabía que también tú me tenías cariño pero nunca hubiese creído que tú, hombre orgulloso, llegaras un día a decírmelo. Ahora me lo has dicho, en un momento que ninguna otra cosa tengo, en que la vida errante y la libertad, el mundo y las mujeres me han abandonado. Lo recibo infinitamente reconocido.

La efigie de Lidia-María, que se alzaba en la pieza, miraba la escena.

—¿Piensas siempre en la muerte? —preguntó Narciso.

—Sí, pienso en ella y en lo que ha sido mi vida. Cuando mozuelo, cuando era aún tu discípulo, ansiaba llegar a convertirme en un hombre tan cultivado y erudito como tú. Pero tú me revelaste que no era ese mi camino. Y entonces me eché del otro lado de la vida, del de los sentidos, y las mujeres me ayudaron a descubrir allí mi deleite, porque son muy complacientes y anhelosas. No quisiera, sin embargo, hablar de ellas con desprecio, ni tampoco de la sensualidad, pues muchas veces me hicieron sentirme feliz. Y también he tenido la fortuna de experimentar que la sensualidad puede ser elevada y sublimada. Y de aquí nace el arte. Mas ahora ambas llamas se han apagado. Ya no puedo gozar de la dicha animalesca de la carnalidad... ni podría gozarla aunque las mujeres continuaran persiguiéndome. Y en cuanto a crear obras de arte, tampoco siento ya tal deseo, ya he hecho bastantes figuras, no es cuestión de número. Por eso, ha llegado para mí el momento de morir. Estoy pronto para ello y además siento curiosidad.

—¿Por qué curiosidad? —preguntó Narciso.

—Sí, aunque parezca un poco necio, siento curiosidad. No por el más allá que no me preocupa y en el que, para decirlo con toda franqueza, no creo. No existe ningún más allá. El árbol seco está definitivamente muerto, el pájaro aterido jamás vuelve a la vida; y lo mismo le acontece al hombre en cuanto fenece. Cuando se ha ido, pueden seguir pensando en él por algún tiempo todavía, pero tampoco esto dura mucho. No, siento curiosidad por la muerte únicamente porque sigo creyendo o soñando que me hallo en camino hacia mi madre. Tengo la esperanza de que la muerte será una inmensa dicha, una dicha tan grande como el primer abrazo amoroso. No puedo apartar de mí el pensamiento de que, en lugar de la muerte con su guadaña, será mi madre la que me llevará de nuevo hacia sí, reintegrándome al no ser y a la inocencia.

En una de las últimas visitas, tras varios días en que el amigo permaneció en silencio, Narciso volvió a encontrarlo despabilado y hablador.

—El padre Antonio dice que debes tener grandes dolores. ¿Cómo te arreglas para soportarlos con tanta serenidad? Llego a creer que ahora has encontrado la paz.

—¿Te refieres a la paz con Dios? No, esa paz no la he encontrado. No quiero paz con Él. Ha hecho mal el mundo, no merece nuestras alabanzas, aparte de que a él poco ha de dársele de que yo lo ensalce o no. Ha hecho mal el mundo. En cambio sí hice las paces con los dolores de mi pecho. Antaño, no podía soportar los dolores, y aunque, en ocasiones, creía que la muerte me resultaría llevadera, era un error. Cuando la cosa se puso seria, aquella noche que pasé en la cárcel del conde Enrique, claramente se vió: sencillamente, no podía morir, era aún demasiado fuerte e indómito, hubiesen tenido que matar por segunda vez cada uno de mis miembros. Ahora, en cambio, es distinto.

El hablar lo fatigaba y su voz se hizo más débil. Narciso le rogó que evitara todo esfuerzo.

—No —le respondió—, quiero contártelo. Antes me hubiese dado vergüenza decírtelo. Te reirás. Pues bien: cuando monté en mi rocín y me alejé de aquí, no lo hice enteramente sin un objetivo. Había llegado a mis oídos el rumor de que el conde Enrique volvía a encontrarse en esta tierra y que su amante, la Inés, lo acompañaba. A ti esto te parecerá sin importancia y lo mismo me parece hoy a mí. Pero, en aquella ocasión, la noticia me abrasó el alma y sólo pensaba en Inés; era la mujer más hermosa que yo había conocido, y quería volverla a ver y ser feliz una vez más con ella. Seguí caminando y caminando, y al cabo de una semana di con ella. Y en aquel punto y hora se produjo en mí la transformación. Encontré, pues, a la Inés, la que por cierto no había perdido nada de su belleza; la encontré y encontré oportunidad para presentarme a ella y hablarle. Y asómbrate, Narciso: ¡no quiso saber más de mí! Le parecí viejo, y ya no lo bastante gallardo y divertido, ya no esperaba nada de mí. Mi viaje, en realidad, debía terminar allí, pero proseguí, no quería retornar junto a vosotros tan lleno de desilusión y de ridículo, y, a medida que cabalgaba, las fuerzas y la juventud y el tino me abandonaron del todo, pues vine a caer con mi caballo por un barranco y a dar en un arroyo y me rompí las costillas y me quedé tumbado en el agua. Y entonces conocí por vez primera verdaderos dolores. En cuanto me caí, noté que en mi pecho se quebraba algo, y aquel quebrarse me produjo satisfacción, lo escuché con agrado, me hizo sentirme contento. Yacía tendido en el agua y veía que iba a morir, pero todo era enteramente distinto de cuando estuve en la cárcel. Ya no me resistía, la muerte no me parecía ya mala. Sentía estos recios dolores que desde entonces no me abandonaron y tuve un sueño o una visión, como quieras llamarlo. Yacía tendido, y el pecho me ardía de dolor y yo me defendía y gritaba; mas, en aquel punto, oí una voz, que se reía... era una voz que no había vuelto a oír desde mi infancia. Era la voz de mi madre, una grave voz de mujer llena de sensualidad y amor. Y entonces vi que era ella, que la Madre estaba a mi lado y me tenía en su regazo y que me había abierto el pecho y metido en él hondamente sus dedos, entre las costillas, para arrancarme el corazón. Y cuando lo vi y lo comprendí, ya no sentí más dolor. Y también ahora, cuando me vuelven esos dolores, no son dolores, no son enemigos; son los dedos de la Madre que me sacan el corazón. En eso muestra gran diligencia. A veces aprieta y gime como en el deleite carnal. A veces se ríe y murmura tiernos sonidos. A veces no está junto a mí sino arriba, en el cielo, y entre las nubes veo su rostro, grande como una nube, y está suspendida y se sonríe tristemente y su triste sonrisa me sorbe y me extrae el corazón del pecho.

Una y otra vez tornaba a hablar de ella, de la Madre.

—¿Te acuerdas? —le dijo uno de los últimos días—. Un tiempo, había llegado a olvidarme de mi madre, y tú la volviste a evocar. También sentí entonces gran dolor, como si bocas animales me devorasen las tripas. A la sazón éramos aún muchachos, lindos jovenzuelos por cierto. Mas ya en aquellos días me había llamado la Madre y yo tuve que seguirla. Está en todas partes. Era la gitana Elisa, era la hermosa Virgen del maestro Nicolao, era la vida, el amor, la carnalidad, y era también el miedo, el hambre, el instinto. Ahora es la muerte, tiene los dedos metidos en mi pecho.

—No hables tanto, querido —le pidió Narciso—.
Mañana proseguirás.

Goldmundo le miró a los ojos sonriendo con aquella
nueva sonrisa que había traído de su viaje, de expresión
tan doliente, que a veces parecía un poco estúpida y, a
veces, llena de bondad y sabiduría.

—No, amigo mío —susurró—, no puedo aguardar
a mañana. Debo despedirme de ti, y, por despedida,
debo decírtelo todo. Escúchame un momento. Quería
hablarte de la Madre y decirte que sus dedos me ciñen
el corazón. Desde hace varios años, ha sido el más
caro y misterioso de mis sueños hacer una efigie de la
Madre; era para mí la más santa de todas las imágenes,
la llevaba constantemente en mis adentros, era una
visión llena de amor y de misterio. Hasta hace poco me
hubiese sido insufridera la idea de que yo pudiese morir
sin haber labrado su figura; me hubiese parecido inútil
mi vida entera. Y ahora, por modo extraño y desconcertante, en vez de ser mis manos las que le den forma
y configuración, es ella la que me forma y configura.
Me agarra el corazón y se lo lleva y me deja vacío, me
ha arrastrado a la muerte y conmigo muere también
mi sueño, la bella figura, la imagen de la gran Madre-
Eva. Aún la veo, y si tuviera fuerza en las manos sería
capaz de esculpirla. Pero ella no lo quiere, no quiere
que yo revele su misterio. Prefiere que muera. Y muero
de buen grado, ella endulza mi trance.

Narciso escuchaba con asombro estas palabras; hubo
de inclinarse profundamente sobre el rostro del amigo
para poder entender lo que decía. Algunas cosas las

411

oyó de manera confusa, otras las oyó con claridad pero no acertó a descubrir su sentido.

El enfermo tornó a abrir los ojos y permaneció, durante largo rato, mirando al amigo en el semblante. Con los ojos se despidió de él. Y haciendo un movimiento, como si quisiera mover la cabeza, murmuró:

—¿Cómo podrás morirte un día, Narciso, si no tienes Madre? Sin Madre no es posible amar. Sin Madre no es posible morir.

Lo que luego susurró fué ya incomprensible. Los dos últimos días, Narciso no se apartó un momento de su cabecera, ni de día ni de noche. Observaba cómo se iba extinguiendo aquella vida. Las últimas palabras de Goldmundo le abrasaban como fuego en el corazón.

Esta edición de 2.000 ejemplares
se terminó de imprimir en
La Prensa Médica Argentina,
Junín 845, Buenos Aires,
en el mes de junio de 1994.